The Pretender
by Celeste Bradley

私を見つけるのはあなただけ

セレステ・ブラッドリー
法村里絵・訳

JN263897

ラズベリーブックス

いつもそこにいてくれる妹のシンディへ

職場で「ファビオ」と呼ばれることに堪えながら、親友でもあり応援団長でもいてくれる夫には、感謝せずにいられません。

おいしい食事をつくった記憶もないわたしを愛してくれる娘たちにも、お礼を。

この作品は、大勢のすばらしい女性たちの力を借りて生まれました。そして、何人かの作家と忍耐強い読者のみなさん、ありがとう。ダービィ・ギル、ロビン・ホリデー、シェリリン・ケニヨン、シェリル・レヴァレン、ジョアンナ・マーキス、ジェニファー・スミス、アレクシス・サープへ。

すべての人が、わたしのように友達に恵まれますように。

私を見つけるのはあなただけ

主な登場人物

アガサ・カニングトン……………………………良家の令嬢。
サイモン・モンタギュー・レインズ……………スパイ組織の長。
ジェームズ・カニングトン………………………アガサの兄。
フィスティンガム卿………………………………アガサの父の遺言執行人。
レジナルド（レジー）……………………………フィスティンガム卿の息子。
コリス・トレイメン………………………………軍人。
ダルトン・モンモランシー………………………コリスの叔父。
ラヴィニア・ウィンチェル………………………社交界の婦人。
ジャッカム…………………………………………クラブの支配人。

嘘つき《ライアー》の信条

われわれライアーは悪党をよそおい、人々の幸福と愛を護るために夜にまぎれて働く。
われわれライアーは、陰の存在でありつづけることを忘れてはならない。

1

一八一三年　ロンドン

一八一三年四月七日、苛立《いらだ》ちの中で想像力がはたらいた瞬間、彼女はモーティマー・アップルクイストと結婚した。とはいえ、モーティマーは実在の夫ではない。知りたがり屋の誰かに根ほり葉ほり尋ねられたときに口にする、ただの名前だ。それでもミス・アガサ・カニングトンにとって、その存在はありがたかった。

そう……これまでは。

旅を始めてすぐのころ、アガサはかぞえきれないほどの詮索《せんさく》や邪魔にあった。そんなことをするのは、未婚の女性に馬鹿な真似をさせまいと考える善意の人たちだ。

夫の指図がなければ、女は切符を買ってランカシャーからロンドンまで旅することもできないと思っているにちがいない！

しかし、「夫がおります」と言うと、誰もが敬意をもって接し、喜んで手を貸してくれる。

こんなことなら何年も前に夫をつくりあげておけばよかったと、アガサは思った。名前だけを与えて都合よく利用するのはかわいそうすぎると思った彼女は、旅の途中、モーティマーの姿を想い描いて楽しんだ。想像力が生みだした夫なのだから、好き勝手に考えて悪いはずがない。ちがうかしら？

背は高いけれど大男ではなくて、優雅だけれど気障《きざ》ではなくて、日に焼けているけれど浅黒いという感じではない。あとはその顔をはっきりと心に描くことさえできれば、彼女の配偶者像は完璧にできあがるはずだった。

街に着くと、モーティマーの存在はさらに欠かせないものになった。彼のおかげで、キャリッジスクエアというまずまずの地区に小さいながらも素敵な家を――自分の家を！――借り、使用人をやとうこともできたのだ。

中でも、彼女がジェイミーと呼んで慕っている行方不明の兄――ジェームズをさがす自由を得られたことは、ほんとうにありがたかった。

しかし、何かうまい手を思いつかなければ、今日ですべてがおしまいになってしまう。

玄関広間の時計がチャイムをならして時を告げると、アガサの中に絶望の色がひろがりはじめた。彼女は向きを変えて玄関のほうに歩きだした。この家を借りる決め手となったバラの柄の壁紙も黒っぽいつややかな鏡板も、目に入ってはいない。腕を組んでうつむいたまま行ったり来たりを繰り返しながら、彼女は必死で考えていた。

なぜ必要なときに、ちょうどいい紳士がいてくれないの？

ピアソンに紳士の格好をさせてみようかしら？　いいえ、歳をとりすぎているし恰幅《かっぷく》がよすぎるわ。だったらハリーは？　だめだめ、まだほんの子供じゃないの。ピアソンの頼みを聞きいれて彼の甥《おい》のハリーを従僕としてやとったのだけれど、あの子にこの役は務まらない。必要なのは大人の男。今すぐに、大人の男が必要なのだ！

サイモン・モンタギュー・レインズ――またの名をサイモン・レイン――は、キャリッジスクエアの家の勝手口で足をとめ、変装した自分の姿をたしかめた。顔も手も煤《すす》だらけになっているし、肩にかついだ長いブラシはかなり使いこんだもののように見える。そのとおり、ブラシはどれも使いこんだものだった。かつて、彼はこのブラシを使って生きる糧《かて》をかせいでいたのだ。

外から見たところ、目標の家はいたってふつうだった。戸口のあたりもかたづいているし、階段の汚れも洗いおとしてある。ここまで整然とした見せかけの裏に、堕落がかくされているとは驚きだ。不徳に嘘《うそ》、それに反逆の罪さえかくされているにちがいない。

契約書によれば、家の借り主は〝ミセス・モーティマー・アップルクイスト〟ということになっている。しかし、家賃の支払いに使われているのは、サイモンがここ数週間、見張りつづけている銀行の口座。裏切りの定義を知りつくしている男の口座だ。

この件は部下に探らせて、自分はスパイ組織の長らしく一歩ひいたところから見ているべきだった。

　しかし、サイモンはこの件に対してむきになりはじめていた。部下が次々と殺されていく。正体は極秘あつかいになっているため、スパイ同士は互いの存在さえ知らないはずだった。〈嘘つきクラブ《ライアーズ》〉の中で、彼らを殺害するのに必要な情報をにぎっている人間はたったふたり。サイモンと、もうひとりの男だ。数週間前から、その男と連絡がとれなくなっている。そして、その男のロンドン銀行の口座の残高が急にふえた。銀行内の情報源によれば、その口座の金で、目の前の家の家賃と家具代が支払われているのだ。

　サイモンは冷たい笑みを浮かべてブラシを持ちあげると、この芝居をするのもこれが最後だと、大きらいな煙突掃除人の役を演じる心の準備をした。もちろん、すべては国を護るためだった。


　アガサは、いよいよ絶望的な気分になっていた。午前中いっぱい想像力ゆたかな頭をしぼって考えつづけたのに、名案は浮かばない。玄関広間の絨毯《じゅうたん》は、行ったり来たりを繰り返す彼女に踏みつけられてぺしゃんこになっていた。

　アガサはまたも向きを変えて歩きだした。そして、何かにぶつかった。今のいままで、そこにぶつかるようなものはなかったはずだ。彼女は驚いてよろめいたものの、ころびはしなかった。

「おっと、奥さん！　だいじょうぶかい？　こっちにむかって歩いてくるなんて、思わなかったよ」

アガサは、まばたきをして目の前の黒い物体に焦点を合わせた。黒い上着に、黒いベストに、黒い手。その手が、平織り《ディミティ》のモーニングドレスの袖に――。

「まあ、ドレスが！」

彼女は慌ててあとずさった。

「ああ、だけどしかたなかったんだ。ドレスの袖を汚すか、奥さんが床に尻餅をつくのを見てるか、選ばなくちゃならなかったんだからね。だけど、ちょっとまずかったみたいだな」

アガサはからかわれているのだ。しかも、無遠慮なやり方で。彼女は、きっちりと言い返してやるつもりで目をあげ……これまで見たこともないほどの青い瞳を見つめた。その瞳を持つ顔は、真夜中のように黒かった。いや、煤のように黒いと言ったほうがいい。

煤！　じきにレディ・ウィンチェルがやってくるというのに、ドレスが煤だらけに――。

煤。

煙突掃除人。

男。

アガサは、あらためて男に目を走らせた。背が高くて、身体は猟犬のように引き締まっている。モーティマーそのものだ。煤にまみれていてさえ、目鼻立ちがととのっていることはよくわかる。

「悪かったね、奥さん。きれいなドレスなのに……。いや、きれいなドレスだったのにと言うべきかな？　煤の汚れはおちないかも――」

この人なら完璧だ。

「煤のことは気にしなくていいわ」彼女は男をさえぎった。「それより、いっしょに来てちょうだい」

男は、ただ目をしばたたいてみせた。アガサはサファイアのような彼の瞳にうっとりと見とれ、そのあと彼が動こうとしていないことに気がついた。

「さあ早く」

煙突掃除人はふたたび目をしばたたくと、肩をすくめて歩きだした。彼女は男をしたがえて曲線を描く階段をのぼり、短い廊下をすすんでいった。

鏡板張りの扉の前で振りむいたアガサは、片方の手をあげた。「先に聞いておきたいの。家に入るところを誰かに見られなかった？」

男の美しい瞳が、すべて心得ていると言わんばかりに輝いた。

「おれは勝手口から入ってきたんだ、奥さん。おれみたいな者は、玄関を使っちゃならないってわかってるからね」

アガサは首を振った。「そうではないの。外の人たちのことはどうでもかまわないのよ。うちの使用人に見られなかったかどうかが知りたいの」

「ああ、料理番に入れてもらったんだ。だけど、あの人はおれのことなんか見もしなかったよ。肘《ひじ》まで粉だらけになってたな」男は彼女に笑みをむけた。「ちょっとしたお楽しみを求めているなら、おれの名前はサイモン・レインっていうんだ。もちろん、その前に身体を洗わせてもらうよ」

アガサの耳に、かろうじてその言葉がとどいた。そんな時間があるかしら？「そうね、ええ、お風呂に入ってもらうわ」

アガサは、愛情こめて設《しつら》えたジェームズの部屋の扉を開けた。家から持ってきた兄の持ち物には目をむけなかった。兄の蔵書や記念の品を眺めて感傷にひたっても意味がない。そんなことをするのはあとまわしだ。

一時間もしないうちに、チェルシー病院の奉仕委員会で大きな力を持つ三人の女性が、アガサと夫のモーティマーに会いにやってくるのだ。三人は、アガサからモーティマーの話をさんざん聞かされていた。

ああ、どうして口を閉じていなかったのだろう？　他の人たちが夫自慢をしているのをだまって聞いていればよかった。何か尋ねられても、曖昧《あいまい》に答えておけばよかった。しかしアガサはそうする代わりに、〝愛するモーティマー〟がどんな姿をしているか、どんなに素敵か、ことごとくしゃべりたてていた。夫は学者で、音楽家で、とても魅力的で、ハンサムで――。

「家におります」

そう言うしかなかったのだ。

レディ・ウィンチェルは、いつも意地悪な笑みを浮かべながらアガサに鋭い眼差しをむけてくる。そんな彼女に「今、夫は外国を旅しております」などと話したら、若い妻が夫の留守に男たちでいっぱいの病院で働くなど、とんでもないことだと言われるにちがいない。

そのレディ・ウィンチェルが、有力な女性をふたりつれてモーティマーに会いにくるのだ。レディ・ウィンチェルの疑いぶかげな態度を思い出して、アガサは身ぶるいした。ほんとうのことが知れてしまったら、ここには住めなくなる。すぐに自称後見人のあの男がやってきて、アップルビーに連れもどされてしまうにちがいない。そうなったら、目的をはたすことができなくなってしまう。

どうすればいいかは、わかりきっている。アップルビーに帰るのも、そこで待ち受けているものを受け入れるのも、絶対にごめんだ。

だから嘘をつくしかない。もう一度。

そうよ、始めたからにはやりぬくしかないわ。アガサは片方の手を背中にあてて、煙突掃除人を広々とした部屋に押しいれた。

「あの衝立《ついたて》のうしろで服を脱いでね。すぐにお風呂の用意をさせるわ」この芝居に使用人たちを巻き込むつもりはなかった。最近やとった彼らは、もちろんモーティマーに会ったことがない。だから、「旦那さまは夕食前に、また冒険に旅立たなくてはならない」と言えばいい。それで、またこれまでどおりの暮らしにもどれるのだ。

アガサは戸惑っている煙突掃除人を残して扉を閉めると、顔に笑みを貼りつかせて階下へといそいだ。

「ピアソン」彼女は執事に呼びかけた。「こんなにうれしい驚きはないわ。旦那さまがお帰りになったのよ！　とてもお疲れで、すぐにお風呂に入りたいそうなの」

客を迎える準備をしていたピアソンが客間から出てきて、銀色の眉を片方だけ吊りあげた。その眼差しは玄関のほうをむいている。もちろん、今朝ここから入ってきた者はひとりもいなかった。

「それは、ようございました。従者が決まるまで、わたくしが旦那さまのお世話をいたしましょうか？」

アガサは組んだ腕で袖についた黒い手形をかくしながら答えた。「いいえ、ピアソン。その必要はないわ。旦那さまのお世話はわたしがします。だって、ほら……お話ししたいことがたくさんあるのよ」

なぜ、そんな目で見るの？　眉が生え際ちかくまで吊りあがっているわ。夫と話すことの何がいけないというの？

「お望みのままに。それでは、ネリーにお湯を運ばせましょう」

「ありがとう、ピアソン。お客さまが見えるまでには、おりてくるわ」

ネリーがお湯を運びおえて下にもどるころには、アガサの身じたくもすんでいた。彼女は、すばやくジェームズの部屋にすべりこんだ。

そこはこの家でいちばんいい部屋で、彼女の私室よりもはるかにすばらしくととのえてあった。緑色のベルベットのカーテンがかかっているベッドに、厨房の炉と同じくらい大きな暖炉《だんろ》に、湯気の立つ大きな浴槽。しかし、そこには誰の姿も見えなかった。まさか逃げだしてしまったんじゃないでしょうね？

「こんにちは？　煙突掃除人さん？　ねえ、どこにいるの？」

「ああ、奥さんか。まったく、風呂の用意ができる前に、あそこが凍えちまうかと思ったよ」

部屋の隅にある、絵柄のついた衝立のうしろから声が聞こえた。人が動く気配がする。

「ああ、だめよ！　出てきてはだめ」しかし遅すぎた。衝立のうしろから、全裸にちかい男があらわれた。

目をそむけるべきだった。そう、絶対に。

しかし、そむけられなかった。アガサはその場に立って、まばたきもせずに息さえとめて、男の姿を見つめていた。

手と顔についていた大量の煤を拭《ぬぐ》い去った男は、ギリシャ彫刻のように美しかった。非の打ちどころがない骨張った顔に、宝石のように輝く青い瞳。くしゃくしゃの黒髪も、身体つきも、夢に描いていたとおりだった。とはいえ、アガサは自分がそんな夢を想い描いていたことにさえ、これまで気づいていなかった。

細身の身体を張りのある筋肉がおおっている。腹部でさえ、美しく引き締まっていた。肩はとびきり広いわけではないけれどがっしりしているし、腕もたくましいし、腰に巻いた布をつかんでいる手も大きかった。

アガサは、その手の大きさを見て目をしばたたいた。すごいわ。足も大きいのかしら？

彼女は、男の足下に視線をむけた。嘘でしょう。

ジェイミーのブーツでは小さすぎるかもしれない。「まあ、どうしましょう！」

男は真顔になって自分の足を見つめた。「おれの足の何がいけないんだ？」

「ブーツを見せて」

「なんのために？」男は怒りの声をあげた。「靴はおれのもんだ。おれは泥棒じゃない！」

「あなたのブーツで間に合うかどうかたしかめる必要があるの」

男は彼女に疑わしげなしかめっ面をむけたままかがみこみ、衝立のうしろのブーツを拾いあげた。

アガサは、その光景に舌を呑《の》みこみそうになった。

「見せて」ブーツを受け取った彼女は、驚いて眉を吊りあげた。

「上等だわ。ええ、これならだいじょうぶ。あなたがお風呂に入っているあいだに、ピアソンに磨かせておきましょう」

彼女は踵《きびす》を返した。「十五分で、下におりてきてね。それから、いいこと、誰ともひとこともしゃべらないで」

「だけど奥さん、あっちのほうは――」男はベッドを示して言った。「どうするんだい？」

アガサはベッドに目をやり、それから彼に視線をもどした。

「そうしたければ、あとで昼寝をしてもいいわ。そんなに疲れないと思うけれど」

彼女は男に輝くばかりの笑みをむけた。

「ええ、きっとうまくいくわ。着るものは椅子の上においていきます。いそいでね。絶対に口をきかないこと。それだけは忘れないでね」

美しい煙突掃除人を部屋に残して扉を閉めたアガサは、長い息を吐いた。ああ、なんということかしら。男の身体は、みんなあんなふうなの？　いいえ、きっとちがう。なぜかアガサはそう思った。

彼の男らしさにぼうっとなっていたアガサは、その魔法を振り払った。今は、目の前の問題に集中しなければいけない。彼女は飲み物の用意をしに階下へといそぎながらも、浴槽の中の完璧な身体を想い描くことのないように自分を戒《いまし》めていた。

ぬれて……。

石鹸《せっけん》の泡におおわれて……。

ああ、なんということかしら。

サイモンは身体をこすりながら、唇に皮肉な笑みを浮かべた。今、ぼくはミスター・アップルクイストの家にいて彼の浴槽につかっている。そして、ぼくが入浴をすませるのを、ミスター・アップルクイストの妻が階下で待っている。

はたして、ミセス・アップルクイストと名乗るあの女は何者なのだろうか？　この家を借りる金も使用人をやとう金も、サイモンのスパイ仲間で、元親友で、おそらくは裏切り者のジェームズ・カニングトンの口座から出ている。

ジェームズのことを思って、サイモンは拳をにぎりしめた。彼は金を得るために、あるいは女の気をひくだけのために、長年の友情と信頼を裏切ったのだ。

ジェームズは恋におちていた。いや、少なくとも肉欲におぼれていた。最後に会ったとき、本人の口から聞いたのだ。あのとき、ジェームズはサイモンの執務室で彼の前に坐《すわ》り、新しい愛人のことを夢中で話していた。

「彼女は信じられないくらいすごいんだよ、サイモン。蛇のようにしなやかで、ミンクのように好色なんだ。あんな女は初めてだ。彼女のすることといったら！　ほんとうに疲れ知らずというか……」ジェームズは椅子の背に頭をあずけて、気だるそうに大きな満足のため息をついた。「こっちはくたくただ。しかし、夜までには回復するさ。きみも、ああいう女を見つけるべきだよ」

上からとどいた最新情報に気をとられていたサイモンは、そんな話には乗らずにただうなってみせた。

「結婚なんてしなくていいんだよ、サイモン。愛する必要さえないんだ。ちょっとしたお楽しみはあったほうがいい。きみの心を仕事から引きはなしてくれる女はいたほうがいい。この埃《ほこり》っぽい執務室から連れだしてくれるものが、きみには必要なんだ。このクラブの親愛なる創設者のように墓の中で冷たくこわばってしまう前に、使えるものを使うべきだよ」

ジェームズはサイモンの頭のうしろにかかっているダニエル・デフォー（一六六〇年〜一七三一年。『ロビンソン・クルーソーの冒険』などの著者で、イギリスのスパイでもあった）の肖像に視線をむけ、新たに何かを見いだそうとするかのように目をほそめた。「賭けてもいい。彼は好色だったにちがいない。そして、冒険好きでもあった。彼が書類の山にうもれて朽ち果てていったなどという話は、聞いたこともないよ」

その言葉に、ようやくサイモンが目をあげた。「書類の山にはうもれていなかったかもしれないが、小説や政治を風刺する文書をかぞえきれないほど書いている。それについては、どう思うんだ？」

ジェームズは親しげな笑みを浮かべただけで、何も答えなかった。自分の負けがわかっていても、指導者であり上司でもあるサイモンから反応を引きだせたことがうれしかったのだろう。

「彼女に姉か妹がいないか訊《き》いてみるよ。友達でもいいな」

「やめてくれ、ジェームズ。そういうことは経験ずみだ。その上で、価値がないと判断した。女ができると無防備になる。女遊びはきみにまかせるよ」

ジェームズはおどけるのをやめて身を乗りだした。一週間分の活動報告書が、彼の肘に押しやられた。

「本気で言っているんだ、サイモン。きみはもう少し遊ばなくてはいけない。仕事以外にも目をむけてくれ。このクラブの外にも、することはあるはずだ。いいか、ヨーロッパの外を見ろよ。ナポレオンなんて関係ない世界がそこにあるんだ。騎馬兵がどれだけいようと、ロンドンに何人スパイがいようと、関係ない世界があるんだよ！」

サイモンは、年下の友人を見つめた。ジェームズには、まだまだわかっていない。彼は優秀なスパイで、機転もきくし仕事熱心でもある。しかし、ジェームズが自分のせいで危険にさらすことになるのは、自分自身だけだ。つかまっても、ナポレオンの縄にかかるのは彼の首だけだ。そう、サイモンの跡をついで〈ライアーズクラブ〉の長になるまでは、自分の首だけ心配していればいい。

しかし、サイモンに失敗は許されない。部下の命は彼の手ににぎられている。いや、イギリス人全員の命が彼の手ににぎられていると言ってもいい。

それだけの重荷を背負っている彼に遊ぶ時間はない。たとえ一秒でも無駄にはできないし、どんな事実も見過ごすわけにはいかない。

任務に送りだす部下に最新のたしかな情報を持たせてやれるように、山のような手がかりのすべてを把握しておく必要がある。次に送りだすのはジェームズかもしれない。

部下が命をおとすようなことになっても、自分は最善をつくしたという確信があれば、苦痛をやわらげることもできる。すぐには無理でも、いつかは痛みが軽くなる。

ジェームズには、そんな心配はなさそうだ。新たな仕事を命じられた彼は、サイモンに笑みをむけて小さく敬礼すると踵を返し、ジャッカムに最後の一杯をねだりに口笛を吹きながらバーへと消えた。

それきりジェームズと連絡が取れなくなった。

それだけなら彼の身を案ずるだけで、憤りは感じない。しかし、誰かがサイモンの部下に関する情報を敵に流していることがわかったのだ。ひとりまたひとりと部下が命をおとし、怪我を負う。

ジェームズの忠誠心を信じていたサイモンは、自分よりも高位にある者の仕業にちがいないと考えていた。

しかしそのあととつぜん、ジェームズの口座に大金が振り込まれた。それは、サイモンが最悪の事態を疑わずにはいられないほどの額だった。

自分の部下が敵のためにスパイをはたらいている。なぜそんなことになったのか、知る術《すべ》はなかった。ひとりのスパイが敵に寝返る理由は、政治的なものから女がらみのものまでいくらでもある。

ジェームズの愛人の名前は残念ながらわからなかったが、サイモンは彼の銀行口座を見張りつづけた。その結果、ついにミセス・アップルクイストがあらわれ、自分の暮らしを立てるためにジェームズの金を使いはじめたことがわかったのだ。

サイモンは行動に出ることにした。

キャリッジスクエアの家に入りこむ方法を考えついたのは、今朝のことだ。若いころなら、煙突掃除人になりすますのもわけはなかった。しかし、ここまで背がのびていては簡単ではない。

サイモンは計画を練り、料理番が忙しい時間をねらって勝手口の扉を叩いた。「煙突掃除にうかがいました」彼はぼそぼそとそう言った。

そうして厨房に入りこんだ彼は、家の中をそっと歩きまわった。階下で働いていた銀髪の執事には、絶えず注意を払っていた。ああいう類《たぐい》の執事に見つかったら、絶対に疑いの目をむけられる。

あとの仕事をやりやすくするために、間取りを頭に入れて、二階の窓の掛け金をはずしておければと思っていた。それに正直なところ、この家の女主人にかなり興味があった。

だからサイモンは、見目うるわしいミセス・アップルクイストその人に、文字どおり体あたりした。美しい曲線を描く彼女の身体にぶつかった衝撃は強烈で、すぐには息をつけなかった。

ありがたいことに、夫人は彼の目的にさほど興味を抱かなかった。それに、煙突掃除人のほとんどが子供か小柄な大人だという事実にも、気づいていないようだった。彼女は、あきらかに何かに気をとられていた。

いったい彼女は何を企《たくら》んでいるのだろう？

ぐずぐずと湯につかっていても何も見えてはこない。そう思って立ちあがったサイモンの身体から、湯が流れおちていく。

胸のあたりを拭いながら、彼は目をほそくした。衝立の陰から足を踏みだした彼を見たときの、ミセス・アップルクイストの顔を思い出したのだ。

あのとき彼女はたじろぎもせずに目を大きく見開いて、この堂々たる裸体を見つめていた。しかし、見応えという点ではお互いさまだ。彼女は、まさに食べごろのご馳走だ。

たしかに慎ましやかなドレスを着て、品のいい家に住んでいる。しかし、みごとな身体をした女は、舞踏室よりも寝室になじみやすい。性欲旺盛な淑女。彼女は、まさにそんな感じだ。

そして今、彼女の性欲はぼくにむいている。迷惑だなどと言うつもりはない。ほっそりした女もいいが、豊満な女性も大好きだ。しかし、捜査中にそうしたことに関わらないだけの分別はある。

そう、どうしても必要でないかぎり関わらないほうがいい。

客間で気をもみながら待っているアガサの中で、恐怖が爆発寸前にまでふくれあがっていた。結婚しているふりをするのがこんなにたいへんだとは、思ってもみなかった。

お茶の盆をととのえなおすのも、もう五回目だ。彼女は炉棚の上の時計に目をやった。客は三十分もしないうちにやってくる。この芝居での役割を本人に話しておきたいのに、煙突掃除人はまだおりてこない。

アガサは唇を嚙みながら自分に言い聞かせた――ジェイミーを見つけるためなら、どんなことでもする価値はあるわ。

ジェームズ・カニングトンは軍人で、最後に受け取った手紙には、国をはなれてナポレオンと戦っていると書かれていた。この四年間、毎週ジェームズから手紙がとどいていた。

それが二カ月前に途絶え、それきり連絡がつかなくなってしまったのだ。陸軍に何度も問い合わせてみたが答は返ってこなかった。今も、そんな状況は変わっていない。

なんとしても兄のジェイミーを見つけだす必要がある。アップルビーで暮らすことは、だいぶ前からむずかしくなっていた。そして、ついに決定的な事件が起きた。アガサは、それを機に荷物をまとめて次の馬車の切符を買い、屋敷をあとにロンドンへとやってきたのだ。使用人たちは彼女の逃亡を助けてくれた。屋敷の者たちは、できるだけ長く彼女の行方を伏せておいてくれるにちがいない。

それでも、アガサが兄を見つける前に、鼻つまみ者のレジーに居所を知られてしまうかもしれない。そんなことになったら、すぐにアップルビーに連れもどされて、財産目当てのレジーと結婚させられてしまう。

モーティマーという夫を持つことで、旅をするのはほんとうに楽になった。戦地に赴《おもむ》く夫たちもいる今、既婚女性がひとりで旅をしても眉をひそめる者などいない。

愛する兄についての情報を得るために、ロンドンのチェルシー病院で働こうと思いついたときも、夫があるということで、奉仕委員として負傷者の世話をすることを許された。

しかし、夫の存在をでっちあげて暮らすのは、偽名を使って旅するのとはわけがちがう。

「やあ、奥さん。おりてきたよ」

その声で現実に引きもどされて目をあげたアガサの前に、男が……見たこともないほどハンサムな男が……立っていた。

彼のお尻にジェームズのズボンはやや小さすぎるような気もしたが、今の流行からすれば見苦しいというほどではなかった。しかし、アガサが心の平和をたもつには、あまりにぴったりしすぎている。

彼女は危険な場所からなんとか視線を引きはなして、すっかり変わった上半身に目を走らせた。

ジェームズの真っ白なシャツと深緑色のベストが彼女の心を乱すことはなかったが、コバルト色のモーニングコートは別だった。ああ、なんということかしら！　肩の線はみごとなまでに美しく、絞ったウエストは完璧に身体に合っていて、その色が輝く青い瞳を引き立てている。

ゆるく結んだだけの首巻き《クラバット》の感じは紳士というより海賊ふうで、そこからのぞく首はかなり日に焼けていた。

なんとも致命的な組み合わせだ。アガサは、心の中で彼の身体から一枚ずつ服を脱がせていった。気がつくと、彼女の心の目に裸同然の彼が映っていた。

「あれっ？　どこかおかしいかな？」煙突掃除人は腰をひねって、うしろを見ようとした。

「けっこういい感じだと思ったんだけどな」

「ああ、そうではないの。すごく……そうね、ええ、だいじょうぶよ。だいじょうぶ」アガサは心の中の彼に服を着せるよう自分に命じた。「さあ、入って。ここに坐ってちょうだい。あなたにお願いがあるの」

男はアガサにかすかな笑みをむけた。その唇の両端にできたえくぼにふれたいという衝動を抑えるには、拳をにぎりしめなければならなかった。

アガサは男に惹《ひ》かれていた。それは、今の彼女にあってはならないことだった。面倒なことになるのはわかりきっている。まったく、いつも面倒ばかりだ。

アガサがにらみつけると、男の美しい顔から笑みが消えた。それでいいのよ。しばらく苛立ちを抑えることができれば、今日という日が過ごしやすくなる。そのとおり。今は馬鹿げたことを自分に許さずに、きびきびと動く必要がある。

アガサは、自分のむかいの椅子を示して言った。「どうぞ坐って、ミスター――？」

「レイン。サイモン・レインだ」彼は腰をおろし、問いかけるようにアガサを見つめつづけた。

時計がなった。約束の時間まで十五分。説明する時間はほとんどない。

「今日、わたしのそばにいてくださる紳士が必要なの。あなたは何もしなくていいわ。ただ笑みを浮かべて、お客さまをお迎えしてちょうだい。話はわたしがします」アガサは椅子の背にもたれてほほえんだ。これでよし。われながら要領よくまとめたものだわ。

「なんのために？」ミスター・レインは眉をひそめた。「奥さんの力になりたいとは思うよ。だけど悪いことはしたくないんだ。なんだかあやしいよ」

「だいじょうぶ。悪いことなんてさせません。ただ、あなたのことを『主人です』と、お客さまに紹介するだけよ。あなたは、ご婦人方の手を取ってお辞儀をする。そのあとほんの十五分、ここに坐ってお茶を飲むだけ。ひとことも口をきかなくていいのよ」

「主人だって？」ミスター・レインは思わず立ちあがった。「いいかい、おれたちは結婚なんかしちゃいない！　旦那に知れたらどうするんだ？　おれはただじゃすまないだろうね。ああ、おれが旦那だったら、ひどい目にあわせるよ」

「そうかしら？　ええ、もちろんそうでしょうね。でも、ミスター・アップルクイストのことはご心配なく。彼は――」

玄関広間が騒がしくなった。予定より早く客がやってきたのだ。アガサは慌てた。ああ、状況はますますひどくなっていく！

「彼は存在しないの、ミスター・レイン！」アガサが小声で吐きだすようにそう言ったときには、ピアソンが客間の扉を開けていた。「わたしは結婚なんてしていないの。だから、あなたがひどい目にあわされることはないわ。いいこと、絶対に口を開かないで！」

2

貼りついたような笑みを客にむけながらも、アガサは胸が締めつけられるほどの不安をおぼえていた。いや、もしかしたらコルセットをきつく締めすぎたのかもしれない。いずれにしてもその原因は、脚にたくましい腿《もも》が押しつけられているせいでも、風呂あがりの男の清潔な香りのせいでもありえない。

原因はどうあれ、レディ・ウィンチェルと彼女の連れのふたりを前に、ミスター・レインとならんで腰かけているアガサは、ひどい息苦しさを感じていた。

アガサが苦労して客間を居心地よくととのえたにもかかわらず、レディ・ウィンチェルはドレスが汚れるのを恐れているかのように、ブロケード張りの椅子の縁《へり》に腰かけたままくつろごうとはしない。

お茶もひとくち飲んで顔をしかめたきり、カップとソーサーをおいてしまった。そうした動きのすべてが、ミントグリーンのドレスに包まれた優雅な身体の線を引き立てている。レディ・ウィンチェルは、その色を自分の色と決めているらしく、いつも淡い緑色のドレスを身にまとっている。豊満なアガサは、レディ・ウィンチェルのしなやかな美しさに憧れの眼差しをむけた。

「ミスター・アップルクイスト、アガサからあなたのことをうかがったときには、正直に申しあげて、信じられませんでしたのよ」レディ・ウィンチェルは、手袋をしていないアガサの指に視線をおとした。「あなたが結婚指輪をしていないことに気づいていましたからね。なくしてしまったのかしら？」

指輪？　結婚指輪のことなど考えてもみなかった。「ああ……いいえ、そんなことはありませんわ。ただ、病院で働くときにはしないようにしていたんです。傷つけたくありませんもの。あの指輪は……あの指輪は、アップルクイスト家の家宝なんです」アガサは、その指輪を想い描いた。サファイアがいいわ。モーティマーの瞳のような――待って、サイモンの瞳でしょう？

気をつけて！　次の瞬間、アガサは自分が自分の嘘を信じはじめていることに気づいた。

「なるほど」レディ・ウィンチェルは納得していないようだった。彼女はサイモンのほうをむいて言った。「奥さまは、あなたにできないことはないと思っておいでのようね。ご存じでしょう？」

全員の目が〝モーティマー〟にむくのを見て、アガサは動揺した。

「わたくしのモーティにできないことなどありませんわ！　少なくとも、わたくしの知るかぎりは！」アガサはサイモンの腕に爪をたてた。彼が独特の笑みを浮かべてアガサを見つめると、三人の婦人のうちふたりが大きなため息をついた。しかし、レディ・ウィンチェルは目をほそくしただけだった。

「そうだわ、ミスター・アップルクイスト、あなたの旅のお話を聞かせてくださらなくてはいけませんよ。なぜこんな愛らしい奥さまをおいて出かけられるのか、ぜひそのわけが知りたいわ」

煙突掃除人が口を開きかけたのを見たアガサは、慌てて彼の足を踏みつけ、大いそぎでしゃべりだした。

「まあ、ほんとう！　わたくしの世間話より、インドでの虎狩りのお話のほうがずっと刺激的ですわ」女たちはアガサに注意をもどした。よかった。さあ、いそいで考えるのよ！

お父さまは、いつもわたしのつくり話をおもしろがっていた。今日の相手はお父さまよりも手強いけれど、うまくいくにちがいない。兄さがしをつづけられるかどうかが、このいっしゅんにかかっているのだ。アガサは、いっそう刺激的に聞こえるように声をおとして話を始めた。

「大きな象の背にゆられて密林を踏みわけていくなんて、考えただけでもうっとりしてしまいますわ。恐ろしい獲物に近づいていくときの緊張感がどんなものか、おわかりになりますか？　銃口をむけられた虎の目に何が映っているものか、想像してごらんになって」

ミセス・トラップとミセス・スローンは、うっとりと話に聞きいっていた。しかし、レディ・ウィンチェルはちがった。

「インドで虎狩り？　ほんとうかしら？　あの忌まわしいナポレオンと戦っている若者もい

るというのに？」

「でも、モーティマーは遊びにいったわけではありませんわ。ええと……そう、王太子殿下の命を受けて、インドの王さまに書状をとどけにまいりましたの」アガサは、うっかりそう言ってしまった。「虎狩りはしかたなくしたことです。だって……王さまのひとり息子である王子さまが虎につかまってしまったんですもの！　モーティマーは、その虎を一発でしとめたんですのよ！」

「子供をくわえた虎をしとめたとおっしゃるの、ミスター・アップルクイスト？」レディ・ウィンチェルは媚《こ》びるような口調で言った。「まあ……すごいこと」

「なんて勇敢なのかしら」ミセス・トラップはため息をついた。

「神業《かみわざ》ですわ」ミセス・スローンも吐息をついた。

そのころには、アガサの笑顔はいよいよ不自然なものになっていた。まだ帰ってくれないの？　十五分がこんなに長いはずがないわ。

「そうだわ、ミセス・アップルクイスト。あしたの晩、わたくしのささやかな夜会に、素敵な旦那さまをお連れになってくださいな」ミセス・トラップが言った。

招待を受けたミスター・アップルクイストに抗しがたいほどの素敵な笑みをむけられて、年長の夫人は舞いあがってしまったようだった。アガサの中に緊張が走った。だめよ、招待を受けたりしてはだめ！

しかし、遅すぎた。彼は堂々とうなずいて、夫人に応えていた。

やめて！　アガサは、指の感覚がなくなるほど強く彼の腕をつかんだ。しかし、彼は悠然とほほえんで、彼女の手を軽く叩いてみせただけだった。

　アガサは愚かしい笑みを浮かべて客のほうをむいた。「まあ、困った人ね。火曜日の催しにはうかがえないということを忘れてしまったのね。ええ、毎週火曜日に主人の母を訪ねることにしているんです。モーティマーは母をとてもだいじにしておりますの。でも、お誘いいただいて光栄ですわ、ミセス・トラップ」

　よかった。危ないところだった。ほっとしたアガサはレディ・ウィンチェルに視線をむけた。

　そしてその瞬間、凍りついた。レディ・ウィンチェルが笑みを浮かべ、目をぎらつかせて、〝モーティマー〟を眺めまわしていたのだ。この人は、あきらかに飢えている。ああ、なんということかしら！

「ミスター・アップルクイスト、わたくしのところでは週に一度ダンスを楽しむ夕食会を開いておりますのよ。紳士のみなさんは、あなたの冒険談を聞きたがるにちがいありませんわ」レディ・ウィンチェルはアガサに鋭い目をむけた。「ええ、ご本人の口からじかにね」

　ことわろうと口を開いたアガサを、レディ・ウィンチェルが手をあげて制した。

「いいえ、お礼など無用ですよ。あなた方のような若いご夫婦にとって、社交界にとけこむことは簡単ではないはずです。わたくしがお手伝いさせていただくわ」

　立ちあがったレディ・ウィンチェルの顔には勝利の笑みが浮かんでいた。「アガサ、あなたともっと親しくなりたいわ」そして、彼女は声をおとして喉《のど》をならさんばかりに言った。「あなたのハンサムな旦那さまともね」

サイモンはアガサに引っぱられて立ちあがると、堂々とお辞儀をした。ミセス・スローンとミセス・トラップは、おもしろそうに笑っている。

アガサは天を仰ぎたい気持ちを必死で抑えた。そこまで愚かな真似はできない。客は玄関へとむかいながらも、何度も振り返っている。

アガサは〝モーティマー〟をつついて部屋に残るよう合図すると、客のあとにつづいた。玄関ではピアソンが客にショールをわたす準備をして待っていた。

「夕食会にお邪魔できるといいのですが、モーティマーはいつ――」

「いいえ、あなた方は夕食会においでになるわ。だって、火曜日ではありませんもの」

アガサの言葉など信じていないのだ。レディ・ウィンチェルは帽子の傾きをなおすと、アガサに冷ややかな笑みをむけた。

「わたくしたちをがっかりさせてはいけませんよ。いいこと、この世界で自分を印象づける機会など、そうそうめぐってくるものではないということを忘れないでくださいね」

レディ・ウィンチェルは金色の髪をなでつけながら、客間のほうに未練がましい視線をむけた。「ご主人は、ずいぶんと無口なのね。次にお目にかかるときは、お声を聞かせていただけるといいのだけれど。紳士のみなさんは、ご主人の冒険談を聞きたがるにちがいありませんからね」

そう言いながら最後に冷たくほほえんだレディ・ウィンチェルの顔を見て、アガサは寒気をおぼえた。客が帰ると、彼女は自分の身体を両腕で包みこむようにして客間にもどった。ああ、どうしたらいいのだろう？

「うまくいったね。ああ、ぜんぜんむずかしくはなかったよ。上流の人間にしては、感じのいい人たちだったな」ミスター・レインは、すっかり満足しているようだった。「それに、言われたとおり、おれはひとことも口をきかなかった」

アガサは、あんぐりと口を開けた。彼は自分の愛くるしい笑顔とみごとな身体がわたしに何をもたらしたか、わかっていないのだ。

いや、サイモンにはわかっていた。しかし、とんでもない嘘をついた彼女は、そのくらいの罰を受けてとうぜんだと思っていた。インドで虎狩り？　一発でインドの王子を助けた？嘘をつくにもほどがある。さすがのぼくも、モーティマー・アップルクイストという男は好きになれない。

しかし、モーティマー・アップルクイストなる人物は存在しないのだ。かわいらしい嘘つきのミセス・アップルクイストがいるだけだ。彼女は結婚などしていない。すべて芝居だ。だが賭けてもいい、ベッドでの彼女はすばらしいにちがいない。

ミセス・アップルクイストはなみの女性ではない。少し突飛ではあるが、巧みに嘘をつく。そして、それがほんとうらしく聞こえるように、徹底的に話をつくりあげる。さらに驚くのは、彼女が本物のレディたちの中で堂々と振る舞っているということだ。

階級のちがいを乗りこえて上流の人間のふりをすることがどんなにむずかしいか、サイモンにはよくわかっていた。

そうとう訓練を積まなければ、ああはできない。おそらくフランス側の人間だ。そんな話は聞いていないが、女スパイが存在しないとは言いきれない。ナポレオンは創造力のかたまりなのだから。

まあ、そんなことはどうでもいい。ミセス・アップルクイストがジェームズ・カニングトンの愛人だろうと共謀者だろうと、サイモンは彼女が自分をジェームズ本人へとみちびいてくれる可能性に賭けたかった。

とにかく客の相手は終わった。家の間取りはしっかり頭に入っているし、二階の窓の掛け金もはずしてある。くわしく調べるのは夜でいい。しかし、気をつけなければいけない。今夜、誰かが忍びこんだことがわかったら、真っ先に疑われることになる。

サイモンは礼儀正しくうなずきながら、彼女の横をとおりぬけた。「役に立ててよかったよ、奥さん。風呂にまで入れてもらって悪かったね。そろそろ着替えをして帰らせてもらうよ」

彼の顔の三センチ前で客間の扉が閉まった。サイモンは、扉を押さえているやわらかそうな手を見おろした。

「どうしたっていうんだ？　仕事は終わったんじゃないのかい？」

「終わった？　終わったですって？　あなたのせいで、こんなことになってしまったのよ！

あんなに魅力的に振る舞う必要も、あんなふうにほほえむ必要も、なかったはずだわ。あまりにも……あまりにも……」

お願い、よして！　その笑顔よ！

ミスター・レインに笑みをむけられて、アガサはお腹のあたりがむずむずするのを感じた。

「魅力的？　おれが？　ひとこともしゃべらなかったのに、どうしたら魅力的になんて振舞えるんだ？」

彼の低い声にはからかうようなひびきがあり、瞳は秘密をたたえているかのように輝いていた。口角が片方だけ吊りあがっている。それを見たアガサの中に、熱いさざ波がたちはじめた。

むずむずするのは、もうお腹のあたりだけではなくなっていた。熱い波が身体じゅうにひろがっていく。

アガサは唇を舐《な》めた。

低い声で笑った彼の温かい吐息が、彼女の顔にかかった。シナモンの香りがする。だったら、彼はどんな味がするのだろう？

いけないわ。いったい何を考えているの？

アガサはすばやく彼の腕をくぐりぬけて、足早に部屋を横切った。そう、はなれていたほうがいい。彼の熱を感じないだけの距離をおいたほうがいい。

アガサは汗ばんだ掌《てのひら》をスカートで拭いながら、あらためて笑顔をつくり、ミスター・レインのほうを振りむいた。そして、青いベルベット張りのソファにもどるよう合図すると、レディ・ウィンチェルが坐っていた場所に腰をおろした。

この距離ならだいじょうぶ。

ミスター・レインはソファのほうに移動したが、坐りはしなかった。彼はソファのうしろに立って、背もたれに両肘をついた。無言のままアガサを見つめる彼の唇には、まだ歪んだ笑みが浮かんでいる。

「坐っていいのよ、ミスター・レイン」アガサは、堂々たる仕草でもう一度ソファを示した。

「ああ、わかってるよ。ただ、逃げ道を確保しておこうと思ってね。閉じこめられるのはごめんだからさ」

「約束するわ、ミスター・レイン。わたしは誰のことも閉じこめるつもりなどありません」

ああ、なんて腹立たしい人なの！

でも、たしかに彼のことは閉じこめようとしたかもしれない。いったいわたしは何をしているの？　背中をささえていた気力と怒りが不意に消え、彼女はしおれたようになってしまった。

アガサは両手に顔をうずめ、部屋の景色も、そこにいる男も、絶望的な状況も、自分の世界から締めだした。

考えるのよ。いいえ、ミスター・レインのぴったりすぎるズボンのことなんか考えなくていいの。このひどい状況をどう立てなおすかを考えるのよ。

病院から締めだされるわけにはいかない。病院は、ロンドンと戦地の兵士をつなぐたいせつな輪になっている。そこにいれば、機会があるごとにジェイミーのことを尋ねられるし、死傷した兵士の一覧をじかに見ることもできる。

「まいってるみたいだね。だけど、どうしてなんだ？　あんたは結婚してるって、あの人たちに信じてもらえたんじゃないのかい？」

「ええ、そうね。わたしはあなたと結婚してると信じてもらえたわ」アガサは掌で顔をおおったままつぶやいた。「でも、レディ・ウィンチェルの夕食会にうかがわなかったら、どう思われるかしら？　エスコートなしで出かけるなんて絶対にできないわ。みなさんに夫のモーティマーを会わせてしまったんですもの、なおさら無理よ」

誰もがうらやむ招待に応じなければ噂の的になるということが、レディ・ウィンチェルにはわかっているのだ。噂がひろまればアガサの言動に注目が集まる。今、人に興味を持たれることは、なんとしても避けたかった。

ああ、最悪だわ！

心の中で罵《ののし》りの言葉を吐くと、少し気が晴れた。しかし、顔をあげたアガサの目に、いかにものんきそうなミスター・レインの姿が映った。こんなことになったのは彼のせいだ。

「ああ、あのご婦人の面目は丸つぶれだろうね。だけど、おれには関係ないよ。そうだろう？」彼はそう言って踵を返した。

「待って！」もしかしたら、なんとかなるかもしれない。もしかしたら、奇跡が起きるかもしれない。

ジェームズをさがす手がかりが、もうひとつだけあった。名前だ。いや、名前というより渾名《あだな》だ。ジェームズが最後にアップルビーにやってきたとき、アガサは兄の部屋でたまたま手紙を見つけた。その暗号で記された手紙に、〝グリフィン〟と署名されていたのだ。

陸軍大尉であるジェイミーと、近ごろ新聞でもその働きぶりが報じられているイギリスで最も有名な紳士スパイ——グリフィンのあいだに、どんな関係があるのだろう？　アガサにはさっぱりわからなかったが、ふたりがつながっていることはまちがいない。

グリフィンをさがしだせれば、ジェームズも見つかるかもしれない。社交界の人間が集まる場に出入りできたら、そのグリフィンさがしが楽になる。

それにはモーティマーが必要だ。

ミスター・レインは振り返りはしたものの、足をとめる気はないようだった。どうしたら彼を引きとめられるだろう？

「まだ夫の存在が必要みたいだわ。あなた、ふかふかのベッドで眠りたくない？　わたしを助けてくれるなら、ベッドを提供するわ」この捜索の手助けをしてくれるなら、生涯ジェイミーのベッドを使ってくれてもかまわない。

サイモンは、彼女の大胆な申し出に驚いた。ミセス・アップルクイストを名乗るこの女は、いったい何をしようとしているんだ？

彼は仕事用にとってある集中力をかき集め、正体を見破る手がかりはないかと、彼女の全身に視線を走らせた。

しかし、たいした発見はできなかった。着ているものは、やや流行おくれだが上等だ。顔立ちは、リンゴのほっぺの田舎娘ふうではあるが、それなりにととのっている。魅力がないわけではないが、どう見てもふつうの女だ。

しかし、そんなふうに思えたのは身体に目を移すまでだった。

何も感じずに、その身体を観察することはとてもできなかった。ゆたかな美しい曲線に魅せられて、彼の血が熱くたぎっていく。もっとよく見たかった。実物も想像と同じくらいすばらしいのかどうか、たしかめてみたかった。

コルセットからはみだしているあの胸は、ぼくの手からもはみだしてしまうだろうか？あの尻のふくらみが抱かせる期待を裏切らないくらい、彼女は官能的なのだろうか？豊満な彼女は、まるで熟れた果物のようじゃないか。

彼は唾が出てくるのを感じた。

「ミスター・レイン、それなりの賃金をかせげる機会を逃してはいけないわ。煙突を掃除してまわるには少し大きくなりすぎているんじゃないかしら？」

おいしそうなどというものではないな。

「ミスター・レイン？」

サイモンは必死の思いで欲情を抑えた。こんなに唾が出るなんて、医者に診てもらったほうがいいかもしれない。彼はあらためて厚かましい煙突掃除人の仮面を着けた。

「おれに何をさせるつもりなんだい？　法を犯すようなことはごめんだよ。絶対にね！」

「もちろんわかっているわ。そんな心配をするなんて、どうかしているわ。法を犯すような真似はさせません。あなたには、すばらしい目的のために働いてほしいと思っているの」

「そいつはよかった。だけど――」

「ああ、ミスター・レイン、なんてお礼を言ったらいいのかしら！　ほんの二、三週間で終わるわ。もしかしたら、もう少しかかるかもしれないけれど、長くはかからない。それにあなたの骨折りに対しては、気前よく報酬をお支払いするつもりよ」

アガサは彼に輝くばかりの笑みをむけて、大きなため息をついた。サイモンは、彼女のドレスの襟ぐりから必死の思いで目を逸らせた。骨折り？　ぼくは、彼女の夫役を演じることを承知してしまったのだろうか？　彼女に気を取られすぎていて、そんなことにも気づいていなかった。

彼女はかしこい。ただの愛人にしては、かしこすぎる。巧妙さも粘り強さも、ふつう以上だ。これまでは彼女のことを〝傍観者〟として見ていたが、〝共犯者〟と考えたほうがよさそうだ。

いずれにしても、ウィンチェル邸で開かれる夕食会は、この女を観察するにはもってこいの機会だ。それに、社交界と陸軍省の両方で高い地位に就いているウィンチェル卿は、かなりあやしい。ウィンチェルを探れば、役に立つ情報が手に入るかもしれない。

人員が不足している今、〈ライアーズクラブ〉の人間は、みな何件もの仕事を同時にこなしている。もしかしたら一石二鳥ということもあるかもしれない。

サイモンは人員不足の原因を思って苦悩と喪失感をおぼえながらも、なんとか心の乱れを抑えて目の前の問題に集中した。彼女の計画に乗ることで、多くの情報が集まるかもしれない。

しかし……ぼくが彼女の申し出を受けようとしているほんとうの理由は、なんなのだろう？

3

なんとも素敵な夢だった。

首筋に温かな吐息を感じて、アガサはため息をついた。寝返りを打って、幸せな気分にひたりながらのびをする。そして、手をのばした彼女は――。

――冷たく硬いベッドの支柱をなでていた。

官能的な夢の世界をさまよっていたアガサは、はっとして身を起こした。眠る前に三つ編みにしてまとめた髪が、乱れて目にかかっている。彼女は手早くその髪をかきあげると、じっと坐ったまま耳をすませた。

趣のない部屋はいつもどおりで、実用優先でそろえた家具は魅惑的な陰を帯びてさえ美しくは見えない。兄の部屋は労を惜しまずに立派にととのえたが、自分の部屋にはほとんど手をかけていなかった。

晩春の寒さは窓を閉ざして締めだしてあったし、暖炉の火はまだ赤く燃えている。それなのに、なぜ寒気がするのだろう？　なぜ息づかいが乱れて、首筋がふるえているのだろう？

なぜ、かすかにシナモンの香りがするのだろう？

サイモン？

いいえ、ミスター・レインよ――彼女は自分をたしなめた。忘れてはいけないわ。それに、ミスター・レインは廊下のずっと先のジェームズの部屋で休んでいるはずだった。

初め、彼はこの家にいたがらなかった。「あなたがこの家に泊まりこんでも、怒る紳士はいないわ」アガサはそう言って、必死で彼を説得した。彼にいてもらう以外に方法はないのだ。

アガサは、家の中に男性がいるのがうれしかった。低い声に、しっかりとした足音に、空間を満たす確固たる存在感。彼女は、つかのま唇を噛んだ。兄と父親が、たまらなく恋しかった。

アガサはアップルビーを愛していた。それでもこの数年、その領地は大好きな故郷というより、重荷に感じるさみしい場所に変わっていた。ジェームズは戦争に行くずっと前から、そこには住まなくなっていた。

それに、二年前に他界した父親は、十五年前に妻を亡くして以来、本と数学の世界に引きこもったきりだった。息子や娘と過ごしているときでさえ、彼の心はそこになかったのだ。

羊の世話も果樹園の管理も、長いことアガサが引き受けてきた。だから、羊やリンゴのことを考えなくてすむ今の生活が不思議に思えなくもない。しかし、うしろめたいほどほっとしていることもたしかだった。

家族がもどってくるなら、この先ずっと羊とリンゴの世話をして生きてもよかった。かつてのように暮らせるなら喜んでそうする。涙がにじみそうになって、アガサは目をこすった。

彼女は決意を盾のようにかかげて苦痛をはねのけた。お父さまは永遠に帰らない。でも、お兄さまはどこかで生きている。だから、絶対にさがしだしてみせる。

ミスター・レインはジェイミーの代わりにはならないけれど、この捜索には役だってくれるはずだ。

お兄さまはもうすぐ見つかるにちがいない。アガサは、よく再会のときを想像した。たぶん、ジェイミーは傷病兵を運ぶ荷馬車で病院に運ばれてくる。

その日、わたしは患者に水を飲ませようとして、あの悪戯《いたずら》っぽい笑顔を目にし、からかうような声を聞くことになるのだ。

「また、首をつっこんできたのか？　まったく、うるさいやつだ。少しはほうっておいてくれないか！」

お兄さまの怪我は、たぶん重くない。だからわたしが寝台から起きあがるのを手伝って、ふたりして病院をあとにする。そしてアップルビーにもどり、以前のように暮らすのだ。

ジェイミーが戦争に行ってしまう前の暮らしが恋しかった。お父さまが生きていたころにもどりたかった。

フィスティンガム卿など、やってこなければよかったのだ。彼は自分こそがお父さまの遺言執行人であると言い張り、お兄さまは生きてはいないと決めつけて、わたしに自分の息子のレジナルドの妻になるよう迫った。財産と領地を持ってフィスティンガム家に嫁いでくる以外に道はないと、わたしに言ったのだ。

二度と鼻つまみ者のレジーとふたりきりで部屋に残されたくはなかった。汗ばんだ手で身体をさわられるのもごめんだし、口づけを許すつもりも毛頭なかった。

隣人ではあったが、アガサはずっとレジーを避けてきた。子供のころに、彼を信じてはならないと思い知らされたのだ。

アガサは、すばやく昔の記憶を心から締めだした。それでも、夏の曇り空を背景に暗く浮かびあがっていた十代のレジーの汗ばんだ顔が、いっしゅん心によみがえった。あのとき彼女は、子供らしい小さな手で彼を振り払おうと戦っていた。

だいじょうぶよ、彼はここにはいないわ。

ここにいれば安全だ。アップルビーでもしばらくは安全だったが、そんなときは永遠にはつづかなかった。

先月、レジーをつれて屋敷に押しかけてきたフィスティンガム卿を怒らせたのがいけなかった。彼は自分の思いどおりに事をすすめようとしてやってきたのだ。

「きみは孤児になった。面倒をみてくれる人間はひとりもいない。きみの世話をするのは、わたしの義務だ」

「わたくしの面倒なら、兄がみてくれます」フィスティンガム卿のような古い頭を持った男には、自分の面倒は自分でみられるなどと言わないほうがいい。

「なるほど。しかし、ジェームズは死んでしまった。それはまちがいない。馬鹿な期待を捨てて、現実を見ることだ。きみに身寄りはない。このままでは飢《う》えるだけだ」

「そんなことにはなりません」アガサはきっぱりと言った。管理のいきとどいたアップルビーは、フィスティンガムの領地よりもずっと大きな収入をもたらしてくれる。それに彼女の口座は、賭け事に興じる馬鹿息子のせいで空っぽになることもない。

「愚かなことを言うものではない。女は男の助けなしには生きられない。しかし、それについてはわたしが面倒をみよう。父上も――ああ、あのなつかしいジェムズも――それを望んでいるはずだ」

アガサは礼儀正しく振る舞おうと必死で気持ちを抑えていた。なんといってもフィスティンガム卿は、人付き合いが苦手な父のいちばん親しい友人だったのだ。しかし、彼女はつまらないことを思い出した。フィスティンガム卿が親愛なる〝ジェムズ〟を訪ねてくるのは、金を借りたいときだけだった。

お父さまは軽くまばたきをするだけで、金額も訊かずに気前よく小切手を書き、返済を迫ることもしなかった。数字と公式の世界に閉じこもって、それ以外のすべてを完全に心から締めだして暮らしていたお父さまは、気前がよかったわけではなく、お金などどうでもいいと思っていたにちがいない。

そのあとフィスティンガム卿は、カニングトン家の広大な領地をフィスティンガムの名のもとにどう管理していくつもりか話しはじめた。アガサはほとんど耳を貸さずに適当にうなずきながら、心の中で帳簿をつけていた。

しかし、それはフィスティンガム卿の計画に結婚が含まれているのを知るまでのことだった。アガサの中に冷たい恐怖が駆け抜けた。申し出というより強要だ。初めは、フィスティンガム卿本人との結婚を迫られているのだと思った。

しかし、状況はさらに危険なものへと変わっていった。

「すぐにレジーと結婚することだ。選択肢などない。長男が亡くなった今、ジェムズの遺言にしたがってすべてわたしが取り仕切る。そして、結婚式が終わったら、その役はきみの夫に譲りわたすとしよう」

アガサはなんとか父親の遺言を思い出そうとしたが、心に苦悩の影がひろがっただけだった。まちがいない。お父さまは、わたしの幸福を赤の他人の手にゆだねたのだ。そうしない理由はどこにもない。お母さまが亡くなったときから、お父さまは赤の他人のようになってしまったのだから。

「でも、この数年、わたくしがアップルビーを管理してきました！　自分の面倒は自分でみられます！」

「ジェームズが、きみに家令の真似をさせていたことは知っている。まったく愚かにもほどがある。この領地が荒れ果ててしまわなかったのは、運がよかったとしかいいようがない」フィスティンガム卿は立ちあがり、不意に目を鋭くして息子を見た。「結婚する潮時だ。レジー、おまえの花嫁を説得しなさい」

「はい、父上」レジナルドは、勝ち誇ったようにアガサに笑みをむけた。

フィスティンガム卿は鍵を持って部屋から出ていった。扉が閉まる音が、けたたましい警報のようにアガサの中になりひびいた。その音は今でもはっきりとおぼえている。

鼻つまみ者のレジーには、ロマンティックに彼女を説得する気などないようだった。父親が姿を消すとすぐに、彼はアガサに飛びかかってきた。胴着をつかみ、髪を引っぱりながらも、盛りのついた羊のようにぐいぐいと身体を押しつけてくる。

アガサは無言のまま必死で恐怖と闘った。恐怖に負ければ気がくじけてしまう。彼の力に屈するわけにはいかないのだ。それでも、声をあげて使用人に助けを求めることはしなかった。領主の息子に危害をくわえてしまったら、治安判事がやってくる前に、彼女が自分の手で使用人を罰しなければならなくなる。たぶん、それだけでは終わらない。なんと言っても、フィスティンガム卿その人が地元の治安判事なのだ。

レジーは彼女をソファに押し倒すと、ズボンを脱ぎはじめた。アガサが何年も前に学んだことを思い出したのは、そのときだった。彼女はどうするべきか、その瞬間に悟った。

兄妹がもっと若かったころ、妹も身の護り方を知っておく必要があると思い立ったジェームズは、一撃で男を無力にする方法をアガサに教えたのだ。

アガサは力をこめてレジーを蹴飛ばした。のしかかられていたせいで、膝は急所をはずれてしまったが、爪先《つまさき》が同じ役割をはたしてくれた。

その効果はすばらしかった。レジーは真っ青になって、あえぎながら彼女の上からころがりおちた。アガサは床で身をよじって苦しんでいる敵をそのままに、大きな窓から外に逃げだした。

そして、翌朝早くアップルビーをあとにしたのだ。

痣《あざ》はとっくに消えていたが、アガサはあの日のことを思って、無意識のうちに手首をさすっていた。

彼女は身をふるわせ、ぼんやりと髪を編みなおしながら現実に心を引きもどした。目の前に気が遠くなるほどの仕事がある。

どうしたら、たった一週間で煙突掃除人を紳士に仕立てることができるだろう？

ミスター・レインには、それなりの家に生まれた人間らしい話し方と食べ方と踊り方と歩き方をしてもらう必要がある。それだけのことを教えこむのはたいへんだし、成功の見込みはほんの少しもない。アガサは三つ編みから手をはなすと、倒れこむように枕に頭をあずけた。

ひとつずつやっていくしかない。すでに、いくつかの便利な言いまわしはおぼえさせた。この先数日は、それでなんとか使用人をごまかせるにちがいない。さいわいなことに彼はおぼえが早かった。彼に語学力があることを知って、アガサはほっとしていた。

外見を変えるのは簡単だ。まずまずの容姿をしていることは、すでにわかっている。いや、まずまずというよりかなりの容姿だ。きちんとした服を着て行儀よく振る舞えば、充分通用するはずだ。

なにも、ミスター・レインの結婚相手を見つけようとしているわけではない。とにかくふつうでいてくれればそれでいいのだ。

でも、「夫は音楽家ですの」と言ってしまったことは、たぶんみんな忘れていない。

アガサは枕を抱えて身を丸め、眠い頭でその解決策を考えながら、ふたたび眠りにおちていった。


サイモンは陰から足を踏みだし、アガサを見おろした。薄暗がりの中でも、うっすら色づいている頬と寝間着からのぞいている片方の丸い肩が、はっきりと見えていた。いったい何を企んでいるんだ？　都会的ではないが、彼女は健康的で妖艶な名女優だ。彼は今夜誘われるのを待っていた。手助けの〝お礼〟をしてくれるのではないかと、半ば期待していた。

それなのに彼女は明るくおやすみを言うと、困惑顔のピアソンに七時きっかりに朝食を用意するよう命じた。

サイモンは愛人の習慣にくわしいわけではなかったが、そういう人間は怠惰な暮らしをしているものとばかり思っていた。昼間は眠っていて、夜になると情夫を待って過ごすのだ。

真夜中の暗闇の中、家が異議をとなえるかのようにギシッと音をたてた。この数時間で、使用人の部屋をのぞくすべての場所を調べつくした。しかし、ジェームズの部屋にならんだ本に書かれた――『わたしのだいじな策略家、ジェイミーに。愛をこめてA』という――言葉の他に、これといったものは何も見つからなかった。

上掛けの下でアガサが身じろぎするのを見て、サイモンは陰の中にかくれた。ミセス・アップルクイストの私室は、すっかり調べおわっている。この家にとどまって捜査をつづけたいなら、慎重に振る舞わなければいけない。さっさとここから出ていくべきだ。

この部屋には、彼の気を惹くものは何もない。ただし、ベッドに横たわっている女は別だ。彼は早くもこの謎の女の虜《とりこ》になっていた。

サイモンはやってきたときと同じように、そっと部屋を出た。どんなに髪の手ざわりをたしかめたくても三つ編みをほどいたりするべきではなかったし、どんなに素敵な香りがしても眠っている彼女の上にかがみこんだりするべきではなかったのだ。

ロンドンの街がほんとうに眠りにつくことはない。少なくとも、サイモンが行動するあたりは眠らない。彼は陰の中に身をかくしながら、丸石を敷きつめた通りを足早に歩いていた。汚れたテムズ川から、煤けたしめっぽい匂いが立ちのぼってくる。

サイモンにとって、街の臭気は鏡に映る自分の顔のように慣れ親しんだものだったが、花の香りただようキャリッジスクエアの家で過ごしたあとでは、ありがたく思えなかった。

街のこのあたりは、特に環境がいいわけでも悪いわけでもない。さびれた場所と様々な施設が共存している。他とはちがって、ここにはあらゆる階級のロンドンっ子の暮らしがあった。昼のあいだは紳士が物乞いのかたわらを歩き、淑女たちが気にもとめずに娼婦のそばをとおりすぎる。

絶望的でも退廃的でもないこの地区は、〈ライアーズクラブ〉が存在しつづけるのにもってこいの場所だった。〈ライアーズクラブ〉は、紳士が集うクラブとしてそこそこの評判を得ている。しかし、このクラブには、精鋭スパイ集団の指令所という裏の顔があるのだ。

歩調をゆるめたサイモンのブーツの音が、かすかにひびきわたった。彼は何気ない様子で荷馬車がとおりすぎるのを待ち、すばやく路地に入りこんだ。足をとめて不審な音がしないかと耳をすませながら目を慣らす。街灯はここまでとどいていなかったが、灯《あか》りなど必要ない。

サイモンは道なりに足をすすめ、しばらくすると立ちどまって手をのばした。指が冷たい金属をとらえるのを感じて、彼は小さな満足の声をあげた。

錆《さ》びついた梯子《はしご》だ。サイモンは物慣れたやり方で、すばやく梯子をのぼりはじめた。梯子の途中にも、その先にも、窓はひとつもない。

梯子はどこにつうじているわけでもなかった。むきだしの金属の端はぷっつりと切れていて、それをのぼってきた者は壁の途中で引き返す以外なくなる。

しかし、壁にそってのびているせまい張り出しに飛び移れる人間は別だ。手がかりがある場所がわかっていれば、それを使うこともできる。

何年ものあいだにかぞえきれないほどこの梯子をのぼってきたサイモンに、手がかりをさがす必要はなかった。雨の日も晴れの日も、夜の暗闇の中でも昼の日射しの中でも、同じことを繰り返してきたのだ。

サイモンは梯子のてっぺんから張り出しに飛び移ると、煉瓦《れんが》に彫りこまれた手がかりをつかみ、わずかに足をすすめて窓の前にたどりついた。膝のあたりから頭まで高さのある窓には、しっかりと閂《かんぬき》がかかっている。

その閂には頑丈そうな鎖が巻かれていた。しかし、サイモンはそんなものは気にもとめずに、窓の右上の端にかくされている小さな取っ手をつかんだ。

カチッという音につづいて、油を差してある蝶番《ちょうつがい》が小さくうなった。次の瞬間、サイモンは建物の中に身をすべらせていた。厨房の上に位置するその部屋は、倉庫になっている。彼は窓を閉めると、手の埃を払った。

そして、ゆっくりと執務室にむかった。

4

それからわずか数時間後、サイモンはあくびをしながらキャリッジスクエアの家の廊下を歩いていた。早朝の仕事を忙しくこなしていた小柄なメイドのネリーは、彼とすれちがいざま、顔を輝かせて楽しげに笑った。

まだ日はのぼっていなかったが、何もかもアガサの思いどおりにさせるわけにはいかない。彼女が七時に朝食をとるというなら、彼は六時にテーブルに着くつもりだった。またもこみあげてきたあくびをかみ殺しながら朝食室の扉を押し開けたサイモンは、その場で足をとめた。

「おはよう、ミスター・アップルクイスト。よくお休みになれたかしら？」

黄色い壁紙を貼った部屋のテーブルに、すっかり身じたくをととのえたミセス・アップルクイストが坐って、三角に切ったトーストを上品に食べていた。

サイモンには、その光景が信じられなかった。彼女は、夜明け前の庭で虫をさがしている鳥のように、生きいきとして見える。

「ありがとう。きみはよく眠れたのかな？」ゆうべ教わった言いまわしだ。

完璧な受け答えを聞いたアガサが、称賛の色を浮かべて目を大きく見開いた。そんなふうに見られて、サイモンの中に妙な誇らしさがわきあがってきた。もちろん、彼は礼儀正しく話せる。これまでずっと、そんなふうに話してきた。いや、ずっとではないが、ここ数年は問題なく話している。それなのに、彼女に褒められただけで、なぜこんな気分になるのだろう？

背の高い痩《や》せた従僕が部屋から出ていくと、ミセス・アップルクイストはほっとしたようにため息をついた。

「ミスター・レイン、楽にしてかまわないわ」

サイモンは無言のままアガサをひとにらみしてサイドボードの前にすすむと、皿を大盛りにして彼女のむかいに腰をおろした。美しい食器がならぶテーブルに着いて料理を味わいながら、サイモンは思った――ここの料理番は、うちの料理番より腕がいい。

だまって食事をつづけるあいだ、サイモンは密かに彼女を観察していた。のぼりはじめた日が部屋に射しこみ、彼女の髪を赤く輝かせている。不思議だった。これまでサイモンは、彼女の髪は黒いものとばかり思っていた。濃い茶色でさえなく、漆黒と言っていいほどだと思いこんでいた。

茶色い髪に茶色い瞳。なんとも平凡だ。

しかし、彼女自身は平凡どころではない。彼の心に、疑いが忍びこんできた。平凡以上にうまい隠れ蓑《みの》があるだろうか？　平凡な人間には誰も注目しない。

みな彼女の存在にさえ気づかないまま、もっと風変わりで、もっと華やかな女に目を奪われる。あまりにありふれていると人目につかないものなのだ。

彼女が読んでいる新聞が、その指の下でカサリと音をたてた。アガサは興奮気味に、小さなあえぎ声をあげた。

「何か特別な記事でも？」彼は尋ねた。

「これを読んでみて！」アガサはマホガニーのテーブルの上に新聞をすべらせかけて、手をとめた。顔をあげたサイモンの瞳に、ためらいの色を浮かべて自分を見つめている彼女の姿が映った。

「どうかしたのかな？」

「あなた……字は読めるわよね？」

もう少しでうなり声をあげて新聞を引ったくるところだったが、煙突掃除人ならば読み書きができなくても不思議ではない。サイモンは返事もせずに、ただ椅子の背にもたれ、新聞を見つめながら彼女が記事を読むのを聞いていた。

それは本物の新聞と言うよりも、『レディ・Bが――』とか『F卿が――』とかいう記事が専門のゴシップ紙のようなもので、結婚やドレスやスパイについての情報が――。

スパイ！　ああ、なんということだ。また、これだ。

「『わが〈ヴォイス・オブ・ソサエティ〉紙は、イギリスで最も偉大なヒーロー・スパイについての噂が街にひろまっていないことに驚きをおぼえている。摂政王太子に仕えるスパイの存在は公《おおやけ》にされていないが、先ごろ彼が砲弾と火薬を積んだ馬車に迅速《じんそく》に対応して敵の攻撃を無効にしたという事実を、本紙は突きとめている。

彼は夜の闇にまぎれて敵陣の背後にまわりこみ、生命身体を危険にさらしてナポレオンが我々の息子や兄弟にむけて使うつもりでいた武器を破壊するという、自殺行為にも等しい任務を成し遂げたのだ』」

そんな話なら、とっくに知っている。しかし、秘密組織の動きが新聞にのるなど、ふつうではありえないことだ。サイモン以外に、この事実を知っている人間はひとりしかいない。

彼は怒りに手がふるえるのを感じた。

しかし、それはあとでいい！　サイモンは怒りを静め、アガサに視線をもどした。彼女が読みすすめる記事は、さらに大袈裟《おおげさ》になり、美辞麗句をならべたて、ついには芝居めいてさえきた。

もう限界だ。「その馬鹿げた話は、なんなんだ？」

ミセス・アップルクイストは、鼻をならして新聞をおろした。「こういう〝馬鹿げた話〟を探り出すためにわたしはここにいるのよ。ある人をさがしているの。彼は姿を消してしまった。わたしは彼をさがさなければならないの」

「それは誰なんだ？」

「ジェームズ・カニングトン。彼はわたしの……わたしのとてもだいじな人」アガサは、それ以上何も言わなかった。

ジェ、ー、ム、ズ、。彼女は愛人の名を口にしたのだ。

「それがおれとどういう関係があるんだ？」

「あなたがそばにいてくれれば、社交界で動きやすくなるわ。話を聞くのも、何か尋ねるのも、ずっと簡単になる。ここに書かれているスパイというのは、グリフィンだわ。前にも記事を読んでいるからわかるの。グリフィンをさがしだせれば、ジェイミーを見つけることができると思うの」

「グリフィン？」

「確信があるわけではないのよ。ただ、それしか手がかりがないの。だから、そこから始めるしかないわ。ジェイミーの部屋で、〝グリフィン〟と署名された手紙を見たことがあるの」

「とびきりの手がかりとは言えないね」

「ええ、うまくいく可能性などほとんどない。それでも、とにかくジェイミーを見つけだす必要がある。わたしには、もう彼しかいないんですもの」

彼女の声はおだやかだったが、サイモンはその下にある堅い決意を感じていた。それはまずい。そこにいるのは、生半可な人間たちではない。たとえただの愛人が姿を消した男をさがしているのだとしても、その動きが何かをつつきだしてしまうかもしれない。

彼女が危険な存在になるだけでなく、本人が危険にさらされることになる。自分が何をしようとしているのか、彼女にはわかっていないのだ。

「今日はすることがたくさんあるわ、ミスター・レイン」彼女はほほえみ、皿の横にナプキンをおいた。「お食事が終わったら、客間に来てね」

サイモンは、立ちあがったミセス・アップルクイストにうなずいてみせた。部屋を出ていく彼女の腰のあたりでスカートがゆれている。彼はその動きから、必死の思いで目をはなした。長い一週間になりそうだ。

しかし、食事を楽しむことはできる。サイモンはフォークを取りあげ、ふたたび皿の料理を食べはじめた。

とにかく体力をつけておく必要があった。なんといっても、彼女に何をさせられるかわからないのだ。


「絶対にことわる！　何があってもごめんだ。無理にそんなことをさせようとしたら、ひどい目にあわせるぞ！」

鬘《かつら》が寝室の壁にぶつかって、パウダーが派手に飛び散った。ミセス・アップルクイストと、側仕えにやとわれて秘密を守ることを誓ったバットンは、パウダーが床にむかってゆっくりと沈み、そこに散らばっているものたちをうっすらおおっていくのを見つめていた。どれもみな、サイモンの手で投げだされたものだった。

しわくちゃになったクラバットに、襟のとめ紐《ひも》に、片眼鏡。彼は、そうしたものを身に着けることを拒んだのだ。

ミセス・アップルクイストはため息をついた。

もう何度目かわからない。

「わかったわ、ミスター・レイン。鬘は少しやりすぎかもしれない。ええ、法廷に出るわけではないんですものね。襟のとめ紐と片眼鏡もなしでけっこうよ。でも、クラバットには慣れてちょうだい。おしゃれに結んだクラバットなしで、社交界に顔を出す紳士はいないわ」

「ああ、わかったよ！」サイモンは笑いたいのを我慢して、むっつりと答えた。彼はがさつな煙突掃除人の役を演じることを楽しみはじめていた。

　サイモンは顎《あご》をあげ、新たにアイロンをかけたクラバットを結ばせた。その手がふるえているのを感じて、彼は小柄な側仕えにしばし同情した。

　秘密を守るように言われている上に、主人の暴言を聞かされたバットンは、頭のおかしな人間に仕えることになってしまったと思っているにちがいない。

　この三日間を振り返ると、サイモン自身、じきに気が変になっても不思議ではないと思わずにいられなかった。起きている時間のすべてが、話し方を学び、食器についておぼえ、ダンスの稽古《けいこ》をするのに費やされている。

　夜明けから夜まで、これまでにないほど働いていた。知っていながら知らないふりをするのは、知らないことを一から学ぶのと同じくらいむずかしかった。

　使用人たちがどんなにミスター・アップルクイストの世話をしたがっても、アガサは秘密がばれる危険を犯さなかった。彼女は自分で授業の準備をととのえ、彼と食事をし、常に彼を苦しめた。

「hを発音するのを忘れないで、ミスター・レイン」

「gを省略してはいけないわ、ミスター・レイン」

「これが前菜用のフォークよ、ミスター・レイン」

もしサイモンが彼女が思っているとおりの無学な人間だったら、とっくに気が変になっていたにちがいない。とにかく彼は午後のお茶の時間まで、窒息することなくなんとか生きのびていた。

しかし、お茶のあと、ダンスの稽古が始まった。彼の拷問人《ごうもん》とも言うべきアガサが態度をやわらげ、はにかみさえ見せたのはそのときだった。

お茶の盆をかたづけ、磁器製の美しいオルゴールのねじを巻くと、アガサは〝教室〟と化した客間の真ん中にゆっくりとすすみ、無言のまま彼に手招きをした。

サイモンは、ダンスなどまともに踊ったことはなかった。これまで、そんなものを習う必要はなかったのだ。だから最初のうち、そのぎこちなさは見せかけではなかった。

彼が受けてきた様々な教育は、社交界で生きるためのものではなく、人目を忍んで秘密裏に事をすすめるために必要なものにかぎられていた。

バットンがクラバットを結びおえて鼻をならした。

姿見の前に立ったサイモンは、そこに映った夜会服姿の男を見て戸惑いをおぼえた。バットンは誰よりも勇敢というわけではないが、側仕えとしてはすばらしい。サイモンは自分の姿に驚いて目をしばたたいた。

非の打ちどころがないほどぱりっとしたその姿は、まるで貴族のようだった。いつもの彼とは、まったくちがっている。そんな自分を見るのは不思議だった。

「バットン、あなたは天才ね！」ミセス・アップルクイストは、うれしそうに手を叩いた。

「ああ、ミスター・レイン、どこから見ても紳士のようだわ」

気をつけろ。一気に紳士になどなってはいけないんだ。サイモンは鏡にむかって顔をしかめてみせた。「これじゃ、まるでキリギリスだ！」

彼は乱暴にクラバットをはぎとり、ベストを脱ぎ捨てた。「必要なときには着るよ。だけど、毎日こんな格好をさせられるのはごめんだ」

アガサはシャツの飾りボタンを探りはじめた彼の指を、目を見開いて見つめていた。サイモンは小さなボタンを慎重にはずすと、苛立たしげにシャツを頭から引き抜いた。

彼女はわずかにあとずさったが、視線がゆらぐことはなかった。

「見とれてるのかい？」サイモンはうなった。

目を丸くして息もできずにいる彼女を見て、ついにサイモンは笑いだしてしまった。アガサは、その高笑いに頬を染めて顔をそむけた。

「バットン、お茶を召し上がれるように、旦那さまを着替えさせてさしあげて」

アガサは、扉にむかってきびきびと歩きだした。ふたたびサイモンの瞳を見あげたとき、彼女の眼差しからは楽しげな色が消えていた。大きな瞳を暗く輝かせていたのは、楽しさとはまったく別の何かだった。

なんとか平静をよそおってサイモンの部屋の外に出たアガサは、廊下の壁によりかかって深く息をついた。

なんて意気地なしなの？　道具としての彼を見ているだけだと自分に言い聞かせておきながら、男らしい彼の身体に見とれているなんて信じられないわ！

でも、彼は素敵だ。そのせいで、ひどく気を散らされる。新しい服を着た――そして、それを脱いだ――彼は、若い娘の理想の紳士そのものだ。でも、わたしはもう小娘ではないし、彼も紳士ではない。

「奥さま、お茶は客間のほうにご用意いたしましょうか？」

目を開けるとピアソンがこちらを見つめていた。箒《ほうき》のように壁によりかかっている彼女を見ても、顔色ひとつ変えていない。

「ええ、ありがとう、ピアソン」アガサは咳払いをし、執事に輝くばかりの笑みをむけた。「そうしてもらえると、うれしいわ」

お茶を飲めば、気分がすっきりするにちがいない。アガサは無性にお茶が飲みたくなった。ミスター・レインもすぐにやってきて、身に着けたテーブルマナーを披露してくれるにちがいない。でも、彼は食べることを少し楽しみすぎている。紳士は、あんなふうに喉をならすものではない。アガサは、その音が気になってしかたなかった。

お茶の時間が終わったら、ダンスの先生役を務めなければならない。そう思っただけで、またも熱い波が押しよせてきた。今日はミスター・レインに――いいえ、ミスター・アップルクイストに――ワルツを教えるのだ。

夫婦ということになっているのだから、親密に踊るのが自然だ。未婚の女性ならばいざ知らず、ワルツを踊るからには、パートナーにぴったりと身をよせて舞踏室の中を踊りまわる必要がある。

嘘でしょう！　いったいどうしたら生きのびられるというの？

ミセス・アップルクイストは、彼を殺したそうに見えた。彼女が苛立ちを必死で抑えているのは、サイモンの目にもあきらかだった。

「片方の手をこういうふうにおくのよ、ミスター・アップルクイスト。そして、軽く手をにぎる。ああ、軽くと言ったはずよ。石炭掘りのシャベルを持つようににぎってはいけないわ！　そっと手を取ったら、肩の高さに……」

サイモンは、もう聞いていなかった。彼女の口の動きを見ているほうが、よほどおもしろい。不思議なことに、顔の造作のひとつひとつには何も感じない。それなのに、すべてがいっしょになるとこんなにも魅力的に見える。

アガサは古典的な美人ではなかったが、きらめく茶色い瞳と、ふっくらとした唇と、健康的なバラ色の頬の組み合わせが、まちがいなく彼女の魅力をつくりだしていた。

サイモンは、特に唇が気に入っていた。紅などひかなくても美しい色をしているし、ミセス・アップルクイストには今のように苛立つと、すばやく唇を舐める癖があるのだ。

ほら、また唇を舐めた。それを見るたびに、彼はたまらない気分になる。

サイモンは不意に気づいた――その唇に本物の笑みが浮かぶのを一度も見ていない。訪ねてきたご婦人方には礼儀正しくほほえんでいたし、使用人にも感じのいい笑みをむける。しかし、彼女が心から笑っているところは見たことがない。

サイモンは、彼女のほんとうの笑顔が見たかった。無性に見たかった。たとえわずかでも、彼女を怒らせるような真似はしたくない。

「ぼくが何者かは知っているはずだ。ぼくが育った環境では、ダンスは盛装をして踊るものじゃないんだよ」

「どういう意味かしら？」

「母は市《いち》が立つ日にコヴェントガーデンで働いてたんだ。そこでは仕事が終わると、がらんとした広場にみんなが集まって、遅くまでうたったり踊ったりする。大道芸人やフィドル弾きもいっしょになって楽しむんだ」

「コヴェントガーデンの市には行ったことがないわ。お母さまは、何を売っていらしたの？」

身体だ。しかし、それは言いたくなかった。

「いろいろとね」サイモンは答えた。

「お父さまは何をしていらしたの？」

それについても話さないほうがいい。「市の話を聞きたいんじゃないのかい？」

「ごめんなさい。そうね、市の話が聞きたいわ」

しかし、サイモンはすぐには話しださなかった。オルゴールの音に合わせてステップを踏みながら、腕に彼女を抱いているその感じを楽しんでいたのだ。

「ミスター・レイン？　市をたたんだあとの集まりの話を聞かせてくださるんじゃなかったの？」

「ああ、客が帰ったあと、ぼくたちは広場に輪になって坐るんだ。小銭があれば、残り物のタルトやミートパイを買って分け合って食べる。そして、呼び売りで嗄《しわが》れた喉を酒でうるおすんだ。そうやって、みんなどんどん陽気になっていく」

ときに危険になることもあったが、それは言わなくていい。

「それでダンスが始まる。前掛けをしたパン職人に、帽子をかぶった売り子たち。どんな格好をしていようと誰も気にしない。ただ楽しむために踊るんだ。一日を楽しく終わらせるだけのためにね」

ミセス・アップルクイストは片方の眉を吊りあげた。「わたしが踊ったことがあるのは、カントリーダンスだけだわ。でも、コヴェントガーデンのダンスのほうがずっと楽しそう」

「カントリーダンスっていうのがどんなものかは知らないが、母とパン職人の踊りはすごかったな。ジプシーたちにはかなわないだろうけど、あんなに速くくるくるまわれる踊り手はいないね」

アガサは興味を抱いたようだった。「くるくる？　〝くるくるまわった〟ことなんてないわ」そう言った彼女の声には、憧れの色がにじんでいた。

サイモンは彼女を抱いていた腕をほどいて身をはなすと、オルゴールにふれて曲をとめた。

「ミスター・レイン、お稽古はまだ――」

サイモンは手を叩いて口笛を吹きはじめた。オルゴールの落ち着いた音色とはまったくちがう、陽気なメロディだ。彼は勇気づけるようにアガサにほほえみかけると、彼女の手を取っていっしょに手を叩きはじめた。

そして、彼女がリズムをつかむと、彼は一歩うしろにさがった。彼女の手拍子に合わせてステップを踏み、前へうしろへと動いて、くるりとまわる。

アガサが興味をおぼえたのは一目瞭然《りょうぜん》だった。彼女は唇を噛んで、彼の足の動きを目で追いながら手を叩いていた。それを見たサイモンは、手をつかんで彼女をくるりとまわし、楽しげにうたいだした。

さあ、あの娘をつかまえろ
手を取り、くるりとまわすんだ
腕にもどれば、パートナー
もどってこなきゃ、あきらめな！
他の娘をつかまえて、脈があったらめっけものそれでだめなら、もう一度！

アガサはくるくるとまわながら、サイモンの愉快な歌にあわせて円を描くように跳ねまわり、手を叩き、頭がくらくらするまで踊りつづけた。そして、いよいよ目眩《めまい》がしてくると、手をのばしてサイモンのたくましい胸に身をあずけた。彼女はあえぎながら、彼にほほえんだ。

「しようがない人ね、ミスター・レイン」

「お褒めにあずかって光栄です、ミセス・アップルクイスト」自分が教えた儀礼的な言葉が、彼の淫《みだ》らに歪んだ唇から吐きだされるのを聞くのは、なんとも不思議だった。

アガサは掌に伝わってくる彼の感触を楽しんでいた。彼はがっしりとたくましく、近くに立っているとさらに背が高く感じられる。あえぎながら大きく息を吸いこんだ彼女は、そこに彼の香りを感じた。

清々しくて刺激的で男らしくて、シナモンと煙草《たばこ》の匂いがする。

「シナモン」

「えっ？」

「あなた……シナモンの香りがするわ」

「ああ」

アガサは息を呑んだ。彼の熱が服をとおして伝わり、暖炉の火のように彼女の胸と腹部を舐めていく。彼につかまれている肘のあたりが、じわじわとうずきだした。「なぜ……なぜなの？」

「なぜシナモンの香りがするのか知りたいのかい？」彼はやさしく訊いた。

アガサはうなずいた。彼女の呼吸がひどく乱れているのを感じて、サイモンは不思議に思った。そこまで激しく踊ってはいないはずだ。

「ドロップのせいだよ。シナモンドロップだ。ぼくは、あれが大好きでね」

「ええ、もちろんだわ。ドロップね。シナモンの」不意に彼女はあることに気がついた。

「まあ、すばらしいわ！　あなた、きちんと話せているじゃない！」

彼女に笑みをむけられ、やわらかな身体を押しつけられて、ついぼうっとなっていたのだ。サイモンは、慌てて魔法を振り払った。なんということだ、うっかりしていた。彼はアガサをしっかりと立たせると、うしろにさがった。

「ああ、先生がいいからね。ちがうかな？」

「ありがとう、ミスター・レイン」アガサは驚いたように両手で顔をおおった。「わたしたち、何をしていたのかしら？　ああ、ワルツのお稽古をしていたんだわ」

彼女はオルゴールを示して言った。「かけてくださる、ミスター・レイン？」

ふたりは、また行儀のいいステップを踏みはじめた。サイモンは身を硬くして踊りながら、彼女の瞳の色が深みを増し、頬がバラ色に染まっていくのを見ないようにしていた。

ミセス・アップルクイストは、まだいくぶん荒い息をついている。サイモンは、その息を首筋に感じていた。温かで、うるおいがあり、彼女の肌と同じ香りがする。

考えもせずにサイモンは彼女を引きよせていた。もう一度、彼女のゆたかな乳房を胸に感じたかった。

「ミスター・レイン、少しは距離をおいて踊らなくてはいけないわ！　ふたりのあいだに誰かが立てるくらいにね」

その言葉を聞いて、サイモンは冷水をあびせられたような気がした。ふたりのあいだには多くの問題が立ちはだかっている。秘密に、嘘に、ジェームズ。その場でとつぜん山が噴火したかのように、ふたりのあいだに立っているジェームズが見えてきた。

ぼくはいったいどうしてしまったんだ？　鋭い分析力と冷静な判断力は、どこに行ってしまったんだ？　何が変わったというんだ？　煙突掃除人のふりをしているせいで、そういう男に――かわいい女の子の笑顔を見ることだけを考えている単純な男に――なってしまったのか？

サイモンは身を引いた。「今日は、もう充分だ」

アガサは表情をやわらげた。「いっしゅんにして何もかもできるようになるなんて、誰も期待していないわ。あと四日あるんですものね」

「よかった。だったら、出かけてくるよ。新鮮な空気を吸う必要がありそうだ」サイモンは、彼女をかわすようにして戸口にむかった。さっさと出ていったほうがいい。その気になれば、彼女はすばやく行動する。

「ミスター・アップルクイスト――」

「レイン」サイモンは、きっぱりと言った。「ぼくの名前はレインだ」

「わかっているわ、ミスター――」アガサは苛立たしげにかぶりを振った。「いいえ、そんなふうに呼ぶことに慣れるわけにはいかないわ。ミスター・アップルクイストと、自然に呼べなかったら、うまくいかなくなってしまう」

「ぼくの奥さんのふりをするなら、〝サイモン〟と呼んでくれ。〝愛しいサイモン〟と呼んでくれれば、なおいいね」彼は笑みを浮かべて言った。

「〝愛しいモーティマー〟でしょう？」

「くそっ。なんだって、そんな名前を選んだんだ？　モーティマーなんて、へなちょこ野郎の名前にしか聞こえない。もっと強そうな名前を選ぶべきだったんだよ。たとえば……そうだな……」

アガサは片方の眉を吊りあげた。「〝サイモン〟とか？」

「ああ、〝モーティマー〟よりずっとましだ」

「わたしがあなたのことをミスター・アップルクイストと呼ぶのは、不自然ではないわ。そんなふうに旦那さまを呼んでいる女性は大勢いるもの」

「なんでわかる？　きみは結婚なんかしちゃいないだろう？」

「言葉づかいに気をつけて、ミスター――」アガサは唇を噛んだ。「わたしが結婚しているかどうかは問題ではないわ。それに、その気にさえなれればとっくに結婚していたのよ。いいわ、〝モーティ〟と呼ぶことにしましょう。わたしのことは〝アガサ〟と呼んでね。いいこと？」

「わかったよ」サイモンは不満げに答えた。その気にさえなれればとっくに結婚していた、というのはどういう意味なんだ？　彼女は情夫を持つ女だ。愛人だ。まともな男は、そういう女を家に迎えて家事をまかせたりはしない。

しかし、ぼくはまともな男ではない。

ああ、いったい何を考えているんだ？　彼女は、いかがわしい何かに関わっている可能性さえある堕落した女だ。

ぼくは情報の漏洩を終わらせるためにここに来た。罪の香りただよう愛の巣から彼女を連れ去りに来たわけではない。彼女は、今のままで幸せだ。

新鮮な空気。そのとおり、彼には新鮮な空気を吸う必要があった。玄関扉の前で立ちどまらなければならないもどかしさに、サイモンは悪態をついた。ピアソンにしたくを手伝わせずに出かけるわけにはいかないのだ。彼は外套《がいとう》を着て、帽子と手袋を受け取ると、勢いよく通りに飛びだした。

5

メイフェアをとおりすぎてさらに足をのばすうちに、頭の霧は晴れてきた。しかし、思いはキャリッジスクエアのかわいい女主人から、どうしてもはなれない。サイモンはかぶりを振って、彼女を心から締めだそうとした。目の前に、するべき仕事がある。

通りをわたれば、そこがクラブの玄関だ。しかし、サイモンはためらっていた。モーティマーとして、玄関から入るべきなのだろうか？

モーティマーならば、立派な——いや、そこそこ立派な——紳士のクラブにいても場ちがいではない。

このゴシックふうの建物の中にあるクラブで何が行われているか、妻や母親たちはけっして知りたがろうとしない。そこは満足を知らない紳士たちが集い、酒を飲み、賭けを楽しむ場所だ。紳士たちは、クラブを訪れることでほんとうのロンドンを知ったような気分になる。

もちろん筋金入りの道楽者は、こんなクラブで時間をつぶしたりはしない。女を買ったり大金を賭けたりできる場所に出むく。ただし、そういうところは、あらゆる種類のお楽しみがそろっているのに、食事はたいしてうまくないし、酒もこのクラブほど上質なものはおいていない。サイモンは、自分が吸うことはほとんどなかったが、葉巻の品ぞろえに特に誇りを持っている。

〈ライアーズクラブ〉は、少なくとも表面的には、なんの変哲もないクラブだ。気取り屋のモーティマーが、ちょっとした不道徳な雰囲気を楽しみにやってきても不思議ではないはずだ。

心を決めたサイモンはシルクハットを目深《まぶか》にかぶりなおすと、丸石を敷きつめた通りを大股に歩きだした。どこから見ても、お楽しみを求めて娯楽施設にやってきた俗物根性丸出しの紳士といった感じだった。玄関番が面倒くさそうに彼を見た。

「ここは会員制のクラブです。会員の方とごいっしょでなければ、お入りになれません」

サイモンは一本指でシルクハットをあげて、玄関番に顔を見せた。「扉を開けろ、スタッブズ。さもないと、給金を差し引くぞ」

玄関番は目を大きく見開いた。

「はい、ミスター・レイン。いつもと様子がちがうので、わかりませんでした！」

サイモンは笑みを浮かべた。「気にすることはない、スタッブズ。正面玄関を使ったことなど、これまでなかったからな」

「はい。いえ、つまりそのとおりです！」スタッブズは大いそぎで扉を開けた。

「ジャッカムはいるのかな、スタッブズ？」

「はい。さっき見かけたときは、執務室においででした」

サイモンはうなずくと、クラブの中に入っていった。玄関番のへつらい顔から逃れられて、ほっとした。

そして、煙ただよう男の世界に足を踏みいれると、さらに気持ちが楽になった。もっぱら若い紳士や小貴族に使われている表の部屋にいてさえ、落ち着いた。深緑色の壁と暗い色の木材が、地味で厳粛な雰囲気をかもしだしている。ここは男の世界だ。花の香りもしなければ、お茶が運ばれてくることもないし、口やかましい誰かがいるわけでもない。

言うまでもなく、ここには誘惑もない。

ビリヤード室を抜けて、厨房の奥にある執務室に足を踏みいれたサイモンに、ジャッカムがぼやいてみせたのは、まさにそのことだった。年長の男は、銀行にあるような大きな机の前に坐っていた。赤毛がかき乱されているところを見ると、だいぶ前からそうしているにちがいない。

「女をおけば、儲《もう》けは倍になるにちがいないんだ」ジャッカムは帳簿を見ながら、不満げに言った。「それに、いったいどこに行っていたんだ？」

サイモンは笑みを浮かべてソファに腰をおろした。その布は擦《す》りきれていたが、吝嗇《りんしょく》家のジャッカムに買いかえる気はないらしい。つらい日々を生き抜いてきた彼の中には、優美さを求める心など残ってはいないのだ。

「規則はわかっているはずだ、ジャッカム。このクラブにアヘンと娼婦は無用だ。公明正大にやってこそ、商売は成り立つ」

「娼婦をおいたからといって、法を犯すことにはならない」

「ジャッカム、その話ならすんでいるはずだ。紳士のみなさんが満足していないようなら、女を呼んで歌でも踊りでも披露させればいい。しかし、娼婦はだめだ」

にらまれたジャッカムは、もう何も言わなかった。この件について、サイモンが考えを変えることはない。サイモン自身、良心がとがめるようなことをしていないわけではない。少なからず、そんなことをしている。それでも、魂を売る商売に関わる気はなかった。

「この数日、なぜ顔を出さなかった？　こっちは、ひとりでここを切り盛りしなくてはならなかったんだ。ここは、おれのクラブじゃない。あんたのクラブだ」

「仕事だよ」

「そうだろうとも」ジャッカムは不満そうにつぶやいた。「その仕事というのは、二日ほど前にメイフェアで起きたこととは関係ないんだろうね？」

サイモンは曖昧にうなってみせた。

ジャッカムの黒い目が光った。「みごととしか言いようがないね。魔術師にしかできない仕事だ、ちがうかい？」彼はサイモンにウインクした。「屋根の上を走りまわっていた若いころを思い出すよ。盗まれたのは、大量のダイヤモンドだっていう話だ。それについて何か知っているんじゃないのか、サイモン？」

「ジャッカム、ぼくが秘密をもらさないことは承知しているはずだ」サイモンは彼の気をそらすために、今期の取り分にダイヤモンドをいくつかくわえてやることに決めた。

「あのころが、たまらなくなつかしいよ」ジャッカムはため息をついた。

つかのま、彼の顔に刻まれた苦悩の色がやわらいだ。ロンドンの屋根の上で悪魔とダンスを踊っていた日々を思い出しているにちがいない。影のように動けたあのころの彼には、警備の厳重な施設から財産を盗みだすことができたのだ。

泥棒一味の親分として生きるのは刺激的だ。しかし、短命に終わることはわかりきっている。そういう人間には、悲惨な終わりが待っているのだ。牢屋で死ぬ者もいれば、縛り首になる者もいる。

ジャッカムの場合、ぬれてすべりやすくなった張り出しの上で、ほんの少し足を踏みだす場所をまちがえたのが悲惨な終わりの始まりだった。四階から地面におちた彼は、三十代で老人になり、骨が砕けたせいで生涯、痛みとともに暮らすことになった。

サイモンはそれを教訓として常に心の前面におき、気をつけている。もしボスに――スパイ組織の先代の長に――拾われていなかったら、彼も同じ道をたどっていたかもしれない。ボスは、通りで暮らしていたサイモンに煙突掃除の仕事をやめさせ、スパイになるための訓練を受けさせた。

長いこと煙突掃除をしていれば、屋根にのぼることも暗い中で働くこともむずかしくはない。だから、成長して煙突に入れなくなった若者の多くが、身をひそめて働く仕事につこうとする。

サイモンは泥棒になったわけではない。しかし、ジャッカムはそう思っている。真夜中に泥棒に入った家で、金庫を開けている男に出くわしたら、同業者だと思ってとうぜんだ。

　その夜、ジャッカムは自分は宝石以外に興味はないと言って、サイモンに金庫の中身を気前よく分け与えた。サイモンはすでに必要な書類を盗みだしていたが、その申し出を受けることにした。泥棒という隠れ蓑は便利だし、政府に管理されている〈ライアーズクラブ〉の金庫に余裕ができる。

　ふたりは、その夜から組んで働きだした。サイモンが押し入る家を選び、金をつかませたりだましたりして見取り図を手に入れる。そして、ジャッカムが一味の者たちを使って、夜中に金庫をやぶるのだ。

〈ライアーズクラブ〉は栄えたが、ジャッカムはまたたく間に財を築いて、またたく間にそれを失った。ジャッカムが無一文になったとき、サイモンはちょうど先代の跡を継いだところだった。彼はジャッカムに泥棒家業から足を洗うと宣言し、自分が〝買った〟クラブの支配人にならないかと誘った。

〈ライアーズクラブ〉のほんとうの目的を、ジャッカムにもらさずにいるのは簡単ではなかった。それでも打ち明けるわけにはいかない。友人として愛してはいるが、ジャッカムは金を拒めない人間だ。金を積まれたら親友さえ売りかねないということが、サイモンにはわかっていた。

　だからジャッカムは、クラブの奥の部屋にいる若者たちをサイモンの手下の泥棒と信じて、バーで酒を出したり帳簿をつけたりするかたわら、大喜びで金庫やぶりの計画を練る手助けをして過ごしている。

クラブで働くことで、ジャッカムはふたたび人生に興味をおぼえるようになり、失っていた世界とのつながりを見いだしもした。

だが今、昔の思い出のせいでジャッカムが荒涼とした気分になりはじめていることに、サイモンは気がついた。「ジャッカム、あの大蛇と踊っていた女はなかなかだったじゃないか。あの娘を連れてきたらどうなんだ？　まずクラブの紳士たちの前で披露して、そのあと裏の者たちを楽しませてもらう」

儲けを期待できそうな案に、ジャッカムの瞳が輝いた。

「あの娘の動きは、なんともしなやかだった。あれは、いい気晴らしになったよ。紳士たちは一度見ているんだ。自分が嘘をついているんじゃないことを証明したくて、仲間を連れてくるかもしれない」彼の目がほそくなった。「その半分が新しい客を連れてきて、半分がやみつきになれば……」

サイモンは笑みを浮かべ、だまってジャッカムにそろばんをはじかせておいた。彼の気を過去からそらすことができてうれしかった。道が先にのびているときに、過去を振り返っても意味がない。

サイモンの道は、未来にむかってまっすぐにのびている。今、何をするべきかはわかっていたし、それをするのは自分しかないということも承知していた。どんな誘惑があろうと関係ない。

しかし、くそっ、彼女はなんて魅惑的なんだ？

一日が終わろうとしているのに、ミスター・レインはまだ帰ってこない。アガサはキャリッジスクエアの家でなんとなく時間をつぶしていた。しかし、何もしないで過ごすことには慣れていない。何年ものあいだ、領地を管理するのに忙しく働いてきたのだ。それにこの数日は、サイモンを紳士に仕立てあげるのにすべての時間を費やし、彼のことで頭がいっぱいになっていた。

いいえ。ジェイミーの捜索という任務のことで、頭がいっぱいになっていたのよ。

それなら、なぜ夜ごと彼の夢を見ているの？

アガサはハエのようにつきまとってくる小さな声を無視しようとした。夢のことまで責任は持てない。それに、ロンドンのざわめきや青い瞳が気になってしかたないのは、単に街の生活に慣れていないせいだ。ああ、それにしても、あんなに青い瞳は見たことがない。

サイモンがいないとすることがないという事実に苛立ちをおぼえたアガサは、思いきって厨房に行ってみた。しかし、厨房の女王——料理番のセーラにロールパンをわたされて追いだされてしまった。家のことはすべてピアソンが取り仕切っている。つまり、そこにも彼女の仕事はないということだ。

アップルビーの家政婦に手紙を書くことも考えた。ミセス・ベルに指示を出し忘れていることが、何かあるにちがいない。

でも、そんなものは何もなかった。ランカシャーでは、晩春を迎えた今がいちばん仕事の少ないときなのだ。リンゴはまだ緑色のビー玉くらいだし、羊は春先に子供を産んで、一カ月ほど前に毛刈りをすませている。

何年もつづけてきた単調な暮らしを恋しく思う気持ちはなかった。そのときが来たらアップルビーにもどるつもりだが、羊やリンゴ酒の樽《たる》の数をかぞえずに過ごせるときは、長くつづけばつづくほどいい。

ロンドンにやってくる前は、田舎の暮らしにそれなりに満足していた。しかし、幸せだったわけではない。アガサは常に何かを求めずにいられない自分の性格を密かにうとみ、そんな思いを必死で抑えていたのだ。父親は日々の仕事を彼女にまかせきりにしていた。そして今、ジェームズも同じことをしている。

ジェームズは冷たいわけではなかったが、彼女が望むほどアップルビーに帰ってきてはくれなかった。家族とのつながりを求めていたアガサは、兄からとどく手紙で自分を満足させるしかなかった。

子供がいればよかったのかもしれない。彼女は子供が大好きだったし、最近では赤ん坊を抱くと自分の子供がほしくて涙ぐみそうになる。それでも、アップルビーには結婚したいと思える男はひとりもいなかった。

レジーなど論外だ。彼の称号にも領地にもなんの魅力も感じない。アップルビーのすぐそばで暮らせるという利点があっても、絶対におことわりだ。身体をまさぐる彼の手や、顔に感じた荒い息のことを思うと、今でも寒気がする。

アガサは過去の記憶を振り払って、現実に心を引きもどした。レジーが自分を襲う機会をうかがっていることを知って以来、彼を恐れて過ごすのにすでに長すぎる時間を費やしていた。それに、今は煙突掃除人を紳士に仕立てるという仕事がある。

それにしても、彼の進歩には目ざましいものがある。誰かの可能性を引きだす手伝いをするのは楽しいものだ。こういうことは自分にむいているのかもしれないと、アガサは思いはじめていた。彼がその証拠だ。

もちろん、ミスター・レインにはたっぷりと報酬を払わなければいけない。荒削《あらけず》りではあるけれど、彼は魅力のかたまりだ。長い脚に、上着の裾の下で動く男らしい……。

「いやだわ。部屋が暑くなってきたようね」アガサはひとりつぶやきながら、顔をあおぎはじめた。

サイモンの新しい衣装について話し合うためにバットンをさがしにいきながら、アガサは思った——サイモンの硬い身体が押しつけられる感じは、レジーの重い身体にのしかかられる感じと、なぜあんなにもちがっているのだろう？

6

ついに夕食会の夜がきた。アガサは、またも行ったり来たりを繰り返していた。今度のことが始まってから、こうして何キロ歩いたことだろう？　暖炉の火は盛大に燃えているのに寒気がする。彼女は裸の腕をさすっていた。

ドレスはベッドの上にひろげてあったが、着る気になれなかった。ドレスを着たら、家を出なければならない。家を出たら、ウィンチェル邸にむかわなければならない。そして、ウィンチェル邸に着いたら、嘘がばれて恥をかくことになるにちがいない。

誇りが傷つくことはさほど問題ではなかった。それよりも、ロンドンにいられなくなることのほうが問題だ。不名誉な評判とともにアップルビーにもどることになったら、なおさら悲惨だ。

アガサはベッドの前で足をとめ、こっくりとした緑色のサテンのドレスを横目でにらんだ。そして、心の中でレディ・ウィンチェルの優雅な衣装と比べてみた。でも、これを着るしかない。アップルビーを発《た》つときには、美しいドレスが必要になるとは思わなかった。

だから、夕食会に着ていけるようなものは、このドレス以外ないのだ。とはいっても、アップルビーにもっとましなものを残してきたわけではない。生まれたときから田舎で暮らしてきた彼女には、ロンドンで優雅さを競うためのドレスなどつくる必要はなかった。

それでも生地は上等だし、午後いっぱいかけて流行の形にできるだけ近づけた。アガサは腰のあたりに手をあてて、深く息を吸ってみた。

苦しいのはいやだったが、ゆたかさを増した胸を数年前につくったドレスに押しこむには、コルセットをきつく締める必要がある。

炉棚の上で磁器製の時計がなりだした。もう、したくをしたほうがいい。

アガサはネリーの手を借りて、スカートを頭からかぶった。もう少し素敵なものを着てミスター・レインの前に出られないのが、残念でならなかった。

サイモンは、拳をほどけと自分に命じた。バットンは自分の仕事をしているだけなのだ。しかし、〝旦那さま〟が苛立っているのは、側仕えの怯《おび》えきった不安げな態度のせいばかりではなかった。サイモンは、今夜の外出に悪い予感をおぼえていた。

もちろん、うまくいくにきまっている。正体を見やぶられる心配はない。たとえ誰かに気づかれても、その人物がそれを口にすることはないだろう。そんなことをしたら、自分の身が危うくなるだけだ。

それに、この姿は悪くない。モーティマーはいやなやつかもしれないが、ぱりっとしていることはたしかだ。アガサは衣装をそろえるのに出し惜しみをしなかった。だから、モーティマーは正真正銘のしゃれ者に見える。

人目を引きそうで、サイモンは不安だった。たぶん、それが悪い予感の原因だ。長いこと目立たないように生きてきた彼は、こんなふうに華やかに装うことに慣れていない。身体じゅう真っ赤に塗られて、猟犬の群れの前を走らされるほうがまだましだ。

それに、なぜ自分がこんなことをしているのか、よくわからなかった。おそらくそれも悪い予感の原因のひとつだ。もちろん、ウィンチェル邸に招かれたのは好都合だが、招待など受けなくても簡単に入りこめる。

キャリッジスクエアのこの家にはあやしいものは何もないと、サイモンは思いはじめていた。この一週間ほど、毎晩捜索をつづけたが何も見つかっていない。手紙もなければ、妙な話も聞かないし、とにかく手がかりになりそうなものはひとつもない。

どこから見ても、〝アップルクイスト邸〟はあたりまえの仮住まいでしかなかった。かくし金庫も、底が二重になった抽斗《ひきだし》も、謎めいた壁のくぼみもなし。この家は、見たままの家でしかない。

しかし、アガサはちがう。彼女は何かをかくしている。親しげな態度も、信じて疑わない様子も、くつろぎ方も、度をこしている。サイモンはワルツの稽古以来、彼女がどんなに魅力的に映ろうと、けっして気をゆるめなかった。

彼女は完璧なプロだ。しかし、いったいなんのプロなんだ？

バットンが最後にもう一度ため息をついて、あきらめ顔でクラバットを引っぱった。

「これでお出かけいただくしかなさそうです、旦那さま」

バットンは泣きそうになっていた。サイモンは鏡に映った自分の姿を見てみたが、何が悪いのかわからなかった。彼はその完璧主義ぶりに天を仰ぎたいのを我慢して、小柄な側仕えの肩を叩いた。

「みごとな仕事ぶりだ、バットン。ほんとうにすばらしい！」サイモンはベストの裾を引っぱると、いっしゅん鏡に〝モーティマー、おまえは王さまか？〟とでも言いたげな眼差しをむけ、ゆっくりと部屋をあとにした。

どうせ避けられないなら、さっさと片づけたほうがいい。さて、アガサはどんなドレスを着ていくのだろう？

忌々しいドレスは小さすぎた。アガサは玄関広間で背のびをすると、机の上にかかった金縁の鏡に胸元を映してみた。やっぱり小さすぎる。サイモンの服を注文するときに、なぜ自分用のドレスをつくらせなかったのだろう？

いいわ、すぐにつくらせる。でも、今夜はどうしたらいいの？

襟ぐりからはみだしすぎている胸を見て、アガサは目をしばたたいた。このままでは、人前には出られない。レースか何かを襟元にたくしこむしかなさそうだ。野暮《やぼ》ったいけれどしかたがない。

「気が変にでもなったのか？」

　振りむくと、階段上でサイモンが顔をしかめていた。視線は、まちがいなくその部分にむけられている。

「どういう意味かしら？」そうは言ったものの、アガサにはその意味がよくわかっていた。

「そんな格好では、どこへも出かけられない！」

　サイモンの高圧的な口調に腹を立てながらも、アガサは教養を感じさせる彼の言葉を聞いてうれしくなっていた。よくここまで教えこんだものだ。これなら、誰も彼のことを無学な煙突掃除人だとは思わない。

　サイモンは足早に最後の数段をおりると、彼女の前にすすんだ。アガサの襟元を見おろした彼の顔が、さらに険しくくもった。

「このドレスはまずい。何か別のものに着替えるべきだ」

「夕食会に着ていけるようなものは、これしかないの」アガサはすましてそう答えると、鏡のほうにむきなおった。モード誌にはもっと襟ぐりの深いドレスものっている。「はっきり言って、このドレスはとびきり大胆というわけではないわ。街のレディたちは、こういうドレスをあたりまえに着ているんじゃないかしら？」

　たしかにアガサの言うとおりだ。このドレスはとびきり大胆というわけではない。問題はそれを着ている身体のほうだ。

　サイモンは、彼女のゆたかな白い胸から目をはなすことができなかった。胸がドレスから飛びだしそうになっている。いや、実のところ、それは彼女の胸に魅せられた彼の願望であって、そこまできわどい状態ではなかった。

それでも、ロンドンじゅうの男に魅力的な胸を見せびらかして歩いてほしくはない。そんなことをされたら、サイモンは落ち着いていられない。

問題はそこだ。今夜、サイモンには為《な》すべき仕事がある。好色な男たちの手から彼女を護っている暇などないのだ。

「すぐに着替えるんだ」サイモンは命じた。

アガサは苛立ちをおぼえた。わたしが言うことを聞くと思っているなら、大きなまちがいだわ。わたしに指図できる人間などひとりもいない。お父さまも、ジェイミーさえも、そんなことはできないの。アガサは目をほそくして彼をにらんだ。

「このままで出かけます」彼女はピアソンに合図した。「馬車をまわしてちょうだい」

ピアソンは彼女の外套を手に、前に足を踏みだした。

「だったら、ぼくは行かない」サイモンは笑みを浮かべたが、素敵なほほえみからはほど遠かった。「なんだか頭が痛くなってきたようだ」

嘘でしょう！　サイモンは、その場に根が生えたように立っている。神さま、どうかお助けください。アガサは戦う気満々で、とびきりの笑みを返した。

「ピアソン、旦那さまにお薬をお持ちして」ほほえみながらも、最後のほうは食いしばった歯のあいだから吐きだすように言っていた。

サイモンは、扉のほうをむいた彼女の腕に手をおいた。「アガサ、真面目に言っているんだ。そんな格好で出かけるのはまずいよ」さっきまでの高圧的な色はうすれて、おだやかな口調になっていた。「何かないのかな、その……襟元のふくらみを少しかくせるものは？レースか何かないのかい？」

アガサは足をとめた。そうよ、サイモンがおりてきたとき、レースのことを考えていたんだわ。この人を前にすると、自分がしようとしていたことさえ忘れてしまう。

今夜は気をつけたほうがよさそうだ。サイモンに見つめられてぼうっとしてしまうようなことは、絶対にあってはならない。

「ええ、そうね。レースを取ってくる。すぐにもどるわ」アガサは渋々そう言うと、階段をのぼりはじめた。

振りむいた彼女の目に、冷ややかな様子でピアソンから薬の包みを受け取るサイモンの姿が映った。この点に関しては、サイモンに降参したほうがよさそうだ。

7

優美なウィンチェル邸の前で、サイモンの手を借りて馬車をおりたアガサは、スカートのしわをのばしながらも、息もつかずに講義をつづけていた。

「女性の階級によって、お辞儀の深さを変えることを忘れないでね。〝ミセス・誰々〟と紹介されたら少し頭をさげるだけでいいわ。でも、〝レディ〟と紹介されたら、深々とお辞儀をするのよ。少し大袈裟《おおげさ》すぎても、相手を喜ばせようとしているようにしか見えないわ。特に、わたしが教えたとおりの挨拶《あいさつ》を口にしていれば、どんなに頭をさげてもだいじょうぶよ」

サイモンは歯ぎしりをした。もう我慢の限界だ。ロンドンの通りが混みあっていたせいで、ここに着くまで一時間ちかくかかった。そのあいだじゅう、アガサはうるさく彼を悩ませつづけた。

「ダーリン、妻は人前で愛する旦那さまに講義などするべきではないと思うがね」彼はそう言って、あたりの馬車からおりてくる何組もの夫婦に意味ありげな視線を投げた。「誰も口うるさい女だと思われたくはないものだ。ちがうかな？」

サイモンは顔に笑みを貼りつかせて、アガサの手をしっかりと腕にからませると、彼女を引きずるようにして屋敷の玄関へとつづく列のほうにすすんだ。

「まあ、ごめんなさいね、ダーリン。思い出させてくださって、ありがとう、ダーリン。ええ、誰も口うるさい女だなんて思われたくはないわ、ダーリン」アガサは彼をにらみつけた。

サイモンは彼女に歯をむきだしてみせた。「いいかげんにしないと絞め殺すぞ。この一週間、口にする言葉をことごとくなおされ、動作のひとつひとつを批判され、くそ忌々しくも吸う息さえ――」

「紳士はレディの前で〝くそ忌々しい〟なんて言わないものだわ」アガサはすまし顔で指摘した。

「もうひとことでもしゃべったら、ぼくは魅力的なかわいらしい死体を連れて夕食会に出ることになるぞ！」サイモンは吐きだすように言った。

言い返そうと口を開いたアガサは、はっとして口を閉じた。

かわいらしい？

サイモンは、わたしのことをかわいらしいと思っているの？　不意に足取りが軽くなった。

アガサは、ウィンチェル邸の壮麗な玄関へとつづく堂々たる大理石の階段をのぼりはじめた。歩調を乱すことなく歩いているサイモンは、不承不承だったとしても、彼女を護るようにしっかりと手をにぎっていた。

ウィンチェル夫妻との挨拶を前に気を落ち着けなければならない今、アガサは彼の威圧《いあつ》的な態度がありがたかった。

彼はわたしに胸をかくさせたがっていたし、わたしのことをかわいらしいと思っているようだ。

そのふたつを考えあわせてみた彼女の顔に、ゆっくりと笑みがひろがった。ふたりでワルツを踊った午後に感じた、あの温かさがよみがえってくる。

アガサはサイモンをうながし、ずらりとならんだ使用人のほうにすすんで外套をあずけると、きらびやかな玄関広間に足を踏みいれ、人の波に押されるまま大舞踏室へと入っていった。

踊っている客は多くなかった。それよりも、みな広々とした部屋をただ楽しんでいるように見える。アガサは、ここまで贅《ぜい》をこらした優雅な設えを目にしたことがなかった。ランカシャーの舞踏会場の思い出など、金とバラで飾られたこのきらびやかな舞踏室を前にしたらかすんでしまう。

アガサは胸をときめかせ、喜びに顔を輝かせて、サイモンのほうを振りむいた。

「なんてきれいなのかしら」

サイモンは彼女に身をよせた。「おれに言わせりゃ、くそ忌々しい見せ物だ」ひどい言葉づかいだった。

「サイモン！　約束したはずよ！」アガサは恐怖をおぼえたが、彼が笑みを浮かべるのを見てからかわれているのだと気づいた。サイモンの気持ちがほぐれていることを知って、うれしかった。ウィンチェル夫妻の前に立ったアガサは、彼にやさしくほほえんだ。

気分が浮きたっていたアガサは、レディ・ウィンチェルに心からの笑みをむけていた。

ラヴィニア・ウィンチェルは美しい眉を片方だけ吊りあげ、冷ややかに唇を歪めた。「まあ、ミセス・アップルクイスト！　とても素敵。長いこと田舎で暮らしていらしたようだから、こんな場にふさわしい衣装などお持ちでないのではと心配しておりましたのよ」

その言葉でアガサの笑みは心からのものではなくなってしまったが、レディ・ウィンチェルに楽しい気分をだいなしにさせるつもりはなかった。

「レディ・ウィンチェル、その優雅なお姿を前にしたら、わたくしなど色あせてしまいますわ。いったいどこでそんな衣装をそろえられたのかしら？　レディたちのほとんどがフランスのものを着られなくなって嘆いているというのに、その装いといったら、まるで戦争など起きてもいないようですわ」

サイモンは息を呑んだ。これでは、フランス製のドレスを着ているレディ・ウィンチェルへの辛辣《しんらつ》なあてこすりに聞こえてしまう。社交界のお目付役的立場にあるレディを怒らせてしまったことに、アガサは気づいているのだろうか？　レディ・ウィンチェルの顔にあらわれた表情を見たサイモンは、アガサの称賛の言葉を皮肉と取ったのが自分だけではなかったことを知った。

目をほそめて歯をむきだしたレディ・ウィンチェルの顔は、笑顔とはほど遠かった。彼女は鼠《ねずみ》の死骸《しがい》をにぎっていたことに気づいたかのようにアガサの手をはなし、サイモンのほうをむいた。

その瞬間、レディ・ウィンチェルの顔に獲物をねらう動物のような色が浮かんだのを見て、サイモンは目をしばたたいた。彼は差しだされた手を取って深々と頭をさげながら、アガサに教わった挨拶の言葉を述べた。レディ・ウィンチェルの中指が、意味ありげに彼の掌をなでるように動いている。

なんともおもしろい展開じゃないか？　目をあげると、アガサがにぎりあったふたりの手を見つめていた。その表情から察するに、喜んではいないようだった。

「まあ、ついご挨拶が長くなってしまいましたわ……」アガサの鋭い声を聞いて、レディ・ウィンチェルは渋々サイモンの手をはなした。「お待ちになっている他のお客さまに叱られてしまいますわね」

アガサはサイモンの腕をつかむと、すばやくその場をあとにした。サイモンの肩が抜けそうになるほどの勢いだった。

「どうしたというんだ？」サイモンは鋭い口調で訊きながら、彼女の手を振りほどいた。

「きみに言われたとおりにしたはずだ」

アガサは足をとめて彼とむきあった。「レディ・ウィンチェルには気をつけていただきたいの、ダーリン。あの方は何かをご存じよ。ええ、絶対にね。どういうわけかはわからないけれど、いつもわたしに疑いの目をむけるの」

「ロンドンにやってきて以来、きみが嘘でかためた生活をしているからじゃないのかい？」

サイモンは上着の裾とシャツの袖を引っぱった。そして、彼女がすぐに言い返してこないことに気づいて目をあげた。

「なぜそのことを？」アガサはささやくように訊いた。

しまった！　自分がどこまで知っていることになっているのか、サイモンはすぐに思い出せなかった。「ああ……きみは結婚などしていないのに結婚しているふりをしているし……ええと……ぼくの正体をかくして……」

アガサは安堵《あんど》のため息をついた。「ああ、その嘘のことね」

おっと。つまり、他にも嘘をついているということだ。サイモンは、自分はいったいどれだけだまされているのだろうかと思いながら、彼女にしたがって人混みの中をすすんでいった。

曲が終わると、サイモンは礼儀正しくミセス・トラップを彼女の夫の手に返した。彼はトラップ家の娘たちにすばやく頭をさげはしたが、もう一度いっしょに踊りたそうな眼差しは無視することにした。

ミスター・トラップの肩のむこうに、軍服に身を包んだ年配の男とワルツを踊っているアガサが見えている。この数時間、彼女は赤い上着姿の男たちばかりを相手に踊りつづけているようだった。〝ミセス・アップルクイストは軍人がお好きらしい〟という噂がたっているにちがいない。

サイモンは、カードでひと勝負しないかというミスター・トラップの誘いをことわり、下品な冗談をとばしながら脇腹を突こうとする彼の肘をさりげなくかわした。そして、声をあげて笑いながらトラップの肩を叩くと、何か飲みたくなったと言って踵を返した。

ひとたびその場をあとにした彼は、二階の大理石の柱の陰にかくれて息をととのえ、集まった客を見おろした。そろそろみんな酔いはじめているし、晩餐《ばんさん》が供されるまでに三十分ほどある。身をひそめて動くには最適の時間だ。

「ミスター・アップルクイスト！　ひとりでいるあなたをつかまえられたわたくしは、なんて運がいいのでしょう」背後から猫が喉をならすような声でそう言われて、サイモンは身がまえた。しかし、美しい手に尻をつかまれる心の準備はできていなかった。くそっ、レディ・ウィンチェルめ！　なんて恥知らずな女なんだ！

サイモンはすばやく振りむくと彼女の手をつかみ、唇にあてて恭しく頭をさげた。

「空の星よりも輝いておいでだ。あなたの美しさに、星たちも嫉妬《しっと》していますよ」アガサに無理やりおぼえさせられた恐ろしい言葉を口にせざるをえなくなってサイモンは怯《ひる》んでいたが、レディ・ウィンチェルは喜んでいるようだった。

「ラヴィニアとお呼びになって……ふたりきりのときはね。ミスター・アップルクイスト、今日はおしゃべりでいらっしゃるのね。正直に申し上げて、驚いておりますのよ。初めてお目にかかったときは、無口でいらしたでしょう」

「あのときは異国の風邪《かぜ》にやられていて声が出なかったのです。ご無礼をして心苦しかったのですが、無理に話してはいけないと妻にとめられましてね。そのほうが早く治ると言われていたのです」

「ああ、あのかわいらしい奥さまにね。ねえ、モーティマー……あら、モーティマーと呼ばせていただいてかまわないかしら？」

「もちろんです。とても光栄です」サイモンがほんとうに光栄に思っているなら、蛇ににらまれた鼠も光栄だと言うにちがいない。

「ねえ、モーティマー、いったいどうしたらあなたのような……冒険好きな男性が、あんな……ええと……気を悪くなさらないでね……太り気味の田舎者の奥さまに満足できるのかしら？」

自分の辛辣な言葉に彼がどう反応するか待つあいだ、レディ・ウィンチェルは睫《まつげ》をぱたぱたさせていたが、眼差しが鋭くなっていることをサイモンは見逃さなかった。

ためされているのだろうか？　彼は苛立ちを抑えてほほえみつづけた。この女は何かを企んでいる。サイモンは、彼女の意図がわかるまで付き合ってみる気になっていた。

「ああ、アギーは申し分ない妻です。気楽だし、ちょっとしたことで喜んでくれるし、それほどかしこいわけでもない。男は家庭が平穏であってくれることを望むものです。おわかりでしょう」

「でしたら、もう少し気のきいたお相手をよそに求めてはいかが？　紳士の多くが、そうなさっていますでしょう。うちの主人も、そうできればと思っているにちがいありませんわ」

「まさか。あなたの魅力を無視できる男など、この世に存在しませんよ」

レディ・ウィンチェルは媚びるようにまばたきをしながら身をよせ、彼の二の腕に胸をふれさせた。

「でも、わたくしは無視されているんです。こんなことをしてもらっても——」彼女は贅沢に設えた部屋を手で示した。「女であることの喜びを感じさせてもらえなければ、なんの意味もありませんわ」狡猾《こうかつ》そうな顔で唇をとがらせてみても、不気味なだけだった。

サイモンは、絶え間なく身をくねらせる彼女の乳首が硬くなっていくのを二の腕に感じていた。

「あなたほど女らしい女性はいない」

サイモンは陳腐な世辞をならべて時間をかせぎながら、大いそぎで考えていた。彼女が夫の書斎に案内してくれれば、かなりの時間が節約できる。こうなったら、何よりも時間がたいせつだ。

アガサはグリフィンに関する情報を求めて忙しく舞踏室を動きまわっているし、ウィンチェル卿は仲間と喫煙室にいる。

行動に出るのは今しかない。

サイモンはレディ・ウィンチェルに物憂《ものう》げな眼差しをむけると、彼女の胸に腕を押しつけて、ゆっくりと前後にすべらせた。「さあ、聞かせてください。あなたをかまおうとしないご主人に、ちょっとした仕返しをしてやろうと考えたことはないのですか？」

に答えた。

「ええ、一度か二度、そんな考えが心をよぎったことはありましたわ」彼女はため息まじり

「ご主人は、いつもカードをしに出かけてしまうとか？」サイモンはウィンチェル卿が熱心な美術愛好家であることを知っていたが、モーティマーは知らないことになっている。

「いいえ、あの人の問題は美術品の蒐集《しゅうしゅう》ですわ。わたくしのような女にとって、夫がわたくしよりも絵や彫刻に時間を割きたがるなど、屈辱でしかありません」

「ああ、それはひどすぎる」

サイモンは指を二本、彼女の襟元にすべりこませ、じらすように布地を引っぱった。「なんて美しいドレスだ。ウィンチェル卿の目の前で、このドレスを引きおろして、あなたの胸をおもちゃにするというのはどうでしょう？」

ラヴィニアは、彼の提案に目を閉じて身をふるわせた。「そうなさって！」彼女はささやいた。「ここで、今すぐに。わたくしをおもちゃになさって！」

「ああ、しかし、ぼくのような男はそんなことでは満足できません。その気になれば、異国でおぼえた様々な興味深いお楽しみを披露できるのに、なぜそんな半端なお遊びで満足しなくてはならないのですか？」

レディ・ウィンチェルは、その言葉に飛びついた。大きく見開かれた目は、欲望に輝いている。「異国のお楽しみ？」

「うるわしのラヴィニア、ぼくにはあなたをそうした旅へといざなうことができます。一度

そこにたどりついたら、二度と現実にもどりたくないと思うにちがいありません。西インド諸島で、最も退廃《たいはい》的な娼婦たちだけがもちいる秘技をおぼえました」

「その技をわたくしに披露して！　今すぐに！」レディ・ウィンチェルは彼の手をつかんだ。

「わたくしの寝室は――」

サイモンは彼女の手をそっと振りほどいた。「ラヴィニア、驚かさないでください。あなたは異国の秘技を体験したいとおっしゃった。それには、ベッドなど使いません」

「ベッドを使わない？」彼女は、がっかりしているようには見えなかった。それどころか、表情にあらわれている淫らな色がさらに濃くなったようだった。

「ぼくがあなたとためしたいと思っていることは、あるものを使うことで、さらに……すばらしい効果が望める。テーブルか机は絶対に必要だ」

「朝食室にまいりましょう。さあ、早く――」

「それに、その秘技を極めたいなら……」どうしたら、書斎に行く気にさせられるだろう？

「何が必要なのかしら？　なんでもおっしゃって！」

「インク」

「イ、イ、インク？」

「エロティックな入《い》れ墨《ずみ》の話は、耳にされたことがおありでしょう？」

「でも、痛そうだわ」瞳の輝きを見るかぎり、怯んでいるようには思えなかった。

「一生消えないようなものの場合は、もちろん痛いでしょう。しかし、この秘技に使うのはすぐに消えてしまう入れ墨です」

　興味津々という感じではあったが、さすがのラヴィニアも疑いはじめたようだった。サイモンは口をすぼめて、ドレスからのぞいている胸にそっと息を吹きかけた。

「ぼくがあなたの肌に謎めいた絵を描くとき、その筆とインクがどんな刺激をもたらすか、想像してごらんなさい。しめった筆の先が円を描くように動いていく感じがおわかりになりますか？　初めは冷たく感じていた筆が肌にふれて温まり、やがて指先のように、それから舌のようにさえ、感じられるようになっていく」

　あえぎはじめた彼女の瞳は、欲望のせいでとけそうになっていた。「主人の書斎がいいわ。机もあるし、インクもあります」

「どんな気分か想像してごらんなさい。ご主人が机の前に坐るのを見るたびに、あなたはこのいけない仕返しのことを思い出す」

　それ以上、言う必要はなかった。レディ・ウィンチェルはすっかりその気になっている。彼女は彼の腕をつかむと、走りださんばかりの勢いで広間の裏にある階段へといそいだ。

「さあ、この階段をおりて右におすすみになって。主人の書斎は七番目の扉。別の階段を使って、わたくしもすぐにまいります」

「いそいでいらしてください、愛しいラヴィニア」サイモンは彼女の手に口づけをすると、平然と階段をおりはじめた。別の方向に足をむけた彼女のスカートがゆれるのが、視界の隅に映っていた。

彼女が見えなくなるとすぐに、サイモンは猛然と階段を駆けおりた。

一階の廊下に人影はなく、壁にとりつけられた多数の燭台《しょくだい》のロウソクがあたりを照らしていた。サイモンは走りながら、小さな声で扉をかぞえた。

「七つ、ここだ！」彼はポケットからすばやくマッチを取りだし、すぐ近くにあった燭台のガラスでできた傘の下に差しいれた。そしてマッチに火がつくと、それを手に暗い部屋に忍びこんで扉を閉めた。

戸口のそばのテーブルにロウソクが何本か形よくおかれていた。サイモンは手前のロウソクをつかんで火を灯《とも》し、マッチの炎をそっと吹き消してポケットにもどした。

さあ、どこから始めよう？　サイモンは足早に机の前にすすむと、音をたてないようにすばやく抽斗を引き抜き、そのうしろと底に手をすべらせた。

中身など見る必要はない。そんなところにものをかくす馬鹿がどこにいる？　彼はそうして抽斗をひとつひとつ調べていった。

しかし、何もなかった。

サイモンは膝をつき、机の目に見えていない面という面に手をすべらせてみた。抽斗部分の側面に、横板の裏側に、脚の内側。

やはり、何もない。

彼は動きをとめることなく背後の壁のほうをむくと、そこにかかっている絵を次々とずらしはじめた。絵のうしろから鉄製の金庫があらわれた。しかし、それを見つけたそのとき、彼の耳にかすかな物音が聞こえてきた。彼はいそいで絵を元にもどして振りむいた。

扉が開いて、レディ・ウィンチェルが狼に追われているかのように部屋に飛びこんできた。彼女は扉を閉めると、荒い息をつきながらそこによりかかった。

「それで間に合うかしら？」

「間に合う？」サイモンは何気なさをよそおって前にすすみ、大きな机に軽く尻をのせた。

「机……」彼女はあえぎながら答えた。「〝秘技〟をためすのに、その机で間に合うかしら？」

「ああ……だいじょうぶ、これなら完璧だ。今、インクをさがしていたところです」

ラヴィニアは彼を突き飛ばしかねない勢いで机に飛びつき、抽斗の中をかきまわしはじめた。

「ありましたわ！」ラヴィニアは彼の手にインク壺《つぼ》と筆を押しつけると、つややかな黒檀の机の上に身を押しあげて坐った。唇からは欲望のうなり声がもれている。彼女はサイモンに身をよせると、彼のクラバットを引っぱった。

「どうしたらいいのかしら？」彼女は喉をならしながら訊いた。

「ああ……今はそのままでいい」くそっ、どうしたらいいんだ？　こんなに早く彼女がやってきたことがサイモンには信じられなかった。ずっと走ってきたにちがいない。しかし、成功を目の前にして、ここでやめるわけにはいかない。

こんなに簡単にだまされる上に、こんなに簡単にその気になるなんて、いったいどういう女なんだ？　サイモンは上着のポケットから頭痛薬の包みを取りだして振ってみせた。ぎらぎらと輝いている彼女の瞳がそれをとらえた。

「それは？」

「秘密の媚薬です。ペルーの高地にしか育たない植物の根を碾《ひ》いたものらしい。月夜に処女が集めたものを、好色家の頭蓋骨《ずがいこつ》でつくった椀《わん》に入れて保存するという話です」

ひどい嘘をついたものだとサイモンは思った。アガサの嘘つきがうつったのかもしれない。しかし、ラヴィニアはその嘘にしっかりと食いついた。あとは、リールを巻いてたぐりよせればいい。

「それを飲むとどうなるのかしら？」彼女はささやき声で訊いた。

「ブランデーにほんのひとつまみくわえるだけで、悦《よろこ》びの度合いが劇的に――」

ラヴィニアはすばやく机から飛びおりると、ものすごい勢いで書斎を横切り、デキャンターとグラスがおかれた小さなサイドテーブルの前に立った。そして、なみなみとブランデーをつぐと彼の前にもどり、必死の面持ちでグラスを差しだした。

「さあ、入れて！」

サイモンはそっと包みを開き、ブランデーにほんの少し粉を振りいれた。

「もっと入れて」彼女はそう言って包みに手をのばした。

しかし、サイモンは彼女の手から包みを遠ざけた。「ああ、ラヴィニア。飲みすぎると錯《さく》乱《らん》状態におちいる危険があります。絶頂に終わりが訪れなかったらどうなるか、考えてみてください。永遠につづくエクスタシーに苦悶《くもん》しながら正気を失っていくことになる」彼はかぶりを振った。「死んだほうがましだ」

彼女は、そうは思っていないようだった。それどころか、喜んで正気を失いたがっているように見える。サイモンは彼女にむかって指を振りたてた。

「ああ、ラヴィニア。ぼくを信じてくださらなくてはいけません。そのブランデーを飲んでみて効果があらわれなかったら、もう少しさしあげましょう」

グラスをかかげたレディ・ウィンチェルが驚くほどの速さでブランデーを飲み干すのを見て、サイモンは目をしばたたいた。思っていたほど簡単にはいかないかもしれない。

「飲みましたわ。でも、何も変わらない。ええ、もっといただくわ」今度はデキャンターごと運んできた。彼女はブランデーを満たしたグラスを、ふたたび彼に差しだした。サイモンは粉を振りいれ、またも息もつかない速さでそれが飲み干されるのを見つめていた。

「どういうことなの？　何も感じないわ。少しも感じないわ」レディ・ウィンチェルは疑いの色を浮かべて彼をにらみつけた。

サイモンは肩をすくめた。「わからないな。今ごろは、床に倒れこんで身をふるわせていてもいいはずなんだ。次々と押しよせてくる悦びの波に恍惚《こうこつ》となって――」

彼女は目をしばたたいた。「次々と悦びの波が押しよせてくる？」

「そうです。古くなって効き目がうすれてしまったのかもしれないな。もう少し飲んでも、害はなさそうだ」

サイモンはグラスの上に包みをかかげた。レディ・ウィンチェルは彼の手からそれを引ったくると中身をどさっとグラスにおとした。粉が見るみる沈んでいく。満足げな薄笑いを浮かべてそれを見つめていた彼女は、サイモンから少しはなれてブランデーをかきまぜた。

「ごめんなさいね、あなた。でも、少しも素敵な気分になれないんですもの」彼女はまばたきをすると、かぶりを振ってくすくすと笑いだした。「次々と悦びの波が押しよせてくる？ああ、信じられないわ」

彼女は、グラスの中身を喉に流しこんだ。そして、しばらく頭をうしろに傾けたまま目を閉じて立っていた。その身体がゆれている。

いいぞ。もうちょっとで意識を失うにちがいない。

しかし、彼女は頭をまっすぐにもどして目を開き、サイモンを驚かせてくれた。なんて酒に強いんだ！　これだけ飲めば、たいていの男はとっくに意識を失っている。彼女に見つめられて彼は身がまえた。

「効いてきたようだわ。ああ、いい気持ち」彼女は、ゆっくりと踊るように彼に近づいてきた。「さあ、さわって！　ドレスを引き裂いて！」

レディ・ウィンチェルは両手でドレスの襟元をつかむと、力まかせに引っぱった。それだけで、縫い目が裂けて胸があらわになるほどの勢いだった。彼の前でゆれながら、彼女は目を閉じた。「さわって」

「ああ……しかし、ちょっと待ってください。まず……ええと、インクを！」サイモンはつかまらないように距離をおいて彼女の背後にまわると、インク壺と筆を手に取った。

レディ・ウィンチェルは思ったよりも敏捷《びんしょう》だった。彼女は喉をならしながらサイモンの首に両腕をまわすと、腰に両脚を巻きつけて彼の顔を自分の胸に押しつけた。

不意打ちを食らったサイモンは、うしろによろめいた。そして、膝の裏側がソファにふれると、為す術もなく倒れこんだ。

レディ・ウィンチェルが彼の上に跨《また》がっている。

「あなたにふれたいわ。こんなものは脱いでちょうだい！」彼女は彼のシャツを引っぱった。

サイモンは時間かせぎをすることにした。じきにブランデーが効いてくるにちがいない。

「わかりました。しかし、引きちぎられては困る。自分で脱ぎます」彼が仕方なくクラバットをほどいてシャツの飾りボタンをはずすあいだ、レディ・ウィンチェルは彼の上でゆれながらくすくすと笑っていた。

「まあ、素敵な胸だこと。ねえ、わたくしの胸はお気に召して？」

レディ・ウィンチェルは自分の身体をそっとなであげ、胸の先端から首へと手を這《は》わせていった。髪に指を沈めてピンをはずす。そして、頭の上に腕をあげた彼女は、誘うようにのけぞってみせた。

「わたくしを奪って」かすれた声で彼女は言った。

そのあと彼の上に倒れこんだレディ・ウィンチェルは、それきり完全に意識を失った。

8

アガサはパートナーに膝を折ってお辞儀をすると、近づいてきた別の紳士に疲れたと言い訳をして、その場をあとにした。

それはまったくの嘘ではなかった。彼女は、色目を使われることにも、男の腕の中で踊らされることにも、もううんざりしていた。紳士たちは、彼女がいやらしい目で見られることを楽しんでいると思っているらしい。それもこれもこの体形のせいだ。それでもアガサは、そんな無礼なあつかいにみごとに応えていた。

特権を手にした者は、苦痛にも堪《た》えなければならないということだ。

サイモンも、かなりうまくやっているようだった。初めのうち、アガサは彼の動きを追っていた。男同士で大笑いしているサイモンに、ご婦人方とふざけあっているサイモン。

しかし、数多く聞こえてくるグリフィンに関する情報を集めるには、いつまでも彼に気を取られているわけにはいかなかった。それでも、片目だけはサイモンにむけつづけていた。

そんなふうに彼を見ていた女性は、他にも大勢いた。自分がモーティマー・アップルクイストという怪物をつくりだしてしまったのではないかと思うと、アガサは気が気ではなかった。その浮気で魅力的な怪物は、サイモンのハンサムな顔を持っている。

　彼はどこへ行ってしまったのだろう？　アガサは二階から舞踏室を眺めまわした。黒髪の男は、背の高い者もそうでない者もいたけれど、サイモンの特徴とも言える猫のようなしなやかさをそなえた紳士はひとりもいない。

　彼は踊ってもいないし、賭けに興じてもいない。あと三十分もすれば晩餐が供される。目的のものをすべて手に入れた今、これ以上ここにいる理由はなかった。それに、食事の前にサイモンを連れだせればそれにこしたことはない。教えてはあるけれど、彼が行儀よく食事できるかどうか、アガサは不安だった。

　彼が庭に出るなどということがあるだろうか？　そんな理由は思いあたらない。温室へとつづく、松明《たいまつ》に照らされた小径《こみち》を散歩するのはカップルだけだ。男がひとり、夜の庭に何をしにいくというのだろう？

　しかし、たしかめてみたほうがいいかもしれない。アガサは贅沢なつくりの階段をおりると、庭へとつづく大きな扉を目指して舞踏室とは反対のほうに歩きはじめた。

　ふたりの紳士が、彼女に曖昧にうなずきかけてとおりすぎていった。彼らは賭博室の前をとおりすぎ、廊下をまがって家の奥へとむかっている。

　見まちがいでなければ、ひとりはウィンチェル卿だ。

　この奥に喫煙室があるのだろうか？　そんなことは聞いていないが、喫煙室は紳士の領域だ。彼女に知らされていなくても、なんの不思議もない。

アガサは少し距離をおいて、ふたりのあとについていった。ウィンチェル卿が友人に話しかける言葉が聞こえてくる。

「書斎に行って、病院の新しい棟に関する計画を披露しよう。きっと、気に入ってもらえると――」

「ああ、すごいじゃないか、ウィンチェル！　これが以前きみが話していた絵なのか？　すばらしいなどというものではないな！　この繊細さといったら……」

芸術談義もいいが、アガサにはサイモンをさがす必要があった。書斎にむかうウィンチェル卿についていっても、サイモンに会えるとは思えない。

踵を返そうとした彼女の足下で何かが輝いた。アガサはぼんやりとそれを拾いあげて、表をむけてみた。金に瑠璃《るり》がはめこまれている。

カフスボタンのようだった。

どういうこと？　サイモンのカフスボタンだわ！　これを選んだのはアガサだ。この石が彼の瞳と同じ色をしていたから、これを選んだのだ。ウィンチェル邸の廊下をこそこそ歩きまわったりして、あの人はいったい何をしようとしているの？　アガサは苛立ちをおぼえた。

「自分だってこそこそ歩きまわっているじゃないの」という心の声が聞こえてきたが、それは無視することにした。

サイモンは、ふたりの立場を危うくしようとしている。彼が誰かに見つかって正体を暴かれたら、彼女の嘘もばれてしまう。

ここまで来て、サイモンにすべてをだいなしにされてはかなわない。アガサは忍び足で広い廊下をすすみ、絵画の前でその画家がどんなにすばらしいか熱心に語り合っているふたりの紳士のうしろを陰にまぎれてとおりこした。

見つかったら、笑みを浮かべて迷子になったと言うつもりだった。彼女は背中を壁に押しつけるようにして、いちばん近くの戸口の前にすすんだ。取っ手をつかんで扉を押し開け、すばやく中をのぞいてみる。何もない。

次の部屋も暗くて寒々としていた。アガサは、かつて家庭教師から逃れたいときにしたように、できるだけスカートの音をたてないように静かに動いて、次の戸口がある廊下のくぼみにすべりこんだ。

扉の隙間《すきま》からもれてきたロウソクの灯りを見た瞬間、サイモンがそこにいることがわかった。アガサは廊下を振り返り、ウィンチェル卿の動きをたしかめた。

どうしよう？　こっちにむかって近づいてくる！　話に夢中になっていてくれなければ、すぐに見つかってしまう。アガサは部屋の中にすべりこんだ。

サイモンに警告しようと息を吸ったアガサは、同時に三つのことに気がついた。

ひとつ目——大きな机がおかれたこの贅沢な板張りの部屋は、ウィンチェル卿の書斎にちがいない。ふたつ目——胸をむきだしにしてだらしなくソファに横たわっている女性は、どう見てもウィンチェル卿の妻だ。

そして三つ目——上半身裸のままウィンチェル卿のかくし金庫を開けようとしているのは、

まちがいなくサイモンだ。

サイモンは、かすかな音に振りむいた。ラヴィニアが目を覚ましたものと思っていたが、目を大きく見開いて愕然《がくぜん》と彼を見つめていたのはアガサだった。それを見た瞬間、彼の心は沈みこんだ。

サイモンは何か言おうと口を開いた。彼女の瞳に浮かんでいる疑いの色を消すことができる言葉なら何でもいい。しかし、彼女のほうが速かった。

アガサは飛びつくようにソファの前にすすむと肘掛けをつかみ、ぶつぶつ言いながらソファを四分の一回転させて、戸口にその背をむけた。背もたれにかかっていた膝掛けをすばやく手に取って、かくしきれていないレディ・ウィンチェルの脚を包みこむ。

それが終わると、アガサはサイモンの腕に飛びこみ、彼の頭を抱くようにして唇に口づけた。

初めは驚きに身をこわばらせたサイモンも、すぐに口づけを返しはじめた。彼女のきつく閉じた唇のあいだを舌でくすぐっていく。

アガサは彼を突きとばしそうになったが、強《し》いて身をよせた。

サイモンが夢に描いていたとおり、裸の胸に感じる彼女のゆたかな乳房はすばらしくやわらかかった。任務も忘れ、他人の屋敷の書斎にいることも忘れて、彼は魅惑的なやわらかさにのめりこんでいった。

アガサをもっと近くに感じたかった彼は、片方の手を腰にまわして彼女を引きよせ、抱きあげるようにして背のびをさせた。そして、もう片方の手の指を彼女の髪に差しいれると、さらなる快感を求めて強く唇を押しあてた。

驚いてわずかに口を開いた彼女の唇を、勇気づけるように舌でそっと刺激する。もっと口づけを深めたかった。自分が求めているように、彼女にも求めてほしかった。

扉が開いた。

「ビングリー、きみにこれを見せたくて……。おお、これは驚いた！」

「なんと、アップルクイストではないか？」

サイモンはアガサを腕に抱いたままこおりついた。なるほど。アガサは愛の衝動に駆られていたわけではなかったのだ。

おそらくウィンチェル卿がやってくることを知って、事をごまかすために胸に飛びこんできたのだ。その機転をありがたく思いはしたが、ほんとうの動機を知って身体が不満をとなえていた。

「まあ！」アガサは唇をはなすと、いかにも慌てふためいた様子でウィンチェル卿に目をむけた。

「なんと、ミセス・アップルクイストではないか？」

「ああ、そのようだな……しかたないだろう、ビングリー。なにしろ新婚なのだからね」ウィンチェル卿は、おもしろがりながらもきまり悪そうにつぶやいた。「ふたりに身なりをととのえる時間を与えてやってはどうだろうね？」

彼は友人を廊下に押しやった。「新しく手に入れた水彩画は、もう目にとまったかな？すばらしく才能のある画家を見つけたんだ……」

扉が閉まると、サイモンはアガサを抱いていた手をゆるめ、大きく安堵の息をついた。

ウィンチェル卿が戸口から顔をのぞかせた。

「五分だぞ、アップルクイスト。さあ、さっさとシャツを着てくれ」そして、今度こそほんとうに扉が閉まった。

アガサは彼の裸の胸に顔を押しあてて、笑いを抑えているようだった。少なくともサイモンはそんなふうに感じて、かすかな目眩をおぼえていた。

しかし、身をはなしたアガサの目に浮かんでいたのは怒りと非難の色だった。

「泥棒だわ！　こんなことをするなんて、ただの泥棒じゃないの！」

「アガサ、時間がないよ。言い合いはあとにしないか？」

「いいえ、今しましょう。どうしたら、こんな軽はずみな真似ができるの？　何もかもだいなしになってしまうところだったのよ。もし見つかっていたら、わたしは連れもどされて――」彼女は口を開いたまま、言葉を呑んだ。

サイモンは訊いた。「連れもどされる？　いったいどこへ？」

アガサはしっかりと口を閉じ、あらためて言った。「いいの、気にしないで。それより、レディ・ウィンチェルをどうしましょう？　このままほうっておくわけにはいかないわ。あなた、彼女に何をしたの？」

「ぼくが？　いや、何もしていない。彼女は、少しばかりブランデーを飲みすぎたんだ」

「ブランデーにはドレスをとかす効果があるのかしら？」

彼女に軽蔑《けいべつ》の目をむけられていたにもかかわらず、サイモンは小さな声で笑いながらうなずいた。「そういう効果があらわれることもあるらしい」

「とにかく、このままにはしておけないわ。彼女がずっとここにいたと、ウィンチェル卿に気づかれてしまう。そんなことになったら、あなたに口づけたことが無駄になってしまうわ」

サイモンは鼻をならした。「なんだって？　あの口づけが苦痛だったとでもいうのかい？」

「あら、わたしが言っている意味はおわかりのはずよ。さあ、彼女の腕をつかんで」

ふたりの手で立たされたラヴィニアは、いいかげんに立てた五月柱《メイポール》（五月祭に立てる柱。リボンなどで飾り、そのまわりで踊る）のようにゆれていて、頭は死人のようにがっくりとたれていた。欲張りすぎたせいで、ほんとうに死んでしまったのではないかとサイモンは思った。

そうだとしても、いっこうにかまわなかった。ただ、部屋にもどってきたウィンチェル卿が死んでいる妻を見つけたら、かなり面倒なことになるにちがいない。

「となりに居間があるわ。さっきのぞいたら、真っ暗で誰もいなかった。彼女をささえていてくださる？　いいえ、いいわ。わたしがささえているから、廊下に誰かいないか見てきてちょうだい」

サイモンはラヴィニアの身体をアガサにすっかりあずけると、文句も言わずに戸口にむかった。そうしているあいだも、この数分の出来事を分析していた。

やはり、アガサはただ者ではない。信じがたいほど冷静だ。すべてを見とおして自分の為すべきことをする。自分が相手にしているのはそういう女性なのだと、サイモンはあらためて思い知らされた。

そして、もっと重要なのは、彼女には単に愛人をさがしだす以上の任務があるらしいということだった。

見つかったら、いったいどこに連れもどされるというのだろう？　牢屋？　それとも植民地だろうか？

廊下に人影はなかった。ふたりはラヴィニアをとなりの部屋に運び、彼女がひとりで飲んでいたように様子をつくろった。

サイモンは書斎からデキャンターとグラスをくすねてくると、わざとブランデーをこぼしながらラヴィニアの足下においた。そのあいだ、アガサはラヴィニアの裂けた胴着をなんとかしようと奮闘していた。

「これもブランデーの効果かしら？」アガサはごまかしようのない裂け目を自分のレースを使ってかくしながら、鋭い目で彼をにらんだ。

「そのとおりだよ」サイモンは彼女にむかって無邪気そうに目をしばたたかせると、身なりをととのえだした。カフスボタンがなくなっている。しかたない、上着の袖にカフスを押しこんでごまかすしかなさそうだ——。

鼻先に突きだされたアガサのピンク色の掌で、カフスボタンが輝いていた。

「おとしたのね。廊下で見つけたわ」

「ああ、どうしてぼくの居所がわかったのだろうと思っていたんだ。鋭いね」

「ぞっとして血の気が引いたわ」彼女は言い返した。

アガサは最後にもう一度、部屋を見わたし、炉棚の上の時計に目をやった。「三分三十秒。あなたの説明を聞く時間は、たっぷりあるわ」

「ないよ。やりかけた仕事を終わらせる必要があるんだ」

アガサは真っ青になった。「いけないわ！」

サイモンはウインクをして帽子にふれる真似をすると、戸口にむかって歩きだした。アガサはあとを追い、ウィンチェル卿の書斎の扉の前で彼の腕を引っぱった。「いけないわ、サイモン。そんなことをしてはだめ」

「すぐに終わるよ。ここにいて、ウィンチェル卿がもどってきたら扉を叩いてくれ」

「手を貸すなんてごめんだわ！　もし見つかったら、もう——」

サイモンは最後まで聞かずに部屋に入ると、彼女の怒りを締めだすかのように扉を閉めた。アガサはすばやく廊下のほうにむきなおり、平静をよそおって扉によりかかったが、ほんとうは平静どころではなかった。

競争馬のように鼓動が激しくなっている。しかし、それはこの危うい状況のせいではない。

サイモンの唇が、彼女の中に思いがけない何かを残したのだ。口元をなでる彼の舌の衝撃的なまでの親密さが、彼女の中によみがえってきた。彼の硬い胸にふれて自分の乳房がどんなふうにふるえて、その頂《いただき》がどんなふうに硬くなっていったか、はっきりとおぼえている。

　彼のたくましい裸の肩をつかんだのはいっしゅんだったけれど、熱く波打っていた筋肉の感触がまだ掌に残っている。アガサはそこに彼をとどめておきたくて、きつく手をにぎりしめた。

　彼女はサイモンを求めていた。しかし、この一週間、その事実を認めまいとしてきたのだ。もちろん、彼がどんなに魅力的かは、いやというほどわかっている。でも、お腹のあたりがここまでむずむずするのは初めてだ。彼女は今、ウィンチェル邸のソファに彼を押し倒してみたくなっていた。

　この複雑な思いについては、もう少し考える必要がありそうだ。でも、あとでいい。正体が暴かれる危険に迫られていないときに考えよう。半裸でサイモンの腕に抱かれたいという気持ちが消えたあとに考えよう。

　半裸でサイモンの腕に抱かれているラヴィニア・ウィンチェルの姿を想ったアガサの中を、怒りの波が駆け抜けた。そして、その波が消え去ったとき、驚いたことに彼を求める気持ちも消えていた。今後のために、これはおぼえておいたほうがよさそうだ。

　ウィンチェル卿の書斎にもどったサイモンは、金庫の前に立った。ありがたいことに、ウインチェル卿は熱々のふたりに気を取られすぎていて、他のことには目がいかなかったようだ。金庫の扉が開いていたせいで、それをかくすためにかけてあった絵はひどくゆがんでいた。

サイモンは器用に指を動かして、小さな金庫いっぱいに詰まった書類や札束をそっと探っていった。

しかし、決定的なものは何もない。もちろん機密書類はあったが、ウィンチェル卿の陸軍省での地位を思えば、持っていて不自然なものではなかった。自宅にそんなものをおいているることに驚きはしたが、おそらく仕事を持って帰宅したのだろう。

ここにはあるべきものが収まっているだけで、あってはならないものは何ひとつない。サイモンは重い鉄の扉を閉めると、ピックを使って鍵を元にもどした。

絵をまっすぐにかけなおし、ソファの位置をなおし、最後に部屋の中を見わたして、彼の仕事は終わった。新たな問題が生まれただけで収穫は何ひとつなかったが、とにかく終わった。

面倒なのはこのあとだ。自分が〝ただの泥棒〟ではないことを、アガサにわからせなければならない。

見当ちがいもいいところだ。なんと言われてもかまわないが、ぼくを表わすのに〝ただの〟という言葉はあてはまらない。

パーティを抜けだすのは、ひと苦労だった。アガサは、ウィンチェル卿に言い訳をするあいだ、頰が赤くならないように必死で努めていた。孫を叱るような彼の態度を見れば、サイモンの腕に抱かれていた自分の姿がどう映っていたか簡単に想像できる。

しかし、サイモンはくつろいだ様子で冷静に頭をさげ、何事もなかったかのように、アガサの——アガサの！——頭痛のせいにしていとまを告げた。

こうしてふたりが早めにパーティを抜けだしたことは、妻が客とともに晩餐の席に着かない理由を知った瞬間、ウィンチェル卿の頭からすっかり消えてしまうにちがいない。だから、ぜひともその前にここをはなれる必要があったのだ。

神経質になっていたアガサには、馬車を待つほんの数分が何時間にも思われた。ポケットに手を突っこんで平然と壁によりかかっているサイモンは、尊大にも思えるほど呑気そうに見える。

いいわ、そうしていらっしゃい。馬車に乗ってふたりきりになったら、思い知らせてあげる！

馬車が来る直前、アガサはふと思った——サイモンが煙突掃除人でなく泥棒ならば、うちにやってきたのもそれが目的だったのかもしれない！　そうよ、この人はわたしから何かを盗もうとしていたんだわ！

でも、結局は何も盗んでいない。それはたしかだ。値打ちのあるものは、みんなアップルビーにおいてきた。銀器でさえ借り物だ。何かがなくなればピアソンが気づくはずだが、そんな報告は受けていない。

だからサイモンは何も盗んでいない。ただ、嘘をついていただけだ。

ウィンチェル邸での盗みを訴えて、彼を治安官に引きわたすこともできる。もちろんそんなつもりはないが、その場面を想ってアガサはしばし楽しんだ。

こんなふうにわたしをだました罰に、少なくとも脅すくらいはしてもいいはずだ。ほんとうのことを暴露すると言って脅せば、彼も――。

そこまで考えて、アガサははっとした。

そんな脅しがサイモンに効くだろうか？　そんなことで、無邪気なモーティマーのふりをするよりもずっと危険な何かに協力させることができるだろうか？

今夜のアガサのいちばんの発見は――サイモンとの口づけは驚くほど素敵だということをのぞけば――病院はニュースや噂を仕入れるのに最適の場所というわけではないらしいということだった。彼女は、傷を負った若者たちの世話をしながら何週間もかけて得たものよりもずっと多くの情報を、今夜ひと晩で手に入れた。

病院の仕事は、もちろんつづける。若者たちに少しでもなぐさめを与えることができれば、それはそれで充分価値がある。しかし、夜になったらサイモンをともなって社交の場に出むいたほうがよさそうだ。そうすれば、人々があたりまえのように口にする言葉から、驚くべき情報を得られるかもしれない。

実際、今夜の舞踏室には、病院で見かけるのと同じくらい、軍服姿の軍人がいた。その中には将校もまじっていた。軍を率いる男たちならば、カニングトン大尉が今どこにいるか知っているかもしれない。

張りつめた彼女の中に、ベルがなりひびくように興奮が走った。今夜、アガサは老齢の将軍から、有力な情報を巧みに引きだしていた。それだけでも、ウィンチェル邸に出むいた価値がある。

「ああ、グ、リ、フ、ィ、ン、か！」将軍は甲高い声でそう言うと、憤りに涙っぽい目をしばたたかせた。「もちろん話は聞いている。新聞などに、彼の行動が報じられているというではないか」

アガサは深く息を吸った。背丈がちぢんだ将軍がまっすぐ前を見ると、そこに彼女の胸がある。彼は、その眺めを楽しみながら話をつづけた。

「このわたしが監督する立場にあったなら、秘密を書きたてた連中の首をはねてやるところだ。ああいう若い輩《やから》は、政府に敬意を払うこともなく、王室に対しても平然と――」

「将軍は、けっしてそんなことはなさらない」アガサが身をよせると、老人の顔はほんとうに彼女の胸にうもれてしまった。「あなたのような方からグリフィンの情報を引きだすのは、ナポレオンでさえ不可能にちがいありませんわ」

「ナポレオンだろうと、ジョージ王であろうと、不可能だ！」彼はきっぱりと言いきった。そして、そのあとでまばたきをした。「ああ、どんなことがあっても話すものか――」

忌々しいことに、また行きどまりだ。曲が終わると、アガサはため息をついて将軍の骨張った手からはなれようとした。

「絶対に――」

それを聞いたアガサはふたたび将軍に身をよせてフロアーへと誘うと、またもワルツを踊りだした。いいようにおだてられて、とびきりやさしくあつかわれた上に、胸の谷間まで見せつけられた将軍は、ついに信念を曲げることになった。

将軍の話によれば、世捨て人のような暮らしをしているグリフィンらしき紳士がいるということだった。なんと、その紳士は貴族で、何週間か国をはなれては、なんの前ぶれもなく街にもどってくる。滅多に口を開かず、目は鋭く、ひじょうに有力なコネを持っている。そう締めくくった将軍の口調には敵意がこもっていた。

そんな説明にあてはまる人間がスパイでなかったら、何者だというのだろう？　アガサは、ここまできたらその紳士に近づいて、なんとか屋敷に招かれるようにしむけて、それから謎の男の名前を聞きだした。

――それから？

グリフィンかどうか、本人に訊いてみる？　あまりに馬鹿げている。グリフィンは摂政王太子に仕える本物のスパイだ。彼にとっては、アガサも社交界の噂好きのレディたちも同じ。簡単に正体をあかすはずがない。

もっとましな方法を考える必要がありそうだ。

目の前に馬車がとまり、飛びおりた御者役のハリーが扉を開いた。アガサは、手を貸そうと足を踏みだしたサイモンをかわして馬車に乗りこんだ。泥棒をはたらいて彼女の計画を危険にさらすような男の手など――。

不意に答がひらめいた。アガサの中を勝利の喜びが駆け抜けた。どんなに考えても、これ以上の案は浮かばないにちがいない。

サイモンが喜ばないことはわかっていたが、アガサには彼にことわらせない自信があった。彼をほんとうに治安官に引きわたすつもりはない。脅すだけだ。

子供のころ、焚《た》き火に火薬を入れたせいでとんでもないことになったとき、ジェイミーが「お父さまに言いつけてやる」とアガサを脅したのと同じだ。あのときアガサは、ふたりがたびたび身代わりに使っていた架空の少年――モーティマー・アップルクイストがしたことにしてもらう代わりに、ジェイミーの馬の小屋を一週間も掃除させられたのだ。

結局、アガサは罪を逃れ、悪い友達と付き合ってはいけないとたしなめられただけですんだ。気の毒なお父さまは、そこらじゅうで悪さをしでかすモーティマーの存在を最期まで信じていた。

サイモンは上着の裾をさばいてアガサのむかいに坐ると、無意識に屋根を二度叩いて、馬車を出すよう御者に合図した。彼の心は、官能の色をただよわせて目の前に坐っている彼女のことでいっぱいになっていた。

アガサは攻撃をしかけてくるにちがいない。彼女は、まちがいなく怒っている。その顔に浮かんでいる輝くばかりの笑みを見れば、はっきりと――。

サイモンは、はっとした。なんと、アガサはうれしそうにほほえみかけていたのだ。彼の中にすべての答を見いだしたかのように、にっこりと。

ああ、なんということだ。悪い兆しにちがいない。

「なんだか知らないが、絶対にことわる」

アガサは、さらに笑みを深めただけだった。「あら、きっとことわったりしないわ」

「ぼくはやらないよ」

「何をするか聞いてもいないのに？」

「怒ってとうぜんの場面でそんなふうにぼくを魅了しようとするなんて、絶対に変だ。悪いことをさせようとしているにちがいないね」

「名誉を重んじる品行方正な人間のふりをするのはやめてちょうだい、サイモン。その気になれば、あなたを治安官に引きわたすこともできるのよ。あなたはウィンチェル卿から金庫の中身と奥さまを盗んだんですもの」

サイモンにそれを否定することはできなかった。くそっ！　彼は自分の手で煙突掃除人のサイモンを死なせてしまったのだ。今、アガサの前にいるのは、盗人のサイモンだ。

「ああ、きみの言うとおりだ。ぼくは名誉を重んじる人間ではない。機会を重んじる人間だ」

アガサは目をほそくした。「ええ、ええ、ほんとうにそのとおりだわ。ウィンチェル邸に入りこんだあなたは、その機会を逃さなかった。わたしがいろいろと教えてあげなかったら、あんなふうにあのお屋敷に入ることはできなかったはずよ」

あなたはわたしを利用したのよ。声に出して言う必要はなかった。不意に笑みが消えた顔に、そう書いてある。

否定したかったが、そんなことをしたらもっと面倒なことになる。この一週間、芝居をつづけていたことを知ったら、彼女がどんなに怒るか想像もつかなかった。

女についてサイモンにわかっていることがあるとしたら、女は自分たちはたびたび嘘をつくくせに、嘘つきを毛ぎらいしているということだ。

このあたりで、安全な方向に舵《かじ》を切り替えたほうがよさそうだ。

「それで、何を企んでいるんだ？」後悔することを承知で、サイモンは訊いた。

「今夜したことを、またしてほしいの」アガサは、小さくなっていくウィンチェル邸を示しながら答えた。

「もう一度、ウィンチェル卿の……金庫をあさってほしいということかい？」

「いいえ。ウィンチェル卿の金庫にも奥さまにも、もう手は出さないで」

そう言ったアガサの声にかすかににじんでいたのは、嫉妬の色ではないだろうか？　そうだ、そうにちがいない。これは好ましい兆しだ。しかし今、そんなことは関係ない。

「あるお屋敷に招かれるように、わたしが手をつくす。あなたはモーティマーとしていっしょに出かけて、今夜したことをするの。でも、わたしが頼んだこと以外はしないでちょうだい」アガサは彼に険しい顔をむけた。かわいらしい丸顔に浮かんだその表情は、驚くほど魅力的だった。

「誰の金庫をあされと？」

「エサリッジ卿の金庫よ」

「ものを盗むのに、なぜその人物を選んだんだい？」

「ものを盗んだりはしないわ。絶対にね」あつかましくも、アガサは機嫌をそこねたようだった。「いいわ、話してもさしつかえないでしょう。あなたが当局に駆けこむはずはないもの。エサリッジ卿の金庫をあさる目的は、彼とジェイミーがどうつながっているのか調べることにあるの」

「なんだって？　よくわからないな」

「しっかり聞いてちょうだい。わたしはグリフィンをさがしているの。エサリッジ卿はお屋敷を持っているのに、ほとんどそこでは暮らしていない。街にもどってきたかと思うと、すぐにまた出ていくのよ。でも、行き先は誰も知らないの。その上、彼は社交の場を避けて、何人かのお友達とだけ付き合っている。そのお友達は、みんな政府の要人だというんですもの。絶対にあやしいわ」アガサは気取った表情を浮かべて、背もたれに身をあずけた。

「なんてことだ！」サイモンは驚いていた。エサリッジ卿は、たしかにあやしかった。なんといっても、サイモンの容疑者一覧表にも他の名前といっしょにのっているくらいだ。人手さえ足りていれば、エサリッジ卿についての調べはとっくに終わっていたはずだった。

　サイモンの部下がエサリッジ卿のあやしい行動について探りだすまでには、まだ時間がかかるにちがいない。

くそっ！　彼女は、なんて鋭いんだ。

アガサは、どこまで話すべきか迷っているようだった。他のときだったら、サイモンはそんな彼女の様子をおもしろがっていたにちがいない。しかし今の彼は、アガサがいかにしてたったひと晩でこれだけの情報を手に入れたのか考えるのに忙しすぎた。部下たちは、そこまで探るのに何週間もかかったのだ。

「彼がグリフィンなら、ジェイミーと連絡を取り合っているはずよ。今、ジェイミーがどこにいるか、知っているかもしれないわ」

それはまちがいだ。グリフィンについても、ジェームズについても、アガサは勘ちがいしている。しかし残念ながら、それを口にすることはできない。サイモンにできるのは、このひどく危険な計画をあきらめるように、彼女を説得することだけだった。

説得できなければ、煉瓦《れんが》が詰まった袋をくくりつけたアガサの死体がテムズ川に投げこまれることになるのだ。

馬車の両脇でゆれているランタンのほの暗い灯りが、答を待っているアガサの顔を照らしている。しかし、サイモンは何も答えずに、ただじっと彼女の顔を見つめつづけた。不意にアガサは疲れをおぼえた。

嘘に、ジェイミーの行方がわからないことへの苛立ちに、爪先《つまさき》を踏みつける男たちとのダンス。そのどれもが彼女を疲れさせていた。

でも、少なくともダンスの疲れはなんとかできる。アガサは華奢《きやしゃ》な絹の靴を脱ぎ捨てて掌に足先を包むと、安堵のため息をもらした。

彼女は身をかがめたまま、痛んだ葡萄《ぶどう》のようになった足をさすりつづけた。今夜、この足を貴族から将官にいたるまで大勢の男が踏みつけてくれたのだ。残念ながら、その中にサイモンはいなかった。相手がサイモンなら、足がどうなっても楽しい気分になれたにちがいない。

絹の靴はダンスにむいていない。踊るときは、農場で働く女たちのように頑丈な靴を履くべきだ。

そんな靴でワルツを踊っているところを想像して、アガサは思わず笑みを浮かべた。緑色のサテンのドレスに、底に鋲《びょう》を打った靴……おしゃべりを再開する、いいきっかけだわ。彼女はいっしょに笑うつもりでサイモンを見あげた。そして、彼の獣《けもの》めいた眼差しを見てこおりついた。

サイモンは興奮していた。彼女は、ぼくをからかっているのだろうか？　こんなふうにかがみこんだら胸が丸見えになることがわかっていないのだろうか？

彼女の胸を見たことで彼の中についた火が、さっきの口づけを思い返したことでかきたてられ、恐ろしいほどの勢いで燃えあがっていた。炎のうなりに耳をふさがれている彼には、もう考えることもできなかった。

「レースはどうしたんだ？」これがサイモンの声だろうか？　その声は、彼の耳にさえしわがれて危険にひびいた。

「レディ・ウィンチェルの胸元を飾っているわ」

アガサのレースを……おいてきてしまった。小さな証拠を残してきたことを心の片隅で案じながらも、サイモンはウィンチェル卿の書斎での出来事を忙しく再現していた。

ただし今回、彼の相手は骨と皮ばかりのラヴィニアではない。豊満なアガサだ。しめった筆が円を描きながら動き、温まった筆先が……彼女の美しい曲線をなぞっていく。

官能の香りただよう熟れた裸体を惜しげもなくさらすアガサは、彼に崇《あが》められるために描かれた太古の女神のように――。

「協力してくださるわね？」

アガサが真顔で身を乗りだすと、よじれた胴着の襟元から片方の乳房がこぼれそうになった。もう、とても冷静ではいられない。

「ああ……」

彼女が身を起こしてうれしそうに手を叩くのを見て、サイモンは自分が返事をしてしまったことに気がついた。

バケツいっぱいの冷水をあびせられたかのように、いっしゅんにして官能の炎が消えた。

ああ、なんということだ。

またしても彼女にやられてしまった。

どうしようもないほどの嫌悪感と激しく彼女を求める気持ちが、つかのまぶつかりあい、嫌悪感が勝った。サイモンはふたたびアガサをありのままに見られるようになっていた。大嘘つきである上に、巧みに人をあやつって企み事をする、道徳心も高潔さも持たない女……それがアガサだ。

　彼女は美しい身体を使って二度もサイモンの思考をくるわせ、心を持たない道具をあつかうように彼をあやつった。サイモンは理性的で有名な自分から理性を取りあげたアガサを殺してしまいたかった。

　しかし、ぼくはいったい何を約束してしまったのだろう？　エサリッジ卿の金庫をあさるといっても、彼女が屋敷への招待状を手に入れることが第一条件だ。

　問題の紳士が、社交好きどころか、世捨て人のような暮らしをしていることを思えば、屋敷に招かれることはありえない。ならば、協力を約束しても問題はないはずだ。

　アガサは、エサリッジ卿の予定表に自分たちの名前がのるようにしむける方法について、うれしそうにしゃべりつづけていた。サイモンはそんな彼女に相槌《あいづち》を打ちはしたが、話は聞いていなかった。

　彼もエサリッジ卿のことを考えるのに忙しかったのだ。エサリッジ卿は謎の男だ。スパイかもしれない。その可能性はおおいにある。

　とはいっても、この世捨て人のような紳士は、摂政王太子に仕えるスパイではありえない。もしそうなら、サイモンが知らないはずがなかった。しかし、それをアガサに話すわけにはいかないのだ。

　たとえ話したとしても、彼女は信じないにちがいない。ロンドンの街で泥棒生活をしていた恥知らずな煙突掃除人のサイモンが、実は王室に仕えるスパイ組織の長だなどと、誰が信じるだろう？

真実を知られるよりも、最低の男だと思われているほうがいい。ジェームズをさがしていることを、アガサに知られるわけにはいかないのだ。部下が国を裏切ったら、彼がそれ以上の罪を重ねる前に見つけだすのがサイモンの務めだ。

裁判になどかけない。そんなことをしたら、〈ライアーズクラブ〉の存在が明るみに出てしまう。ジェームズはサイモンがひとりでさがす。

ひとりでさがして、審理し、判決をくだし、必要ならば……。

処刑する。

アガサがそれを喜ぶはずがない。サイモンにはよくわかっていた。

9

ジェームズ・カニングトンは夢の中でただよっていた。すぐうしろで、心地よい無意識の世界が霧のように彼を誘っている。そして目の前では、とぐろを巻いた蛇がもたげた頭を振り動かしていた。

「ジェームズゥウゥ」

邪悪な生き物……蛇。その姿は不快であると同時に魅力的でもあった。

「ジェームズ？　モーティマー・アップルクイストというのは何者なの？　あなたがその名前を口にするのをたしかに聞いたのよ。さあ、お答えなさい！」

蛇は舌をちろちろさせて、また彼の名前を口にした。

「ジェームズ？　答えるのよ。モーティマー・アップルクイストというのは何者なの？」

何者でもない、い、い。

「答えてちょうだい、ジェームズ。その男は何者なの？」

今、答えたじゃないか！　彼は夢の中で蛇の喉をつかむと、思いきり締めつけた。

しかし、声はやまなかった。「誰なの？　さあ、ジェームズ」

ひとりになりたかった。彼には考える必要があった。何かまずいことが起きているのはわかっていたが、それがなんなのかがわからない。このいやらしい蛇が消えてさえくれれば、考えることができるかもしれない。

「だから、何者でもない……」ジェームズは、つぶやくように答えた。

「何者でもない？　どういう意味？」

なんて頭が悪いんだ。「何者でもない。身代わりだ。叱られたくないとき、モーティマーのせいにして罪を逃れていた」

「身代わり？　誰の？　あなたの？」

そういうこともあったし、アガサの身代わりをさせたこともあった。最後には、使用人たちでさえモーティマーを身代わりに使うようになっていた。数学者だった父は、自分の苦悩と研究に気を取られすぎていて、疑うことさえしなかった。ただ目をしばたたいて、付き合う人間を選ぶようにと、子供たちをたしなめるだけだった。アガサとぼくは、そのたびに神妙にうなずき、アップルクイストとはもう遊ばないと約束した。

アガサ。アガサのことでも、何かだいじなことを忘れているような気がする。このいやらしい蛇さえ消えてくれれば……。

ジェームズは蛇に背をむけ、霧の中の深淵にむかって歩きだした。声は、もうかすかにしか聞こえない。そして深い裂け目にすべりこんだ彼は、ふたたび意識を失った。

ウィンチェル邸で危機一髪の脱出劇を演じた翌朝早く、サイモンは足早に階段を駆けおりていた。ゆうべは、行ったり来たりを繰り返しながら遅くまで考え事をしていたが、そんなことはこたえてもいなかった。アガサはいつものように卵料理を前に新聞を読んでいるにちがいない。

しかし、彼女は外出用の服を着て、玄関広間で手紙を読んでいた。盆の上には招待状の山ができている。アップルクイスト夫妻は、ゆうべの夕食会で社交界の人気者になれたらしい。招待状の中には、上質の紙に浮きだし模様がほどこされているものもあるようだった。そんなものを前にしたら、たいていの女はうれしくて舞いあがってしまう。

しかし、たいていの女とは少しちがっているアガサは、招待状の山には目もむけていない。社交界での地位を得ても有頂天にならずにいる彼女を見て、サイモンは感心した。しかし、それは長所なのだろうか？　それとも、プロである証拠なのだろうか？

いずれにしろ、アガサはふつうの筆記用紙数枚につづられた手紙を夢中で読んでいた。眉のあいだにはしわがよっている。サイモンはその手紙に何が書かれているのか、知りたくてたまらなかった。

そこには、アガサの秘密を知る手がかりが記されているにちがいない。それが彼女の愛人の居所を知る手がかりとなってくれる可能性もある。

アガサは手紙から目をあげた。「あら、おはよう。ピアソンがあなたの朝食を用意しているわ」彼女は、ふたたび手紙を読みだした。「申し訳ないけれど、すぐにお返事を書かなければならないの……」

アガサはそう言うと彼のそばをはなれ、客間に入って扉を閉めた。帽子をかぶって外套のボタンまでとめてあるのに、今すぐに返事を書く？

よほど差し迫っているのだ。サイモンは、ますます興味がわいてきた。部屋から出てきたときの様子から、何かをかぎとることができるかもしれない。もっと運がよければ、彼女が手紙をおいて出かけることも考えられる。サイモンは関心のあるふりをして、玄関広間のテーブルの前にすすみ、招待状に目をとおしはじめた。

もちろんエサリッジ卿からのものはなかった。そんなに簡単にいくはずがない。それでも、アップルクイスト夫妻をもてなしたがっている夫人たちの幅のひろさに、驚かずにはいられなかった。大佐の奥方に、連合王国議会議員の妻たちに、伯爵夫人。

ゆうべ、アガサはそれだけのはたらきをしたのだ。サイモンは、あらためて感心せずにはいられなかった。彼女は、その場にいた軍人全員と踊っていた。紳士たちは、彼女の……そう、魅力を前に、分別を失っているようだった。

アガサもサイモンも、ゆうべは油を差した機械のように動いた。誰かと組んで働くのは、ほんとうに楽しかった。かつて彼はジャッカムと、そんなふうに働いていたのだ。

もちろん、モーティマーは書斎に姿を消す前に、自分の役割をしっかりはたしていた。レディたちをおだてて魅了し、堕落した紳士役を演じる。

その役は彼に合っていた。

サイモンはかぶりを振った。なんと情けないことだ。気骨があって少しでも思考力をそなえている男なら、そんな暮らしに堪えられるはずがない。

客間の扉が開いて、アガサが飛びだしてきた。サイモンは話しかけようと口を開いたが、彼女は手提げ《レティキュール》に手紙を押しこみながら広間を横切り、そのまま大いそぎで出かけてしまった。

アガサのことをよく知らなかったら、彼女は自分のほうを見もしなかったと思ったにちがいない。

ピアソンが朝食室の扉を開けて、サイモンに問いかけるように片方の眉を吊りあげた。
「料理番にお食事をお取りしておくように申しましょうか？」

ピアソンのうしろからただよってくる香りは、たまらないほど魅力的だった。しかし、アガサはいつもどってきても不思議ではない。この機会を逃すわけにいかなかった。

「すぐにもどるよ、ピアソン」サイモンは踵を返したあとでためらった。そして、こらえきれずに振りむいて訊いた。「コドルドエッグ（容器に卵を割り入れて湯煎にかけるようにして調理した卵料理）もあるのかな？」

「はい、旦那さま。ベーコンもございます」

くそっ。いそいだほうがよさそうだ。客間に足を踏みいれながらサイモンは思った——すべてが終わったとき、アガサの料理番を引き抜いていくことはできるだろうか？

それまでは、ここで出される食事を食べそこねないようにしよう。

青い壁紙を貼った客間には日が射しこんでいた。ランプを灯す時間を惜しんで、アガサが重いカーテンを開けたにちがいない。

大きく息を吸ったサイモンは、アガサの香りを感じた。彼女のまわりにいつもただよっている、温かな甘い香りだ。

彼は、自分の身体に起きた反応を決然と抑えこんだ。いつもの彼は、そんなことで意志や思考を左右されたりはしない。

部屋の隅におかれた小さな机の上に便せんがのっていた。インク壺の蓋《ふた》も閉まっていない。彼女がいそいでいたのは好都合だった。アガサは力強く文字を綴《つづ》るタイプだろうか？　それとも、そっと書くのだろうか？

サイモンはいちばん上の便せんを、日射しに傾けてみた。よし、力強く綴るタイプのようだ。

彼は便せんを手に、冷えきった暖炉の前にすすんだ。行きとどいたピアソンのおかげで、火格子には煤ひとつついていない。

問題ないさ。サイモンは煙道に手をのばし、耐火煉瓦を指でこすってみた。引きだした手は、煤で真っ黒になっていた。これでいい。

サイモンは汚れていないほうの手で便せんを裏返して炉床におき、煤のついた指でそっとこすった。

かすかに浮きあがった箇所に煤がのって、逆さまになった文字があらわれた。それはアガサがしたためた返事の最後のページのようだった。途中で始まったその文章の最後には、

〝わたしからも愛をこめて　A〟と大きく記されていた。これはジェームズに宛てた手紙なのだろうか？　愛をこめて？　サイモンは目をほそくした。これはジェームズに宛てた手紙なのだろうか？　彼をさがしているというのは、嘘だったのだろうか？

それとも、行方不明だったジェームズ・カニングトンと、今ようやく連絡が取れたということなのだろうか？

とにかくアガサから目をはなさないこと。しっかり見ている必要がある。

もちろん、見てはならないものは見ないが……。

廊下から聞こえてきた声が、サイモンを現実に引きもどした。レディの官能的な魅力にとらわれているときではない。肉欲のせいで意志がふらつくようなことは、二度とあってはならないのだ。

アガサは何かをかくしている。しかし今、サイモンは彼女の秘密のひとつを、その手ににぎっていた。文字は逆さまになっている上に、小さくて癖がある。たとえふつうのインクで書かれていても読みにくいにちがいない。それが煤でにじんだように浮きだしているだけなのだから、それを読むのは不可能に近かった。

鏡が必要だ。サイモンは足早に客間を出ると、朝食の香りに鼻をひくつかせながら、自室にむかって階段をのぼっていった。

アガサは、奉仕委員に与えられている病院の更衣室で短い外套を脱ぎ、そこにおかれている前掛けをつけると、手紙のことを心から締めだそうとした。病院にたどりつくまでずっと、レティキュールに石が入っているかのように、手紙を重く感じていた。

かくし場所を見つける時間がなかったアガサは、しかたなく病院に手紙を持ってきたのだ。愚かだとわかってはいたが、誰かに読まれてフィスティンガム卿に居所を知らされる危険を冒すわけにはいかない。

フィスティンガム卿が街にやってくることは滅多にないが、彼とロンドンがどれほど深く結びついているかを知って、アガサは驚いていた。ゆうべの夕食会で会った人間の半分が、なんらかの形でフィスティンガム卿を知っていた。そして、彼らはアガサ・カニングトンのことも知っていた。

アガサは新しい使用人を気に入っていたが、彼らが――主人の悪口を言うような真似はしないと信じているが――噂好きだということを忘れてはいけない。とにかく口を閉ざして、アガサ・カニングトンにつながるようなものは、そっとかくしておくのがいちばんだ。

アップルビーの使用人からの手紙によれば、フィスティンガム卿は日ましに疑い深くなっているようだった。

ミス・アガサ、もういつまでフィスティンガム卿を欺きつづけられるかわかりません。あの方は、ご子息をともなって毎日のように訪ねてみえて、ときには何時間もお嬢さまのお帰りをお待ちになります。まだ赤く熟してもいないのに、お嬢さまは苺《いちご》を摘みにお出かけですと申してお帰りいただいたこともあります。ミス・ブルームのお宅にお邪魔していると申し上げましたときには、翌日お見えになったフィスティンガム卿に、ミス・ブルームは何週間もお嬢さまに会っていないそうだと言われました。あの方は、ひどく疑い深くなっておいでです。

ロンドンにいるアガサには、為す術もなかった。とにかく、一刻も早くジェームズをさがしだすことだ。それまでは、ミセス・ベルにできる範囲で指示を与えつづけるしかない。

遠くからレジーにふれられたような気がして、アガサは寒気をおぼえた。

サイモンのことを考えているほうが、ずっといい。ゆうべの口づけは、ウィンチェル卿の目をごまかすための手段でしかなかったけれど、思い出すたびにアガサの胸は高鳴った。彼の唇は温かくて勇気づけるようで、強引さは少しも感じられなかった。彼は絶対にあの口づけを楽しんでいた。

そして、アガサもあの口づけを楽しんでいた。そう思うと、とても冷静ではいられない。アガサは、かすかなシナモンの味が残っていることを信じて唇を舐めた。しばし彼女は薄暗い書斎にもどって、サイモンの裸の胸にぴったりと……。

会ったことのない女性がふたり更衣室に入ってきたのを見て、アガサははっとした。彼女は長いことそこで彼との口づけを再現していたのだ。

愚かにもほどがある。考えなければならないことは他にいくらでもあるはずだ。アガサは、仕事に心をむけるよう自分に命じた。

更衣室を出た彼女は、二階の病室にむかった。病と治療の匂いが、厄介な思いから心を引きはなしていく。

サイモンの教育に追われて過ごした一週間、彼女は病院が自分に何をもたらすか忘れていた。ここで働く者たちは、独特の空気をまとっている。チェルシー病院は奇跡を起こす場所であると同時に恐怖の地でもあるため、みな常に希望と絶望の入りまじった表情を浮かべている。

患者はあまりに多く、あまりに若かった。ふだんアガサが自分の歳を意識することはほとんどなかったが、病院のベッドや部屋や廊下にあふれている患者は、彼女から見れば子供のような少年たちだった。

しかし、その瞳を見たらそんなことは言えない。痛みをよせつけまいとするかのように冗談を飛ばし、魅力を振りまく者もいれば、壁のほうをむいて自分の世界に閉じこもっている者もいる。

しかし、どの瞳にも砲火や死に対する恐怖が、そして苦悩が、やどっている。その影が消えることは生涯ないのだ。

アガサは布が入った洗面器を持って、ベッドからベッドへと移動した。病室のむこうにクララ・シンプソンの姿が見えている。彼女はミセス・トラップの親戚だということだった。じっと動かない少年を元気づけながら、その口にスプーンを運んでいるクララは、感情をかくそうともせずに頬をぬらしている。

それを見たアガサは、目をそむけずにはいられなかった。病院で働いている女性は、奉仕委員も看護人も、助かる見込みのない患者に接するつらさを知っている。しかし、けっしてそれを口にしたりはしない。死という言葉を口にしたら、それを招きよせてしまうような気がするからだ。

「ああ、清らかな日の光が、やっとぼくのところに射しこんできたようだ！」背後から聞こえてきたよくひびく男らしい声には、憂鬱《ゆううつ》な影は感じられなかった。

振りむいたアガサの顔には、心からの笑みが浮かんでいた。コリス・トレメインは彼女のお気に入りの患者だったが、それは彼が話し上手だからだけではない。

コリスは、かつて音楽家になることを夢見ていた。それは、彼が軍服を着て戦地に赴く前、戦いが彼の腕を打ち砕いてしまう前のことだ。

噂によれば、彼は腕を失うところだったらしい。しかし、手脚を切断することにうんざりしていた目のきく外科医が、若い兵士の左手は血がかよっていて温かいし、つつくと反応するということに気づいたのだ。

「切断はしない」医者は、そう宣言した。「使い物にはならないだろうが、この若者の姿は損なわれずにすむ」医者は傷口を縫って、できるだけ骨を接《つ》ぎ、添え木に腕を固定した。

手術のショックからさめてこの病室に運ばれてきたときのコリスは、左腕がバランスをとる役割しかできなくなっていることを知って、喪失感に瞳をくもらせていた。

しばらくは口もきかずに、しきりにまばたきをしながら天井を見つめていた。それから、彼は唇にかすかな笑みを浮かべ、アガサを見あげてこう言ったのだ。「悲しみに暮れるのは、もうたくさんだ。さて、ドラムを習わなくちゃならないな」

そして、コリスはドラムの練習を始めた。アガサが次に見たとき、彼は新しいドラムを膝においてベッドの上に坐っていた。それは、鼓笛隊がパレードで使うようなドラムだった。病室の仲間たちの応援を――そして、ときに苦情を――受け、コリスは片手でドラムを叩く練習をつづけた。よく動く右手の指で二本のスティックを正確にあやつるのだ。

今、彼は敬礼するように、アガサにむかってドラムスティックを傾けた。ドラムを叩けないときも、彼は常に指でスティックをまわしている。

「おはよう、コリス」アガサは、彼をからかわずにはいられなかった。「そういうものをまわすときは、気をつけたほうがいいわね。今度、飛んできたスティックが鼻を直撃したら、そんなものは燃やしてしまうと、ソウムズ二等兵は言っているわ」

「ソウムズは、つまらない男なんだ。打楽器のよさが、ぜんぜんわからないんだからね」コリスは彼女のほうに身を乗りだした。「会いたかったよ、かわいい天使さん」彼はあたりを見まわしてささやいた。「トランプは持ってきた？」

「コリス、あなたはわたしとの勝負で、家も牛も最初に生まれる子供も巻きあげられてしまったのよ。まだ懲《こ》りていないの？」

「懲りたよ」コリスはがっくりと枕に身をあずけた。「今日も勝てる気がしないな。だけど、トランプを切るのを見せてもらうだけならいいよね？　きみのカードさばきは芸術的だからな」

アガサは彼のベッドの端に坐って、洗面器を膝の上においた。「いいわ、お見せするわ。でも、それでおしまいよ。もう一度見せろなんて、せがまないわね？」

「だいじょうぶだよ」

アガサは疑いの目をむけたが、彼は無邪気にほほえみ返しただけだった。アガサはポケットから小さなトランプを取りだした。

コリスは笑顔になってベッドに坐りなおした。まわりの患者たちも数人、よく見えるようにと首をのばしている。

どうして男の人たちは、こんなにカードが好きなのだろう？　若いころ、ジェイミーもトランプを使った手品が大好きで、いくつか彼女に教えてもくれた。たまにしか訪ねてこない兄を待つあいだ、アガサはそれを練習し、さらに学び、ついには先生だった兄を驚かせるまでになったのだ。

アガサはトランプをふたつの山に分けると手を大きくひろげて、すばやくカードを飛ばしはじめた。それが終わったとき、コリスの膝の上にきちんと積み重ねられたカードがのっていた。

コリスは有頂天になって目を閉じた。「なんてすばらしいんだ。ねえ、ぼくと結婚してよ。ぼくは今日、退院してしまうんだ。だから、これがイエスと返事する最後の機会なんだよ、かわいい天使さん」

アガサは彼のほうに首を傾けた。「まだそんなことを言うの？　言ったはずよ。わたしは結婚しているの」嘘をつくことが、どんどん平気になってくる。これは慣れたせいなのだろうか？　それともサイモンの存在に関係あるのだろうか？

「だったら、駆け落ちしよう。ポリネシアに逃げようよ。きっと見つからないさ。太陽をあびて楽しく暮らすんだ。原住民みたいに十人くらい子供をつくってさ」

「まあ、たいへん。きっと疲れてしまうわ」アガサは、生きいきとした彼の笑顔を見ながら応えた。「退院したら、どこへ行くの？」両親も兄弟もいないと、前に聞いていた。

「ダルトン叔父さんが引き取ってくれるんだ。だけど、いやになっちゃうよ。叔父さんは、オーケストラに入ってドルリーレーン（ロンドンの劇場街。十九世紀までは売春宿などが多かった）で演奏したいっていうぼくの夢に、賛成じゃないみたいなんだ」

「劇場がよいをするような方ではないのね？」

コリスは彼女を横目で見た。「ああ、ああいう劇場には行かないだろうね」

どういう意味かわからなかったが、アガサはすましてうなずいてみせた。ロンドンには彼女が知らないことが、まだまだありそうだ。しかし、どこから来たのかと尋ねられるよりは、知っているふりをしているほうがいい。

「コリス、まったくきみには驚かされてばかりだ。レディの前でそんな下品な話題を持ち出すものではない」背後から聞きおぼえのない声がひびいてきた。

アガサは、その低い声のほうにすばやく振りむき、膝からすべりおちそうになった洗面器を慌ててつかもうとした。

しかし、彼女がつかんだのはブリキの洗面器の縁ではなく、大きくて温かな手だった。アガサは目をあげてみたが、アーチ形の窓から射しこむ光のせいで、かがみこんでいる長身の男の輪郭しか見えなかった。

コリスは小さな笑い声をあげた。「ダルトン叔父さん、ミセス・アップルクイストを紹介するよ。叔父さんがそんなふうにそびえたつのをやめれば、彼女は立ちあがれるんだけどな」

アガサはコリスをやさしくにらみ、ダルトン叔父さんの手から洗面器を受け取った。

「さあ、いい子にしてちょうだい」彼女はコリスに洗面器を押しつけながら、つぶやくように言った。

すぐそばに背の高い紳士が立っていては簡単ではなかったが、アガサはできるだけ優雅に立ちあがった。背筋をのばして立っても、彼女の目は紳士のクラバットの高さまでしかとどかない。そのクラバット以外、アガサには何も見えなかった。

「お目にかかれて光栄ですわ、ダルトン叔父さまのクラバットさん」アガサは、そっけない声で言った。

コリスは鼻をならしたが、アガサはそれを無視して、無骨な紳士がうしろにさがってくれるのを礼儀正しく待った。

「申し訳ない、ミセス・アップルクイスト。気のきかないわたしをお赦《ゆる》しください」目の前の大きな胸が遠ざかり、アガサはようやく彼の顔を見ることができた。

アガサは目をしばたたいた。ロンドンという街は、男をハンサムにするにちがいない。ここにいる紳士を見たら、たいていの女はぼうっとしてしまう。しかし、アガサは彼を見てもサイモンに会ったときのような衝撃はおぼえなかった。

それでも、広い肩と素敵な顎のくぼみを持つ彼は、まちがいなく魅力的だった。それに、瞳は狼のような銀色をしている。彼は男らしい魅力にあふれていた。しかし、もちろん見目より心だ。

このハンサムな紳士は、少しだけ無礼だった。

アガサは手を差しだした。「ダルトン叔父さま、ようやくお目にかかれましたわね。クラバットが、あなたの人となりをずいぶん教えてくれましたわ！」

険しかった紳士の表情がやわらぎ、低い笑い声がもれた。彼はアガサの手を取ってお辞儀をした。身を起こした彼の口元には、笑みらしきものが浮かんでいた。

「こいつは驚きだ、ミセス・アップルクイスト！　叔父さんが笑ったよ！　新聞に発表しなくちゃ！」

「いいかげんにしろ、コリス。そういう冷やかしは、もううんざりだ」ダルトン叔父さんの声はおだやかだったが、コリスはすぐに口を閉じた。アガサはそれを見て感心した。

さて、どうやってダルトン叔父さまの温かな手から指を引き抜いたらいいのだろう？　冷たい眼差しでアガサを探るように見つめている彼は、彼女の手をにぎりつづけていることにも気づいていないようだった。

「モンモランシーです。ダルトン・モンモランシーと申します。ミセス・アップルクイスト、あなたのような方が家族だったらうれしいが、〝叔父さん〟と呼ばれるのはコリスひとりでたくさんです」

ああ、そういう人なのね。それにしても、今の言葉は効いた。たったそれだけの言葉で、アガサの気分は変ってしまった。彼女は自分が愚かに思えてきた。力を持った紳士は、初対面の女にからかわれるのを好まない。アガサは彼の手から指を引き抜いた。もう、なんと思われてもかまわなかった。

「ずいぶんと威圧的な態度をおとりになるのね。いい勉強になりましたわ」自分の意のままに生きることを知ったアガサは、それが性に合っていることに気づいていた。子供のように叱られるのは、気分が悪い。

「自分が何をしたかわかっているのかい、叔父さん？ 彼女は、もう笑っていないじゃないか」コリスはぐったりと枕に身をあずけ、動くほうの手で目をおおった。「目眩がするよ。退院なんてできそうもないな」彼は弱々しい声で訴えた。

アガサは笑うまいとしたが無理だった。「さあ、お立ちなさい。しようがない子ね」

「ミセス・アップルクイスト、あなたは甥を気に入っているようだ。喪服を着ていないようだが――」ダルトン・モンモランシーの声は、何かをほのめかしていた。「ご主人が亡くなってから、どのくらい経つのですか？」

「そんなには経《た》っていないと思いますわ。朝食のときには元気でしたもの」アガサはそう言い返しながら、コリスから洗面器を取りあげた。「まあ！」彼女は振りむき、片方の拳を腰にあてててミスター・モンモランシーに満面の笑みをむけた。「わたくしのことを未亡人だと思っていらしたのね。それで、わたくしがコリスを誘惑しようとしているとお思いになったのね」

彼の驚いた顔が、そのとおりだと言っていた。アガサのうしろで、コリスが勝利の声をあげた。

「叔父さん、ついにお似合いの相手を見つけたね。彼女が結婚してるっていうのは、ちょっとまずいけどね。ぼくの花嫁になってくれないなら、叔母さんでもいいよ。最高に素敵な叔母さんになると思うな」

「だまりなさい、コリス」アガサとミスター・モンモランシーが、声をそろえて言った。それからふたりは目を合わせ、声をあげて笑いだした。

アガサに夫がいることがわかって、ミスター・モンモランシーは気が抜けたようだった。退院後の計画についてコリスに話している様子を見れば、彼がやんちゃな甥を心から愛していることはよくわかる。

それに、モンモランシーは思ったよりずっと若そうだ。その顔から険しいしわが消えた彼は、サイモンより歳上には見えなかった。おそらくコリスは歳のはなれた姉の子供で、彼は十歳かそこらで叔父さんになったにちがいない。

「もう仕事にもどらなくてはならないわ。コリス、あなたが退院できてうれしいわ。でも、きっとすごくさみしくなるわね」彼女は身をかがめて、彼の頰にキスをした。

コリスは笑顔で彼女を見あげた。「遊びにきてよ、かわいい天使さん。近いうちに、きみとミスター・アップルクイストを招待するからさ。いいよね、叔父さん？」

「コリス、おふたりにいらしていただけたら、ほんとうにうれしいよ。しかし、ミスター・アップルクイストは、奥さんがきみに〝かわいい天使さん〟と呼ばれるのを喜ばないだろうね……」

アガサは話しつづけるふたりを残して、その場をあとにした。次の患者のもとにむかう彼女の顔には心からの笑みが浮かんでいた。

10

サイモンは玄関番のスタッブズにうなずきもせずに、足早に〈ライアーズクラブ〉に入っていった。広い部屋のテーブルと椅子は、どれも空っぽだ。どうやらここの会員たちに早起きの習慣はないらしい。

モーティマーらしく振る舞う必要も、それらしい格好をする必要もないことをありがたく思いながら、サイモンは関係者用の扉を抜け、厨房を横切って、本物の〈ライアーズクラブ〉に足を踏みいれた。

テーブルに地図をひろげている三人の部下と、報告書を書いている男にうなずきながらさらに足をすすめ、執務室へと入っていく。名目上、そこは彼の部屋ということになっているが、実際はジャッカムが使っていた。

サイモンのほんとうの執務室には誰もが入れるわけではない。入ることが許されているのは、かぎられたほんの数名だ。ジェームズ・カニングトンもそのひとりだった。

あらためて自分の見る目のなさに打ちのめされたサイモンは、思った以上に帽子と外套を乱暴にあつかってしまったようだった。外套かけが倒れて大きな音をたてた。

ジャッカムが驚いて顔をあげた。サイモンは年嵩《としかさ》の友人にむかって、警告のしるしに目をほそめた。今、自制を失っていることを指摘されるのは、何よりもいやだった。

「やあ、サイモン」ジャッカムは、腫《は》れ物にさわるように言った。

「何かニュースは？」

「蛇つかいの美女を披露したあと、新しいカモが——いや、会員が——六人ふえた。カートが、ラム肉の値があがっているとぼやいている。洗い場にもうひとり人をやとってほしいとも言っていたな。ああ、そうそう、あんたに報告したいことがあると言って、さっきフィーブルズがやってきた」

サイモンは何気なさそうにうなずいてみせたが、心の内《うち》には緊張が走っていた。フィーブルズというのは、ジェームズの件に関わっている男だ。サイモンがこの捜査について話した人間は、彼の他にはいない。

ジェームズの銀行の口座についての情報を手に入れたのも、手練《てだ》れのスリであるフィーブルズだった。彼は今、ジェームズをさがして、いくつかの場所を見張っている。

サイモンは退屈しているふりをして、坐り心地のいい古いソファに腰をおろした。「それで、フィーブルズはどこにいると？」

「今日は、クラブの前で働くと言っていた。ここに出入りする紳士の懐《ふところ》をねらわずにいるなら、かまわないと言ってやったよ。紳士たちの懐の金は、このクラブでおとしてもらいたいからね」

ジャッカムの声には軽蔑の色がにじんでいた。自分のような元泥棒とスリでは、住む世界がちがうとでも思っているのだろう。

それについては、サイモンも同意しないわけにはいかない。痩せほそった身体に、ちぐはぐな服を着たフィーブルズは、気の毒な貧乏人の見本のようだった。

「だったら、早いところ話を聞いてきたほうがよさそうだな。すぐにもどる」

サイモンは走りだしたい気持ちを抑えて、ゆったりとした足取りで歩きつづけた。そして、玄関にたどりついた彼は、おべっか使いのスタッブズの肩を叩いて訊いた。「フィーブルズの姿を見かけなかったか？」

「見かけましたよ。さっきまで、そこの角で働いていたんですけど、もう少し先でためしてみると言って姿を消しました」スタッブズはそう言って右のほうを示した。

サイモンは彼に礼を述べると、帽子を軽く持ちあげて通行人に挨拶しながら、ぶらぶらと通りを歩いていった。フィーブルズはすぐに見つかった。角の街灯柱によりかかって、とおりすぎるカモに視線をむけている。

「うまくいっているか？」

フィーブルズは少し恥じ入ったように肩をすくめてみせた。「指の運動をしているだけだよ、ミスター・レイン。掏《す》ったものは、ちゃんと返してる」

「話があると聞いたが」

「今朝、チェルシー病院に行ってみたんだ。ミスター・カニングトンの姿はなかったが、四階の病室にレン・ポーターが寝かされていた。ひどい怪我を負っている」

「レンが？　くそっ」レン・ポーターが面倒に巻きこまれていることなど知らなかった。前回の報告は受けているし、次の報告はあす受けることになっていた。「何があったんだ？　彼はなんと言っている？」

「問題はそこだ、ミスター・レイン。レンは何も言っちゃいない。頭をひどくやられてるんだ。意識がないんだよ。もどる見込みはないと、医者は思っているようだ」

サイモンは自責の念に駆られて吐き気をおぼえた。また優秀な部下をこんな目に遭わせてしまった。

「正体は知れているのか？」

「いや。おれも何も言わずに帰ってきたんだ。病院ではジョン・デーと呼ばれてる。ほんとうのところ、あれがレンだとはすぐには気づかなかった。あの巻き毛がなかったら、母親だって気づかないだろうね」

「わかった。レンはぼくが引き受ける。病院側が何を知っているかも探ってくることにしよう」

街には、サイモンの部下たちが使っている部屋がいくつかある。そこでレンの面倒をみられるはずだ。できるだけの手をつくせば奇跡が起きるかもしれない。そうなればサイモンの気持ちも少しは軽くなる。

うなずいて踵を返したサイモンを、フィーブルズが呼びとめた。「もうひとつ報告があるんだ、ミスター・レイン。カニングトンの口座の金を使っている、例の女のことで……」

サイモンはすばやく振りむいた。「何がわかった？」

フィーブルズは彼の勢いに目をしばたたいた。「たいしたことじゃないよ、ミスター・レイン。ただ、今朝、二階の病室で彼女が誰かに紹介されたと聞いたんだ。あの人は、いつも病院にいる。おれも、何度も見かけてる。今日まで名前を知らなかっただけだ」

「ミセス・アップルクイストが？　病院に？」どういうことだ？　そう……もちろん彼女も病院でジェームズをさがしているにちがいない。サイモンは、またもアガサのかしこさを思い知らされたような気がした。

「ありがとう、フィーブルズ。よく知らせてくれた」

「ああ。また何かわかったら、すぐに知らせるよ」

「そうしてくれ」サイモンはぼんやりと彼に手を振り、来た道をもどりはじめた。

しかし、クラブにはもどらなかった。病院に行って生ける屍《しかばね》となった男に頭をさげ、静かに赦《ゆる》しを請わなければならない。アガサに会ってしまうかもしれないと思うと、さらに気が重くなったが、反対に救われるような気もした。

サイモンは足をとめてかぶりを振り、また歩きだした。今、アガサのことは考えたくない。

病院にたどりついたサイモンは、公務でここにやってきたかのように、堂々と中に入っていった。フィーブルズに教わったとおりに階段をのぼり廊下をすすむ彼に、目をむける者は誰ひとりいない。ついにサイモンは〝ジョン・デー〟のベッドのかたわらに立った。

「ああ、レン。ひどく具合が悪そうじゃないか」彼はささやくように言った。

レン・ポーターの容態は、ほんとうによくなさそうだった。胸がかすかに上下していなければ、死んでいるようにしか見えない。

フィーブルズがレン・ポーターに気づいたのは奇跡だ。顔は傷だらけになって腫れあがり、独特の巻き毛は包帯でほとんどかくれている。ここに横たわっている若者は、とてもレン・ポーターには見えなかった。

サイモンはベッドの足下にかかっていたカルテを見た。意識不明のジョン・デーに望みがないのはあきらかだ。

レンは怪我を負った状態で、ロンドン郊外の波止場ちかくにある酒場の外に倒れていたらしい。彼を診た地元の医者が自分の手には負えないと判断し、船で運ばれてきた負傷兵の一団に彼をくわえて、この病院に運ばせたのだ。

医者がそこまでしてくれたのは、レンがそれなりの格好をしていたからだ。最近の彼は、つきに見はなされて絶望している若い紳士のふりをしていた。それは、フランスのスパイとして働く人間をさがしている者の目を引くためだった。

いやな予感がした。この感じにはおぼえがある。レンは正体がばれて、すばやく報復されたにちがいない。

カルテの文字が涙でかすむのを感じて、サイモンは目を閉じた。レン・ポーターを簡単に逝かせるつもりはない。自分が引き取れば、病人であふれかえっている病室にいるよりもましな世話をしてやれるはずだ。

レンには、今度のことを知らせる家族はない。ほとんど付き合いのない従兄《いとこ》がひとり、田舎に住んでいるだけだ。〈ライアーズクラブ〉の連中は、レンが頭より姿のいい街の金髪娘と恋仲になっていると噂していた。

しかし、それが周知の関係だったとしても、ふたりの仲はつづかないにちがいない。たとえ命をとりとめても、意識がもどるかどうか、身体が動くかどうか、まったくわからないのだ。

看護人も医者も最善をつくしていることはわかっているが、人手が足りていないことはたしかだった。病院じゅういたるところで、私服の男や女が立ち働いている。技術も知識も持たない者たちが、できるだけのことをしようと無償で頑張っているのだ。

サイモンはカルテを元にもどすと、レンの肩に手をおいて約束した。「すぐにもどる」

管理事務所は下の階にあるようだったが、彼は見おぼえのある顔をさがして、しばらく負傷者を見てまわることにした。ひとつの病室の前で足をとめた彼は、その広い部屋の中にアガサの姿をみとめた。

彼女は若い男のベッドの縁に腰かけて、笑いながらトランプ遊びをしていた。ベッドには彼女がゆったりと坐る余裕があった。上掛けの下に若者の脚がないせいだ。

「またわたしの勝ちね、シーマス」そう言うアガサの声が聞こえた。

「あなたの中にはやさしい妖精は棲《す》んでいないみたいだ、ミセス・A」黒髪の若者は、彼女に疲れた笑みをむけた。

熱があるらしく、青白い顔をしていながら頬が火照っている。敗血症を起こしているにちがいない。この気の毒な若者の運命は、もう決まっている。こんなふうに脚を切断されて、感染症をまぬがれる人間はほとんどいない。

「今日は、もう充分あなたから巻きあげたわ、シーマス」アガサは、そう言ってトランプを前掛けのポケットにしまった。

「ほらね、やっぱりやさしい妖精はいないんだ。さんざ巻きあげておいて、それを取り返す機会も与えてくれないなんてひどいよ」若者は言った。

「つづきは、あしたにしましょう」

アガサは身をかがめて、シーマスの額に手をあてた。「また熱が出ているわ。横になって休まないなら、看護人さんに言いつけるわよ」

シーマスは力なく笑いながら、両方の手をあげた。「だめだよ、言いつけないで！ すぐに眠るよ、約束する」

脚を失ったせいで、思うように動くこともバランスをとることもできない彼は、アガサの手を借りてベッドに身を横たえた。そして、かすかな笑みを浮かべたまま目を閉じた。

アガサの顔にも、まだからかうような笑みが残っている。彼女はまばたきをすると、若者に上掛けをかけてやり、すばやくベッドからはなれた。

ベッドに背をむけた彼女が目を拭い、大きく息を吸うのを、サイモンは見逃さなかった。

それでもアガサはすぐに晴れやかな笑顔をつくって、次のベッドのほうをむいた。そこには、彼女がやってくるのを心待ちにしていた別の若い兵士が横たわっていた。

サイモンは戸口をはなれ、廊下の壁にもたれた。心底、驚いていた。ただ病室をまわってジェームズをさがしているものとばかり考えていた。こんなアガサを見ることになるとは、夢にも思っていなかった。

怪我を負った人間を訪ねて、笑い、からかい、トランプをする。複雑なことは何もない。誰にでもできることだと言う者もいるだろう。しかし、それはちがう。サイモン自身も、ここに来て国のために多くを捧げた若者たちと過ごそうとは、一度も思わなかった。ワレンのそばにいるのも、十五分が限度だった。いったいどうしたら何時間も負傷した若者たちの相手をつづけられるのだろう？　彼らのだいなしにされた人生を目《ま》のあたりにして、どうしたらあんなに明るく振る舞えるのだろう？　ここには死に直面している者もいる。もっとたいせつなものを失った者もいる。それなのに、なぜ……？

アガサが病院にやってくる理由については、考えなおす必要がありそうだ。

彼女が本気でジェームズをさがしていることはまちがいない。しかし、彼女がここに来るのは、イギリス兵のために時間と心を捧げるためでもあったのだ。

フランスのために働く裏切り者に、そんなことができるはずがない。あんなふうにそっと涙を拭う女に、敵の手助けができるはずがない。

いったいアガサは何者なんだ？　ほんとうに彼女がジェームズの言っていた、奔放《ほんぽう》な愛人なのだろうか？　完全無欠のスパイのように見えていたが、ほんとうにそうなのだろうか？　死と苦悩を目のあたりにしながら懸命に働いているこのやさしい女は、いったい何者なんだ？

今朝、判読した手紙は、彼女が無実である可能性を高めただけだった。しかし、手紙は新たな疑問を生んでいた。

アガサはその手紙で、しつこく問いただす〝フィスティンガム卿〟をどうかわしたらいいか〝親愛なるミセス・ベル〟に指示を与えていた。

わたしは治療を受けにケンダルに行っていると答えておいてください。ランカシャーにいないことを知られないように気をつけて。さもないと、ロンドンにいることを気取られてしまうでしょう。ジェームズはもうすぐ見つかるはずです。

ランカシャー。故郷をはなれて何年にもなると聞いたが、ジェームズはランカシャーの出身だ。ふたりの関係は思った以上に長いのかもしれない。

それに、フィスティンガム卿というのは誰なんだ？　もうひとりの情夫？　ジェームズの恋敵？　ジェームズが見つからない場合を考えて、アガサが気を惹きつづけている相手？

いや、そんなことはないだろう。ジェームズを思う彼女の気持ちは本物だ。それについては命を賭けてもいい。そこに駆け引きは存在しない。少なくとも、アガサはほんとうに彼を愛している。

しかし、ジェームズが本気でないのはあきらかだった。彼はそばにおきたいというだけの理由で、アガサを田舎からロンドンに呼びよせたのだろうか？　傷つけることになる可能性も考えずに、都合よく彼女を使うためだけに……？

その卑怯さを思って、サイモンの中に怒りがこみあげてきた。ジェームズにすっかりだまされていた。しかし、アガサのほうが、もっとひどいだまされ方をしている。

今のところ彼女はスパイ行為には関わっていない。しかし、自分が愛した男に――たとえそれがひどい男でも――どこまでも忠義をつくす女もいる。いちばんの問題は、真実を知った彼女が、恋人と国のどちらを選ぶかということだ。

サイモンは、重い足取りでレンの退院手続きをとりにむかった。レン・ポーターがこんな目にあったのは、誰かのせいだ。

サイモンには、それが誰なのかはっきりとわかっていた。


悪臭をはなつ粗末な寝床の上で寝返りを打ったジェームズ・カニングトンは、鼻先の壁板の隙間からもれてくる朝の日射しに目をしばたたいた。少なくとも、彼は朝だと思っていた。薬の効果を振りはらえるときは、たびたびあるわけではない。しかし、それができるとき、彼はまわりの状況をできるだけ把握《はあく》するように努めていた。

自分が船上にいることはわかっていた。匂いと舷の曲がり具合から察するに、たぶん小さな漁船だ。新しいものではない。波に押しあげられるたびに軋《きし》むことからも、板がたわんでいることからも、それはわかる。

板に一カ所、隙間ができていて、そこからわずかに外の世界をのぞけるのが、いくらかなぐさめになっていた。そんなによく見えるわけではなかったが、喫水線《きっすい》より上にいることはわかった。

時折、遠くから馬の蹄《ひづめ》の音が聞こえてくることを思えば、おそらくここは港だ。しかし、この港はほとんど使われていない。海側にあいた隙間から外をのぞくジェームズの目に、外洋に出る船の姿が映ったことは一度もなかった。ここは、テムズの波止場ではありえない。

仲間同士で怒鳴り合っている言葉や、殴りながら――あるいは食事を与えながら――ジェームズを罵る言葉を聞けば、乗組員がフランス人であることはあきらかだ。ジェームズはここで驚くほど多くの罵りの言葉をおぼえたが、それを使う機会があるかどうかは自信がなかった。

今回、ジェームズは様々なことを学んだ。カビのかたまりのようにしか見えない古くなったパンと、死んだ魚と錆《さび》の味がする水で、人はかなり生きのびられるものだということも知ったし、手首と足首をいっしょに縛られるのは、背の高い男にとって最悪の拷問だということもわかった。

しっかりと撚《よ》り合わせた縄はけっしてのびないが皮膚は傷つくということも、海水にさらされて硬くなった麻に歯を立ててみたところで意味がないということも、思い知らされた。

結局は死ぬことになるのだろうと、彼は思っていた。

ジェームズは満ちたりた礼儀正しい男だった自分が、ゆっくりと、しかし確実に、凶暴な獣《けもの》へと成りさがっていくのを感じていた。今度このせまい檻《おり》に誰かが入ってきたら、襲いかかっても不思議ではない。

しかし、それはしかたのないことだ。

小さな扉の外から、足音が聞こえてきた。朝食の時間だ。言うまでもなく、一日の食事はその一食のみ。

ジェームズは、寝床に頭をつけて意識のないふりをした。とはいえ、意識が完全にもどっていない彼に、演技などする必要はほとんどなかった。静かにしていれば、食事を運んできた男は二、三発蹴りを入れただけで立ち去ってくれるかもしれない。

ジェームズが心の中でブルと呼んでいるたくましい男が、寝床の横にパンをほうり、水しぶきをあげてバケツをおき、彼の脇腹を思いきり蹴った。

「起きろ！　起きろよ！　怠け者のイギリス人！」

ジェームズはそっと薄目を開けて様子をうかがっていた。今回にかぎって、ブルが股間を蹴らずにいてくれるとは思えなかった。しかし、踵を返したブルの尻のポケットから新聞が突きだしているのを見て、彼の自衛本能は跡形もなく消え去った。

新聞だ！　地元の新聞を読めば、いろんなことがわかるにちがいない。自分がどこにいるのか、今日が何日なのか、戦争がどうなっているのか……。

あの新聞を手に入れる必要がある。しかし、どうやって？

まず怠け者のイギリス人は起きあがらなければならない。ジェームズは、うめき声をあげて寝床から床にころがりでると、なんとか立ちあがろうとした。

そして、自分がどれだけ弱っているかを知って驚いた。すぐにでも行動を起こさなければ、逃げだせなくなってしまう。

ブルが振りむき、悪態をつきながら彼を蹴り倒そうと足をあげた。前のめりになっていたジェームズにとって、その足をつかむのは簡単だった。ブルは、彼といっしょに床に倒れこんだ。

しかし、倒れながらもブルは大声をあげた。くそっ、仲間が駆けつけてくるにちがいない。意図を知られずにポケットから新聞を抜きとるのは容易ではない。何度かためした末、ジェームズはようやく新聞を床におとすことに成功した。彼はブルともみあって床をころげながら、縛られた足を使って寝床の下に新聞を蹴りいれた。

ジェームズは、もう抵抗しなかった。ブルに突きはなされてぐったりとしている彼を、せまい船室に飛びこんできた男たちが下卑《げび》たフランス語で罵倒《ばとう》しながら、次々と殴り、蹴り飛ばしていく。

気を失いかけながらも、ジェームズはそこに六人の男がいることを心にとめた。くそっ、この攻撃はしばらくつづきそうだ。

それが終わったときに、自分がなんのためにこんな目にあわされたのかおぼえていますようにと、ジェームズはただ祈っていた。

アガサは病室を見てまわったあと、一階の玄関ホールにつづく堂々たる大理石の階段をおりはじめた。どの階にも新しい患者が数名いたが、その中にジェームズの姿はなかったし、誰も彼のことは知らなかった。

今朝、病院にやってきたとき、玄関に貼りだされている死傷病兵の一覧表にも目をとおしていた。死亡者の欄にジェームズの名前がないことをたしかめるまで、息もつけなかった。アガサは玄関ホールまでの数段を駆けおりた。曇り空の下でもいいから、とにかく外に出て新鮮な空気を吸いたかった。

「アガサ！」

玄関にむかって猛然とすすんでいたアガサを、耳慣れた声が呼びとめた。しかし、大理石の床はすべりやすい。なんとか足をとめてまっすぐに立ったものの、彼女はバランスをとろうと大きく腕を振りまわしていた。

「まあ、アガサ。ずいぶんとお転婆《てんば》だこと」

ラヴィニア・ウィンチェルだった。どうしてここで彼女に会わなくてはならないの！　そのなめらかな口調には毒が感じられた。まるで毒牙を持つ蛇だ。ラヴィニアは毒蛇そのものだ。

アガサは笑いを抑えて、ゆうべサイモンを誘惑しようとした女に顔をむけた。しかし、とがった犬歯をのぞかせて親しげにほほえむ彼女を見て、吹きだしそうになった。

それでも、アガサは必死で笑顔をつくって言った。「まあ、ごきげんよう、レディ・ウィンチェル！　こんなに早くお元気になられて、ほんとうによかったわ」

ラヴィニアは疑わしげに目をほそめた。「ゆうべわたくしが具合が悪くなったことを、あなたがご存じだとは思いませんでしたわ」

しまった！　ゆうべはレディ・ウィンチェルの具合がよくないらしいとささやかれだす前に、パーティをあとにしたのだ。

「ああ……おいとまするときにお姿が見えなかったものですから、頭痛でもして早めにお部屋に引き取られたにちがいないと思っていたんです」

「なるほど。ええ、そのとおりですよ」

鋭い視線をあびながら、アガサは無邪気なふりをつづけた。ラヴィニアはその演技にだまされて、わずかに緊張をといた。

「アガサ、こんなに早くお帰りだなんて、おまるの始末はきちんとすませてくださったんでしょうね？」

疑われるより威張《いば》られるほうがいいにちがいないが、そんなふうに言われて苛立たないはずがない。アガサは間の抜けた笑みを浮かべたまま、大きくうなずいた。

「ええ、レディ・ウィンチェル。今日も病室のほうに？」

「どうかしら。今日は、摂政の宮の病院訪問の件で院長と話し合うためにまいりましたのよ」

「摂政の宮？」

「おわかりでしょう？　この国の支配者――王太子殿下のことですよ。それにしても、あんな無能な人間は見たことがありませんわ」彼女は軽蔑の色もあらわに言った。「首相がおいでにならなければ、イギリスはあっと言う間にフランスに負けてしまうでしょうね」

それでもラヴィニア・ウィンチェルの目は輝いていた。高貴な客を迎える計画に自分が深く関わっていることが、よほどうれしいにちがいない。

「レディ・ウィンチェル！　それに、愛しいアガサ。こうしてお目にかかれて、こんなにうれしいことはありません」

左に顔をむけたアガサの目に、モーティマーらしい笑顔を浮かべて近づいてくるサイモンの姿が映った。いったい何をしているの？

「レディ・ウィンチェル、お元気そうで何よりです。ゆうべは、おいとまするときにお姿が見えなくて、ほんとうに残念でした」

サイモンは、調子のいいモーティマーになりきっている。アガサは、こんな危険な真似をする彼を思いきり蹴飛ばしてやりたかったが、そうする代わりに無理やり晴れやかな笑みを浮かべた。

「サイ……モーティマー！　あなたったら、こんなところで何をしておいでなの？」この場から立ち去るよう彼に目で訴えてみたが無駄だった。サイモンは彼女の手を取って自分の腕にからませ、もう一度ラヴィニアに笑顔をむけた。

ラヴィニアは目の中で火花を散らせながらも、アガサよりもずっと自然にほほえみつづけていた。ほら、やっぱりね。この人は、ちゃんとおぼえているんだわ。ただ、それをかくすのが上手なだけよ。つまり、わたしたちはみんな大嘘つきだっていうことね。

「ミスター・アップルクイスト、こんなに早く再会できるなんて、ほんとうに素敵だわ。ええ、もうすっかり元気になりましたのよ。次にごいっしょするのが楽しみですわ。そうだわ、来週のカード・パーティにおふたりでおいでになりません？」

「まあ、レディ・ウィンチェル。せっかくですけれど、わたくし、カードはいたしませんの。でも、お誘いには感謝いたします」

冷たい眼差しをむけたラヴィニアを見て、アガサはまたも毒蛇を連想した。ただし今回は、笑いたくはならなかった。

「まあ、もちろんですわね、アガサ。なんて気のきかないことを言ってしまったのかしら。社交の場で、あなたに気まずい思いをさせてはいけないわ。何か……田舎の方に似合うような催しを考えましょう」

「それはすばらしいな」サイモンは大袈裟に応えた。「ご招待を楽しみにしていますよ」

「きっとお誘いしますわ、ミスター・アップルクイスト。ええ、きっとね」

ラヴィニアは冷たい笑みを顔に貼りつけたまま踵を返し、優雅な足取りで病院の奥へと歩き去っていった。

アガサはサイモンの腕から手を引き抜くと、彼のほうに顔をよせて吐きだすように言った。

「いいかげんにして、サイモン。あなた、自分が何をしたかわかっているの?」

「きみがレディ・ウィンチェルの怒りの小剣でずたずたにされるのを、ふせいであげようと思っただけだけどね」サイモンは小さな声で笑いながら、おどけた顔で彼女を見た。

「モーティマーのふりをするのを、少しだけやめてもらえるかしら? わたしはレディ・ウィンチェルをうまくあしらっていたわ。あの人は、わたしが何もかも知っているということをご存じないのよ。だから、勝ち目はわたしのほうにあったの」

「信じられないな。まあ、そういうことにしておこう」サイモンはそう言いながら、彼女に独特のからかうような笑みをむけた。それを見たアガサは、またもお腹のあたりがむずむずするのを感じた。今回は、それより少し下のほうもむずむずする。

なぜ、彼にここまで惹かれなければならないのだろう? なぜ、初めてほんとうに惹かれた男がろくでなしの泥棒でなくてはならないのだろう?

腹立たしいなどというものではない。それに、絶対にあってはならないことだ。十人子供をつくるという提案については、もちろん話し合う必要があるが、コリスの申し出を受けるほうがずっとましだ。

アガサはため息をついた。とにかくジェームズを見つけること。サイモンとの——ちがうわ、コリスとの——駆け落ちについて考えるのはそのあとだ。

「どうしてここに?」

「ああ……もちろん、きみに会いにきたんだ。午後の散歩に誘おうと思ってね」

アガサの中に喜びがこみあげてきた。ふつうの夫婦のように、サイモンと馬車で出かけ、午後の散歩を楽しむのだ。アガサはサイモンの手をしっかりとつかむと、引きずるようにして彼を通りに連れだした。

「ハイドパークがいいわ。わたし、まだ行ったことがないの」肩にかかっていた〝ジェームズさがし〟という重荷がすべりおちていく。アガサは彼の腕に手をからめながらも、うしろめたくなっていた。

でも、ほんの少しだけ——今日の午後だけ——無邪気な娘にもどって、彼といっしょに魅力的なロンドンの街を楽しみたかった。

そのくらいジェイミーも許してくれるはずだ。

サイモンは、街でよく見かけるような、ふたり乗りの小さな貸し馬車を待たせていた。

「どうしてハリーを連れてこなかったの？」

サイモンは彼女のほうを見ずに答えた。「ああ、どのくらい長い散歩になるかわからなかったからね。一日じゅう、ハリーを待たせておくのもどうかと思ったんだ」

「それもそうね」しかし、アガサは納得していなかった。

サイモンは馬車に乗る彼女に手を貸し、自分もその横に乗りこんだ。座席に身を落ち着けたふたりの身体は、ぴったりとくっついていた。

アガサは彼にほんの少しだけ身をよせながら、肌寒いからだと自分に言い訳をした。しかし、ほんとうのところ、彼がとなりに坐った瞬間からシナモンの香りを感じて口の中がからになっていた。

アガサは話すことで気をまぎらわそうとした。「今日とどいたご招待の半分に応じただけでも、わたしたちはとても忙しくなるわ。お芝居の誘いはおことわりしてもいいと思うの。それより、紳士たちと話ができる場に出たいわ。舞踏会と晩餐会にかぎったほうがよさそうね。そのほうが、情報を得る機会がありそうですもの」

「アガサ、この午後くらい、ふつうの話をして過ごさないかい？」

「あら、でも、わたしたちの計画のことを――」

「アガサ、何を話題にしてもいい。しかし、それだけはやめよう」

すばらしいことだと彼女は思った。教えたことは、すっかりサイモンの身についている。馬車に乗るときも生まれながらの紳士のように自然に手を貸してくれたし、話し方もここまでになるとは思わなかった。

鼻にかかったロンドン訛《なま》りは消え、今では低くひびく声で話すようになっている。彼女の爪先がちくちくするほどの素敵な声だ。

「いいわ、だったらなんの話をしましょうか？　お母さまのことやコヴェントガーデンの市場のことを、もっと聞かせてくださる？」

「今日は市が立つ日だ。コヴェントガーデンに行ってみるかい？」

「ほんとう？　まあ、ぜひ行ってみたいわ！」

「よし、決まりだ」サイモンは窓から顔を突きだして、御者に行き先を告げた。

11

市場には、アガサが思い描いていたものが全部あった。それどころか、彼女が見たこともないような人や商品であふれかえっていた。

途方もなく大きな広場のそこここに、陳列台や手押し車が雑然と列をつくり、あらゆる種類の果物や野菜が売られている。

もちろん、それだけではない。あざやかな農作物がならぶ中で、花やリボンを売っている者もいた。猫が入った籠《かご》をならべている男は、色とりどりの鳥も売っている。

「猫と鳥をあんなに近くにおいて、だいじょうぶなのかしら？」アガサは興味深げに訊いた。

サイモンは不思議そうに彼女を見た。ああ、なるほど。おもしろい考えだ。

サイモンは広場に面した教会の前で、ぼろを着た女からスミレの花束を買い、その値段をはるかに上まわる金を払った。振りむいた彼に、恭しくお辞儀をしながら花束を贈られて、アガサは胸を躍らせずにはいられなかった。

その場を歩き去りながら振りむいたアガサの目に、硬貨をにぎりしめてふたりを見つめている花売り女の姿が映った。まるで命の恩人を見るような眼差しだ。女のスカートにまとわりついている大勢の痩せた子供たちに気づいたアガサは、もしかしたら彼はほんとうにあの一家の命を救ったのかもしれないと思った。

やさしい泥棒だこと。サイモンらしいとしか言いようがない。

彼は、またも足をとめた。手押し車の車輪にもたれて居眠りをしている少年を、じっと見つめている。その子供は、せっかく手に入れた傷物のリンゴも食べられないほど疲れきっているようだった。

アガサはサイモンを見あげた。彼は同情しているというより、不意打ちを食らったような顔をしていた。

「どうしたの？」アガサはそっと尋ねた。「あなたはあの子の中に、わたしには見えない何かを見ているのね？」

「ぼく自身だ」そう答えた彼の声は、かろうじて聞きとれるくらい小さかった。

アガサは少年に視線をもどした。眠っているあいだに盗まれないように、ブラシとぼろ布をしっかりと足で押さえている。よく見ると、少年の煤だらけの顔は頰がこけ、閉じた目の下にはくっきりと隈《くま》ができていた。

「あなたはほんとうに煙突掃除をしていたの？」

「していた」サイモンは記憶を振り払うようにして、彼女に目をむけた。「きみも知ってのとおり、今では無理があるがね」

アガサは少年に視線をもどした。アップルビーの煙突掃除人は裕福で、その息子たちが家業を手伝っていた。ここにいる少年は、あの楽しげに笑っていた子供たちと比べようもないほど痩せて疲れ果てている。

「たいへんな仕事なのね？」

サイモンは肩をすくめた。「つらい仕事だが、あの子は仕事があるだけ運がいいと思っているにちがいない」

サイモンの中に記憶がよみがえってきた。ほそい煙道に入りこみ、煤に息を詰まらせ、煙突から煙突へと飛びまわる。熱い煉瓦にふれて火ぶくれができることもあったし、使われていない煙突を掃除して骨までこおりそうになることもあった。果てしなく思えるほど働きつづけ、ようやく一日が終わる。それでも、言いがかりとしか思えない難癖をつけられて親方から賃金をもらえず、空腹に堪えなければならないこともあった。

そんな昔を思い出していた彼は、アガサがはなれていったことに気づかなかった。見ると、彼女が眠っている少年の肩にやさしく手をおいていた。

目を開いた少年は、混乱して目をしばたたいている。サイモンには、少年の思いが手に取るようにわかった。煙突掃除人のそばをとおる貴婦人は、たいていスカートを振り払う。かがみこんで身体にふれるなどありえない。クリーム色の上着と帽子を身に着けたアガサは、幼い煙突掃除人の目に天使のように映っているにちがいない。サイモンの目にも、彼女は天使のように見えていた。

アガサは手袋が汚れるのも気にせずに、少年の手を両手で包みこんだ。サイモンは、彼女の手から少年の手へと何かがわたされるのを見たような気がした。硬貨にちがいない。少年は信じられないと言いたげな面持ちで青い目を大きく見開いたが、視線をおとそうとはしなかった。見たら手の中のものが消えてしまうとでも思っているのだ。

　それでもサイモンにはわかっていた。少年はすぐに近くの薄暗い角にうずくまって、手に入れたものをたしかめるにちがいない。

　元気づけるようにほほえみかけるアガサを、少年は崇めるように見つめている。もうひとり、アガサの崇拝者がふえたな——サイモンは思った。彼女はかぎりないやさしさで、人を惹きつけるのだ。

　アガサがサイモンのかたわらにもどってきた。「何か買いましょう。どれもこれもおいしそうなんですもの。お腹がすいてしまったわ。新鮮なお野菜を夕食用に買って帰るというのはどうかしら？」

　レタスを売っている商人のほうをむいた彼女を、サイモンが腕をつかんで引きとめた。

「なぜ、あんなことをしたんだ？」

　アガサは目を逸らせた。「あの子の中に、あなたを見たから」

　サイモンは手をはなした。その短い答に心を動かされたことを知られたくなかった。少年に金を与えたことなどなかったかのように、商人を相手に楽しげに値段の交渉をしている彼女を見ながら、ついにサイモンはひとつの事実を認めた。そのとおり、サイモンは自分が裏切られたことよりも、ジェームズがこの不思議な女性をだいじにしていないことに怒りをおぼえているのだ。

ならんで歩きながら、アガサは彼の目にはあたりまえにしか映らないものに興味を示し、サイモンはそのかぎりない好奇心を満たすために説明をつづけた。

アガサはサイモンが買ってくれた蜂《はち》の巣《す》蜜《みつ》を彼にも食べさせた。そして、あまりの甘さに身をふるわせた彼を見て声をあげて笑った。

その味は、彼女にアップルビーの夏の果樹園と、毎朝トーストにつけて食べていたリンゴの花の蜂蜜を思い出させた。

アップルビーがたまらなく恋しかったが、今はもどりたくなかった。ロンドンには、見たいものやしたいことがたくさんある。

それに、ここにはサイモンがいる。

サイモンは市場にもどった自分の反応に驚いていた。罪の意識や痛みをおぼえることを恐れて、何年もここには来ていなかった。

しかし、ほとんど何も変わっていない。音も匂いも景色も、子供のころのままだ。ただし、見知った顔はひとつもなかった。二十年も経っているのだから不思議はない。露天商の人生は、短く厳しいものなのだ。

それでも、彼は自分がくつろいでいることに気づいていた。ここには、彼に何かを期待する者はひとりもいない。

もちろん、みんな戦争のことは気にかけている。しかし、半島での戦いは遠い地で起こっていることだ。それよりも、次に市が立つ日まで家族をどう養っていくかのほうが問題だった。

おそらく、彼も目の前の問題に集中するべきなのだ。まずはアガサの秘密をつきとめることから始めよう。

「アガサ、きみはどこで育ったんだい？」

「あなたがどうして泥棒になったのか聞かせてくれたら、教えてあげてもいいわ」

アガサは即座にそう答えた。ほほえんではいたが、彼女が真剣だということは伝わった。自分が話さなければ、彼女からは何も引きだせない。「わかった」

「決まりね。まずあなたの番。それから、わたしが話をする」彼女は握手の手を差しだした。

サイモンは笑みを浮かべた「コヴェントガーデンでは、掌に唾を吐きかけなくては取引は成立しないんだ」

「まあ」アガサは、そんなことをしたら別のものになってしまわないかと案じるように掌を見つめ、そのあとですがるように彼を見あげた。「わたしたちもそうしなくてはいけないの？」

「いや、今回はなしですませよう」サイモンは彼女の手をしっかりとにぎった。「これで取引は成立だ」

アガサはうなずき、ふたりは露店の迷路をさらにすすんでいった。

「話すよ、いいかい。昔ぼくは、誘拐されそうになっていた金持ちの息子を助けたんだ。それで父親がその褒美《ほうび》に――」

もう少しで「学校に行かせてくれた」と言うところだったが、最後の瞬間に思いとどまった。

「知っていることをすべて教えてくれた。鍵の開け方に、金庫やぶりの方法。とにかく、ぼくを警備の厳重な砦《とりで》にさえ入りこめるように仕込んでくれたんだ」

アガサは釈然としないようだった。「それがご褒美なの？」

「昼間は煙突にのぼって過ごし、夜は路地で眠って、なんとか飢えずに暮らしていた少年にとってはね」

「お母さまは？　お母さまはどちらにいらしたの？」

サイモンの母親は、自分と子供の糧をかせぐのに夢中になってはいたが、息子の前で〝訪問者〟の相手をするほど夢中にはなっていなかった。だから、彼女は息子を家から締めだした。

何食分かの食べ物を買うための銅貨を手わたして、夜ごと息子を汚い部屋から押しだす母親の目には、いつもつらそうな色が浮かんでいた。サイモンは、それを思い出すたびに胸が痛くなる。

「母は……そのころには、もういなかった」

アガサの手がそっと腕にふれるのを感じて、サイモンは現実にもどった。「つらかったでしょう、サイモン。わたしも早くに母を亡くしているから、よくわかるの。その悲しみは、けっして消えてはくれないんだわ」

サイモンは、すぐに激しく首を振った。見当ちがいの同情はしてほしくない。「母は死んだわけではないんだ。ああ、そのときはまだ生きていた。母が死んだのは――」彼はしばしば目を逸らせた。「おそらく、死にたいと思うようなときもあったんだろうな。しかし、母は生きるために闘っていた。あんな暮らしも、いつかは終わると信じていたんだと思う。身体を売ることなく、ぼくとふたり生きていける日が来ると信じていたんだと思う」

サイモンは蔑《さげす》まれるものと思っていた。しかし、アガサは彼を蔑んだりはしなかった。彼女は牝鹿《めじか》のようなやさしい目で彼を見つめていた。さみしさがサイモンの中を突き抜け、不意に彼女のぬくもりがほしくなった。彼女が別の誰かだったら、どんなによかっただろう。秘密を持たないふつうの女性であってくれたら、自分の敵となった男と関わりのない女性であってくれたら、どんなによかっただろう。

サイモンは彼女の視線を避けるように目を逸らせた。

「お父さまはどちらに？」

ゆっくりと彼女に視線をもどした彼は賭けてみることにした。危険は覚悟の上だ。彼女にほんとうの自分を見せるのは、むずかしいことではないはずだ。

「それよりも問題は、父は誰なのかということだ。子供のころは、いろんな想像をした。父親が紳士だったらとか、貴族だったらとかね。ああ、王さまだったらと思ったことさえある」

アガサは何も言わなかったが、嫌悪の色も見せなかった。サイモンはつづけた。

「しかし、母の客はそういう類の男たちではなかった。金さえ持っていれば、母はどんな男でも相手にしたんだ。鼠《ねずみ》捕りを商売にする男に、廃品回収人に、男娼。おそらく、ぼくはそういう男の子供だ」

「サイモン？　なぜ――」

「さあ、きみの番だ」彼は投げやりな口調で言った。

「わかったわ」アガサは、しばらく無言のまま彼とならんで歩きつづけた。

また新たな嘘を考えているのだろうか？

「ジェイミーをさがしにロンドンにやってくるまで、ずっと田舎で暮らしていたの。とてもきれいなところよ。特に春はいいわ。リンゴの花が咲いて、その香りに酔っぱらいそうになるの。そして夏になる少し前、花が雪のように散る。ほんの数日のことだけれど、その風景といったらほんとうに素敵よ」

そんな景色を想って笑みを浮かべたサイモンを、アガサが不安げに見つめた。

「大袈裟で馬鹿ばかしいと思うかもしれないけれど、ほんとうなの。子供のころは、花びらを集めて山をつくったわ。秋に落ち葉を集めるみたいにね。ええ、もちろんそんなに大きな山はできない」

アガサは遠い記憶にほほえんだ。「でも、そこに飛びこんだ小さな女の子がうもれるくらいの大きさにはなるの」

サイモンは、丸々とした小さなアガサが花びらでできたピンクの山に飛びこむところを想像せずにはいられなかった。その光景は彼を魅了した。「ずっとそんなふうだったのかい？」

アガサは彼を見て、片方の眉を吊りあげた。「そんなふうって？」

「子鹿のように外を駆けまわっていたのかい？」

彼女はうなずいた。「ええ、そんな時期もあったわ。でもそのあと、外にいるのは危険だと気づいて、家に閉じこもるようになったの」

「危険？」

「となりにレジーという男の子が住んでいたの。領主の息子よ。父親も息子も、ほんとうにいやなやつ」アガサはしばらくだまって歩きつづけた。「子供のころ、ひとりでいるところをレジーにつかまったことがあるの。わたしが十一歳だったから、彼は十七くらいだったはずよ」

サイモンは聞きたくなかった。心に描いた少女の人生は、ずっとリンゴの花のように美しく晴れやかであってほしかった。

「あなたの言うとおり、わたしは外を駆けまわっていた。一日じゅう果樹園で過ごしたり、下着姿で小川で泳いだりね」

アガサの足取りは重くなり、声は低くなっていた。サイモンはその声を聞き逃すまいと、いつの間にか彼女に身をよせていた。アガサは自分の手を見つめている。その手の中には、彼が買ってやったオレンジがにぎられていた。

「見られているなんて思ってもみなかった。たぶん、何週間も跡をつけられていたのね。わたしはまだ子供だったけれど……年齢以上に見えたわ。わかるでしょう？　背は高くなかったけれど、大人びていたの」

胸の悪くなるような嫌悪感が、毒を持つ蔓草《つるくさ》のようにサイモンのはらわたにからみついてきた。遊びに夢中になっている無邪気な少女を、汚らわしい男が性の対象として眺めていたのだ。

「その男は、きみの歳を知っていたのか？」

アガサは彼の声を聞いて驚いたようにうなずいた。「もちろん知っていたわ。だって、わたしたちは生まれたときからの知り合いなのよ」

なんというやつだ。このまま話を聞いていたら、誰かを――レジーという名前の誰かを――殺してしまいそうだった。

「いずれにしても、ある日、あの人は廃墟でわたしをつかまえたの。家の近くに古いお城があるのよ。ああ……ほんとうはお城ではないの。ただの古い荘園だわ。でも、わたしはお城だと思っていた。いつもそこで遊んでいたの。あの人も、たぶんそれを知っていたんだわ」

アガサは彼にオレンジをわたして、露店にならんだ乾燥イチジクに目をむけた。サイモンは、べたつく手を見おろした。オレンジの皮がつぶれて汁がにじんでいた。何気ない口調で話してはいても、拳をにぎらずにはいられなかったにちがいない。

イチジクの箱を手に振りむいたアガサは、平静を取りもどしたように見えた。話をつづけるよう、うながしてもいいのだろうか？　そんな権利は彼にはないが、それがどんなにひどいことであっても、事実を聞かなければ二度と心が安まらないような気がした。

しかし、彼女は自分から先を話しはじめた。

「あの人に飛びかかられて、わたしは地面に押し倒されてしまった。それから、胴着を引き裂かれて……。大きな身体で押さえこまれて、どうすることもできなかった。そんなふうにして、あの人は……わたしの身体をさわったの」

足をとめてサイモンのほうにむきなおったアガサは、少し青ざめていたが落ち着いていた。

「ほんの数分のことだったはずよ。でも、何時間にも思えた。わたしが悲鳴をあげなかったら、もっとひどいことになっていたでしょうね。そうしようと思えば、すごく大きな声が出せるの。臆病なレジーは、悲鳴を聞いて怖くなったようね」

ふたりは無言のまま歩きつづけた。人混みの中を歩いているにもかかわらず、ふたりのまわりには誰にも入りこめない輪ができているかのようだった。

サイモンは無言のまま怒りをたぎらせていた。子供のころに襲われて、大人になってまた男に利用されている。

サイモンは、ジェームズと自分は女との関係について同じように考えていると思っていた。しかし、あの発言を聞いてまったくちがっていることがわかった。彼は自分が楽しむためだけに女を囲い、その女に愛情のかけらも抱いていない。

「結婚なんてしなくていいんだよ、サイモン。愛する必要さえないんだ」

しかし、アガサはジェームズを愛している。それは、彼女が〝ジェイミー〟と言うときの口調でわかる。彼の捜索への力のそそぎ方でわかる。

ジェームズはレジーよりもましだと言えるだろうか？

アガサが彼を見て、少し恥ずかしそうにほほえんだ。「これまで誰にも話したことがなかったの。ジェイミーにさえもね。なぜ、あなたに話したのかわからない。たぶん、レジーのような人間がどんなふうか、あなたならわかってくれると思ったからだわ」

サイモンは彼女の瞳を見つめてうなずいた。そのとおり、彼にはよくわかった。

アガサは、彼の反応に満足したようだった。「ロンドンに来てからは少しくつろげるようになったけれど、あの出来事以来、不安が消えなくなってしまったの。わたしにとって、世界は危険な場所になってしまったのよ」

彼女は大きく息を吸った。「この世には邪悪な人間がいるのね。その邪悪さにふれたら、人は変わってしまう。尊い何かをなくしてしまうのよ。強い人なら、そんな体験から何かを得てかしこくなれるでしょう。でも、たいていの人は失うだけ」

それはサイモンの過去にもつうじることだった。感謝の気持ちにも似た何かを感じて、彼の胸がうずいた。男は、そういうことを口にしない。ただ、だまっている。

サイモンは、このとき初めて思った――女は独自の強さを持っているのではないだろうか？　その強さゆえに、アガサはためらうことなく心の内を――ぼくの過去にも重なる本心を――語ることができるのではないだろうか？

アガサは、市場を歩きながらレジーの話をしたことが信じられなかった。誰かに聞かれたら、どうするつもりだったのだろう？

でも、サイモンは身をよせ、かがみこむようにして話を聞いていた。だから、たぶん心配する必要はない。

サイモンに知られるのは少しもいやではなかった。むしろ、彼には話すべきだと思えた。話を聞かせてほしいと言われたときは、嘘をつくつもりだった。困ったことだけれど、今では簡単に嘘をつける。

でもサイモンの口から母親の話を聞かされ、その瞳に苦痛の色がにじむのを見たとき、アガサは彼に応えたいと思った。

真実には真実で応えなければいけない。

「そろそろ帰ろうか、アガサ？」

霧雨《きりさめ》が降りだしていた。屋根のある店を持てない商人たちが、大いそぎで売り物におおいをかけている。

アガサはほほえみながら言った。「計画のことを話しましょう」

サイモンの顔にひろがった晴れやかな笑みを見て、彼女の背筋から髪へとふるえが走った。鼻つまみ者のレジーが遠ざかっていく。そのあと彼に手をつながれ、指をからめられて、彼女の心はすっかり温かくなった。

「いいとも、アガサ。馬車の中で計画のことを話そう」

しかし、彼にふれられた瞬間、アガサは理性的にものを考えられなくなってしまった。頭の中にあるのは、彼と口づけをかわしたいという思いだけ。今度は芝居などではなく、ほんとうの口づけがしたかった。

心が弱くなっているような気がして、アガサは怖かった。サイモンのことは、ジェイミーと同じように思うことにしよう。信頼できる頼もしい兄だと思えばいい。

サイモン・レインは恋の相手にはなりえない。


翌朝、ふたりは青い壁紙の客間で計画を練っていた。サイモンは自分が何に関わってしまったのか、はっきりと思い知らされた。アガサは、そこらの司令官顔負けの戦略的素質と、それを実行するだけの度胸をそなえている。

いつものことながら、鋭い頭をめぐらせている彼女はこの上なく魅力的だった。今、アガサは床にあぐらをかいて坐っている。その横にはサイモンがいつも腰かける椅子があって、今朝も彼はそこでくつろいでいた。しかし、アガサは彼の存在など気にもとめていない。

サイモンは、それが気に入らなかった。

アガサは封を開いた招待状にかこまれて、膝の上の帳面に何かを記している。そこには、ロンドンの上流階級に属する人々についての情報が書きこまれているのだ。

サイモンでさえ、彼女はすばらしい情報を持っていると認めざるをえなかった。しかし今、彼はそんなことさえ考えられずにいた。

アガサは眠るときにするように、おろした髪を一本の三つ編みにしている。古い花柄のドレスも着心地のよさで選んだらしく、ゆったりしたスカートの裾から白いストッキングに包まれた踝《くるぶし》がのぞいていた。

サイモンは、モスリンの下でゆれている彼女の胸を見ないようにしていた。おそらく彼女はコルセットを着けていないのだ。

できるものなら絨毯の上に彼女を押し倒して、そのまま一日じゅう過ごしたかった。サイモンは、目をしばたたいて咳払いをした。

まず仕事だ。

「どうやって、ここまでの情報を集めたんだい？」

羽ペンの先をひねりながら考え事をしていたアガサは、彼のほうを見ようともしなかった。

「情報？」

ふたりが敵対する位置に身をおいていることを忘れていたら、サイモンは恋におちていたにちがいない。この女は、一流のスパイの魂と、舞台女優にもなれそうな演技力と、男にどんなことをも信じさせてしまう身体を持っている。

彼女が裏切り者のジェームズの女でなければ、〈ライアーズクラブ〉にほしいくらいだ。

「公式なものも非公式なものも含めた様々な事実に、噂や評判。つまり、人物情報というやつだよ」

ついにアガサは注意を引かれたようだった。彼女は不思議そうな顔をして、じっと彼を見つめた。しかし、その表情にはまぎれもない感動の色がにじんでいた。それを目にしたサイモンは、自分が役どころに合わないことを言ってしまったことに気づいた。

「バットンが口にした言葉をおぼえただけだよ」彼は必死の思いで言い訳をした。

「そうだったの」アガサは、それについて考えているようだった。「バットンに手伝わせるというのも、ひとつの方法ね。彼にはもうずいぶん秘密を知られているし、側仕えほど世間の噂につうじている人間はいないわ」

「そうなのかい？　なぜわかる？」サイモンは常に質問を忘れない。

「軍隊に入る前、ジェイミーも側仕えをおいていたの」

アガサは、そんな昔からジェームズを知っていたのだろうか？　それとも、ジェームズから話を聞いたというだけのことなのだろうか？

一時間でいいから彼女を尋問して、ジェームズが口にした話をすっかり聞きだしたかった。アガサは、自分自身が知っていることにさえ気づいていない何かを語ってくれるかもしれない。

一時間と、まばゆい灯りと、一服の薬《アヘン》……。

だめだ、どんなに情報が欲しくても女を相手にそんなことはできない。

しかし、彼は焦っていた。敵は何かを企んでいる。彼は、それを肌で感じていた。

予感だ。頭の中で情報がひとつになって、何かが見えてくることがある。そんなことがなぜ起こるのかはわからないし、起こりそうにも思えない。だから、たいていの人間は信じない。

しかしサイモンは、たいていの人間よりよくわかっていた。人はふつう、たしかな情報を元に答をみちびきだす。しかし、いくつかの事実がひとつになって勘がはたらくこともある。彼は自分が身に着けたその勘を、長いこと頼りにしてきた。

今、まちがいなく何かが起ころうとしている。それをどうすることもできないのが歯がゆくてたまらなかった。

しかし、アガサは誰かの書斎に忍びこみたがっている。

「最初の犠牲者を見つけたわ。首相の相談役よ。メイウェル卿の書斎をさがせば、エサリッジがグリフィンだという証拠が見つかるかもしれないわ」

またグリフィンか。「言うまでもなく、有名なメイウェルのルビーも見つかるさ」

アガサは彼をにらみつけた。「サイモン、何も盗んではいけないわ。絶対よ。すべてを危険にさらすようなことは、ほんとうにやめてほしいの」

「なぜだ？」

「あなたがつかまったら、ふたりが夫婦でないことがわかってしまうわ。それに――」

「ちがう。なぜ、ジェームズさがしにそこまで力をそそぐんだ？　彼は自分の意志できみを捨てたのかもしれない。だまって姿を消して、きみのことなど忘れて、どこかで贅沢に暮らしているのかもしれない」

アガサは首をかしげて、しばらく彼を見つめていた。「わかってもらえていると思ったのがまちがいだったわ。あなたは長いこと、ひとりでいすぎたのよ。ジェイミーは、わたしを捨てたりしない。そして、わたしも彼をあきらめない」

それを聞いて彼は戸惑った。アガサの強さと愛は、別の男にまっすぐむいている。しかも、ひどく罪深い男に。

彼女がジェームズを思う気持ちが、もう少し軽かったらよかったのに。

そして、ぼくを思う気持ちが、もう少し強かったらよかったのに。

アガサは立ちあがり、執事を呼ぶための引き紐を引いた。魔法のランプをなでたかのように、すぐにピアソンがあらわれた。

「ピアソン、バットンを呼んでちょうだい」

ピアソンは片方の眉を吊りあげた。たったそれだけの動作に様々な意味をこめられる彼に、サイモンは感心せずにはいられなかった。彼が部屋から出ていくと、アガサは振りむいてサイモンにほほえんだ。

「きっと執事の学校で眉の吊りあげ方を習うのよ」

サイモンはうなずいた。「賛成できないときは右の眉をあげるんだ」

アガサは彼の前にもどると床に腰をおろした。「左の眉をあげるのはどういうとき？」

「絶対に賛成できないとき」

彼女はうなずいた。「それじゃ、両方あげるときは？」

「知らずにいたほうがいいな」

もどってきたピアソンが扉を開いて朗々と言った。「バットンを呼んでまいりました」奥さまが行儀悪く床に坐っているのを見て、彼の左の眉が生え際のあたりまで吊りあがった。

サイモンとアガサは思わず吹きだし、それを見て気を悪くしたピアソンは鼻をならして立ち去っていった。

バットンは居心地が悪そうだった。手を揉み絞りながらふたりの前に立っている彼の顔が、どんどん青ざめていく。

アガサは心配になって訊いた。「どうかしたの、バットン？」

サイモンは彼女に冷たい眼差しをむけた。「彼はクビを言いわたされるにちがいないと思っているんだよ、アガサ」

「馬鹿ね。あなたをクビにしたりはしないわ、バットン。実は、あなたにもっと重要な仕事をお願いしたいと思っているの。お給金もあげさせてもらうつもりよ」

サイモンは、バットンが安堵のあまり気絶してしまうのではないかと思った。

「もっと重要な仕事を？」小柄な側仕えは、枕カバーと見まちがえるほど大きなレースのハンカチで眉を拭った。「ああ、なんという幸せ。わたくしは、てっきり――」

「クビになる心配なんてしないでちょうだい。あなたはロンドンでいちばん優秀な側仕えよ。それに、ほんとうに口が堅いわ」アガサは立ちあがってバットに椅子をすすめた。「かわいそうに、ぐったりしているじゃないの。お茶を持ってこさせましょうね」

「ああ、けっこうです、奥さま。もうだいじょうぶです。ただ、別の仕事をさがさなければならないと思って……」

バットンはつかのま口を閉じて、大袈裟に身をふるわせた。「ミスター・レインのような身体つきをしたご主人も、ここまで洗練された感覚をお持ちの気前のいい奥さまも、他には見つかりません。おふたりのような方に仕えてこそ、わたくしの才能が発揮できるのです」

「あなたは優秀よ、バットン。ほんとうにすばらしいわ。モーティマー・アップルクイストは驚くほどおしゃれだって、みなさん言ってくださるわ」

バットンは涙を浮かべて崇拝するようにサイモンを見つめた。「存じております。わたくしも鼻を高くしております。上着の肩に詰め物を入れる必要もないし、裾も――ああ、ほんとうにすばらしい」

「バットン、あなたは仕立屋のようなことを言うのね」

バットンはハンカチを振りながら、アガサのほうをむいた。「ありがとうございます、奥さま。ええ、いつかボンドストリートに紳士服の店を出すのが夢なのです」

〝早く話をすすめてくれ〟と目配せしたサイモンに、アガサは〝少し待って〟とまばたきで答えた。

「バットン、あなたならきっとできるわ。でもね、もうしばらくここにいてほしいわ。あなたに特別な任務をはたしてもらいたいのよ」

「任務……でございますか、奥さま？　わたくしに任務を？」

　バットンは胸を躍らせているようだった。ああ、なんということだ。錯覚におちいった素人は、もうたくさんだ。

「あなたはロンドンじゅうの人たちのことを何もかも心得ているのよね？」

「はい、ロンドンじゅうの名のある方々のことでしたら何もかも」バットンは言いなおした。

「もちろん、そうだわ。バットン、あなたにそれを教えてもらいたいの」アガサは彼に自分の帳面をわたした。「ここにそういう方たちの名前が書いてあるわ。どんな小さなことでもいいから、その方たちについて思い浮かぶことをぜんぶ書きだしてほしいの」

　彼女はバットンのあいているほうの手をにぎって、仰々しく帳面の上に押しつけた。「これ以上は言えないわ。ええ、あなたの身の安全のためにね。もし気がすすまないようなら、今すぐにことわってちょうだい」

　サイモンは天を仰いだ。いくらなんでも、やりすぎだ。しかし、素直なバットンの悪戯っぽい顔には、魅せられたような表情が浮かんでいた。

「いいえ、奥さま。立派に任務をはたしてごらんにいれます」

「ありがとう、バットン。そう言ってもらえると思っていたわ」アガサは身をかがめ、戦地に送りだすかのように、彼の両頬にキスをした。

　バットンは立ちあがった。まちがいなく背が八センチはのびていると、サイモンは思った。

「任務が完了いたしましたら、すぐにもどります」バットンは儀式張ってそう言ったあと、ふたたび口を開いた。「この帳面には書ききれないかもしれません」

アガサは平然とうなずいた。「新しい帳面をあなたの部屋にとどけるよう、ピアソンに言いましょう」

バットンの真面目くさった顔が、茶目っ気たっぷりに輝いた。「ピアソンが気を悪くします」

アガサはほほえんだ。「そうでしょうね」

バットンはサイモンとアガサにうれしそうにお辞儀をすると、誇らしげに胸を張って部屋を出ていった。

扉が閉まると、サイモンはゆっくりとからかうように拍手をした。「アンコール！　アンコール！」

アガサは鼻にしわをよせた。「おだまりなさい、サイモン。彼は気をよくしているわ」彼女は招待状の山の前にもどり、メイウェル卿からのものを抜きだした。「メイウェル卿のご招待は今夜よ。一週間のうちに、同じドレスを二度着てもかまわないかしら？」

「ぼくにわかるわけがないだろう。ぼくは忌々しい側仕えではないんだからね」サイモンはうなるように答えた。

アガサは、坐ったまま身をそらせて彼を見つめた。「何を怒っているの？」

「バットンよりもぼくのほうがきみの役に立っているはずだ。それなのに、ぼくには〝おだまりなさい〟としか言ってくれないんだからね」

「まあ、かわいそうなサイモンちゃん」アガサはからかうようにささやきながら膝立ちになると、彼が坐っている椅子の肘掛けに手をついて身を乗りだした。「あなたもキスしてほしいのかしら?」

アガサは大袈裟に唇をすぼめてみせた。

それを見て衝動に駆られたサイモンは、彼女の唇に自分のそれを押しあてた。

12

ああ、どうしたらいいの？

アガサは熱い波に襲われ、呼吸さえ奪われて、欲望の海にとけていった。

どちらの唇も開いている。アガサは彼の舌に歯をなでられながら、その熱さを感じていた。彼が下唇を吸い、そこにそっと歯をたてる。

兄妹のように接しようという決意など、完全に消えていた。今、アガサにわかっているのは、唇に伝わる彼の熱さだけ。三つ編みをやさしく引っぱられて、彼女はのけぞった。あらわになった喉を、彼の唇が、歯が、舌が、やさしくなでていく。

そんな彼の愛撫に服従するのは簡単だった。

髪を梳《す》いて三つ編みをほどいていく彼の指と、乳房を包みこむ掌。そのぬくもりが胴着をとおして皮膚に熱くしみとおる。

アガサは肘掛けに両手をつき、絨毯にスリッパの爪先をたてて、さらに彼に身をよせた。彼を感じたかった。ウィンチェル卿の書斎で感じたように、彼を感じたかった。

サイモンが椅子からおりて、かたわらにひざまずいた。彼の手が胸からはなれて腰を抱き、彼女をしっかりと引きよせる。

これよ。わたしはこれを——やわらかな身体に彼の硬い身体を感じることを——望んでいたんだわ。

でも、まだ満足できない。アガサは彼の上着を脱がそうとした。サイモンは彼女から身をはなすことなく、片方ずつ上着から腕を引き抜いた。その器用さに、アガサは感心せずにいられなかった。

これで、彼のたくましい腕と胸の感触を味わえる。アガサは、自分のものだと言わんばかりに彼の身体に手を這わせた。わたしのサイモン。

わたしの。

仰向けに身を倒したアガサの下で、招待状が音をたてた。彼女の上に身を重ねたサイモンの片方の膝が、彼女の腿のあいだにぴったりと押しつけられている。そんな場所に彼を感じて、アガサは不思議な気分になっていた。それでも彼女は彼を受け入れようと、わずかに脚を開いた。

驚いたことに、少しも怖くなかった。襲われているわけではない。

それに、相手はサイモンだ。

アガサは彼の髪に指をすべらせて、生きたまま食べたがっているかのように、その顔を引きよせた。唇が重なり、舌がふれあって、彼女の内にある底知れない飢えを癒していく。でも、いくら食べても満たされない。

そんなふうに喜んで官能的な身体を差しだしているアガサを腕に、サイモンもまた夢中になっていた。肺は彼女の香りで満たされ、口いっぱいに彼女の味がひろがっていく。彼には、アガサの肌のすべらかさが、そしてやわらかさが、信じられなかった。

両手で乳房を包みこんだサイモンは、乳首を口に含みたくてたまらなくなっていた。彼は痛いほどに彼女を求めて、硬くなったものをやわらかな腿に押しつけた。

アガサは両方の腕をまわしてサイモンをしっかりと抱きしめると、その手で彼の肩をなでながら悦びに身もだえした。

「サイモン……お願い……」

ああ、いいとも。サイモンは身を起こして彼女に跨った。ドレスを着ていても彼女の中心が熱くなっていることはわかった。その熱を感じて、彼の硬くなったものがうずきだしていた。

「お願い……やめて」

やめて？　いっしゅん意味がわからなかった。それから彼は気がついた。彼女は悦びに身もだえしていたのではない。抵抗していたのだ。

サイモンは、わずかに身をはなした。彼の肩のむこうを見つめている彼女の顔が、真っ赤に染まっている。

サイモンの耳に、背後からピアソンの咳払いが聞こえてきた。ああ、なんということだ。

サイモンは、ゆっくりと振り返った。戸口に立っているピアソンの視線は、前方の壁にまっすぐむいている。

　両方の眉が、生え際をこえて髪の中に消えそうになっていた。

　サイモンは慌ててアガサに目をむけてみたが、なんの救いにもならなかった。赤い顔をしてくすくすと笑っている彼女を見て、彼も我慢できなくなってしまった。ふたりは、ついに大声で笑いだした。

「奥さま、ミセス・トラップがお嬢さまとごいっしょにお見えです」ピアソンは、ふたりの笑い声に負けない声で告げた。

　サイモンは答えられなかった。彼はアガサの上からおりて絨毯の上に仰向けになり、腕で目をおおいながら笑いつづけた。

　アガサは、なんとか息をついて答えた。「ありがとう、ピアソン。ミセス・トラップに少しお待ちくださいとお伝えしてちょうだい」彼女はそう言って、もう一度しゃっくりのような音をたてて笑った。

　扉が閉まると、サイモンの耳に紙がこすれあう音が聞こえてきた。アガサが招待状をかたづけているのだ。彼は身を起こして手伝いはじめた。そうしていれば、身体の痛みをまぎらわすことができる。

　アガサは、彼を見ないように気をつけているようだった。これは考えなければいけないと、サイモンは思った。馬鹿なことをしたものだ。しかし、取り返しのつかないことではないと信じたかった。

邪魔が入ったことに感謝するべきなのだ。ピアソンのおかげで、過ちを犯さずにすんだ。この仕事で生き残るために守らなければいけない掟《おきて》を、もう少しで忘れるところだった。

そう、女と関わってはいけないのだ。


ジェームズ・カニングトンはふたたび目をこすり、焦点を合わせようとして、必死で新聞を見つめた。たいして効果はなかったが、今日はなんとか文字を読みとることができそうだ。

こっそり手に入れた新聞を取りあげられた記憶はない。しかし、この三日間の記憶には自信が持てなかった。

ついに意識がもどったとき、彼の身体と頭は息ができないほどの痛みにうずき、目もかすんで、文字を読むことなどとてもできなかった。

ジェームズは歯を食いしばって、なんとか文字に集中しようとした。目眩《めまい》を起こさせようとするかのように、アルファベットが踊っている。しかし、不意に焦点が合い、くっきりと文字が見えてきた。

英語だ。

ジェームズは寝床に身を倒した。安堵のあまり、いっしゅん頭の痛みを忘れた。

新聞はイギリスのものだ。つまり、ここはフランスでもポルトガルでもないということだ。彼は、ずっとイギリスにいたのだ。この船から逃げだせれば、ロンドンにむかうイギリス人の漁師か農民の助けを得られるにちがいない。

ジェームズの中に、初めて希望が芽生えた。ここから生きて逃げられるかもしれない。

彼は身を起こして壁によりかかり、もれてくる日射しの中で記事を読んだ。

それは新聞というより、いくつかの新聞や雑誌のページを束ねたものだった。地元の農業紙のページを読んだ彼は、自分が海沿いの村の近くにいることを知った。おそらくロンドンの西のどこかだ。

モード誌のページもあった。それに、驚いたことに〈タイムズ〉紙のページも三枚あった。本物のニュースが読める！　ジェームズは日射しがもれてくるほうにさらに身をよせ、夢中で文字に目を走らせた。戦いの勝利の記事は彼の胸を躍らせた。そして、死者の一覧表を見た彼は、素手で船を引き裂きたい気持ちになった。ジェームズは、そこに書かれたすべての文字をすっかり読みつくした。

おそらくこれは、ブルのトイレットペーパーだ。あの乱暴者の大男には、英語どころか自国語も読めないにちがいない。

ニュースにも英語にも飢えていたジェームズは、モード誌の記事も、農業新聞のページもすべて読んだ。そして読み終わると、また初めから読みなおした。それも終わると、もう一度……。

そうして三度目に読みなおしていたとき、何かが彼の目にとまった。社交欄など興味はない。しかし、そこに彼の目を引く名前が記されていたのだ。

著名な誰々が何を着てどこにあらわれ、誰と話をしていたかなど、どうでもいい。

しかし、そこに書かれていた〝アップルクイスト〟という名前は無視できなかった。〝……そして彼らは、その夜の大半をキャリッジスクエア在住のモーティマー・アップルクイスト夫妻とのおしゃべりに費やした〟

モーティマー・アップルクイスト？　そんな人物がほんとうにいるのだろうか？　そんなことはありえない。アップルクイスト夫人はアガサだ。しかし、モーティマー役は誰が演じているのだろう？　アギーは結婚したのだろうか？

そんなはずはない。兄であるぼくがいないあいだに、ましてや知らせもせずに、アガサが結婚するとは思えない。ぼくの帰りを待つはずだ。しかし、ぼくが死んだと思っているなら話は別だ。

いや、もしそう思っていたら、誰かをモーティマーに仕立てあげて、ロンドンじゅうに彼を披露する必要などないはずだ。

妹は理由があってこんなことをしているにちがいない。たぶん、これは帰ってこいという、ぼくへの呼びかけだ。

ああ、すぐに帰る。ここから逃げだす方法が見つかったらすぐに。

不思議なことに、頭ははっきりしていた。つかまって以来、薬の効果が切れたのは初めてだった。

ここまで痛めつけてあれば、もう薬など必要ないと考えたのだろうか？

ジェームズは小さな地獄のような部屋の中を見まわした。水の入ったバケツは、ゆうべブルがおいていった場所にあった。カビにおおわれた何枚かのパンも、そのまま腐りつづけている。この数日、パンは口にしていない。殴られて折れそうになっている歯では、硬いパンを噛み砕くことができなくなっていたのだ。

パン。

薬がまぜられていたのは、パンだったのだろうか？　これまでずっと、まずくて苦い水を疑っていた。パンのほうは、なんとか味を無視して食べていた。カビの匂いをかいだだけで吐き気がする。どんなに上等なものでも、もう永久にカビのチーズは食べられない。

そうだ、パンに薬がまじっていたにちがいない。特別に焼いたパンをわざと腐らせているということも考えられる。それに、あれだけカビが生えていれば表面に薬をふりかけても見分けはつかない。

頭も意志もはたらくようになったジェームズは、脱出計画を練りはじめていた。パンは食べずに、生きるのに必要なだけの水を飲むことにしよう。

ぐずぐずしている暇はない。栄養をとらずにいれば、じきに危険なまでに弱ってしまう。とにかく考えなければいけない。ジェームズは新聞や雑誌のページをかくすと、力なく寝床に横たわり、打ちのめされた男の役を演じはじめた。

彼の中のスパイの感覚がはたらきだしていた。

新たな舞踏会に、新たな脱出劇。そして、また軍服に身を包んだ男に爪先を踏まれながらのダンス。そんな夜を四晩も過ごすと、アガサはすっかり手順をおぼえてしまった。

彼女はいつもどおり、ワルツのお相手のたくましい紳士にほほえみ、主催者の注意を豊満な胸に引きつけるために大きく息を吸い、男の背中にまわした手の指を三本立ててサイモンに合図した。

間もなく、客の世話をしていた使用人たちが舞踏室の出入り口に集まり、厨房のほうに姿を消すのが、アガサの目に映った。

今回サイモンは何をしたのだろう？　ちょっとした騒動を起こして人の気をそらす彼のやり方に、毎晩アガサは驚かされていた。

また、密かに鼠をはなしたりしていなければいいのだけれど……。ゆうべの晩餐会では、食堂を鼠が走り抜けていったのだ。慌てふためいていた気の毒な女主人を思って、ゆうベアガサはよく眠れなかった。

二度と鼠やゴキブリは使わないと約束させたが、アガサはサイモンの言葉を信じていなかった。こういう催しのために女がどれだけ骨を折り心を砕いているか、男たちはまったくわかっていない。〝ゆうべの晩餐会の鼠は誰かの悪戯らしい〟という噂をひろめようと、アガサは心に決めた。あの屋敷にほんとうに鼠がいると思われたら、あまりに申し訳ない。

アガサは、将軍の話にぼんやりと耳を傾けていた。ジェイミーに関する情報はすでに聞きだしていたし、有名なグリフィンについての意見も聞いていた。どうやら将軍は、しきりに話を聞きたがる彼女を見て、自分の武勇伝に興味があるのだと思ってしまったようだ。

彼は起こったことを順番に話しだした。

かなりくわしく。

ときに爆音の真似をおりまぜて。

アガサは、こんな犠牲を払ってさがしていることを、兄に知ってもらいたかった。今夜のことだけでも、死ぬまで感謝してもらわなければ割が合わない。

ワルツが終わった。疲れたし喉も渇いたというアガサの言葉は、将軍をシャンペンの争奪戦へと駆りたてた。

将軍が人混みの中に消えるとすぐに、アガサは逃げだした。サイモンは時間がかかりすぎている。いつもなら、あっと言う間に仕事を終えて、誰にも気づかれずにもどってくる。泥棒としてのサイモンの腕はすばらしいけれど、少しむこうみずなところがあるのもたしかだ。このままでは、いつか困ったことになるにちがいない。

今、サイモンは彼女の計らいで、裕福な屋敷に迎えいれられている。ここにあるのは、はした金ではない。国じゅうで最も高価な宝石や美術品だ。それが彼にとって魅力的でないはずがなかった。

彼は危うい場所にいる。それは、すべてアガサのせいだった。

いいえ、すべてというわけではないわ。

アガサは笑みを浮かべ、人混みをうまくかわしながら舞踏室の正面へとむかった。そして、将軍の荘厳な屋敷の中心となる階につづく階段をのぼりはじめた。

あたりを歩いているのはアガサだけではなかった。その階に婦人用の化粧室があるのだ。小さな声で笑いながら歩いているレディも大勢いたし、苛立たしげに足を引きずって歩いている若者もいた。

アガサは頭の中の地図を頼りに、化粧室の前をとおりすぎ、迷うことなく角を曲がった。人気《ひとけ》のない廊下に熱々の若いふたりがひそんでいた。

アガサは呆れている女家庭教師の様相をつくると、腕を組んで咳払いをしてみせた。慌てて身をはなしたふたりが、真っ赤な顔して息を呑んでいる。サイモンと客間の床で抱き合っていたのをピアソンに見つかったときのことを思い出して、アガサは笑いがこみあげてきた。

「おふたりとも、恥を知りなさい。ご家族には報告しないでおきましょう」彼女は厳しい口調で言った。「でも、二度とこういうことはしないと約束してください」

「はい、約束します！」

「ええ、もちろん。ありがとうございます」

ふたりは手をつないで、舞踏室のほうに駆けていった。アガサの耳に、ふたりのささやき声が聞こえてきた。

「きみの付添人？」

「ちがうわ！　わたしは、てっきりあなたのご家族の誰かだと……」

アガサが屋敷の中を歩きまわっていたことが、このふたりからもれる心配はない。秘密は絶対に守られる。

バットンのおかげで書斎の場所はわかっていた。アガサは足早に廊下をすすみながら、サイモンの秘密のことを考えていた。

今夜、彼にそれを訊きたかったが、計画を実行するのに忙しすぎて心の準備ができていなかった。いったいどんなふうに訊けばいいのだろう?

〝ねえ、サイモン。ほとんど毎晩、あなたが行き先も告げずに出かけていることには気づいているのよ。帰ってきたあなたに訊いても、何も答えてくださらないわ〟

アガサは扉をかぞえて書斎の前に立つと、すばやく三回、それから二回、そのあと一回、輝きをはなっている扉を叩いた。

すぐに扉が開き、突きだしてきた手が肘をつかんでアガサを暗闇の中に引きいれた。

「サイモン」彼女は腕をさすりながらつぶやいた。「あなたは人を驚かせる名人ね」

温かな手で口をふさがれて、アガサは驚いた。しかし、彼女が恐怖をおぼえる前に、手はどけられた。

サイモンは彼女の耳元でささやいた。「静かに。むこうに同業者がいるんだ」

彼は身体を押しつけるようにして、もうひとつの扉のほうに彼女をみちびいた。暗闇の中、扉の隙間からかすかに灯りがもれている。

身体が熱くなっているときに、何かに集中するのはむずかしい。首筋にサイモンの温かい息を感じ、彼に肩をつかまれて、客間での熱い記憶がよみがえってきた。

サイモンを背中に感じるのは、正面から抱きしめられるのと同じくらい刺激的だった。

「見てごらん」サイモンはかろうじて聞きとれるほどの小さな声でささやくと、肩を押して彼女を鍵穴《かぎあな》の前にひざまずかせた。

灯りがもれてくる小さな穴に目をあてたアガサは、自分が書斎にいるのではないことを知った。書斎はとなりの部屋だ。

彼女の耳に紙がこすれあう音と足音が聞こえてくる。アガサはわずかに顔を傾けて、左のほうをのぞいてみた。

男がひとり立っていた。ロウソクの灯りを頼りに紙束を調べている。背はかなり高く、夜会服に包まれた背中はひろく、髪は黒いように見えた。

「エサリッジだ」サイモンの声が、羽のように彼女の耳をくすぐった。

アガサはエサリッジ卿が振りむいてくれることを祈って、鍵穴に目を押しつけた。

書斎のエサリッジ卿は不満げに鼻をならしている。次の瞬間、彼が手の中の紙をそろえながら振りむいた。

飛びあがって尻餅をつきそうになったアガサを、サイモンがしっかりとささえた。

「どうした？　何を見たんだ？」

アガサは書斎のほうを指さした。しかし、もちろん暗闇の中ではサイモンに見えるはずがなかった。「エサリッジ卿は……」

「なんだって？」

「エサリッジ卿は、ダルトン叔父さまだわ」

「エサリッジ卿と知り合いだったというのか？」

ふたりは書斎の次の間から無事に脱出すると、厨房に突如ツバメの大群があらわれたことで途方に暮れていた女主人に挨拶をして、キャリッジスクエアにもどってきた。

アガサは申し訳なさそうに客間のソファに坐って、膝においた小さなクッションの房をもてあそんでいた。サイモンは怒りをたぎらせて、彼女の前を歩きまわっている。

興味深い書類をいくつか見つけはしたが、この数日、彼はたいへんな危険を冒してきたのだ。しかし、おもしろくなかったわけではない。

「彼がエサリッジ卿だなんて知らなかったのよ。コリスはダルトン叔父さんと呼んでいたし、彼自身もダルトン・モンモランシーと名乗ったんですもの。貴族名鑑を暗記しているわけではないわ」

サイモンは暗記している。彼の部下たちも、みんな暗記している。

アガサはスパイではない。彼は初めて確信した。

サイモンはひどい過ちを犯した人間をにらみつけるかのように、彼女に険しい目をむけた。アガサはクッションの房をゆっくりとなでていた。ベルベットと絹でできたその房が、まるで——。

サイモンはかぶりを振った。彼女の愚かさのせいで、一週間を無駄にしてしまった。

「ダルトン叔父さまがグリフィンだなどということがあるのかしら?」アガサは訊いた。

「ダルトン叔父さまと呼ぶのはやめるんだ。彼はきみの叔父さまではない。歳だって、ぼくとたいして変わらないんだ」

アガサは、特に長くて太い房をもてあそびながら肩をすくめた。その指の動きを見ていたサイモンの耳が、激しく脈を打ちはじめた。

「あら、あなたが母のいちばん下の弟だったら、あなたはわたしの叔父さまでもおかしくない歳だわ」

サイモンは身をかがめて彼女からクッションを取りあげた。「ぼ、ぼくはきみの、お、叔父さ、さ、さまではない、ない!」

アガサはすばやく立ちあがって彼とむきあった。「けっこうよ! あなたはわたしの叔父さまではないわ! ダルトン・モンモランシーもわたしの叔父さまではありません」彼女は腰に拳をあてて彼をにらみつけた。「ダルトン・モンモランシーがグリフィンだなどということがあるのかしらと、訊いているのよ!」

サイモンは彼女をにらみかえした。「そんなことはあ、あ、あ、あ、ありえない、い」

アガサはぶつぶつ言いながら手をおろし、ソファに腰かけた。「いやだわ、なぜあなたに訊いたりしたのかしら? グリフィンのことなら、わたしのほうがよく知っているのに」

これは痛かった。ほんとうに痛かった。サイモンは、グリフィンのことなら知りつくしている。それなのに、彼女に何ひとつ信じてもらえないのだ。

サイモンは顔をこすった。彼女が何を信じようと、かまわないじゃないか。ぼくはどうかしている。そして、彼女もどうかしている。

「いいかい、アギー――」

「やめて。わたしをアギーと呼んでいいのはジェイミーだけ。愛称で呼びたかったら、別の呼び方を考えて」

「愛称で呼びたいわけではない」サイモンはうなるように言った。「きみの墓石に、それを彫ってやりたいだけだ！」

アガサは、とがめるように彼を見た。「いいこと、サイモン。あなたがこういうことに慣れていないのはわかっているの。でも、もう少し自分を抑えることをおぼえてほしいわ」

彼女は立ちあがり、両手を背中にまわして組み合わせた。その結果、ゆたかな胸が前に突きだし、彼は気を静めるどころではなくなってしまった。

サイモンは自分の身体で彼女の身を包み、彼女を駆りたてて自分と同じような気分にさせてやりたかった。

「もう休むわ」

サイモンは目を閉じた。彼女は自分のせいで彼がどんな気分になっているかわからないほど、無知ではないはずだ。この分野では、彼女に降参するしかなさそうだ。

「いいとも、アガサ。きみは休めばいい。ぼくは出かけてくる」

サイモンは外套も帽子も身に着けることなく家を出た。彼のものは、痛いほどに彼女を求めている。こんな状態で眠れるはずがなかった。

百メートルほど歩いたところで、房のついた小さなクッションをにぎっていることに気づいた。

そのベルベットの生地から、彼女の甘いシトラス系の香りが立ちのぼってくる。なんということだ。ぼくは彼女から自由になれないのか？　サイモンは、クッションをどぶに投げこみたい衝動に駆られた。

しかし彼は、そうする代わりにクッションを鼻に押しあてた。客間に返さずにぼくが持っていたら、ピアソンに気づかれてしまうだろうか？

13

食べずにいたのは正解だった。この数日、パンを口にしなかったおかげで、ジェームズ・カニングトンの頭は、すっきりとさえわたっていた。

それでも、彼は寝床にじっと横たわっていた。ひどく弱っていると思わせるためだ。いくら乱暴な連中でも、そんな状態の男には手を出してこないにちがいない。

水は毎日かなりの量を飲んでいたが、このままではじきに飢え死にしてしまうことがわかっていた。頭ははっきりしているのに、夢の中にいるような気がする。

それでも今の彼には、命をおとす可能性を冷静に見積もって、論理的に脱出方法を考えることができた。自棄《やけ》になっているわけではない。生きのびることに、さほど執着がないだけだ。生きてここから逃げだせればそれにこしたことはないが、彼は失敗を恐れてはいなかったし、不安を抱いてもいなかった。

充分に考えた結果、凶暴なブルと戦うのはやめにした。手足を縛られていては勝てるはずがない。いや、もっとましな状態だったとしても、勝つ見込みはないだろう。

いちばんいいのは、壁板を何枚かはがしてみることだ。運がよければ、鍵のかかっていないとなりの船室に抜けだせるかもしれない。

問題は、どうしたら大きな音をたてずに板をはがせるかということだ。

そして、もっと大きな問題は、どうやって板をはがすかということだ。船は古くてかなり傷んでいるが、ジェームズのほうも同じような状態だ。使えるものがなければ、爪を使うしかない。

この船室にあるのは、汚らしい寝床と水の入ったブリキのバケツだけだった。そのひどく形の歪んだバケツには取っ手もついていない。それさえついていたら釘《くぎ》を抜くのに使えたはずだった。

それでも、バケツは役に立ちそうな気がした。彼は縛られた手でバケツをつかみ、じっくりと観察した。もしかしたら……。

ジェームズは床に水をあけると、バケツを引きずって隔壁のほうに這いすすんだ。バケツの底を持って、壁板の下側の隅にその縁を押しこんでみる。もしかしたら、フックの役割をはたしてくれるかもしれない。

彼はバケツの手前の縁をにぎると、体重をかけてそれを引っぱった。ふるえる手に壁板が動く気配が伝わってきた。しかし、音がする。

その音は大きすぎた。ジェームズは動きをとめた。

バケツから手をはなした彼は、掌が切れていることに気づいた。それでも、夢中になっていたせいで痛みなど感じなかった。

ジェームズは、ブリキの縁の鋭さに目を引かれていた。彼は戸口に背をむけて寝床の上に坐った。これなら誰かがやってきても、何をしているかわからない。ジェームズは膝のあいだにバケツをはさんで、腕を縛っている縄をその縁に繰り返しこすりつけた。

数分後、成果を調べてみた。太い縄のまわりが、わずかにちぎれたようになっている。たいしたことはないが、歯よりはましだ。

雷鳴がとどろき、古い漁船の中の音をかきけした。ジェームズは仕事を再開した。縄が切れるまでには時間がかかるにちがいない。

しかし、かまわない。時間はあるし、手段もある。それに、音に関しても自然が味方をしてくれそうだ。

ジェームズに必要なのは、ブルたちの気をそらせてくれる何かだった。できれば大きな音がするものがいい。

彼に必要なのは嵐だ。

また雷鳴がとどろいた。その音は、さっきよりも大きかった。ジェームズは手を動かしながら笑みを浮かべた。

ゆうべ、サイモンは帰ってこなかった。

もちろん、アガサは起きて待っていたわけではない。彼が出ていったあと、すぐにベッドに入った。寝室の扉を少し開けたままにして、サイモンの部屋のほうに耳を傾けながらうとうとしていたというのが事実だけれど、それは起きて彼を待っていたことにはならないはずだ。

アガサがようやく目覚めたときには、九時を過ぎていた。どうやら彼が帰ってきたことに気づかずに眠っていたらしい。きっと彼は、朝食室で苛立ちながら彼女がおりてくるのを待っている。アガサは手早く身じたくをすませた。

しかし、朝食のテーブルにサイモンの姿はなく、お茶の時間になっても帰ってこなかった。そのころには、アガサは彼に会いたくてたまらなくなっていた。今日の郵便物の中に特別な招待状がまざっていたのだ。

エサリッジ卿からとどいた、あすの晩餐への招待状だ。正式なものではなく、気楽な集まりのようだった。

もちろん返事はすぐに出した。それにしても、あしたの夜とは急すぎる。アガサは紋章入りの招待状をにらみつけた。ダルトン・モンモランシー本人が計画したことにちがいない。男のすることは、いつもこうなのだ。

エサリッジ卿から招待を受けてすっかり満足していたアガサの中に、ひとつの考えがよぎった。

あすの夜、エサリッジ卿がグリフィンだとわかったら――そして、彼からジェイミーの居所を聞きだすことができたら――サイモンを引きとめる理由がなくなってしまう。

ジェイミーには無事にもどってきてほしかった。

でも、サイモンにもそばにいてほしい。

永遠に。

そんなことを考えはじめたアガサは、またもキャリッジスクエアの家の中を行ったり来たりすることになった。そして、考えているうちに日が沈みはじめた。それでも彼女は自分の気持ちを否定しつづけていた。

ああ、わたしは何をしているの？　いったい誰を納得させようとしているの？　アガサは完全に混乱していた。いつの間にか、彼女はサイモンと自分を切りはなして考えられなくなっていた。彼を失ったらどうなるか、もう想像もつかない。

たしかに彼と知り合って日は浅いけれど、ふたりは完璧なコンビだ。彼といるとき、アガサは自分の気持ちがつうじているのがわかる。

初めて会ったときから、アガサは彼に惹かれていた。最初は容姿に惹かれた。それはほんとうだ。あの完璧な男らしさを前にして、魅力を感じないはずがない。

しかし、彼女の心を惹きつけてはなさないのは、彼の中身だ。これまでハンサムな男を大勢見てきたアガサは、容姿と性格は必ずしも一致しないということを学んでいた。サイモンがこの家に住むようになってしばらく経つが、彼はけっして彼女の弱味につけこんだりはしなかった。それとなく尋ねてみても、ネリーでさえ告げ口をするような材料はないようだった。彼はほんとうに紳士らしく振る舞っている。

サイモンは、彼女には想像もつかないような過去を持つ泥棒だ。住む世界のちがいを考えれば、アガサは彼のような男を求めるべきではない。しかし紳士とは、自分よりも弱い立場にある人間につけこまないだけの、気高さと強さをそなえた男のことを言うのではないだろうか？

もしそうなら、サイモンは正真正銘の紳士で、鼻つまみ者のレジーは紳士ではない。

それに、アガサは他人がどう思うかなど、ほとんど気にかけていなかった。まだ子供だったジェイミーとアガサが父親に見捨てられたような状態で生きていたときに、他人が何をしてくれたというのだ？

他の誰よりサイモンを求めているなら、彼を手に入れればいい。そう思った瞬間、彼を求める気持ちは決意に変わった。

アガサは、どうしようもないほどサイモンに夢中になっていた。それなのに、いったい彼はどこにいるのだろう？　ひと晩じゅう帰ってこないなんて、どこかで泥棒をはたらいて自分の身を危険にさらしているにちがいない。

彼には人のものを盗む必要などないのだ。お金なら、ふたりが暮らしていくのに充分すぎるほどある。わたしと結婚すれば、妻が手に入るだけでなく財産というおまけまでついてくるという事実を、どうやって彼に伝えたらいいのだろう？

アガサに連れだって歩くような男友達がいないのは、ジェイミーが噂になることを恐れたからだ。

でも――アガサの心の中で小さな声がつぶやいた――いい結婚をさせたいと思っていたな

ら、なぜジェイミーはわたしをロンドンに連れてきてくれなかったのだろう？

馬鹿なことを考えるのはおやめなさい。そのときが来たら、ジェイミーはわたしをロンドンに連れてくるつもりでいたにちがいないわ。ジェイミーは財産目当ての男たちから、わたしを遠ざけておきたかっただけよ。

そういう下品な人たちは、お金のことしか――。

ああ、なんということかしら。そうよ、サイモンの前に財産をちらつかせるような真似をしてはいけないわ。

サイモンは少年時代の貧乏生活にもどるまいと闘っているだけだということが、わたしにはわかっている。でも、ジェイミーがわかってくれるかどうかは疑問だ。

財産のことを話す前に「愛している」と言わせることができれば、彼がほんとうにわたしを愛してくれていることがわかる。その言葉を彼の口から聞けたらどんなに……。

そんな気持ちがどんどんふくらんで、ついにアガサはひとつの計画を立てはじめた。

わたしが相続人だということを知らずにサイモンが愛の告白をして、ジェイミーがもどる前に既成事実をつくってしまえば……。そうよ、それで何もかもうまくいく。フィスティンガム卿でさえ、あきらめるにちがいない。

客間での抱擁は既成事実にはならない。ふたりがあんなことをしていたと知ったら、ジェイミーはサイモンをきらうにちがいないけれど、それでは充分とは言えない。レジーだって、計画をあきらめたりはしないだろう。

そうよ、徹底的にやらなくてはだめ。それを実行するのは今夜しかない。エサリッジ卿の金庫をやぶったら、もう彼を引きとめておく理由はなくなってしまう。

今夜よ。

アガサの呼吸が速くなった。サイモンの唇と手がどんなだったか思い出した彼女は、身体が熱くなるのを感じた。

嘘でしょう？　待ちきれないわ。

アガサは彼に処女を捧げようとしているのだ。サイモンの気持ちをたしかめたら、すばらしいニュースを伝えるつもりだった。

アガサは笑みを浮かべた。自分が何を手に入れたかを知ったときのサイモンの顔を見るのが待ちきれない。

アガサは客間の窓に背をむけて、またも行ったり来たりを始めた。男の人を誘惑するとき、女はどんな衣装を着るものなのだろう？


日射しが雲を突きやぶり、建物のあいだを抜けてジャッカムの執務室を照らしたときには、もう昼ちかくになっていた。サイモンはソファからころがりおりて、のびをした。関節がばきばきとなっている。サイモンはうんざりとした気分で腕と肩をまわし、顔をこすった。

自分の家に帰るべきだった。なんといっても、その家を手に入れてそれなりに居心地よく設えるために、かなりの金を使ったのだ。しかし、自分を喜んで迎えてくれるはずの温かいアガサの家を思うと、深閑とした大きな家はあまりにわびしく感じられた。それでサイモンはどちらにもどらずに、にぎやかなクラブで夜を過ごすことにしたのだ。

もちろん、彼の背中は文句を言っていた。寝心地のいいベッドのほうがいいにきまっている。サイモンは柔《やわ》になっている自分に気づいていた。

それに、ほんの少し……歳を感じてもいる。それは認めなければいけない。若いころは関節がなったりはしなかった。

この仕事を十五年もつづければ、誰だって疲れる。それでも、少なくともサイモンには経歴があった。重圧に負けて燃えつきてしまった若い者たちもいる。

サイモンが燃えつきることはなかった。冷静に生きることを早くに学んだおかげだ。他の何かが入りこむ余地を与えずに、理論と確固たる事実だけを頼りにしてきたからこそ、ここまで来られたのだ。

それでも、そろそろ自分に代わる人間をさがしはじめてもいいような気分になっていた。しかし、ジェームズは候補者にはなりえない。

これは痛かった。友人と呼べる男を失ったこともこたえたが、それだけではない。彼は人を見る目に自信が持てなくなっていた。

サイモンはそんな痛みを奥深くに押しやると、目の前の問題に心をむけた。

今の〈ライアーズクラブ〉には、物事を正確にとらえられる人間はいない。

必要なのは、もつれた糸の中のゆるみを見つけ、それを引っぱってもつれをほぐすことができる人間だ。引っぱるタイミングをまちがえてはいけないし、全体の様子を見失ってもいけない。

その仕事には、並々ならぬ洞察力が求められる。しかし、サイモンの知るかぎり、そんな資質を持った人間はいなかった。

もちろん時間はある。サイモンが何年も訓練を積んでこの地位に就いたように、誰かを育てればいいのだ。まだ、この仕事を辞めるわけにはいかない。誰かを見つけて育てるには時間がかかる。何年もかかる。

この肩の荷をおろせたらどんなにいいだろうと、サイモンは思った。こんな重荷を背負いこまずに生きていたら、ぼくの人生はどんなものになっていたのだろう？　秘密など持たずに、妻を愛し息子や娘と戯《たわむ》れて暮らしていただろうか？

日が降りそそぐ昼間に働いていただろうか？

サイモンは、そんな思いを振り捨てた。馬鹿なことを考えてはいけない。あのときボスに拾ってもらえなかったら、十三歳の誕生日を迎える前に死んでいたにちがいないのだ。温かな家庭を持って心地よく暮らしていたはずがない。

サイモンはしわになった上着を振って、それを身に着けた。厨房によってロールパンでも食べようかと思ったが、やめることにした。どうやら、アガサの家の食事に慣れすぎてしまったらしい。

彼は顔をこすった。ゆうべはアガサにひどいことを言ってしまった。あんな態度はとらずに、機嫌をとるべきだった。今も彼女のそばにいて、彼女を魅了することに全力をつくしていなければいけなかったのだ。

そろそろアガサの正体を暴くときだ。彼女にジェームズを裏切らせることになってもかまわない。

客間での抱擁を思えば、すでに半分は裏切らせている。

そんなことをしたら地獄におちるぞ——彼の良心がささやいた。

そこまで行けばエクスタシーが待っている——彼の欲望がささやいた。

サイモンはうなり声をあげて帽子をつかむと、クラブをあとにした。夜中までにアガサをその気にさせて服を脱がせるというのは、ただ計画を実行するのとはわけがちがう。そうなることを彼は夢見てきた。その夢がかなうのだ。

サイモンは、自分の腕に抱かれているアガサを、ベッドに身を横たえているアガサを、想い描いた。もう、身体の痛みなど感じない。激しい欲望が彼の中を突き抜け、たまらないほどのさみしさがこみあげてきた。

彼は〈ライアーズクラブ〉の戸口の外で足をとめ、そこにあった冷たい鉄製の街灯柱によりかかると、深呼吸を繰り返して頭をはっきりさせた。

空気は新鮮とはほど遠く、あたりには様々な匂いがただよい、音があふれていた。馬車や荷車の車輪の音に、馬の蹄の音に、けっして消えることのない煤けた匂い。サイモンは、そんなロンドンを愛していた。

これが現実だ。ここがサイモンの住んでいる世界だ。彼には、この世界を護る義務がある。この街を、祖国を、護らなければいけない。戦時下にあるこの街でスパイ活動をするのが、彼の仕事だ。

任務だ。任務に集中しなくてはいけない。

ジェームズ・カニングトンをさがしだして、適切に罰すること。これ以上、秘密がもれないように手を打って、この国を護るのだ。

サイモンは信頼してはならない男を信頼していた。そして今、心を奪われてはならない女に心を奪われている。

サイモンは心底、自分がいやになっていた。彼は自分の中に冷酷さと冷静さが徐々にもどってくるのを感じた。街灯柱の冷たさが掌から身体の中に入りこみ、アガサのせいで熱くなった血と入れ替わっていく。

ぼくにははたすべき任務がある。二度とそれを忘れてはいけない。


サイモンを誘惑することに決めたアガサは、もう彼に早く帰ってきてほしいとは思わなかった。準備には時間がかかる。

彼女はどちらの部屋で夜を終えることになってもいいように、まず自分の部屋と彼の部屋の寝具を新しいものに替えるよう命じた。それから、ゆっくりと風呂に入った。しかし、ふやけると皮膚にしわがよりやすいことを思い出した彼女は、慌てて石鹸だらけの湯船から飛びだし、ネリーを呼んだ。

今アガサはサテンの化粧着とレモンバーベナのオードトワレを身にまとって、寝室に坐っていた。考えを整理する必要がある。

彼女は、筆記用紙を引きよせてインク壺の蓋を開けた。

まず、サイモンを部屋に呼ぼう。いいえ。それでは巣を張って虫をおびきよせる蜘蛛《くも》のようだわ。わたしが彼の部屋を訪ねるほうがいい。

でも、いつ？　彼が部屋にもどったらすぐに？　それとも真夜中まで待つ？

ああ、人を誘惑するのはなんて面倒なのだろう？　大昔からこんなことがつづけられてきたなんて、不思議でたまらない。

アガサはしばらく羽ペンの先をくわえていた。どうするか決めなければいけない。いいわ。バットンが引き取ったら、すぐに彼の部屋に行く。

アガサの耳に、廊下の時計がなる音が聞こえてきた。もう八時になるのに、サイモンの姿はどこにも見えない。せっかくつけたお気に入りの香りが消えてしまったらどうしよう？

彼女は焦りはじめていた。聞き慣れたサイモンの足音と低くひびく声が廊下から聞こえてきたのは、そのときだった。彼女は勢いよく立ちあがって、扉に耳を押しあてた。

「ミセス・アップルクイストが部屋で夕食をとっているなら、ぼくもそうするよ。いや、彼女の部屋ではない。ぼくの部屋に運んでくれ。そのあとはひとりにしてほしい」

バットンが答える声は、高すぎてよく聞こえなかった。サイモンの部屋の扉が開き、それから閉まった。

椅子にもどったアガサは、化粧着の紐をいじりはじめた。夕食は隅のテーブルの上で冷たくなっている。食事をする気には、とてもなれなかった。

もうすぐサイモンは部屋にひとり残されることになる。ひとりでくつろいで、ベッドに入るしたくを始めるにちがいない。

そう思ったとたん、アガサの中を温かなものが駆け抜けた。しかしそのあとすぐ、彼女は冷たい恐怖に襲われた。とんでもない勘ちがいをしていたらどうしよう?

田舎で育った彼女のまわりには、物心ついたときからずっと羊がいた。雌がその気になっているときには、雄もその気になっている。複雑なことなど何もなく、ただ事におよぶのだ。人間だって、こういうことに関しては練習なんて必要ないはずだ。数分後、バットンが部屋から出ていく音が聞こえた。

アガサはサイモンが食事を終えるまで待つことにして、またも行ったり来たりを始めた。いずれにしても、食べたものが消化されるまでは……身体を動かすのは控えたほうがいい。気持ちが萎《な》えて、彼女はベッドに坐りこんだ。こんなことをする必要はないのだ。でも、計画を取りやめるには遅すぎる。

ここまで来て、サイモンを失うわけにはいかない。美しい泥棒を失うなんて、あの素敵な笑顔を二度と見られなくなるなんて、絶対に堪えられない。あの笑い声を聞けなくなるのは、シナモンの香りがする彼の唇に二度と口づけられなくなるのは、絶対にいやだった。

彼を失ったら、渇いた心を満たしてくれるあの一体感は、もうけっして味わえない。

アガサは決意を新たに立ちあがった。こうするしかないのだ。

彼女は大きく息を吸うと、ゆっくりと戸口にむかい、廊下へと足を踏みだした。

戦略なしに戦いにのぞむことをよしとしないサイモンは、夜の時間を使って計画を練るつもりでいた。

ジェームズにむいているアガサの心を自分にむけさせるのは、簡単ではなさそうだ。どう考えても、アガサの目に映っているジェームズのほうがサイモンよりも魅力的だ。ジェームズは金持ちだし教養もある。サイモンもけっして貧乏ではないし博識ではあるが、素性を比べられたら太刀打ちできない。

ジェームズは社交界に出入りを許される紳士だ。しかし、そういう紳士はアガサのような女とは結婚しない。彼女の心を傷つけるだけだ。

とはいえ、サイモンも……彼女とは結婚できない。彼の妻になれば、いつか危険な目にあうことになる。

しかし、ジェームズはここにいない。そして、サイモンはここにいる。

アガサはジェームズをあきらめるべきだ。サイモンは彼女がどういう人間かわかっているし、身分のちがう者同士がともに暮らすことがどういうものか知っている。サイモンがアガサを誘惑するのは国のためだが、彼女につらい思いをさせないためでもあった。アガサには、もう金を使わせない。この家を買って贈ってやってもいい。そのあとで、アガサに選ばせるのだ。自立した女性として、彼女がぼくと生きてはいけないのだろうか？　経験を積んだ聡明な女性が、思いどおりに自分の生き方を決めるのは、いけないことだろうか？

長いこと懸命に働いてきたぼくが、ぬくもりを手に入れることがまちがっているというのだろうか？　アガサの熱く甘やかな身体を楽しみ、彼女に心を捧げて生きることがまちがっていると？

アガサを愛人にするつもりはなかった。彼女はサイモンのたいせつな人に、パートナーに、なるのだ。妻とは呼べないが、妻と少しも変わらない。

サイモンには彼女をベッドに誘いこむ自信があったし、そこから彼女の心を奪う自信もあった。そのほうが彼女は幸せになれる。

そうだろう？

サイモンは、夕食にはほとんど手をつけずに立ちあがり、部屋の中を歩きまわりはじめた。ここにあるものは、すべて別の男のものだった。本や化粧台の上のものはジェームズのものので、服はモーティマーのもの。洗面台に何気なくおかれたシナモン味のドロップをのぞけば、サイモンのものはひとつもない。

しかし、それはしかたのないことだった。

サイモンは本棚に目を走らせた。そこにダニエル・デフォーの著書がならんでいるのを見ても、彼は驚かなかった。ジェームズがデフォーに夢中になっていることは知っていた。ライアーたちはみな、ある時期デフォーに夢中になる。

この男は、このスパイ王は、いったい何者なのだ？　ダニエル・デフォーは作家として、また詩人として、広く知られている。しかし、彼がスパイ組織の長だったということは、誰もが知っているわけではない。

彼は感情ゆたかな人間だったのだろうか？　それとも論理的な冷たい人間だったのだろうか？　芸術家だったのだろうか？　それとも策略家だったのだろうか？

人間であることとスパイであることとの狭間《はざま》で絶えずもがき苦しんでいるスパイたちは、そんな疑問に頭を悩ませることになる。

サイモンは『モル・フランダーズ』を棚から引き抜いて、手の中で重さを量ってみた。彼が知りたくてたまらないのは……デフォーはどうやって本を書く時間をつくっていたのか、ということだった。

ぼんやりと表紙をめくったサイモンは、余白のページに見慣れた力強い手書きの文字がならんでいるのを見つけた。

血を分けた、たいせつな人

ジェイミーへ

血を分けた、たいせつな人。氷のくさびを心臓に打ちこまれたような気がした。アガサは、そこまでジェームズを愛しているのだ。彼女にそんな彼を裏切らせることなど、どうしたらできるというのだろう？

サイモンは必死で考えながら、暖炉の前の椅子に腰かけた。自分が動いたことにさえ気づいていなかった。手には開いた本を持ち、何も見ていない目はそのページにむけられている。

そんなことはできない。アガサの純粋な心を惑わして傷つけるような真似は、絶対にできない。自分のためであっても、国のためであっても、絶対に……。

そこまでひどい男にはなりたくない。そういうことだ。これで自分は終わったと、サイモンは思った。

そして、〈ライアーズクラブ〉が終わりにならないようにと、ひたすら祈った。

14

アガサはふるえる手で、サイモンの部屋の扉をそっと叩いた。何をしているの？　まるでキツツキが扉を叩いているみたいじゃないの。

「どうぞ」

サイモンの低い声が、今夜はさらに低くひびいた。アガサは勇気をかき集めて、部屋の中に足を踏みいれた。

サイモンは本を手に暖炉の前に坐っていた。シャツのボタンははずれていたし髪も乱れていたが、まだ着替えてはいなかった。

アガサは、ほの暗い暖炉の火に照らされた彼の顔に、いっしゅん悲痛の影を見たような気がした。急に不安になって、アガサは立ちどまった。しかし、彼がかすかにほほえむのを見て、彼女は胸をなでおろした。

灯りのせいにちがいない。

アガサも彼にほほえみ返した。サイモンは完璧だった。彼は言いなりになるような男ではないが、アガサを無視したりはしない。

それに、サイモンはハンサムだ。大きめの白いシャツと脚にぴったりの黒いズボンを身に着けた彼を見ただけで、アガサの呼吸は速くなっていた。

サイモンは、彼女が近づいていっても立ちあがらなかった。肘掛け椅子にゆったりと坐って、長い脚をのばしている。アガサは裸同然の彼を見たことがあった。だから、服の下にどんな身体がかくれているかはわかっている。

彼女は、それを見たくてたまらなくなっていた。今度は、何ひとつ身につけていない彼を見たかった。

サイモンは無言のまま、わずかに頭を傾けて彼女を見つめていた。説明を待っているのだ。今、アガサは暗く静まり返った家の中で、化粧着だけをまとって彼の前に立っている。もちろん、説明はしたほうがいい。

でも、いくら完璧でも彼は男だ。すべてを話す必要はないだろう。

「決めたの」

サイモンは本を閉じてサイドテーブルの上にのせると、引き締まった腹部の上でゆったりと手を組み、彼女を見つめた。

それでも彼は何も言わなかった。

「あなたのベッドで眠りたいの」そう言ったあと、アガサは恥ずかしさにこおりついたようになって、その場に立ちつくした。

ついにサイモンの気を引くことに成功したようだった。彼は背筋をのばして脚を引きよせ、肘掛けに両手をのせた。立ちあがるのかと思った。しかし、彼は立ちあがらなかった。

サイモンは、彼女を探るように見つめた。「寝室を取り替えたいと言っているのではないんだね？」

「ええ」

「なるほど」

彼のサファイア色の瞳が輝いた。アガサは、そこに勝利と後悔の色を見たように感じたが、たぶん彼の瞳の奥に暖炉のゆらめく火が映っただけだ。

「そういうことなの」アガサは彼に近づいた。もう彼の脚のあいだに立っているようなものだった。

サイモンは動きもせずに、彼女の化粧着の裾から頭のてっぺんまで視線を走らせた。それでも手は肘掛けにおいたままだった。

拒まれたらどうしよう？　恐怖と屈辱が彼女の中を駆け抜けた。でも、まだ拒まれたわけではない。それに、ズボンのふくらみを見れば、彼がその気になっていることはわかる。

何かをしてみせれば、それでうまくいくにちがいない。そう思ったとたん、力がわいてきた。アガサは胸をときめかせながらほほえんだ。

彼女は彼の膝のあいだに立った。サイモンはわずかに身を反らせたが、まだ彼女を見つめていた。開いたシャツの襟元で、彼の胸のすべらかな皮膚がきらめいている。

アガサは、もっと見たかった。波打つ筋肉の動きを肌で感じたかった。

無意識のうちに手がのびていく。気がつくとアガサの手は、白いシャツの下にすべりこんでいた。冷たい指の下で、彼の温かな身体がわずかに引きつっている。その動きを感じて、彼女の中にさらなる力がわいてきた。

サイモンは冷静をよそおっていたが、内心は冷静どころではなかった。肌をなでる彼女の指を感じて、心臓が飛びだしそうになっていた。指先がふれているだけなのに、呼吸がどんどん速くなっていく。

アガサがシャツの前をつかんで軽く引っぱると、サイモンは抵抗もせずに身を前に傾けた。そして、アガサがシャツを脱がせようとして、うしろから裾を引っぱると、目を閉じて彼女の香りを吸いこんだ。

レモンと花と官能の香り。あまりにちがう香りの組み合わせに、サイモンはしびれたようになっていた。ぼくは誘惑されているのだ。彼女を押しのけるべきなのだろうか？　それともじれったい彼女の動きを封じて支配権をにぎり、性急にその身体を求めるべきなのだろうか？

アガサの手が肩をなで、ゆっくりと裸の胸におりていく。瞳を見つめることもせずに、男の身体に視線を走らせる彼女の大胆さに、サイモンは驚きをおぼえずにいられなかった。まるで初めて男の身体を見るような目つきじゃないか。ジェームズが夢中になるのも無理はない。下唇を噛みながら彼の胸に手をすべらせる彼女は、ほんとうに魅惑的だった。

ついにズボンのウエストに手がとどくと、アガサは彼の前にひざまずいて、ゆっくりとボタンにふれた。ひとつ、またひとつと、ボタンがはずされていく。

サイモンの硬くなったものが抑えをとかれて飛びだし、彼女の目の前にそそり立った。

それを見たアガサはこおりついたようになりながら、両方の眉を吊りあげてみせた。

嘘でしょう！　アガサは、ひどく驚いていた。嘘でしょう！　嘘でしょう！

絶対に無理よ。こんなものを受け入れるなんて、絶対に、絶対に、無理にきまっている。

やっぱり人間は羊とはちがうんだわ。

アガサは、それについてはあとで考えることにして、そこから目をそむけた。ブーツと靴下を脱がせるには、わずかに身を反らせる必要があった。

彼がズボン一枚になると、アガサはその部分に視線をもどした。やはり、大きさは変わっていない。

サイモンは、まだ坐ったまま彼女を見つめていた。ふれようともしなければ、いかなる反応も示そうともしない。アガサは不安になってきた。今すぐに、ここから出ていくべきなのかもしれない。

そんな思いが彼女の表情にあらわれていたのだろう。サイモンは不意に身を乗りだして、彼女の顔を両手で包みこんだ。彼の掌の温かさが身体にしみこんでくる。アガサは彼にふれられたくてたまらなかった。

サイモンは彼女の瞳をのぞきこんだ。彼の表情は険しかったが、そこには欲望の色がにじんでいた。「アガサ、どこまで行くつもりなんだ？」

なんですって？「ひどいわ、サイモン。わたしにそれを言わせるつもりなの？」

彼の唇に笑みらしきものが浮かんだ。「いや、ふたりがどこへむかっているかはわかっているつもりだ」

サイモンは彼女を引きよせて唇を合わせた。

彼は充分熱くなっている気になっていた。しかし、口づけた瞬間に感じた熱さに比べたら、そんなものはなんでもない。アガサは彼の首に腕をからませ、膝立ちになって夢中で彼に身体を押しつけた。

口を開き、彼に負けないほどの激しさで口づけを返す。そして、ついに唇をはなして息をつくと、今度はのけぞって彼に唇を差しだした。

任務のことなど、サイモンの頭から消えていた。彼の理性は欲望の炎に焼きつくされてしまったのだ。あるのはアガサだけ。やわらかで激しく、しなやかで奔放な、アガサだけだった。

それに、彼女は彼を求めていた。すばらしく信じがたいほどに、彼を求めていた。

サイモンが彼女の首から化粧着を払いのけると、アガサはもどかしげにそれを引きおろして片方の腕を抜いた。

そして、椅子からすべりおりたサイモンに暖炉の前に押し倒されると、彼にしがみついたままころがり、上になって彼に身を押しつけた。

サイモンの唇が、彼女の喉から首へと這って肩におりていく。アガサの中に、冷たくも熱いさざ波が駆け抜けた。

サイモンは、はやる手で、彼女の化粧着を腰まで引きおろした。しかし、このままではアガサの姿を見ることはできない。サイモンは押しのけるようにして彼女の身を起こさせると、その身体をうっとりと見あげた。

「きれいだ……」

彼女の乳房をおおっているのは、薄いシュミーズ一枚だけ。アガサは顎を突きだすようにして、恥じらいもせずに彼の前に身をさらしている。彼女はただの女ではない。官能美の象徴だ。

サイモンもアガサも、同じように互いを求めていた。

同じように激しく求め合っていた。

アガサは彼の胸からはなした手を、すでにおちかけているシュミーズの襟ぐりにかけると、彼の瞳を見据えたまま一気に押しさげた。

サイモンは驚いたように彼女を見つめた。

「いいのかい？」

それを聞いた瞬間、アガサの心がゆらめき、彼の手の中におちていった。ただ奪うのではなく、気づかって尋ねてくれたのだ。

「ええ、いいわ」アガサは目を閉じてのけぞった。部屋が回転したように感じた。気がつくと、彼女は絨毯の上に仰向けに横たわっていた。暖炉の火に照らされた彼女の身体の上を、彼の眼差しと指先が這っていく。

サイモンは、アガサの腿の上に跨って彼女を見おろしていた。彼の指先に両方の胸の上を、そしてまわりを、なぞられて、肌が燃え立ち、先端が堪えがたいほど硬くなっていく。アガサは彼が思うまま手を動かせるように、両方の腕を頭の上にのばした。彼の温かな掌が乳房を包みこんで、彼女を駆りたてていく。そうして生まれた熱は、すぐに彼女の中心へと伝わった。その部分が張りつめ、うずいている。

かがみこんだサイモンに胸の頂を吸われて、アガサは驚きに身をすくませた。しかし、いっしゅん後、彼女は悦びのさざ波が身体を駆け抜けていくのを感じていた。どうして彼は、わたしの悦ばせ方を知っているのだろう？

わたしはどうしたら彼の悦ばせ方を知ることができるのだろう？　不意にアガサの中に、サイモンの幸せを願う気持ちがわいてきた。

そしてその思いが、彼女の悦びも目的も消し去った。アガサは、サイモンが自分と結婚したがるようしむけるために、今夜ここにやってきた。

それがほんとうに彼の幸せにつながるのだろうか？

彼には別の目的があるかもしれない。わたしとは関係のない目的が……。これまでずっと彼を思いどおりにあやつってきた。今夜も例外ではない。どうしたら愛する人にこんなことができるのだろう？

アガサは、たまらない気持ちになってサイモンを押しのけた。

「ごめんなさい」

彼の表情がくもった。「ふざけているのか？」

「ふざけてなどいないわ、サイモン。あなたをもてあそんでいるわけではないの。誓うわ。これまでは、いくぶんそういうこともあったかもしれない。でも、今はちがう」

「何を言っているんだ？」

「ああ、サイモン。ごめんなさい。あなたをやとうなんて、ひどいことをしたものね。わたしはあなたを脅すような真似をしていたんだわ。それに、ほんとうのことを言わずに、こんなふうに部屋を訪ねたりしてごめんなさい」

「ほんとうのこと？」彼の声に表情はなく、炎に照らされた彼の顔にもなんの色も浮かんでいなかった。

「ええ。あなたには、ほんとうのことを話すべきだわ。何もかも承知の上で、心を決めてほしいもの」

「ほんとうのことというのは？」

アガサは、ささやくように言った。「サイモン、あなたを……愛しているの」

彼の表情は変わらなかった。たとえ何かを感じたとしても、彼はそれを面《おもて》に出さなかった。

「ぼくを愛している？」

「ええ。あなたを愛している。そして、生涯あなたと暮らしたいと思っている。こうしてここに来たのは、あなたにもそう望んでもらえるようにしむけるためだったの。でも、できなかった。あなたの幸せを願わずにいるには、あなたを愛しすぎているようだわ」

「ぼくの幸せ？」

「やめて。わたしの言葉を繰り返すのはやめてちょうだい。わたしはあなたを愛している。そして、あなたに愛されたいと思っている。でも、それはわたしではなく、あなたが決めることだわ」

「ああ、ぼくもそう思うよ」

冷たい色を浮かべた顔の中で、瞳が燃えるように輝いている。それを見たアガサは、望みを抱いて身をふるわせた。「そう思う？」

サイモンは片方の手をあげると、指の甲で彼女の頬をなでた。そのあまりのやさしさに、アガサは泣きたくなった。

「ジェームズはどうするんだ？」

アガサは首をかしげて、悲しげにほほえんだ。「嘘はつけないわ。ええ、ジェイミーは喜ばないでしょうね。でも、きっとわかってくれると思うの」

サイモンはゆっくりとかがみこみ、彼女の瞳をじっと見つめた。彼の唇が近づいてくる。アガサは、やさしい口づけを期待して目を閉じた。

そっと、かすかに、彼の唇がふれた。

しかし、それだけだった。彼がはなれていくのを感じて、アガサは目を開いた。彼の感情にくもった瞳が、そこにあった。

「愛しているわ、サイモン」

サイモンは彼女の頭を顎の下に包みこむようにして、しっかりとその身体を抱きしめた。ほとんど息もできなかった。ぼくを愛している？　激しい感情の波が、彼の中を駆け抜けた。サイモンは彼女を上向かせ、貪《むさぼ》るように唇を奪った。彼女がほしかった。彼女を――身も心も――自分のものにしたかった。

サイモンは欲望のままに、すべらかな化粧着をはぎとり、部屋のむこうにほうり投げた。そして、薄いシュミーズも自分のズボンとともに投げ捨てた。

ついに夢がかなうのだ。彼女としたいことなら、生涯かけてもしつくせないほどあった。そのひとつを想い描いただけで、彼の心は熱く燃えてしまう。アガサのここにふれてみる。彼女はあえぎ声をあげた。アガサのあそこに口づける。彼女は小さな悲鳴をあげた。

アガサは、もう何も身に着けてはいない。彼女は彼のものになっていた。サイモンは口と手で愛撫を繰り返しながら、彼女があげる悦びの声にさらに駆りたてられていった。

アガサは、あらゆるところにサイモンの唇を、そして手を、感じていた。世界がぐるぐるまわっている。まるで蜘蛛の巣にかかったような気分だ。身体に感じる彼の手は、乱暴であると同時にやさしかった。その手が、身体の内側から衝撃を引きだしていく。アガサは、これまでそんなものが自分の中にあることさえ知らなかった。

サイモンの大きくて無骨な手が、やさしく容赦なく彼女の太腿のあいだを探り、すばやく割れ目を愛撫する。でも、その手はそこにとどまらず、すぐに首から頬へと這いのぼっていった。彼の手が彼女の顔を包みこみ、彼の唇が彼女のそれに重なっていく。彼はゆっくりと時間をかけて、彼女の唇を探った。アガサは、その深い口づけにすっかり心を奪われていた。サイモンにしがみつきながら愛撫を繰り返すアガサの掌に、彼の硬さと熱さが伝わってくる。燃える海にただよっているアガサは夢中になっていた。彼の感触と味と香り……。彼女の中には、もうそれ以外何もなくなっていた。

サイモンは慎重でもあったが、強引でもあった。「なんて官能的なんだ」彼はアガサの肌に口づけながらささやいた。「それに、なんて正直なんだ」彼の唇が這いおりてくるのを感じて、アガサはためらうことなく脚を開いた。

アガサのそれは花蜜の味がした。そして悦びの声は音楽のようだった。サイモンは、ふたたび彼女の腹から胸へと唇を這わせながら、女神の腕に抱かれているような気分になっていた。アガサが瞳を輝かせて手をのばしてきた。彼女も同じように彼を求めている。

アガサはぼくを愛している。どんな過去があろうと、過去に誰を愛そうと、今の彼女はぼくを愛している。サイモンは砂漠で水を得た男のように、彼女の愛を夢中で飲みつづけた。

サイモンは彼女を押さえつけた。絨毯の華やかな色を背景に、彼女のゆたかな裸体が真珠のように映《は》えている。彼を急《せ》きたてるかのように、アガサが大きく脚を開いた。

彼女はたとえようもなく甘く、この上なく熱かった。彼を迎える準備はできている。サイモンは彼女を腕に抱くと、その中に深く入っていった。

アガサが悲鳴をあげた。

その驚きの叫びを聞いて、サイモンはこおりついた。信じがたい思いと、彼女を求める熱い気持ちが闘っている。処女だったのか？　そんなことはありえない。彼は彼女の肩をしっかりとつかみ、なんとか身をはなそうとした。

彼女が動きさえしなければ……。

アガサは身をよじって、彼に腰を押しつけた。気がつくと、サイモンは快感の波に呑まれ、彼女のやわらかな首にむかってうなり声をもらしていた。サイモンは彼女を貫いた。そのひと突きごとに彼女が小さくあえぎ声をあげている。

息もできず目も見えないまま、サイモンはただ彼女をきつく抱きしめた。そして、事が終わって霧が晴れたとき、彼はふたりが何をしたかに、自分が何をしたかに、気がついた。

サイモンは肘をついて身を起こすと、彼女の顔にかかった髪をかきあげた。不安げに見開かれた牝鹿のような目に、情熱の色は残っていなかった。

「きみを傷つけてしまったのだろうか？」

アガサはまばたきを繰り返したあとで答えた。「いいえ、傷つけてはいない。でも……」

「痛かったんだね」サイモンはいそぎすぎたのだ。彼女が処女だとわかっていたら、あんなにはいそがなかった。

サイモンは彼女の唇にやさしく口づけると、そっと身をはなして立ちあがり、小さな洗面台の前にすすんで布をぬらしながら考えた。そして、暖炉の前にもどった彼は、やさしく彼女の身体を拭いはじめた。

洗面台のほうに布を投げ、化粧着を引きよせて彼女の身体を包みこむ。サイモンはアガサを抱いたまま、暖炉脇の椅子に腰かけた。

「他に恋人はいなかったんだね」

それは質問ではなかったが、アガサは答えた。「もちろんいないわ。なぜ、わたしに恋人がいるなんて思ったの？」

ジェームズの愛人でないなら、彼女はいったい何者なんだ？　なぜ、彼女はジェームズをさがして――。

玄関の扉を叩く音が聞こえてきた。家に入れろと、誰かが扉を叩いているのだ。サイモンは不安をおぼえた。

部下たちは、この場所を知っている。クラブで何かあったのだろうか？　誰かの身に何かが起きたのだろうか？

サイモンはアガサを立たせると、眉にすばやく口づけた。

「まだ終わっていない。すぐにもどるよ」

サイモンはズボンをはいて部屋を出た。階段のてっぺんに立った彼の目に、部屋着姿のピアソンが応対にむかうのが映った。

玄関に立ったピアソンは、わずかに扉を開いて真夜中の訪問者を追い返そうとした。しかし、彼を突きとばして、雨にぬれた男が飛びこんできた。

男は骨に皮が貼りついているかのように痩せほそっている。傷を負って弱っているらしく、まっすぐに立っていることもできないようだった。「アギー！」しわがれた声で男が叫んだ。サイモンには、それがかつての友人だとはわからなかった。

「ジェイミー！」サイモンのうしろで、アガサが叫んだ。

彼女はサイモンの横をとおりぬけて階段を駆けおり、ジェームズの腕に飛びこんでいった。ジェームズは彼女をしっかりと抱きしめた。弱っている彼がアガサにすがりついているようにも見える。ふたりはサイモンを暗闇に残したまま、ピアソンが照らしているロウソクの灯りの中で、しっかりと抱き合っていた。

サイモンは、驚くほどの痛みをおぼえた。それでも、ジェームズに真実を話すときになったら、彼女は自分のそばにいてくれるにちがいないと信じていた。

なんと言えばいいのだろう？　「会えてうれしいよ、ジェームズ。きみの女はぼくがもらった。ところで、きみは反逆罪で拘禁されることになる。おそらく、きみを処刑しなければならないだろう」とでも？

ジェームズは、しばらく彼女を抱きしめていた。そして、ようやく身をはなした彼は、恋人のベッドから抜けだしてきたような妹の姿を見て、目を大きく見開いた。

「アギー？　いったいどういうことだ？」

さあ、ぼくの出番だ。サイモンはゆっくりと階段をおりた。

「やあ、ジェームズ」

「サイモンか？　いったいここで何をしているんだ？」ジェームズは、サイモンも愛人のベッドから抜けだしてきたような姿をしていることに気がついた。彼のくぼんだ目に怒りの色があらわれた。

「このげす野郎！　妹に何をしてくれたんだ？」

妹？

ああ、なんということだ。

勘ちがいに気づいたサイモンは、自分の愚かさに呆れるしかなかった。

馬鹿な！　いったいぼくは何をしてしまったんだ？

サイモン・レインは、グリフィンの妹に手を出してしまったのだ。

15

サイモンの名前を口にしたジェームズの声が、喜んでいたアガサの心に突き刺さるようにひびいた。彼女は兄からはなれて、ふたりを交互に見つめた。彼女の顔から、見るみる笑みが消えていく。

「ジェイミー？　わけがわからないわ。なぜサイモンを知っているの？」

ジェームズは妹に険しい眼差しをむけ、そのあと怒りもあらわにサイモンのほうをむいた。

「潜入捜査か？　そのために妹を利用したのか？」

ジェームズはふらつきながらサイモンの前に立ち、拳を振りあげた。しかし、脚の力が抜けてしまい、倒れこむ寸前にサイモンにささえられた。

アガサはサイモンを見た。「ジェイミーは何を言っているの？　潜入捜査というのは、なんのこと？」

サイモンは無言のまま、暗い目で彼女を見つめていた。

アガサの問いに答えたのはジェームズだった。彼の声はしわがれ、怒りのせいでふるえていた。「この男は、このげす野郎は、仕事をしていたんだ。つまり、おまえと過ごしたのは仕事のためだったんだ。ああ、おまえは利用されたんだ」

アガサは首を振った。「いいえ、ジェイミー。サイモンが泥棒だったということは、わたしも知っているの。お兄さまは喜ばないかもしれないけれど――」

「ぼくは泥棒ではないんだよ、アガサ」サイモンは彼女に手を差しだしたが、その手はそのままおろされることになった。「ぼくはスパイだ。きみの兄上を捕まえるために、ここにやってきた」

捕まえる？　アガサは目の前のふたりを見つめた。「どういうことなのか、聞かせてほしいわ。でも、ジェイミーはどう見ても病気よ。ベッドに寝かせてお医者さまを呼ばなくては――」

「だめだ！」

ふたりが同時に声をあげた。それからジェームズが首を振った。「アギー、医者はまだ呼ばなくていい。まず、説明が聞きたい。今すぐに」

部屋着姿のピアソンが堂々と前にすすみでた。「奥さま、何か軽いものをお持ちいたしましょうか？　温かいものを召し上がっていただいたほうがよろしいかと。ええ、こちらの紳士に……」彼はそう言いながらジェームズを示した。

「そうね、ピアソン。兄にスープとパンを持ってきてちょうだい」

「毛布も頼む」ジェームズは言った。「それに、坐る場所を用意してくれるとありがたい」

「ええ、客間で話しましょう」アガサは、きっぱりと言った。

サイモンはジェームズをソファに坐らせると、暖炉の火を熾《おこ》しはじめた。ジェームズは、ひどく具合が悪そうだった。アガサは知りたい気持ちを必死で抑えていた。まずは、兄が少しでも楽になることを考えなければいけない。

眠そうな目をしたハリーが毛布を持ってくると、アガサはジェームズをクッションによりかからせて、やわらかな毛布で身体を包みこんだ。

そして、ピアソンがお茶と湯気のたつスープを運んでくると、ジェームズがふるえる手でそれを飲むのを手伝った。

暖炉の前をはなれたサイモンは、椅子の肘掛けに坐ってふたりを見つめていた。

アガサは彼を見られなかった。信じたくなかった。嘘にきまっている。そんなことはありえない。すぐにサイモンが説明してくれるはずだ。彼がジェイミーをさがしていたというのは、ほんとうかもしれない。でも、そうよ、彼は絶対にわたしを愛している。

だけど、彼は愛しているとは、ひとことも言わなかった。

じきにふるえがおさまったジェームズは、スープの残りを押しやった。これで話を先延ばしにする口実はなくなった。アガサは立ちあがり、化粧着の前をきつくかきあわせた。

「サイモン、あなたはなぜジェイミーをさがしていたの？」

それに答えたのはジェームズだった。「彼がさがしていたと聞いても、ぼくは驚かないよ、アギー。なんといっても、ぼくは何週間も報告を入れていないんだからね」

「報告？」

「サイモンとぼくは、いっしょに働いているんだ」

彼女はサイモンの名前を聞いてたじろいだ。すぐそばにいるのに、彼に目をむけることもできなかった。どんどん気分が悪くなっていく。ジェームズがもどってきた喜びも、そのせいで消えてしまった。

ジェームズはつづけた。「ある夜、女を……ああ、女友達を訪ねた帰りに、フランス人どもにつかまってしまったんだ。五、六人いたように思う。ぼくは、すぐに気を失った。そして、目が覚めたときには小さな船の船室にいた。そこにいたあいだは薬を盛られて、ほとんどずっと意識が朦朧《もうろう》としていた」

「ああ、ジェイミー。なんて恐ろしいことを……」

彼はぼんやりと妹の手を叩きながら、問いかけるようにサイモンを見つめた。「わからないのは、なぜきみがぼくをさがしていることをアガサにかくしていたのかということだ」

「きみに妹がいることを知らなかったんだよ、ジェームズ。きみの資料に、そんなことは書かれていない。だから、まったくちがう仮定にもとづいて、アガサを調べることに決めたんだ」

「でも、どうしてわたしを調べようなんて思ったの？　わたしは何も関係ないわ」ついに彼女はサイモンと目を合わせた
「きみは、彼の銀行の金を使ってこの家を借りた。だから、きみが何者なのか、きみが何を知っているのか、調べることにしたんだ」

「なぜ？」

「なぜなら、ジェームズのことを二重スパイではないかと疑っていたからだ」

「なんですって？」

「なんだって？」アガサとジェームズが声をそろえて言った。

サイモンは、兄妹のよく似た茶色い瞳を見つめた。なんということだ。ぼくは愚かだっただけでなく、目も見えていなかったらしい。ここまで似ているのに、なぜ気づかなかったのだろう？

「そんな疑いを持たざるをえない事実があるんだ。まず、グリフィンの動きが世間にもれている。そして、ジェームズが姿を消した。ジェームズ・カニングトンの口座に大金が入り、それとほぼ同時に部下たちの身が危険にさらされるようになった。そんなときにアガサがやってきて、その金を使いはじめたんだ」

アガサは顔をしかめた。「あれはわたしのお金だわ、サイモン。アップルビーをはなれるとき、むこうの銀行からこちらに送らせたのよ」

サイモンは首を振った。「アガサ、ジェームズの口座に入ったのは大金だ。きみの金にしては多すぎるよ」

彼女は首をかしげて、無言のまま彼を見つめていた。サイモンは不安になってきた。これについても、大きな思いちがいをしていたのかもしれない。

ジェームズが苛立たしげに口をはさんだ。「サイモン、部下たちの身が危険にさらされるようになったというのは、どういう意味なんだ？」サイモンはジェームズの瞳の奥に恐怖の色をみとめた。

「命をおとした者もいるし、二度と働けないほどの怪我を負った者もいる。われわれは、十二名のスパイを失った」

「よくわからない……」ジェームズは小さな声で言った。「朦朧とした状態で、ぼくは夢を見ていた。蛇にしつこく尋問される夢だ。しかし、たとえ夢でも、重要なことは絶対にしゃべるまいとしていた」

彼はふるえる手を目に押しあてた。「その意識がなければ、正気を失っていたと思う」

友人を見ているうちに、サイモンの中の疑いが確信に変わった。彼の声は厳しかったが、そこに怒りの色は感じられなかった。「レン・ポーターは、今も死の縁をさまよっている。きみがしゃべった情報のせいで、レンがそんな目にあったのでなければいいのだがね」

ジェームズは殴られたかのようにたじろいた。うつろな顔が罪の意識に歪んでいる。「ああ、サイモン。ああ、なんということだ。ぼくを先に殺してくれればよかったんだ」

その怒りは本物に見えたし、話に嘘がないことは彼の弱り方からもわかった。

ジェームズは無実だ。彼を処刑する必要がないと知って、サイモンは胸をなでおろした。しかし、大きな問題が浮かびあがってきた。ジェームズをどうするかということだ。

王室の側近で、ライアーの行動に目を光らせる役を務めている〈ロイヤル4〉を納得させる必要がある。「直感だ」などという答えは通用しない。彼らは確固たる証拠を求めてくるはずだ。「ジェームズ、取り調べはさせてもらう。それまで、自宅監禁ということでここにいてくれ。すまないが、無実が証明されるまで外出を許すわけにはいかない」

ジェームズはゆっくりとうなずいた。「とうぜんだ。それに、これまで閉じこめられていた場所に比べたら、ここは天国だ。いずれにしても、しばらくは起きて動きまわることなどできそうもない」

ふたたびクッションに身を沈めた彼の目には、苦痛の色があふれていた。罪の意識に苛《さいな》まれているにちがいない。

サイモンはアガサのほうをむいた。説明しないわけにはいかないが、なんとも気がすすまなかった。それでも彼は手を取って、彼女を客間の外に連れだした。

薄い化粧着姿で寒い玄関広間に出たアガサは、自分を抱きしめるようにして彼とむきあった。大きく見開かれた目には、様々な感情があらわれている。彼女は期待と恐怖を胸に、彼が話しだすのを待った。真実を知りたいのかどうかさえ、もうわからなかった。

サイモンは、彼女を抱きしめたくてたまらなくなっていた。できるものなら、そうして身体を温めてやりたかったが、そんなことはできるはずもない。「ぼくはジェームズをさがすためにここにやってきた。そして、きみに会った。きみのことは、ジェームズの愛人だとばかり思っていたんだ。それに、きみは口にしている以上のことを知っているにちがいないと考えていた。いや、きみ自身が敵のスパイなのではないかとさえ疑っていた」

話を聞いているうちに、アガサの顔から血の気が引いていった。「ずっとそんなふうに思っていたの？」

「きみの計画にしたがって動くことは……ぼくにとっても好都合だった。ああ、ぼくもジェームズにつながる書類や手紙が見つかることを願っていたんだ」

彼女は唇を舐めた。「今夜のことは？」

嘘をつけたらと、サイモンは思った。今夜のことは仕事とは関係ないと言いたかった。しかし、もう嘘はたくさんだ。

「きみを虜にして真実を聞きだせればと思っていた。しかし――」サイモンは口をつぐんだ。その先は？　気が変わった？　ほんとうにアガサを求めていた？

いずれにしても同じことだ。アガサは紳士の妹だ。淑女だ。つまり、ぼくの相手ではないということだ。

それに、ぼくはスパイだ。誰かを愛せば、その人間を危険にさらすことになる。

アガサはその場から一センチも動いていなかったが、とつぜんふたりのあいだに何キロもの距離ができてしまったような気がした。彼女は顎をあげ、怖いほど冷静な眼差しで彼を見つめた。

「わかったわ。あなたは仕事をしていただけなのね」

アガサは彼に背をむけると、ゆっくりと玄関扉のほうに足をすすめた。「ピアソン」彼女は執事を呼んだ。「ミスター・レインの外套をお持ちして。すぐにお帰りよ」

彼女は扉を開いた。広間に流れこんできた冷たい空気が、サイモンをふるえあがらせた。

「さようなら、ミスター・レイン」

アガサの冷たい態度にふれて、サイモンは痛みをおぼえた。すべては自分の愚かさのせいだ。彼は彼女のぬくもりを求めた。そして、それを失ったのだ。

アガサはピアソンがサイモンの外套を持ってくるのも待たずに、玄関扉を開けはなしたまま静かに彼に背をむけた。そして、客間にもどると、ふたりのあいだの扉を閉ざした。


キャリッジスクエアの家をあとにしたサイモンは、ぼんやりと通りを歩きはじめた。真夜中の街も、街灯の灯りに照らされている霧も、見えてはいない。彼の目に映っているのは、アガサの瞳を冷たく輝かせていた苦痛の色だけだった。

サイモンはふるえていた。失ったものは、あまりに大きかった。それに、この数週間に自分が犯した過ちを思うとたまらなかった。

何もかも、勘ちがいだった。特にアガサのことは、たいへんな思いちがいをしていた。こんなスパイがどこにいる？　間抜けもいいところだ。サイモンは深く恥じ入っていた。これまでも多くの罪を犯してきたが、人の心を傷つけたことはなかった。今までは……。

ぼんやりと角を曲がったサイモンは、酔って騒いでいる若者の一行にぶつかりそうになった。それをかわして振りむいた彼の目に、千鳥足で歩き去っていく若者たちの姿が映った。互いを肘でつつきあいながら、淫らな言葉をぶつけあっている。

サイモンはかぶりを振って、あたりを見まわした。そこは、しゃれた紳士のためのクラブが何軒もある通りだった。

ここもサイモンの世界ではない。アガサの家にも、こうした薄っぺらなお楽しみの場にも、彼の居場所はないのだ。彼の仕事は国を護り、それを脅《おびや》かす者をつかまえること。ひどく孤独な仕事だ。なぜ、これまでそのことに気づかなかったのだろう？　彼は陰の存在だ。どんな記録にも彼のことは記されていない。友人も家族も持たない幻の男。たったひとつの目的のためにこの世に存在する男。それがサイモン・レインなのだ。

いいだろう。さあ、仕事にもどるんだ。

数分後、サイモンはしゃれているとは言えないがそれなりの家が建ちならぶ地域の、薄暗い路地に立っていた。

目の前の壁の上部に手をかけ、すばやくそれを乗りこえる。生け垣がのびすぎているせいで、庭の様子は外からうかがえない。サイモンは音のする砂利道を避けて、暗い庭に忍びこんだ。

多くの家とはちがって、この家の裏口にはしっかりと鍵がかかっている。それをこじ開けるのはわけもないことだが、サイモンは鍵にはふれようともしなかった。

建物の角には、輪郭を美しく際立たせるために煉瓦が張られている。彼はその角にむかって足をすすめ、そこにぶらさがっている梯子をつかむと、指先と靴の縁だけを使って、音をたてずにすばやく三階の高さまでのぼった。

いちばん近くの窓に手をのばして、それを押し開ける。彼は流れるような動きで窓枠をつかみ、部屋の中へと飛びこんだ。

簞笥《たんす》の前に立っていた側仕えが振りむいた。よほど驚いたのか、片方の手で自分の胸をつかんでいる。

「ああ、旦那さま。こんなことは、やめてください！」

サイモンは上着を脱いで、側仕えに投げた。「悪かった、デニー。つい癖が出てしまった」

彼はゆるめに結んだネクタイをほどいて、上着の上に投げだした。

「居所を教えておいてくださらないと困ります。心配するじゃありませんか」

「ああ、デニー。わかっている。すまなかった」

デニーはバットンのようにクラバットを選ぶことも結ぶこともできないが、バットンとは立場がまったくちがう。やっと十八になったばかりのデニーは、ついこの前まで運び屋をしていたのだ。そのせいか、まだ側仕えとしての自分の立場が呑みこめず、何かというと苛立っていた。

「仕事をしていたんだ。この街にいたことはいた。それは、おまえも知っているはずだ。なんといっても、この二週間のあいだにぼく宛の伝言を、少なくとも二十はクラブに残しているのだからね」

デニーは鼻をならしたが、文句は言わなかった。どちらがどちらに仕えているのか、サイモンはときどきわからなくなる。人に世話をまかせるには、こちらも気づかいが必要だということだ。

サイモンがこの簡素な家を使うことは滅多にないが、デニーはひとりで庭仕事と家事をこなし、主人の留守を守っている。

この家は、サイモンにとって家庭というより頭痛の種だ。それを思えば、売ってしまうべきなのかもしれない。ここにはアガサの家の半分の温かみもありはしない。

それに、アガサがこの家に足を踏みいれることはけっしてない。しかし、この家を売ってしまったら、デニーのような子供を——つまり、通りから拾ってきた迷える少年たちを——住まわせる場所がなくなってしまう。

スタッブズもフィーブルズも、彼が見いだした宝物だった。流罪になるところだったフィーブルズを救うには金がいったが、彼にはその金額以上の価値があった。たしかな情報を手に入れる必要があるサイモンは、フィーブルズなみの技術を持つスリが大勢いてくれたらと思わずにはいられなかった。

デニーは無駄口をきかずに働くが、ときどき大袈裟に鼻をならす癖がある。今、サイモンはそれが気になってしかたなかった。責められているような気がして、うしろめたくなるのだ。

もう限界だった。「デニー、もう遅い。そろそろベッドに入ったらどうなんだ？　あすの朝は、早くから元気に働いてもらわなければならないんだ」

デニーはその言葉を聞いて喜び、陰気な顔をしわくちゃにしてほほえんだ。「はい、旦那さま。それじゃ、牛乳配達の馬車が来るころには起きています」

「そうしてくれ。おやすみ」

ようやくひとりになったサイモンは、失った温かさを少しでも取りもどそうと、暖炉のそばに椅子を引きよせた。

そして、時間をかけてこれまでのことを振り返り、アガサがしたことを正確に理解した。若い女が、しかも育ちのいい娘が、行方のわからない兄をさがすために、夫の存在をでっちあげたのだ。大胆などというものではない。

それに、今夜のこともある。彼女は恋におちたと信じている。サイモン・レインを、元煙突掃除人の泥棒を、チープサイド街の売春婦の息子を、愛していると思いこんでいる。

しかし、賭けてもいい。そんな気持ちはじきに消える。こんなひどいことをされて、気持ちが変わらないはずがない。

ぼくは彼女の処女を奪い、そのあとすぐに彼女を裏切ったのだ。

彼女を奪ったやり方も、上出来とは言えない。何も知らずに、欲望のままに事をいそぎ、必要以上に彼女を傷つけてしまった。大きく見開いたアガサの目を思い出すたびに、心に鋭い痛みが走る。

彼はただ……動揺していた。彼女に驚き、自分に驚いていた。欲望に負けて自制を失った自分が信じられなかった。

しかし、ぼくを駆りたてたものは、肉欲だけだったのだろうか？

サイモンは、そんな思いを振り払った。もちろん肉欲だけだ。アガサはみごとな身体をしている上に、たとえようもなく情熱的だ。彼女のような女に出逢ったら、男は誰でも夢中にならずにいられない。

しかし、夢中になるべきではなかった。自制に関しては自信があったはずだ。冷酷にならなければいけない。彼の住む世界には、アガサの美しさや温かさの入る余地はないのだ。

サイモンは部下たちから魔術師と呼ばれている。敵の動きを正確に把握する能力と、どこに人を配して何をさせるかを判断する力が、なみはずれているからだ。

しかし、何よりも彼を超人的に見せているのは、ものを消してしまう才能だった。彼には自分自身をも消すことができるのだ。

陰の男。サイモンは国のために常に世界の狭間《はざま》に身をおき、危険な闇の中を歩いている。日射しの中に姿をあらわしたところで、どの階級にも受け入れられはしないだろう。

おそらく、入りこもうとすることさえ許されない。社交界にもぐりこもうともがいている生まれのいやしい煙突掃除人のふりをするか、やけに物知りな街のちんぴらとして庶民の中であやしまれながら生きるか、それ以外に道はないのだ。

だったら、このまま姿を消しているほうがいい。そうしていれば、力を発揮できるし、生きる意味も見いだせる。

選択肢などないのだ。運命としか言いようがない。最悪なのは、その運命には堪えがたいほどの孤独がつきまとうということだ。

これまで、そんなことは気にもならなかった。しかし今、急にそれが苦痛に思えてきた。

その理由がわからないふりをできるほど、サイモンは嘘つきではなかった。

否定などできない。彼は、今以上のものを求めていた。温かさを、熱さを、心を、求めていた。

情熱を求めていた。

この数週間、サイモンが犯した罪は、ひとつの勘ちがいだけではなかった。彼はアガサを見くびっていた。そして、自分の情熱を見くびっていた。そっと忍びよって棍棒《こんぼう》を振りあげる路地裏の物取りのように、彼の中に情熱がひたひたとわきあがっていた。

キャリッジスクエアの家の玄関広間で初めてアガサにぶつかった瞬間、サイモンは彼女に魅せられてしまったのだ。サイモンは、どうしようもないほど彼女に夢中になっていた。完全に虜になっていた。

情熱。こんな気分になったのは初めてだった。

もう人を愛さずに生きるのは堪えられない。

アガサがほしかった。生涯、彼女を腕に抱いていたかった。

しかし残念ながら、そんなことは許されない。


「彼と結婚したかったの」

アガサは、充血した目に朝日はまぶしすぎるとでもいうように、客間の窓に背をむけた。

ジェームズは朝食の盆を膝においたまま、クッションに身をあずけて妹を見つめていた。青白い顔をしてじっと苦痛に堪えているその姿を見て、彼は不安になった。こんなアギーを見るのは初めてだ。

「結婚？　なぜだ？」

「彼を愛しているの」

ジェームズは顔をしかめた。くそっ、なんということだ。「たしかなのか？　彼に会って、まだ間もないじゃないか」

アガサは目をあげて兄を見た。「お兄さまは何年も前から彼を知っているわ。教えて。わたしが彼を愛してはいけない理由があるかしら？」

サイモンはジェームズがこれまで会った誰よりも立派な男だった。それは否定できない。今は殺してやりたいような気分になっているが、彼をけなす言葉は思いつかなかった。

「彼は役を演じていたんだ」ジェームズは、妹にその事実を思い出させずにはいられなかった。「おそらくおまえは、その役にのぼせあがっていただけだ」

アガサは自分の手を見おろした。「ひと晩じゅう、そのことばかり考えていたわ。存在しない誰かを愛してしまったなんて、ひどい話ね」

彼女は行ったり来たりを始めた。そのほうがいい。動いているアギーなら、なんとかあやつれる。

「でも、よくわからないの。サイモンは役を演じていたわけだけれど、そこにはほんとうの姿もあったはずよ。たぶん昔の彼の姿ね。でも、それだって彼であることに変わりはないわ」

ジェームズは髪を掻きあげた。「どうしたいんだ？　おまえと結婚するよう、彼に強いることもできるが……」

アガサのうつろな目が、つかのま怒りの色に輝いた。「彼は、わたしを妻に迎えることをそんなにいやがっているの？　無理に結婚してもらうなんて、絶対にいやだわ」

それについては、ジェームズもサイモンを庇《かば》わないわけにはいかなかった。「そういうことではないんだ、アギー。サイモンにとって、結婚は今の地位をしりぞくことを意味する。彼の口から何度も聞いているんだ。まちがいないよ。結婚したら、妻や家族を危険にさらすことになるかもしれない。サイモンは、それを恐れているんだ」

ジェームズは妹が理解するのを待って、さらにつづけた。「わかるだろう？　彼の地位にあれば、いつか愛する者と国のどちらかを選ばなければならないときが来る――」

アガサは、その先をつづけた。「サイモンは国を愛しているわ。だからきっと、心を鬼にして国を選ぶでしょうね。そして、家族を見捨てた自分を生涯責めつづけるのよ」

「そのとおりだ」ジェームズは、しばらくアガサを見つめていた。「わかってくれてうれしいよ、アギー。この何週間かで、ずいぶんと大人になったんだな」

アガサは兄がくつろいでいるソファの前に立つと、スリッパを履いた足先を自分の下にたくしこむようにして腰をおろし、悲しげな目で兄を見つめた。「何年ものあいだに大人になったのよ、ジェイミー。お兄さまが知らなかっただけだわ。ちっとも帰ってこないんですもの」

ジェームズは何も言わなかった。言い訳などできない。手紙を書けば気持ちは伝わると思っていた。落ち着いたらすぐに会いにいこうと、いつも思っていた。次の任務が終わったらすぐに……。

しかし、仕事を愛していたというのが事実だ。ジェームズは危険や陰謀の中に身をおくことを愛していた。彼は破壊工作の名人だ。偉大なグリフィンはライオンのようにひっそりと動き、鷲《わし》のように正確に獲物をしとめる。彼を必要とする破壊活動は、あとを絶たなかった。

それに、ジェームズ自身も、そんな活動の機会を逃したくなかったのだ。

兄の心を読んだかのように、アガサは考え深げにかぶりを振った。「お兄さまがグリフィンだったなんて信じられないわ」

ジェームズは雰囲気を軽くしようとして言った。「なんだって？　このぼくがナポレオンの首に刃を突きつけるところが想像できないというのか？」

アガサは鼻をならした。「わたしの前で威張っても無駄よ、ジェームズ・カニングトン。冬にズボン下をはいている姿を見ているんですもの」

彼は拳をあげて、いかにも偉そうなポーズをとってみせた。「グリフィンはズボン下などはいていないぞ！　グリフィンはズボン下を必要とするような男ではないんだ！」

「ぶかぶかのズボン下をはいていたくせに。そうよ、ぶかぶかで灰色の洗いざらしのズボン下だったわ」アガサはしみじみと言った。「〈ヴォイス・オブ・ソサエティ〉も興味を持つんじゃないかしら」

「まったく、困ったやつだ。くすぐってやるぞ」

「子供じゃあるまいし、やめて」

ジェームズは、本気だということを示そうとするかのように身を起こした。その動きはあまりに弱々しかったが、アガサは飛びあがって両手で自分の身体を庇った。

「わかったわ！　はい、おっしゃるとおりです、偉大なるグリフィンさま」

たとえいっしゅんでも、アガサの瞳から悲しみの色が消えかけたのを見て、ジェームズはうれしかった。彼は妹の手を取ると、ふたたびクッションに身を沈めた。

「こうしてうちに帰ってこられてうれしいよ」

「ここはうちではないわ」

ジェームズは首を傾けてアガサにほほえんだ。「アップルビーにあるのは、ただの家と森だ。おまえがいるところが、ぼくのうちなんだ」

不意にアガサの笑顔がくずれて、瞳から涙が流れだした。ジェームズは妹を引きよせた。彼女は兄の顎の下に頭をおくようにして、上掛けの上に身を丸めた。

こんなに長くアガサをほうっておくべきではなかった。ぼくがもっといい兄でいたら、こんなことにはならなかったのだ。ひとりでロンドンに出てくることもなかっただろうし、汚されることもなかったはずだ。

「アギー、おまえの将来について話し合わなければならない。サイモンがモーティマー・アップルクイストではないということを知っている人間は、何人いるんだ？」

アガサは鼻をならし、肩をすくめた。「ひとりもいないわ」

「使用人たちも知らないのか？」それは、すばらしいニュースだった。

「知らないはずよ。ゆうべのことがあったから、ピアソンは何か気づいているかもしれないわね。でも、彼は何も言わないわ。他の人たちは、すっかり信じている。サイモンは、すごく上手に役を演じていたのよ。だって、わたしが――」彼女は口をつぐんだ。

ジェームズは不安げに彼女を見た。「どうした？」

怒りのせいでアガサの顔が赤くなった。「今、気づいたわ。彼に礼儀作法を教える必要なんてなかったのよ。そうでしょう？」

ジェームズは、もう少しで声をあげて笑うところだった。「サイモンに礼儀作法を？　ああ、そんなものは教える必要なかったな。彼はどこの舞踏室でも紳士でとおる――」

失言だった。彼の言葉を聞いて、アガサの怒りの炎が大きく燃えあがりはじめた。

「あの……あのろくでなし！」彼女はソファの上のクッションをつかんで、壁に投げつけた。

「彼の手を取って、フォークの使い方を教えたのよ！　ひどいわ！　信じられない……ろくでなし……嘘つき……私生児《バスタード》！」

ジェームズは目をしばたたいた。「彼はそのことをおまえに話したのか？」

「今度会ったら、殺してあげるわ！　二度と会うことはないけれど、それでも殺してあげるわ！」アガサは、またもクッションをつかんで壁に投げつけた。壁にかかった絵がゆれている。彼女はソファをにらみつけた。「クッションが、ひとつなくなっているわ」

それからアガサは、力が抜けたようにソファに腰をおろした。「わたしはモーティマーをつくりあげたのよ」彼女はつぶやいた。「だったら、消すこともできるはずだわ……」

「アギー、聞いてくれ。サイモンは自分が私生児だということをおまえに話したのか？」

「なんですって？　ええ、もちろんよ。お母さまのことも、路地で寝ていたことも、みんな聞いたわ」ジェームズのほうをむいた彼女の顔は青ざめていた。「それも嘘なの？」

「そうではない、アギー。それは、ほんとうのことだ」サイモンがアギーに母親のことを話した？　ジェームズでさえ、くわしいことは聞いていなかった。

その意味するところは、ただひとつ。

サイモンと知り合って何年も経つが、こんなことは初めてだった。

サイモンは恋におちたのだ。

16

アガサは、ほとんど一日じゅうジェームズと過ごし、夜になると早めに眠るよう兄にすすめた。今、彼女は自分の部屋の中を歩きまわっていた。ジェームズには疲れたから早く休むことにすると言ったにもかかわらず、ベッドに入る気にはまったくなれなかった。

怒りのせいで気が変になりそうだったが、そこから生まれる力にしがみつくしかないアガサは、サイモンの嘘をひとつひとつ思い出してさらに怒りをかきたてていた。

サイモンに無理やり結婚を迫ることはできない。別の理由で拒まれているなら、彼をその気にさせる方法も見つかるかもしれないが、国のためと言われたらおしまいだ。

彼を手に入れるためなら、どんなことでもするだろう。嘘もつくし、詐欺でも泥棒でもなんでもする。心がずたずたになってもいい。どうせ、もうひどく傷ついているのだから。

でも、サイモンはイギリスにとってたいせつな人間だ。そして、彼はこの国を心から愛している。

愛する祖国と比べられたら、勝てるはずがない。そこまで価値のある女がどこにいるだろう？

それに、一生、彼にとって二番目にたいせつな存在でいるのはいやだった。そこまで無欲にはなれない。

いつか、そんな状態がいやになるにきまっている。そして、その気持ちがどんどん大きくなって、愛が色あせていく。ついには、彼が書いた数字や方程式を目にすることさえいやになって——。

待って……それは数学者だったお父さまのことだわ。

サイモンもお父さまと同じなのだろうか？　ああ、わたしはとんでもない過ちを犯してしまった。わたしをまともに見てもくれない男を愛してしまったのだ。

そう思うと気が変になりそうだった。

でも、それが事実だ。わかってはいるけれど、同じ過ちを繰り返さない自信はなかった。大きな目的をはたし終えたサイモンに望まれたら、それがたとえ彼の抜け殻でも、アガサは喜んで命を捧げるにちがいない。

そして、また傷つくのだ。アガサは、サイモンを奪った国を恨んでいる自分を思って、自己嫌悪におちいった。

なぜ、ふつうの男を愛せなかったのだろう？　コリス・トレメインのような陽気で単純な誰かを愛せたらよかったのに。

コリスのことを思ったアガサは、エサリッジ邸に招かれていたことを思い出した。ほんとうならば、今ごろはモーティマーといっしょにエサリッジ邸を訪ねていたはずだった。

もちろん、この先モーティマーはどんな会にも出席しない。彼は死に、彼女が幸せに暮らすこともなくなった。

モーティマーは死んでしまった。

そうよ、もちろんだわ。

アガサは足早に書き物机の前にすすみ、抽斗から紙を一枚取りだした。いそいで書いてハリーにとどけさせれば、あしたの号に間に合うかもしれない。

それを読んだときのサイモンの顔が見られないことが、アガサは残念でしかたなかった。


翌朝、人の波に逆らって歩いているサイモンの心は、おだやかとは言いがたかった。アガサを思って眠れない夜を過ごした彼は、いつもより遅く家を出た。

歩道には人があふれ、通りは馬車や荷車でうめつくされている。ロンドンじゅうの人間が、朝の大移動をしているのだ。

サイモンは、前から歩いてきた男にぶつかられて低くうなった。

「悪かったね、旦那」その声には聞きおぼえがあった。

すばやく振りむいたサイモンの目に、人混みに消えていく猫背のフィーブルズの姿が映った。サイモンは歩調をゆるめることもせずに、何気なく上着の内ポケットに手をすべらせた。

彼の指が紙にふれた。家を出るときには、こんなものはポケットに入っていなかった。

サイモンは、ゴシックふうの装飾には目もとめずに、〈ライアーズクラブ〉の玄関を足早にとおりぬけた。

　クラブに足を踏みいれたとたん、気分が楽になった。ここでは、尊敬される長でいられる。煙突掃除で小銭をかせいでいる私生児でもなければ、レディを汚した生まれの卑しい男でもない。

　サイモンは、自分の心をかき乱すアガサを恨んでいた。それに、彼女は何年も前に忘れたはずの過去を彼に思い出させ、それをあらためて認めさせたのだ。彼はそうした過去を彼女の前にさらし、自分の最も卑しい部分を……。

　それでもアガサは彼を愛していると言ったのだ。

　サイモンは心の中から彼女を締めだした。ここにいる彼は、卑しい男ではありえない。魔術師だ。

　いくぶん自信を取りもどしたサイモンは、堂々たる足取りで厨房へとむかった。暖かで居心地のいい厨房には、すでに湯気がたちこめていた。

　サイモンは、部屋の真ん中におかれた傷だらけの大きなテーブルの前で足をとめると、その上で冷ましている焼きたてのロールパンをひとつつまんだ。カートが振りむいて文句を言ったが、パンは口の中に消えていた。

　彼はいつもどおり、カートに皮肉っぽい敬礼をして厨房をあとにすると、ジャッカムの執務室へとむかった。

　ジャッカムはまだ来ていないようだった。古傷が痛むらしく、近ごろでは起きるのも苦痛らしい。しかし、サイモンは気にしなかった。フィーブルズからの贈り物に目をとおして待てばいい。

彼はスプリングの飛びだした古いソファに腰をおろして、ポケットから紙を取りだした。今日の新聞だった。告知のページを表にしてたたんである。結婚や出産や死亡を告知するページだ。〈ライアーズクラブ〉が興味を持つような誰かのことが書かれているのだろうか？

サイモンは紙面に指をすべらせながら、そこに書かれた名前に目を走らせていった。そして、その名前を見つけた彼は、あんぐりと口を開いた。それから、あまりの怒りに歯を食いしばり、新聞を持った手をにぎりしめた。

それは死亡告知だった。

他でもない彼の死亡告知だ。

アガサはモーティマー・アップルクイストを殺してしまったのだ。

「あの人は、生きるに値しないろくでなしよ！」

「気持ちはわかる。しかし、アギー――」

ジェームズは両手で顔をこすった。これは、よくない兆しだ。彼が顔をこするのは、怒りを爆発させる直前だけだ。アガサは兄の攻撃にそなえて身がまえた。もう誰にも指図されたくはない。それが愛する兄であっても同じことだ。

ジェームズは大きく息を吸うと、アガサにほほえんだ。ふたりは彼の部屋の小さなテーブルに着いて朝食をとっていた。アガサは目をほそくし、卵をすくったフォークを兄に突きつけた。

「ジェイミー、そうやってわたしを思いどおりにしようとしても無駄よ。笑顔を見せても同じことだわ」

「このとんでもない告知を新聞にのせる前に、相談してほしかったと思っているだけだ。生きている人間の死を告知するのは、いくらなんでもまずい。それに……この死因はいったいどういうことだ？」

彼は手にした新聞に目をおとして、それを読みあげた。「『昨夜、ミスター・アップルクイストが死亡した。死因は窒息死。その悲劇的な出来事は、公表しかねる行為の最中に――』」

アガサは、フォークをいじっていた。たしかに少しやりすぎたかもしれない。でも、それを書いたときは、いい復讐になると思ったのだ。「わたしにあんな嘘をついたんですもの。窒息死がふさわしいわ！」

「しかし、アギー。こんな告知をしたら、おまえに注目が集まってしまうよ。今、詮索されるのはまずいんじゃないのか？　結婚などしていなかったことがばれてしまう。おまえは結婚もしていない男と、ひとつ屋根の下に暮らしていたんだ。それが知れたら、おまえの将来はない！」

「そんなことにはならないわ。わたしは未亡人になるのよ。これまでよりも自由になるわ」

「しかし、おまえが結婚していたことを証明できるものは何もないんだ」

「やめて、ジェイミー。お兄さまは知り合いの未亡人に、結婚証明書を見せろと迫ったことがあるの？　ないでしょう？　そうよ、人は聞いたことを信じるものだわ」

「ああ、誰もこんな嘘をつく人間がいるとは思っていないからね！　まったく、とんでもないことをしたものだ！」

「あら、道徳についてお説教するつもり、ミスター・スパイ？　お兄さまもサイモンと同じよ。嘘の中で生きているんだわ。自分は軍人だって言っていたわよね。トランクに大尉の軍服まで詰めこんでいたじゃない！」

「なぜトランクの中身を知っているんだ？」

「見たからにきまっているでしょう！　ジェイミー、どうしたらそんな間抜けな質問ができるの？」

彼は、その言葉に傷ついたようだった。アガサはなんとか気を静めた。「心配してくれるのはわかるわ。でも、だいじょうぶよ。わたしはアップルクイスト未亡人なの。未婚の娘だなんて誰も思わないわ」

「たとえ未亡人でも悪い噂がたたないように気をつけなければいけないんだよ、アギー」

「だったら、いっしょに住んでいるお兄さまがお目付役を務めてくれればいいじゃないの」

「そのことだが……ぼくがここにいることは秘密にしておくべきだ。逃げだしたぼくをさがしている人間がいるかもしれない。ここにいることがわかったら、おまえを危険にさらすことになる」

「まあ」そうなると、たしかに話はちがってくる。「でも、だいじょうぶよ。これから何日かは、お悔やみのお客さまが見えると思うけれど、たいした騒ぎにはならないはずよ」

しかし、実際は大騒ぎになった。正午を過ぎるとすぐに、目をうるませたレディの一団がキャリッジスクエアに押しよせてきた。

ジェイミーは午後のあいだじゅう二階の部屋から出られなくなってしまい、ピアソンは「お客さまにお出しするものをこしらえるのに大忙しで、料理番が泣きそうになっています」とアガサに耳打ちした。

アガサは「いくらかかってもかまわないから、臨時に手伝いの者をやとうように」とピアソンに答えた。はっきりとは言えないが、彼女はピアソンの瞳に称賛の色を見たような気がした。

アガサは客間にもどる心の準備をした。みんな、涙を浮かべながらも興味津々といった感じだった。彼女が部屋に足を踏みいれたとき、ほとんどのレディがお茶の盆のまわりに集まっていた。それでも、彼女たちのささやき声は聞こえた。

「公表しかねる行為の最中に窒息死ですって！　何か……ふつうではないことをなさっていたのかしら？」

「そうね、あの方は異国になじみが深かったでしょう。あちこち旅をしていらしたみたいだわ。もしかしたら、そのせいで変わった癖をお持ちだったのかもしれないわね」

あんなことは書かなければよかったと、アガサは心から悔やんでいた。あのときは仕返しができた気がしていたけれど、ジェームズの言うとおり、注目を集めてしまった。磨いていた拳銃が暴発したことにしてもよかったし、階段からおちたことにしてもよかったし、暴漢に襲われたことにしてもよかった。とにかく、もっと簡単に忘れてもらえるような死因を選ぶべきだった。

アガサは背筋をのばすと、忍び笑いをもらしているレディたちのほうに近づいていった。青白く顔を塗る必要も、目を赤くする必要もなかった。この二日、彼女は怒っては泣き、泣いてはまた怒って過ごしていた。

それどころか、アガサはわざと怒りをかきたてていた。怒りが消えたら、涙にくれるしかなくなってしまう。それもこれもサイモンのせいだ。でも、何よりも腹立たしいのは、少しも彼を憎めないという事実だ。

客の瞳は楽しそうに輝いていたが、アガサは彼女たちの気持ちをありがたく受け入れた。いずれにしても、彼を失って心を痛めていることはたしかなのだ。彼女はほんとうに気をおとしていた。

だからアガサは冷静さをたもって、なぐさめの言葉にうなずきつづけた。それとなく話を聞きだそうとするレディたちの態度は、たいして気にならなかった。

それどころか、アガサは彼女たちの想像力のゆたかさをおもしろがっていた。それにしても、サイモンになんてひどいことをしてしまったのだろう？

次にやってきた一団の中に、アガサがよく知っている若い女性がいた。ミセス・トラップの義理の妹で、未亡人のクララ・シンプソンだ。黒い服を着ているのはクララ自身も喪に服しているからで、アガサに対する彼女の気づかいは心からのものだった。

「みんなが早く帰ってくれればと、お思いなのでしょうね」クララは小さな声で言った。「夫を亡くしたときの気持ちはよくおぼえていますわ。でも、お客さまが帰ってしまうと、静けさがどうしようもないほど……耳ざわりになるの。そんな静けさに堪えられなくなったら、どうぞわたくしをお呼びになってね。わたくしは〝善人は早死にするものだ〞なんて言わないし、すぐに親戚の紳士を頼るべきだとも言いません」

アガサは感動すると同時に恥ずかしくなった。クララは、なんの詮索もせずに心から気づかってくれている。深い悲しみの中にいる彼女を前にして、自分の嘘がどうしようもなく安っぽいものに思えてきた。

ジェームズの言うとおり、こんなことはするべきではなかったのだ。

アガサはクララの瞳を見ることができなかった。開いた戸口のほうに顔をそむけた彼女の目に、玄関扉にむかうピアソンの姿が映った。ああ、またなの。もう、お客さまはたくさんだわ。

間もなく、客間の入口にピアソンがあらわれた。驚くほど青い顔をしている。

「お、奥さま。ミスター・アップ――」

仰天している執事の横を抜けて姿をあらわしたのは、サイモンだった。部屋の前に立った彼の顔には、かすかに笑みが浮かんでいる。

ミセス・トラップは悲鳴をあげて気絶した。叫び声をあげる者に、倒れたレディを扇であおぐ者……反応は、性格によって様々だった。

騒ぎに負けじと声を張りあげたピアソンは、もう口ごもってはいなかった。「ミスター・アップルクイストをお連れいたしました、奥さま」

「でも……でも彼は亡くなったのよ！」

アガサはクララの手をはなして立ちあがると、サイモンをにらみつけた。心臓が早鐘を打っている。怒りのせいだ。それだけだ。

「みなさん！　みなさん、どうぞ落ち着いてください！」アガサは両手をあげた。「主人の弟です。双子の弟ですわ」彼女は、ふたたびサイモンに鋭い目をむけた。「エセルバート・アップルクイストです」

レディたちは安堵のため息をついた。

大きく、いっせいに。

アガサはその芝居がかったやり方に天を仰ぎたくなったが、サイモンから目を逸らさなかった。何も言うなと警告しているのだ。

アガサは彼の唇がわずかに動くのを見た。エセルバート？

「ええ、エセルバートですわ」アガサは、もう一度はっきりと言った。「遠方への長旅に出る前に、顔を見せによってくださいましたの」

またもレディたちから、いっせいにため息がもれた。しかし、思慮深いクララ・シンプソンはため息などつかなかった。アガサはクララのことが好きになりはじめていた。別の状況で出逢いたかった。アガサはクララとして出逢いたかった。

クララのような女性が、嘘つきと友達になりたがるはずがない。

サイモンはひとりひとりにお辞儀をした。魅力的な彼を前にしたレディたちは、うれしそうに顔を輝かせている。

「アガサ、モーティマーにそっくりな紳士がもうひとりいらっしゃるなんてすばらしいわ」

アガサはうなりたいのを必死で我慢した。「いいえ、少しも似ていません。モーティマーのほうがずっとハンサムで魅力的でしたわ」

「あら……ええ、もちろんですわね」そのレディはそれだけ言うと、部屋のむこう側にいる友人たちのほうへ逃げていった。そこに腰かけているレディたちは、芝居を観ているかのようにうっとりとそのやりとりを眺めていた。ピアソンに切符を売らせたらどうだろうと、アガサは思った。

「モーティマーのほうが、ぼくよりもハンサムだったって？　傷つくな」

傷ついているのはわたしのほうだわ。

「様子をうかがいにきたの？」アガサは小さな声で吐きだすように訊いた。「今この瞬間に、ナポレオンがあなたの家の扉を叩いているかもしれなくてよ。あら、あなたにも家はあるのよね？」

サイモンはかすかに頭をさげた。「あるとも。立派な家が建ちならぶ地域にね」

「それはよかったわ。だったら、そこに帰って。今すぐに」

「いや、もう少しここにいるよ。きみと話す必要がある」

「いいえ、話す必要はないわ。あなたの口から出る言葉は、どうせ嘘ばかりなんですもの」

「すまなかった、アガサ。ぼくはただ――」

「仕事をしていただけなのよね。ああ、神さま、任務に忠実な殿方からわたくしをお護りください。はっきり言うわ。もうたくさんなの」

レディたちは、必死で耳をすませながら食い入るようにふたりを見つめている。もう帰ってほしかった。レディたちもサイモンも、みんな帰ってほしかった。

アガサはレディたちに引き取ってもらう口実を、サイモンを家から追いだす方法を、必死で考えた。

しかし、何も浮かばない。とにかく何もかもが、ひどく厄介に思えてきた。自分がついた嘘にがんじがらめになって、その重みに押しつぶされそうになっている。嘘がばれてしまったらと思うと、気が変になりそうだった。

不意にアガサは、自分が追いこまれてしまったことに気づいた。部屋が、そしてそこにいる人間が、彼女を取りかこんで迫ってくる。もう息をすることもできなかった。

17

アガサの顔色が変わったことに気づいたサイモンは、足を踏みだして温かな手で彼女の腕をつかんだ。

「義姉《あね》は疲れているようです。申し訳ありませんが、そろそろ……」

それを聞いたレディたちは、うっとりとサイモンを見つめながら、大騒ぎでふたりに別れを告げはじめた。クララ・シンプソンは、つかのまアガサの手をにぎって言った。「静かに過ごす相手がほしくなったら、わたくしを訪ねてくださいね、ミセス・アップルクイスト。使いをよこしてくだされば、わたくしがこちらにうかがってもいいわ」

アガサは必死でほほえもうとしたが、未亡人のふりをしている自分には笑顔など必要ないことを思い出した。ひとりひとりのやさしい言葉にうなずき返すだけでいいというのは、ありがたかった。そうして、ようやくレディたちは帰っていった。

ふたりきりになると、サイモンは彼女を厨房に連れていき、テーブルの前に坐らせた。顔を粉だらけにして働いていた料理番のセーラが、奥さまのお茶を煎《い》れに走った。厨房は暖かかった。それに、客たちの絶え間ない話し声を聞きつづけたあとでは、ほんとうに静かに感じられた。聞こえるのは火にかけた鍋がぐつぐついう音と、炉の火が燃える小さな音だけだ。「飲むんだ」サイモンは、熱いお茶の入ったカップを彼女のふるえる手に押しつけた。「ひどく疲れているようだ。眠っていないんだな」

　間近で彼のハンサムな顔を見ることに堪えられなかったアガサは、目を閉じてゆっくりとひとくちお茶を飲んだ。その熱さが舌を焦がしたが、胸苦しさがやわらいで楽に息ができるようになった。

　アガサはカップをおくと、組んだ腕の中に顔を伏せた。サイモンの顔を見られなかった。彼のほうに手をのばすことも、温かな力強い腕で抱きしめてほしいと言うことも、できなかった。

　彼はわたしを愛してはいなかった。彼はわたしを愛してはいなかった。

　わたしは彼を愛している。

　なぜ、こんなに弱々しくなってしまったのだろう？　小娘でもあるまいし、どうしたらここまで感傷的になれるのだろう？

「苛立たしいなどというものではないわ」彼女はテーブルにむかってつぶやいた。

「ぼくがもどってくるとは思っていなかったんだろうね」

「いいえ、もどってくると思っていたわ。わたしが苛立っているのは、そのせいではないの」アガサは磨きこまれたテーブルに軽く額を打ちつけた。しかし、サイモンを心の中から追いだすことはできなかった。

「もどってくると思っていたのか？」

「ええ。吸いついた蛭《ひる》は簡単には振りおとせないものよ」

「なるほど」その声はおだやかだったが、彼が傷ついたことはあきらかだった。そして、彼を傷つけたことで、アガサも傷ついた。

「ごめんなさい。いやな女ね。自分が、どんどんいやな女になっていくのがわかるわ」彼女は大きく息を吸うと身を起こし、それから目を開いた。

サイモンもひどい顔をしていた。よかった。わたしだけがつらい思いをしているなんて、不公平だもの。

「早々と黒い服を見つけたんだね」

「サイモン、わたしは二年も父の喪に服していたのよ。持っているのは、ほとんど黒いドレスばかりだわ」

「しかし、なぜモーティマーを公表できない行為の最中に死なせなくてはならなかったんだ？」

「とにかく……あなたに腹を立てていたの。いいえ、今も怒っているわ。でも、あのときあなたはここにいなかった。だからモーティマーに八つ当たりしたのよ」

サイモンは、しばらく彼女を見つめていた。「突飛すぎるとは思わなかったのかい？」

「サイモン、わたしは突飛なことを思いつく天才なの」アガサはうんざりした声で言った。

「知っているはずよ」

サイモンは、ほんのいっしゅん笑みを浮かべた。彼の笑顔がすぐに消えてしまわないことがあるのだろうか？

できるものなら、彼を笑わせることだけを考えて一生暮らしたかった。でも、そんなことは望めるはずもない。

「なぜここに？　ジェイミーが逃げだしていないかどうか見にきたの？　それならだいじょうぶよ、ジェイミーはここにいるわ。具合も、だいぶよくなっているようよ」

「そんなことは考えてもみなかった」

「そう。だったらなぜ――」

「きみに会いにきたんだ」

やめて。なぜ彼の言葉を聞いて、こんなに胸がどきどきするの？　アガサは目をほそくして彼を見た。

「また怒りたくなってきたわ」

「アガサ、ぼくたちは話し合う必要がある。ぼくがきみにしたことは――」

「い、い、い、い、いいえ。あなたがわたしにしたこと？　信じられないわ。あなたの服を脱がせたのは誰？　わたしよ。わたしの服を脱がせたのは誰？　それもわたしだわ！　自分がしたことくらい、きちんとわかっているわ！」アガサは彼をにらもうとしたが、視界がぼやけてきただけだった。

「その相手が別の誰かだと思っていただけ」

「ぼくもだ」

そのとおりだった。サイモンは彼女のことを、もっと不道徳な女だと思っていたのだ。愛人の金を湯水のように使い、素性の知れない男を家に連れこむ女……。アガサは、自分が彼の目にどう映っていたのかに初めて気がついた。

アガサがしたことも言ったことも、その印象を深めるようなことばかりだ。無意識のうちに嘘をついていたようなものだ。

「そうね。でも、ジェイミーのことを愛人だなんて言ったおぼえはないわ。兄妹だということは、あなたにもわかっていると思っていたのよ」

サイモンは彼女のカップからはねたお茶で、テーブルに絵を描いていた。「ああ。しかしその勘ちがいのせいで、ぼくはきみを汚してしまった」

「汚した？　忘れたの？　わたしは結婚していたことになっているのよ。そして、今は未亡人。わたしが処女だったら、次に親密になった方が不思議がるわ」

サイモンはすばやく頭を起こして、まっすぐに彼女を見た。青い瞳がこんなに熱く燃えるのを、アガサは見たことがなかった。

「次の男？」

なぜそんなに驚くの？　次の男なんて見つからないとでも思っているわけ？「わたしには熱心な求婚者がいるのよ」

「それは何者なんだ？」そんな言葉が彼の口から弾丸のように飛びだした。

アガサは椅子に坐ったまま、わずかに身を引いた。こんな彼を見たのは初めてだった。不意にサイモンが、スパイや刺客の一団を率いている人間らしく見えてきた。

アガサは質問に答えなかった。彼女は餌《えさ》をまき、彼がそれに食いついた。今アガサは、この大きな魚をほんとうに逃がしていいのかどうかわからなくなっていた。

「アガサ？」

彼女はため息をついた。「レジナルドよ」

「レジナルド？」

「レジナルド・ピースリー。アップルビーの隣人よ」

「あの鼻つまみ者のレジーのことか？」

サイモンが立ちあがった勢いでカップがゆれ、テーブルにお茶がこぼれた。

「馬鹿なことを！　そんなことは、ぼくが許さない」

アガサは彼を見あげた。「サイモン、あなたにわたしをとめることはできないわ。わたしは大人よ。そうしたいと思ったら、誰とでも結婚できるの」

引きつった彼の頬に暗い影が射すのを見て、アガサは痛みをおぼえた。サイモンは、まだわたしを自分のもののように思っている。わたしが誰と結婚しようと、彼には関係のないことだ。その相手が彼でないことは、ふたりともわかっている。

もう、こうしてサイモンといることすら苦痛でならなかった。

「なぜわたしがモーティマーを殺したか、聞きたい？　ええ、あなたを自由にしてあげるためよ。あなたがどういう人か、ジェイミーから聞かされたわ。たとえ望まれても、あなたとは結婚できない。だって、あなたはこの国にとってたいせつな人なんですもの。あなたから愛する国を奪うことはできないわ」

アガサは、ふたたび疲れをおぼえた。肩のあたりが重くなり、それが脳に伝わっていく。彼女はふらつく脚で立ちあがると、テーブルに立てた指先で身体をささえるようにして彼とむきあった。

「ご心配なく。わたしはレジーとは結婚しない。ジェイミーは、それを望むでしょうけれどね。ジェイミーは、わたしをアップルビーにおいておきたいにちがいないわ。たぶん何も……何も知らないのよ」

アガサは痛む頭を動かさないようにして、彼の横をとおりぬけた。そして、扉の前で振りむいた。「どうでもいいことだけれど、わたしは男友達に不自由しないわ。ええ、わたしがどれだけお金持ちか知ったら、大群になって押しよせてくるでしょうね。その中のひとりと結婚するわ」

「しかし、ジェームズが——」

「もちろん、アップルビーはジェームズのものよ。どうにでもすればいいわ。羊やリンゴの面倒をみて暮らすのは、もううんざり。アップルビーは子供時代を過ごすにはいい場所だけれど、わたしはもう子供ではない。ロンドンのほうが性に合っているわ」

アガサは、かすかにほほえんでみせた。「わたしも財産の半分を相続したの。たぶん二万ポンドくらいにふえているんじゃないかしら。だから、責任など感じてくださらなくてけっこうよ。あなたもモーティマーも、わたしにはもう必要ないわ」

ジェームズはベッドの中で身じろぎし、読んでいた本をおいた。この場所も今は快適に思えるが、逃げだしたくなるのは時間の問題だ。

午後も半ばになっているというのに、赤ん坊のようにベッドに寝かされている。少し前にやってきたアガサでさえ、子供にするように上掛けをなおしていった。

ジェームズは、からかうようなふりをして文句を言ってみた。しかし、アガサはそれに付き合える気分ではないようだった。カードをしないかと誘ってもみたが、頭が痛いといってことわられてしまった。

しかし、それについてはアガサを責められない。客の騒々しい話し声は、二階までとどいていた。尋ねても認めないだろうが、アガサは馬鹿な復讐を企てたことをきっと後悔している。

退屈していたジェームズの耳に、扉を叩く音が心地よくひびいた。彼は大喜びで「どうぞ」と答えた。

サイモンが訪ねてくるとは思ってもいなかった。

「だいぶ具合がよさそうじゃないか、ジェームズ」

「裏切り者にしては、と言いたいんだろう」

サイモンは片方の眉を吊りあげて、疑われてもしかたがない理由があるのだということを彼に思い出させた。

「頼むよ、サイモン。きみはぼくがどういう人間か知っているはずだ」

「信じたいのは山々だ。しかし、なぜ部下たちの正体がここまで敵に知られてしまったのか、その理由をつきとめる必要があるんだ」

罪の意識というナイフに胸を深くえぐられて、ジェームズは思わず目を逸らせた。「何人死んだ？」

「ジェームズ、きみのせいでは――」

しかし、ジェームズのせいだ。彼が注意を怠ったせいなのだ。愛人を訪ねるのに、彼は身を忍ばせることも、とおる道を変えることもしなかった。女に会いにいくときには、自分がスパイであることを忘れていいとでも思っていたのだろうか？

迂闊《うかつ》だった。女のことで頭がいっぱいになっていた彼は、つけられていることにも気づかなかった。ワインと悦びの余韻《よいん》に酔いしれていた彼は、暗闇からあらわれた敵と戦うこともできなかった。「何人死んだ？」

「レン・ポーターも入れれば五人だ。ポーターは頭に傷を負っている。目を開いたとしても、口をきくことはできないだろう。たとえ口がきけても、おそらく元の彼にはもどれない。頭を撃たれた復員兵と同じだよ」

「なんということだ。気の毒に」

「これまでも人は足りていなかった。しかし今は、スリがふたりに、ナイフ使いがひとりに、偵察員が四人に、屋根の上を歩きまわれる人間が三人。破壊工作員にいたっては、きみをのぞけばたったひとりだ」

「そして、ぼくは自宅監禁中」

「皮肉なことに、クラブはこれまでにないほどの利益をあげている。任務をささえる資金はあるのに、それを実行する人間がいないというのが現状だ」

「完璧だ。陸軍省に資金を出せとせがむ必要もないわけだ。使いきれないほど金があるとはな」

「ジャッカムのおかげだよ。彼は、金儲けが好きなんだ」

サイモンは、暖炉の脇におかれた椅子の肘掛けに腰かけた。「ぼくが仕事を始めたころとは大ちがいだ。ボスの下で働きだしたぼくが最初にのぞんだ任務は、いわゆる〝獲得〟というやつだった。その話はしたかな？」

「いや、聞いたことがない。しかし、冗談だろう！　泥棒でかせいだ金で、クラブを築いたというのか？」

「盗まれてとうぜんの悪人からしか盗まなかった。罪人やイカサマ師については、調べてあったんだ。まともに生きている人間の金はとらなかった。やましいところのある者は、訴え出たりはしないんだよ」

ジェームズは声をあげて笑ったが、すぐにまた真顔にもどった。「アギーのことを話にきたんじゃないのか？」

「それもある。しかし、きみの話を聞く必要がある。薬を飲まされて何を訊かれたか、できるだけ思い出してくれ。それに、逃げだしてきたときに気づいたことも話してほしい」

サイモンは立ちあがって暖炉の前にすすんだ。絨毯に目をおとしている彼がどんな表情を浮かべているのか、ジェームズにはわからなかった。

「そして、アギーのことだ」ジェームズはうながした。

「ああ、アガサのことだ」抑揚のない声でサイモンは言った。

「サイモン、きみは妹にひどいことをしてくれた」

振りむいたサイモンの顔は、怒りのせいで暗くくもっていた。「ぼくがそのことに気づいていないとでも思っているのか？」

「これまで、われわれは女を誘惑するような手は使わなかった。そんなやり方はあてにならないと言ったのは、きみだ。誘惑しようとして虜になってしまうことがよくあるのだと言っていた」

「そのとおりだ」

「だったら、どういうことなんだ？」

サイモンは悲しげに笑った。「今きみが言ったことが起こったんだ。ああ、誘惑しようとして虜になった」

ジェームズは驚かずにはいられなかった。こんなに簡単に白状するとは思ってもみなかった。「認めるのか？　アギーに惹かれていることを？」

「夢中だ」

「すばらしい！　アギーもきみに夢中だ」

「ジェームズ、彼女はぼくと結婚できないことを知っている。申し込む前にことわられたよ」

慎重に事を運ばなければいけないことは、ジェームズもわかっていた。「サイモン、きみが結婚しない理由については、納得できない。国のために人生をあきらめる必要はないはずだ」

「きみは、したければ結婚すればいい。他の連中もだ。それはおのおので決めることだ。ぼくは何年も前に結婚しないと決めたんだ」

「なぜだ？」

「ジェームズ、きみは友達だ。しかし、たとえ友達でも超えてはならない一線がある。それ以上は踏みこむな」

ジェームズは顔をしかめた。「きみは妹の人生に大きく踏みこんだ！　きみがなぜそんなことをしたのかは理解できる。だが、勘ちがいしないでくれ。ぼくは、それを喜んではいない」

「ああ、ぼくはたしかにアガサの人生に踏みこんでしまった。そんなことをしてもかまわない女だと思いこんでいたんだ。妻にすることなく——つまり危険な目にあわせる心配をせずに——付き合える女だと思っていたんだ。この仕事をしている人間の家族になれば、殺されることにもなりかねない」

ジェームズは怖じ気《おけ》をふるった。「だったら、ぼくの妹であるアギーは、すでに危険にさらされていることになる」

「もちろんだ。そんなことは初めからわかっていたはずだ。だから、ぼくにさえ彼女のことを話さなかったんじゃないのか？　だから、彼女を安全なアップルビーに住まわせておいたんじゃないのか？」

そのとおりだ。意識はしていなかったが、ジェームズはアガサのことを誰にも話していなかった。

「きみに話していたら、こんなことにはならなかった」

「たしかに。しかし、そんなことを言ってもきりがない。〈ライアーズクラブ〉に入らなければ……。あの任務に関わらなければ……。過ぎたことを言ってみても始まらないんだよ、ジェームズ」

「ああ。問題は、これからどうするかということだ」

「アガサには護衛が必要だ。きみは、まだそれができるような状態ではない。幸いぼくは、モーティマーの弟という隠れ蓑を授かった」

ジェームズは笑みを浮かべた。「聞いたよ、エ、セ、ル、バ、ー、ト」

サイモンは顔をしかめた。「まったく、きみの妹は手に負えないね」

「ああ、手に負えるものか」

「ここにもどってこようと思うんだ。いつまでいればいいのかはわからないがね」

「この家に？　アギーの評判はどうなるんだ？　たとえ未亡人でも、義理の弟とひとつ屋根の下で寝起きするのはまずい。彼女の歳では無理だ」

「別の男に結婚を申し込まれて、アガサがそれを受ける日まで、ぼくには彼女を護る義務がある。街のむこう側にいたのでは護れない」そう言ったサイモンの声は、仕事の話をしているかのように淡々としていた。

ジェームズは納得できなかった。そんなやり方は危険だ。「アギーをアップルビーに帰したほうがいいように思うが……」

炉棚に両手をついて立っているサイモンは、ためらっているようだった。「彼女は、そう思わないだろうね」彼はジェームズのほうを振りむいた。「うまく身をかくすよ。ぼくがここにいることが外に知られることはない。昼間は客の前に顔を出し、毎晩ここから帰っていく」

ジェームズは目をほそくした。「そのあと忍びこんでくるわけか？」

サイモンはほほえんだ。「そのとおりだ。ぼくたちふたりがここにいれば、アガサはロンドンじゅうの誰よりも安全だ。彼女が外出するときは、ぼくが付き添う。きみが回復したら、夜の番は交替してもいい」

ジェームズは腕組みをした。「日が暮れたら、ぼくはきみに目を光らせることにするよ。覚悟しておいてくれ」

「アガサと関係をつづける気はないよ、ジェームズ」サイモンはきっぱりと言った。

「わかっている。それでも、目を光らせておくにこしたことはない」

しばらくアギーと暮らしたあとで、〝関係をつづける気はない〟だって？　この目にくるいがなければ、アギーはいまだにサイモンを求めている。妹は、ほしいものをあきらめたりはしない。ジェームズは友人を見つめながら、警告するべきかどうか考えた。

やめておこう。もうどうでもいい。サイモンは勝手に苦しめばいいのだ。

18

翌朝、アガサは朝食室にひとり坐って、卵をつついていた。いつになく食欲がなかった。またひとつ、サイモンに怒りをむける理由ができてしまった。ここまで食欲を失ったのは彼のせいだ。ロンドンでいちばん腕のいい料理番がこしらえた料理なのに、少しも食べる気がしない。

アガサは料理番のセーラが傷つかないように、なんとかひとくち食べてみた。しかし、口に入れた卵は、朝食室に入ってきたサイモンの姿を見たとたん、砂に変わってしまった。朝の入浴をすませたばかりなのか、髪がぬれている。彼はしきりに上着の袖をなおしていた。

「おはよう、小鳩《こばと》ちゃん」

喉がからからに渇き、砂のように感じていた卵は呑みこむこともできないまま砂利のようになっていた。それでも、彼女はなんとかそれを呑みくだした。

「どういうことなの？」

「食事をつづけてくれ。卵が冷めてしまうよ、小鳩ちゃん」

「あなた、ここに泊まったの？」アガサは怒鳴ったつもりだったが、その声は怯えの色を含んださささやきにしか聞こえなかった。

「ああ、そうなんだ。もどってきたんだよ。裏の寝室は少しせまいが充分だ。それにバットンがジェームズとぼくの面倒をいっしょにみてくれるから、わざわざ側仕えをやとう必要もない」

サイモンはサイドボードにならんだ料理を皿に盛ると、彼女のむかいに腰をおろした。卵をひとくち食べた彼は喉をならした。その耳慣れた音を聞いて、アガサは痛みとともに我に返った。

彼女は乱暴に椅子を引き、ふたりのあいだの距離をひろげた。「ここで何をしようというの？」

「きみの護衛だ」

「わたしの？　わたしに護衛など必要ないわ」

「ジェームズを拉致《らち》した人間が、きみをねらっているかもしれない」

「馬鹿なことを言わないで。ジェームズ・カニングトンとアガサ・アップルクイストのあいだには、なんのつながりもないのよ」

「つながりがあることを、ぼくは知っている。だったら、連中も知っているかもしれない」

それは否定できない。アガサは、別のやり方をためすことにした。「護衛なんていらないわ。この家にいれば安全よ。それに、必要ならば自分で護衛をやとうわ」

「やとった人間が敵のまわしものだったらどうする？　今いる使用人は信用できる。しかし、新たにやとう人間は必ずしもきみに忠実だとはかぎらない」

アガサは思いつくまま怒りをぶつけた。「わたしの評判はどうなるの！」

「きみがそんなことを気にかけるとは思えないがね」

なんということ。彼はわたしを知りすぎているわ。

「しかし、それについては考えてある」彼は言った。「昼間は思いやりのある義理の弟の役を務め、夜になったら帰っていく。それからこっそりもどってくるよ。誰にも知られないようにね」

「ジェイミーが許さないわ！」

「ところが、小鳩ちゃん。ジェームズは、すでに了解ずみなんだ」

「どうして、そんな呼び方をするの？」

「小鳩ちゃん？　ああ、愛称は自分で考えるようにと言われたからね。気に入ってもらえたかな？」

「いいえ、気に入らないわ」アガサは、なんとか冷たい口調をたもって答えた。ここで彼の魅力に負けるわけにはいかないのだ。

サイモンは片方の眉を吊りあげた。「それは残念だな。きみに似合うと思ったんだがね」

「少しも似合わない。鳩なんてありふれているし、ちょっと気持ち悪いわ」

「ぼくは好きだがね。とてもかわいいじゃないか」

そんな言葉もアガサの怒りをとかすことはできなかった。彼女がそれを許さなかった。怒りがとけてしまったら、背筋をのばしていることもできなくなってしまう。

「愛称なんて問題外よ。あなたは、わたしを愛称で呼ぶような立場にはないわ」

サイモンは物憂げにのびをして、椅子の背にもたれた。「それじゃ、またゆっくり考えることにするよ。きっと、ぴったりな愛称が見つかるはずだ。〝カボチャちゃん〟というのはどうかな？」

これもアガサの笑みを誘うことはできなかった。「サイモン、ここに住むというなら――」

「なんだい？」

「お願いだから……」

「お願いだから？」

アガサはくじけて顔をそむけた。「お願いだから、それが苦痛な日々にならないように気をつけて」彼女は小さな声で言った。

サイモンは答えなかった。アガサは彼に眼差しをむけた。

彼の顔から、からかうような色は消えていた。その瞳に、彼女の苦悩が映っている。「すまなかった、アガサ。きみを苦しめるつもりはなかったんだ」

アガサは苦痛との闘いに敗れそうになっていたが、涙が出る寸前のところでジェームズが姿をあらわしてくれた。

「ああ、サイモン。今朝はきみより先にテーブルに着いて、アギーに説明しておこうと思っていたんだ」

アガサは、サイモンから視線をはなすことができてほっとした。「ジェイミー、ベッドから出てはいけないわ！」

「これ以上寝ていたら、退屈で頭が変になってしまうよ。下にいても、身体は休められる」

「それに、下にいたほうがセーラに甘いものをねだりやすい」サイモンは言った。

ジェームズは顔をしかめた。「どうやら話はすんだようだな」彼はアガサのほうをむいた。

「それでかまわないかい、アギー？」

「かまわないかどうかは、よくわからないわ」彼女は小さな声で答えた。「でも、わたしに選択の余地はないようね」

「できれば、ぼくには遠くにいてほしいと思っているんだろうね」サイモンは言った。「しかし、そういうわけにはいかないんだ。きみが客の前に出るときは、ぼくも同席する。そして、きみが外出するときは、ぼくもついていく」

「まあ、素敵。どうせなら、ひと思いにとどめを刺してほしいわ。なぜ、そんなふうにじわじわとわたしを苦しめるの？」

「きみを苦しめようとしているわけではないんだ、アガサ。ぼくにはきみを護る義務がある。わかってくれ」彼の声は、やさしくも冷たくも聞こえた。

もちろんわかっている。アガサはそれが腹立たしくてならなかった。アガサが彼を心から締めだせずにいるように、サイモンも彼女を心から締めだせずにいる。しかし、彼が彼女に感じてるのは、愛ではなく義務なのだ。

サイモンについてはずいぶん勘ちがいをしていたが、彼を高潔な人間だと信じたことはまちがいではなかった。サイモンはこんな状況の中で可能なかぎり、彼女をたいせつにしている。

もちろん国の安全に関わるような緊急事態が起きれば、彼はすぐさま飛びだしていくにちがいない。男は人生に大きな目的を持つと、感情的な結びつきなどどうでもよくなってしまうということを、アガサは何年も前に学んでいた。

最初のうちは、なんの心配もない。しかし、いつか男は、愛する人よりも重要な何かに出逢ってしまうのだ。アガサの経験からすると、そうなるまでに時間はかからない。

ピアソンが戸口にあらわれた。

「奥さま、紳士がおふたり、奥さまを訪ねてお見えです。お食事がすんだころにあらためてお越しいただくよう、申し上げましょうか?」

アガサは、テーブルをはなれる機会に飛びついた。「いいえ、ピアソン。今すぐ、お目にかかるわ。どなたなの?」

「コリス・トレメインさまと、その叔父さまのエサリッジ卿です」

「コリスですって?」

顔を輝かせて部屋を出ていった彼女を見て、サイモンは驚きをおぼえた。アガサの笑顔を見たのは、何日ぶりだろう? たぶん、あの夜以来だ。

彼女をあんなふうにほほえませることができるコリス・トレメインとは、いったいどういう人間なんだ？　若い男だと、彼女は言っていた。たしか入院患者のひとりだったはずだ。それに、いったいなぜエサリッジがここにやってきたんだ？

サイモンは挑戦を受けて立つかのようにナプキンをテーブルにおくと、立ちあがってアガサのあとを追った。

決然とした足取りで玄関広間にむかう彼の耳に、ジェームズの笑い声が聞こえてきた。紳士たちは客間で待っているようだった。サイモンは、アガサが扉の取っ手にふれる寸前に彼女に追いついた。部屋の中から客の話し声が聞こえてくる。

アガサは、話の邪魔をするのをためらっているかのように動きをとめた。サイモンは手をあげて、彼女に扉を開くのを待つよう合図した。アガサがすぐに手を引っこめるのを見て、サイモンは彼女がどんなに息の合うパートナーだったかを思い出した。

彼女がアガサ・カニングトンでさえなかったら……。

「コリス、きみはいつかわたしの財産を相続することになる。しかし、それ以外にきみが彼女に与えられるものは何もない。それに、なんといっても若すぎる」

「馬鹿なことを言わないでよ。彼女だって、二十歳を過ぎたばかりなんだ」

アガサはサイモンに身をよせ、耳元でささやいた。「わたしは、もう二十五よ。コリスのことが、ますます好きになったわ」

コリスのことが、ますます好きになった？　そんな言葉は何よりも聞きたくなかった。しかし、このあとサイモンは、もっと聞きたくない言葉を聞かされることになった。

「誰かが彼女と結婚したほうがいいというなら、わたしがする。わたしは大人だし、いい夫になれる。それに与えられるものもたくさん持っている」

「まあ、素敵」アガサは上機嫌でささやいた。「男友達が押しよせてくると言ったけれど、そのとおりになりそうね」

サイモンは彼女の満足げな声を聞いて静かにうなった。

コリスは声を荒らげて抗議した。「叔父さんは、ぼくが彼女に結婚を申し込むのを思いとどまらせようとしたじゃないか！」

「それは、ミスター・アップルクイストを埋葬して間もないときに、そんな話をするのはふさわしくないからだ」

「そんなことはわかっているよ。でも、未亡人になった彼女には家族がいないんだ。経済的にも苦しいかもしれないじゃないか。だから、そういう選択肢もあるということを彼女に知らせておきたいんだよ。ぼくの経験から言わせてもらうけど、女の人はそういう選択肢があると安心するんだよ」

「きみの豊富な経験から言っているわけか、コリス？　なるほど、それなら彼女にはもうひとつ別の選択肢がある。わたしと結婚するという選択肢がね」

「だけど、どうしてなんだ？　叔父さんは、彼女に一度しか会っていないじゃないか」

「彼女は、わたしにぴったりだ。浮わついた小娘には興味がない。大人でなくては困る。それに、彼女が気に入ったんだ。あんなにかしこい女性は滅多にいるものではない。コリス、きみだって彼女とわたしの結婚を望んでもいいはずだ。なんといっても、わたしの跡継ぎが生まれれば、きみは好きな音楽をあきらめずにすむんだからね」

「その跡継ぎに同情するね。まったく横暴すぎるよ」

サイモンは、またもうなり声をあげそうになった。「聞いたかい？　悲しみに沈む姫君にどちらが手を差しのべるか、言い争っているんだ」

アガサは大袈裟にため息をついてみせた。「今度は姫君？　なんて素敵なのかしら。昔からそう呼ばれてみたかったのよ」

「それはよかった」サイモンは吐きだすように言った。「だったら、これからは〝姫君〟と呼ぼう。〝カボチャちゃん〟よりもおぼえやすくていい」

アガサは目をほそくして彼をにらんだ。「信じられないわ」

「何が信じられないんだい、姫君？」

彼女は目を閉じて、かぶりを振った。「あなたをあやつろうとしていたことが信じられないの。なんて愚かだったのかしら」

サイモンは彼女に視線をむけた。「とんでもない、きみは――」

不意に目の前の扉が開いて、エサリッジ卿が姿をあらわした。

「ミセス・A！」彼は片方の眉を吊りあげて言った。

コリスが駆けよってアガサの手を取るのを見て、サイモンの中に緊張が走った。彼がアガサを抱きしめるのではないかと思ったのだ。しかし、コリスは彼女をソファにみちびいて坐らせる以上のことはしなかった。サイモンは天を仰いだ。まるで彼女がソファの場所を知らないみたいじゃないか！

残念ながら、アガサはコリスの気づかいに魅せられているようだった。「コリス、会いにきてくださったのね。具合はどう？」

「よくはならないよ。でも、ミセス・A、そんなことはどうでもいいんだ。ぼくは、きみのほうが心配だ。ほんとうは、すぐにでも飛んできたかったんだ」

エサリッジ卿が謝罪のしるしにうなずいた。「わたしがコリスを家から出さなかったんですよ、ミセス・アップルクイスト。医者から、もう二、三日、安静にしているようにと言われていたのです。その指示にしたがうべきだと思いましてね」

「もちろんですわ。コリス、ほんとうにしようがない患者さんだこと」彼女が若者にやさしい笑みをむけるのを見て、サイモンはうなりそうになった。

「わかっているよ」コリスは悪びれもせずにほほえんでいる。サイモンは彼に好感を持たずにいられなかった。彼ならアガサをたいせつにするだろう。しかし、尻に敷かれるのは目に見えている。彼女のほうが、ずっと上手《うわて》だ。

エサリッジ卿がアガサの手を取ってお辞儀をした。「お悔やみを申し上げます」彼は身を起こすと、サイモンに探るような眼差しをむけた。「ミスター・アップルクイストのご親族ですか？」

「まあ、ごめんなさい。エサリッジ卿、コリス、亡き夫の弟をご紹介いたしますわ。エセルバート・アップルクイストです」アガサは罪の意識をおぼえながら言った。

サイモンは元々その名前が大きらいだったが、エサリッジ卿の忌々しい瞳が好奇の色に輝くのを見て、もっときらいになった。

エサリッジ卿は、アガサの相手として申し分なさそうに見える。金持ちだし、称号を持っているし、彼女が何を言ってもびくともしなそうだ。彼なら、生涯きちんとアガサの面倒をみてくれるだろう。

しかし、サイモンは彼に対して、これまで感じたこともないほどの嫌悪感をおぼえていた。ほどなく客がいとまを告げるのを聞いて、サイモンは胸をなでおろした。アガサは、コリスの告白をうまくかわし、エサリッジ卿の淡々とした求婚の言葉に丁寧《ていねい》に礼を述べ、将来のことを考えられるようになるまでには少し時間がかかりそうだと、ふたりに話した。

アガサの瞳には本物の悲しみの色が浮かんでいる。それを目の当たりにして、サイモンの中に罪の意識が波のように押しよせてきた。だから誰とも感情的なつながりは持ちたくなかったのだ。持てば必ず相手を傷つけることになる。

エサリッジ卿はもう一度サイモンに探るような目をむけ、コリスと連れだって帰っていった。

「なぜ、はっきりことわらなかったんだ?」客間にもどるとサイモンは言った。

「なぜ、ことわらなくてはいけないの?」

「ああ、やめてくれ。きみは一週間と経たないうちに、あの若者を傷つけることになる。わかっているはずだ」

「でも、エサリッジ卿のほうは傷つけないわ」

サイモンは、あんぐりと口を開いた。「本気で言っているのか？　彼はだめだ！」

「なぜ？」アガサは苦悩の色に瞳を輝かせて、挑むように彼を見た。サイモンの目に、彼女はいつも以上に美しく映った。

アガサはまっすぐに顔をあげた。「わたしは彼が好きなの。最初は無愛想な人だと思ったわ。でも、ほんとうはおもしろい人なんじゃないかと思うの。たぶん、わたしが必要としているのは、ああいう紳士なのよ。いずれにしても、彼はスパイのグリフィンではないわ」

エサリッジ卿はサイモンとはちがうと言っているのだ。国だけに忠誠をつくす男ではないと言っているのだ。もちろんそのとおりだ。しかし、彼女が別の男のものになると思うと、サイモンはたまらなかった。

「だったら、あの男は何者なんだ？　なぜ、メイウェルの書斎にいたんだ？」

「きっと理由があるのよ」

「どんな理由だ？」

「あら、あなただって理由があってあそこにいたんでしょう。ああ、そうね、わたしがそう思っていただけね」

ぎこちない沈黙が流れた。いつも最後はこうなってしまう。

「アガサ、ぼくはけっして――」

彼女は手をあげた。「やめて。わかっているの。ごめんなさい。あなたがすることには、どんなことにも立派な理由がある。任務なのよ」

サイモンは彼女に近づくと、指の背でその頬をなでた。「そうとはかぎらない。任務とは関係なしにすることもある」

サイモンはそれだけ言うと、彼女の睫でふるえている涙がこぼれる前に踵を返し、臆病な自分を罵りながら部屋を出た。

そのあとは、ひっきりなしに客が訪ねてきた。クララが来てくれたのはうれしかったが、いっしょにやってきたミセス・トラップと娘たちにはうんざりだった。

ミセス・トラップは、モーティマーの死についてくわしく聞きだそうとした。そして、それに失敗すると大好きな噂話を始めた。

彼女がどんなにしゃべろうと、質問攻めにあわされるよりずっといい。サイモンは十分もすると部屋から逃げだしていったが、これもアガサにはありがたかった。

それに、ミセス・トラップがしゃべってくれればくれるほど、アガサは口を開かずにすむ。時折うなずいたり驚きの声をあげたりしていれば、それで午後は過ぎていく。しかし、間もなく彼女は妙な気分になってきた。

地獄だ。レディたちでいっぱいの客間が、不意に地獄のように思えてきた。嘘をついた罰に、一生嘘をつきつづけなければならない。地獄で暮らすも同然だ。

病院の患者や看護人たちから贈られた花の香りさえ、甘い罪の香りのようにしか感じられなくなってきた。

耳慣れた名前を聞いて、アガサははっとした。自分が考えていることがあまりに馬鹿ばかしく思えて笑いだしそうになったが、そうなる前に思いきって訊いてみた。

「ミセス・トラップ、レディ・ウィンチェルとは長いお付き合いなのですか？」

「いいえ、そんなに長いお付き合いではありませんよ。あの方が病院の委員会にくわわるようになったのは、あなたがいらしたのと同じころですからね。もちろん、噂は何年も前から耳にしておりましたわ。おわかりでしょう？　わたくしの耳に入らないことはほとんどありませんからね」

ミセス・トラップは、ソファに深く坐りなおした。今から、とびきりの情報が披露されるにちがいない。

「街にいらして間もないあなたはご存じないでしょうけれど、ラヴィニア・ウィンチェルは……」

ミセス・トラップは身を乗りだすと、話を聞かれていないことをたしかめるかのように左右に視線を走らせた。アガサは必死で笑いをこらえた。客間をうめつくしているレディ全員が、口をつぐんで耳をすませているのだ。

「フランス人なんですよ」

アガサはミセス・トラップを見つめた。「でも、フランスの方は大勢いらっしゃいますわ、ミセス・トラップ。革命後の恐怖政治時代に、多くのフランス人がイギリスにわたってきましたもの」

「もちろんですよ。でもね、あの雰囲気を見ればおわかりでしょう。立派なイギリス人は、あんな格好をする必要はないんですよ」

イギリス人女性はみんな野暮ったくて牛のようだとでも言いたげな口ぶりだった。だが実際には、気のきいたレディたちはフランス人を真似て着飾り、それらしく優雅にふるまっている。

もちろん、がっしりとした顔を見ても、大きな表情のない目を見ても、トラップ家の娘たちは牛のようだ。今もゆっくりとまばたきをしながらアガサを見つめ、顎を左右に動かしてお菓子を食べている。

またも笑いがこみあげてくるのを感じて、アガサは慌てて気を逸らした。

「お嬢さま方は、とても……素敵ですわ、ミセス・トラップ。もう、お相手はお決まりなのですか？」

ミセス・トラップは誇らしげに答えた。「ええ、ミセス・アップルクイスト。申し込みはずいぶんありますのよ。でも、もう一年様子を見ようと、主人と話しておりますの。生まれる子供たちのためにも、最良の紳士を選ばせていただかなくてはね」

そのあとミセス・トラップは恐怖に顔を引きつらせて、すまなそうにアガサを見た。「まあ、ごめんなさい。あなたには、もうお子さまを持つ望みがないということを忘れておりましたわ」

心臓に氷の槍《やり》を刺されたような衝撃が走った。こおりつくほどの冷たさが身体じゅうにひろがっていく。自分の子供。

ミセス・トラップは、この戦争のせいで、結婚市場が不活発になっているという事実についてしゃべりつづけていたが、アガサはもう聞いていなかった。

そのとおりだ。アガサには、もう子供を持つ望みがないのだ。彼女には、自分がけっして結婚しないことがわかっていた。

アガサが心を捧げた男は、彼女を妻に迎えようとはしなかった。迎えられない立場にあるのだからしかたがない。

サファイア色の瞳と黒い髪を持つ息子は望めない。ピンク色の花びらの山に笑いながら飛びこむ娘も望めない。

アガサは、しゃべりつづけるミセス・トラップから目を逸らした。痛みがどんどんひろがっていく。視線をさまよわせた彼女は、クララの落ち着いた眼差しの中に、自分を救ってくれるはずの天国を見つけた。

「ベアトリス・トラップは、なんて愚かなんでしょう」クララは小さな声で言った。「でも、悪気はありませんのよ」

「わかっています」アガサは言った。胸が締めつけられて鼓動まで変になってきた。「ただ、そんなことは考えてもいなかったものですから——」

アガサは口をつぐんで、かぶりを振った。

クララは両方の手でアガサの手を包みこんだ。「望みが完全に消えたわけではないでしょう？　可能性はありますわ。ミスター・アップルクイストが、あなたの中に赤ちゃんを遺《のこ》してくださっているかもしれなくてよ」

その可能性はある。そんなことは、あの奇跡の夜の前にもあとにも、怒りと苦しみのただ中にも、考えてもみなかった。

望みはある。

それに、機会をつくることもできる。

任務がサイモンを完全にわたしから奪い去ってしまう前に、望みを現実に変えることができるかもしれない。

そう思うと、胸苦しさがいくぶんやわらいだ。愛される望みも結婚の望みも、任務という燃えさかる炎の中に投じてしまった。でも、母親になる望みまで捨てる必要はないはずだ。

でも、可能性は大きくない。その子供が亡き夫の忘れ形見として祝福されるのは、数週間のうちに身籠《みご》もった場合にかぎられる。

子供を連れてアップルビーに帰るという手もある。そうすれば、誰にも事実を知られることはない。サイモンにさえわからない。村人には、夫が戦地に赴く前にいそいで結婚したと話せばいい。めずらしい話ではない。ジェイミーが口裏を合わせてくれれば——もちろん合わせてくれるだろうが——疑う者は誰もいないだろう。

新たな力がわいてきて、アガサは顔をあげた。

クララは満足げに彼女を見つめた。「しばらくは、その望みにすがって生きることですわ。力がわいてくるでしょう」それから彼女はうしろにさがり、少しだけ大きな声で言った。「まあ、ミセス・アップルクイスト、お顔の色がよくないわ。みなさん、お悔やみはもう充分申し上げましたわ。そろそろ失礼いたしましょう」

レディたちは籠から鳥がはなたれるように、部屋から出ていった。悲しみの仮面を脱ぎ捨てて、別の場所で噂話のつづきができることを喜んでいるようだった。アガサは、最後に残ったクララに思わず手を差しだした。

「ありがとう。あなたはご自分で思っている以上に、わたくしの力になってくださっているわ」

うれしそうに顔を輝かせたクララを見て、アガサはいたたまれない気分になった。嘘などつかなければよかった。彼女は吐き気がするほど後悔していた。

それでも、アガサはもう一度だけ芝居をするつもりだった。もう一度、サイモンを誘惑するのだ。

19

二階では、サイモンがジェームズからできるかぎり話を聞きだそうとしていた。彼はジェームズに最初から最後まで、そして最後から最初まで、繰り返し話をさせた。

そんなやり方には慣れているはずのジェームズだったが、そろそろ堪えがたくなっていた。暖炉の脇に坐っているサイモンの目にも、顔色が悪くなりだしたジェームズが枕に沈みこんでいくのがわかった。

「知るもんか、サイモン！　誰の名前を口にしたかなど、おぼえていない。いや、誰かの名前を口にしたかどうかさえ、おぼえていないんだ！」

「考えるんだ、ジェームズ！　どこまで敵に知られているのかわかるまでは、誰も任務に送りだせない」

扉を叩く音につづいて、アガサがお茶の盆を持って部屋に入ってきた。「お客さまは、お帰りになったわ。ふたりとも、少しお腹が空いてきたころじゃないかと思って」

アガサはジェームズにまっすぐ目をむけている。サイモンは、彼女が自分のほうを見ようとしないことに気づいていた。妙だった。ふたりのあいだの緊張は、すでにやわらいでいたはずだ。

「アギー、せっかくだが食べる時間はなさそうだ。サイモン殿下がお許しくだされば別だがね」

「嫌味を言うのはおよしなさい、ジェイミー。聞き苦しいわ」アガサはジェームズの膝の上に盆をのせた。

カップがふたつ用意されているのを見て、サイモンはうれしくなった。料理番のセーラがつくった菓子もふたり分ある。アガサが彼にひもじい思いをさせたがっていないことを知って、彼はほっとしていた。

アガサがお茶をつぐと、ジェームズはカップを手に取った。「アギー、しばらく別の話題で頭を休めたいんだ。アップルビーの話を聞かせてくれないか」

「そうね、今年の羊の出産はかなりうまくいったわ。生まれた羊は市場でとても高く売れたのよ。毛刈りはいつもどおり。刈った羊毛は、ちょうど梱包《こんぽう》されているころだわ」彼女はジェームズのとなりにくつろいで坐り、片方の膝のうえで両手を組んでいた。「果樹園は霜《しも》に少しやられてしまったけれど、リンゴの収穫にはさほど影響ないでしょう――」

ジェームズは笑みを浮かべて、彼女の腕を指でつついた。「まるでモットに代わって、自分でアップルビーを切り盛りしているような口ぶりじゃないか」

アガサは不思議そうに兄を見つめた。「ミスター・モットはお父さまが亡くなる前の年に亡くなったわ。お父さまから聞いていなかったの？」

ジェームズは混乱してかぶりを振った。「いや、聞いていない。だったら、誰がアップルビーを切り盛りしているんだ？」

アガサは眉間《みけん》にしわをよせた。「何を言っているの？　わたしにきまっているでしょう。報告はいつもしていたはずよ」

ジェームズは青ざめていた。「単にニュースを知らせてくれているのだと思っていた。おまえが領主の役を演じているとは、思ってもみなかった」

「役を演じている？」アガサは冷たい声でそう言うと、立ちあがった。「役を演じているですって？　わたしは四年ちかくも、アップルビーの一切を取り仕切ってきたのよ」

サイモンは緊張した。やめろ、ジェームズ。それだけは言うな。

しかし、ジェームズは言ってしまった。「ああ、なんということだ。まだ、何か残っているのか？」

アガサは怯んだ。彼女がひどく傷ついたことが、サイモンにはわかった。

「新しく植えた木が育てば、お兄さまの果樹園は以前の三倍になるわ。羊の数も毎年二倍ちかくふえている。コテージもきちんと修繕してあるし、屋敷もそのままの状態をたもっている。ええ、喜んでもらえると思うわ」

アガサは背筋をのばして部屋から出ていった。サイモンは、妹のうしろ姿を見つめているジェームズにむかってかぶりを振った。

「最悪だな」

ジェームズは小さく口笛を吹いた。「以前の三倍だって？　ランカシャーでいちばんのリンゴ生産者になれそうだな」

「彼女は傷ついていたぞ」

「アギーが？　さあ、どうかな？」ジェームズは肩をすくめた。「傷ついたとしても、すぐに立ちなおるさ。アギーは人を恨まない質《たち》でね」彼が菓子を口にほうりこんだそのとき、アガサが扉を開いてベッドの脇にやってきた。

「栄養たっぷりのスープで体力をつけなくてはいけないわ。残してはだめよ」彼女は盆の上に大きな椀をおくと、堂々たる足取りで部屋を出ていった。

「何につけても切りまわしたがるんだ」気にかけるふうもなく、ジェームズは言った。

サイモンは、〈ライアーズクラブ〉がアガサにどんな犠牲を強いていたかに、このとき初めて気がついた。ふたりが出逢うずっと前から、サイモンは彼女を苦しめていたのだ。頼れる人間がひとりもいない場所での暮らしは、どんなにつらかっただろう？　サイモンは、不意にこみあげてきた怒りをジェームズにぶつけた。「アガサをアップルビーに残してくるべきではなかったんだ。何もかも彼女に背負わせて、どういうつもりなんだ？　ほんの子供だったアガサを、よくひとりにしておけたな」

ジェームズは驚いて口の中のものを飲みこんだ。「アギーは立派にやってきた」

「ダンスを楽しんだり、パーティに出かけたり、若い男とたわむれたりしていてとうぜんの年頃だ。アガサが頼れる人間を必要としているときに、いったいきみはどこにいたんだ？」

「ライアーとして働いていた！」

「責任を負うべきものも面倒な関わりも自分にはないと、聞いていた」

「そのとおりだと思っていたんだ」

「そのほうが自分に都合がいいから、そう思っていたんじゃないのか」サイモンは冷たい口調で言った。「今でさえ、きみはアガサをペットのようにあつかっている。彼女は一家の財産を護り、それをそっくりきみにわたそうとしているのにな。きみには、それを受け取る権利などないんだ」

ジェームズは盆を脇におくと、目をほそくしてサイモンをにらんだ。「権利がない？　妹を汚しておいて、よくそんなことが言えるな。アギーの将来はだいなしになってしまったんだぞ」

その言葉はサイモンを打ちのめした。彼は怯み、動揺して顔をそむけた。「ぼくが結婚できないことは、わかっているはずだ」彼はつぶやくような声で言った。

ジェームズはまっすぐに彼を見た。「いや、結婚できないことはない。しないことを選んだんだ」

サイモンの顎がひきつった。「何も知らずに、わかったようなことを言うな」

「だったら教えてくれ」

たちまち古い痛みがよみがえってきた。サイモンは、暖炉の前を休みなく行ったり来たりしはじめた。「母のことは、話していない」

「ああ。結婚せずにきみを産んだということ以外は聞いていない」

「母はコヴェントガーデンで身体を売っていた。小銭で買える娼婦だったんだ」サイモンは淡々と語りだした。「ぼくがボスの元で働きだしてすぐ、初めて密使の任務を授かったときのことだ。マルタでの軍の動きを記した密書を受け取って、味方のもとに運ぶという仕事だった。自信はあった。受けわたし場所が敵に知られているなどとは、思ってもみなかった。だから、振り返ってみようともしなかった」

「誰でも初めての任務に就くときは、自分が不死身であるような気になるものだ」ジェームズは静かに言った。

「しかし、任務が終わったとたんに、母親に自慢しにいこうとする人間はいないだろう？」

サイモンは、ジェームズの顔に恐怖がよぎるのを見た。「ああ、サイモン、まさか」

「ところが、ぼくは母親に自慢しにいったんだ。密書はうまく味方の手にわたした。うますぎたくらいだ。敵のスパイは、ぼくがまだ密書を持っていると思ったようだ。つまり、ぼくは母のもとに連中を案内してしまったんだ。つけられているとは思わなかった。しかし、この話にはまだ先がある」

サイモンは、やっと聞きとれるくらいの小さな声でつづけた。「母のところに、うっかり鞄《かばん》を忘れてしまった。母にやる金をかぞえるのに気をとられていたんだ。母をあんな暮らしから救ってやれると思って、いい気になっていた――」

「連中は、彼女が何かを持っていると思ったわけか？　ああ、なんということだ、サイモン」

サイモンは息を吸った。「数ブロック歩いて、すぐに鞄を忘れたことに気がついた。駆けもどったが遅すぎた。連中に殴られて、母は血だらけのこわれた人形のようになっていた。間もなく息をひきとったよ。その短いあいだに、ぼくは自分が何をしでかしたかを思い知った。母はこの腕の中で死んだ」彼はさらに声をおとしてささやいた。「ぼくが殺したんだ」

ジェームズは、すぐには何も言えなかった。サイモンは暖炉の脇の椅子に身を沈めて、両方の手で顔をおおった。そして、気持ちが落ち着くと、目を開いて足下の絨毯を見つめた。

絨毯の上でアガサと愛をかわしたときの記憶がよみがえってきた。なんて愚かだったのだろう。サイモンは、この絨毯を自分の部屋に敷きたかった。これまでの人生の中で、唯一のすばらしい思い出をそばにおいておきたかった。

「しかし、サイモン……きみは、もう十六歳の若造ではない。プロだ。魔術師なんだ」

サイモンは椅子に深く坐って、その背に頭をあずけた。「ジェームズ、魔術師の妻を手に入れるために敵は何をすると思う？　ぼくのそばにいれば、危険にさらされることになる。きみだって、アガサを死なせたくはないだろう？」

ジェームズは顎を突きだしてサイモンをにらんだ。「もちろん、アギーには生きていてほしい。人にうしろ指をさされることのない人生を歩んでほしい」

「アガサの嘘が暴かれることはないさ。きみでさえ、彼女は結婚したものと思ったくらいだ。うしろ指をさされるようなことにはならないはずだ」

「このまま運が味方してくれることを祈るばかりだ」

「ほんとうだな」サイモンは立ちあがった。「きみは、だいぶ回復したようだ。それに家の外はフィーブルズが見張っている。外の用をすませてくるよ。そして、あすの朝はクラブにもどらなければならない。そのあいだに、レンの様子も見てこよう」

サイモンは、むっつりとスープをかきまわしているジェームズを残して、部屋をあとにした。謎の求婚者の正体を見極める必要がある。


エサリッジ卿の屋敷は、かなり大きく、かなり美しかった。サイモンは空き家になっている隣家の屋根の上から、その屋敷を眺めていた。裏も表同様に手入れが行きとどいている。屋敷を出入りしている使用人たちは、こき使われているようでもないし、人目を忍んでいるふうでもなさそうだ。

報告書を見るかぎり、ダルトン・モンモランシーはただの金持ちではない。完璧な紳士だ。財産は賭け元の懐ではなく銀行にあずけられているし、学歴もコネと金を使って得たものではなく、実際に学んで手に入れたものだ。貴族院議員としての務めを熱心にはたす彼は先見の明がある自由主義者で、不幸な人間を思いやることも忘れない。

彼に仕える使用人たちは、驚くほど口が堅いということだ。ダルトン・モンモランシーが客を招くことは滅多になく、家族はこしゃくなコリスをのぞけばひとりもいない。身に着ける服や装身具は高級品だが、上品で控え目なものばかり。

愛人は持たず、特に信心深いわけでもなく、罪人でも聖人でもない。

とにかく、ダルトン・モンモランシーは完璧な紳士だ。しかし、ここまでの完璧さは、邪悪な正体をかくす隠れ蓑でしかありえないというのが、サイモンの考えだった。こんなに公明正大で洗練されていて汚れのない人間など、いるはずがない。

もちろん、サイモンがエサリッジ卿を探りにきたのは、〈ライアーズクラブ〉のためだ。こういう男には注意しなくてはいけない。なんといっても、彼は素人とは思えないやり方でメイウェルの書斎に忍びこみ、痕跡《こんせき》も残さずに立ち去っていったのだ。

エサリッジ卿がアガサに興味を示しているという事実は、今夜の探索とは関係ない。しかし、もちろんアガサが彼の申し出に心を動かされているとなれば話は別だ。

そのことを思うと怒りがこみあげてきたが、サイモンは必死でそれを抑えこんだ。今夜、彼はエサリッジ卿の正体を暴くつもりでいた。アガサがよからぬ男と関わりを持つようなことは、二度とあってはならないのだ。

サイモンは爪先に体重を移すと、空き家とエサリッジ邸のあいだに張った綱をわたる準備をした。このあたりに建ちならぶ屋敷は田舎の荘園くらいの大きさがあり、屋敷と屋敷のあいだにはもう一軒、家が建つほどの距離がある。

あたりは夜の静けさに包まれ、窓の灯りも消えていた。

ぴんと張られた二本の綱は、この暗さでは絶対に見えない。サイモンは、ひっかけ釘を使って事前に綱を張っておいたのだ。

そういう作業に最も適してるのは、使用人たちが屋根裏の自室に引き取る前の時間、つまり黄昏《たそがれ》時だ。

そのころなら、霧が立ちのぼっているし、薄闇が動きをかくしてくれる。

しかし、屋根から屋根へわたるのは真夜中がいい。サイモンは綱わたりが大好きだった。やわらかな靴底に綱が食いこむ感触さえたまらない。特別につくらせたゴム引きの靴が屋根のスレート材を音もなくとらえ、ピックに応えて鍵が小さくカチッとなる。早くそれが聞きたくてたまらなかった。

サイモンは二本の綱のあいだをわたりはじめた。下側の綱に足をのせ、上に張った綱に手をかける。彼の動きはすばやかった。黒い服を着て暗闇の中を動く姿が人に見られる心配はないし、たとえ誰かの目にとまっても、その人物があらためて見なおしたときには、サイモンの姿は消えている。

サイモンは音もなく屋根の上を歩いて屋敷のむこう側にすすむと、石壁をすべりおりて、二階の窓の下にのびる横桟に足をかけた。ありがたいことに、外観の美しさを考えて、たいていの人間は自分の家にこうした出っ張りをつくる。

もちろん窓には鍵がかかっていた。フィーブルズの報告にも、エサリッジ卿が愚かであることを示すような記載はなかった。金目のものをおいている屋敷の例にもれず、この屋敷の鍵も頑丈だ。

さいわい、サイモンはまだ髭《ひげ》も生えていないころに、こうした鍵の開け方をおぼえていた。

一分とかからずに部屋に忍びこんだ彼は、静けさの中で感覚を研ぎすました。

エサリッジ邸のような大きな屋敷のほうが、アガサの小さな家よりも仕事がしやすい。書斎をくまなく探る音が、他の部屋にいる者の耳にとどく可能性が低いのだ。

あたりは暗く、低く立ちこめる霧のせいで街の灯りも部屋にはとどいてこなかった。

これでは何も見えない。ロウソクをつける必要がある。サイモンは暖炉にわずかでも火が残っていることを祈った。火打ち石を使って火を熾すのは時間がかかりすぎる。

サイモンはポケットからロウソクを取りだそうとして、動きをとめた。

部屋の中に誰かがいる。何も聞こえないし、本とインクと革の匂い以外、なんの匂いもしない。

それでも、サイモンにはわかっていた。この部屋にいるのは、ぼくだけではない。

サイモンが窓にむかって一歩あとずさったそのとき、何かが擦れる音とともに、灯りの中に男の姿が照らしだされた。

「ミスター・アップルクイスト。ようこそ我が家へ。ああ、〝ミスター・レイン〟と呼ぶべきかな？」

サイモンのことをよく知らずにいたなら、彼はわざと家にもどらずに彼女をじらしているのだと思ったにちがいない。アガサは彼を誘惑しようとして待ちかまえていた。それなのに、彼はまだ帰ってこない。

またただ。

男の人は、これだからいやになる！　どうしていつもタイミングが合わないのだろう？

アガサは自分の番にもかかわらず、カードを投げだしてテーブルをはなれた。

「ああ、アギー。おまえが勝つところだったのに……」ジェームズは呑気な口調で言った。

「何を苛立っているんだ？」

「彼が、まだ帰ってきていないのよ。遅すぎるわ」

「ああ、しかし子供ではないからな。どんなに物騒な世の中でも、サイモンは自分の身を護る術を持っている。そして、無事にもどってきたら、またあすの朝も出かけるだろう」

アガサは応えなかった。自分がないがしろにされているようで、不愉快でたまらない。兄とふざけあうような気分には、とうていなれなかった。

今夜、彼女はほんとうに不道徳な女になろうとしていた。ジェームズをさがすためにしたことなど、これからしようとしていることに比べればなんでもない。

アガサはサイモンをだまして、こっそり身籠もろうとしているのだ。

それを正当化しようとは思わなかった。そんなことは、する気にもなれない。サイモンを誘惑するのは、誰かのためでもなければ、立派な理由があってのことでもない。自分のためだ。

事実を知ったら、サイモンは彼女を憎むだろう。ジェームズは秘密を守ってくれるだろうが、そのせいでサイモンとの関係にひびが入るにちがいない。アガサには、その責任を負う覚悟があった。

彼女は子供を連れてアップルビーにもどるつもりだった。羊の毛刈りをしたりリンゴ酒をつくったりして過ごす田舎の暮らしも、自分が犯した罪の償いだと思えばなんでもない。髪が羊毛脂《ラノリン》でべとべとになっても、靴がリンゴの皮だらけになっても、子供がいれば堪えられる。

でも今、彼が帰ってきてくれなければ何も始まらないのだ。


サイモンはどっしりとしたベルベット張りの椅子に坐って、上等のブランデーが入ったクリスタル製のグラスをゆっくりとゆらしていた。雨に身体がぬれているわけでもなく、部屋は暖かい。別の状況だったら、この上ないほどの心地よさを感じていたにちがいない。

しかし、銃口をむけられているとなれば、話は別だ。

一方、ダルトン・モンモランシーは心からくつろいでいるようだった。大きなマホガニー製の机に足をのせ、左手の指でぶらさげるようにグラスを持っている。

そんな彼の右手には、輝きをはなつ拳銃がにぎられていた。頭を傾けてブランデーの最後のひと口を飲んでいてさえ、銃口のむきは少しもゆらいでいない。

ダルトンがグラスを乱暴に机におくのを見て、サイモンは怯んだ。しかし、今、彼が案じるべきなのは、高価なクリスタルよりも自分の身だ。

サイモンは、エサリッジ邸にあるものの市価を見積らずにはいられなかった。ダルトンに比べたら、ジェームズでさえただの羊飼いだ。これだけの大金をどうやってかせぎだしているのだろう？　国を裏切って敵のために働けば、かなりの金が入ることはまちがいない。

「飲み干してくれ。それから話を始めようじゃないか」ダルトンは拳銃を振り動かして、サイモンをうながした。

サイモンは肩をすくめてグラスをあけたが、最後のひとくちを呑みこんでしまうのが惜しくて、いっしゅんためらった。たとえ殺すにしても、この男ならしゃれたやり方で殺してくれそうだ。

ダルトンは片方の眉を吊りあげた。「飲みおわったかな？　それでは、きみが真夜中に窓からわたしの書斎に忍びこんだわけを聞かせてもらおうか」

「昼間に忍びこむのは、あまりに愚かだ。そうは思わないか？」

「真夜中に忍びこむのも愚かだ、ミスター・レイン」

「レイン？　誰のことだ？」

「きみのことだ。モーティマー・アップルクイストと名乗ることもあれば、エセルバート・アップルクイストと紹介されることもある。しかし、〈ライアーズクラブ〉と呼ばれる小さなクラブの持ち主である、サイモン・モンタギュー・レインズのことも忘れてはならない」

面には出さなかったが、簡単に正体を見やぶられてしまったことに、サイモンはひどく驚いていた。彼の知るかぎり、ダルトンに会ったのは今朝が初めてだ。なぜ彼は、こんなにも早く真実にたどりつくことができたのだろう？

「なぜ、〈ライアーズクラブ〉を知っている？」

「〈ライアーズクラブ〉については、すべて知っている。王太子殿下のために働く人間に目を光らせ、不適任者をどう処理するか、首相とともに決めるのが、わたしの仕事だ」

サイモンは大きく口を開いた。「〝コブラ〟か？」

今度はダルトンが驚く番だった。「さすがだな、サイモン。きみが洞察力のある人間だと知ってうれしいよ。しかし、なぜわかった？　他の三人については、わたしでさえまだ知らされていない」

サイモンはかぶりを振った。「〈ロイヤル4〉については徹底的に調べてある。ああ、何年も前から調べている。それぞれの食べ物や飲み物の好みもわかっているし、誰が寝言を言うかも知っている。昨年、スペンサー・パーシヴァルが暗殺されてリヴァプール卿が首相になったとき、新たなメンバーが選ばれたと聞いている」

「その情報は正しくないな。わたしは、パーシヴァルが最期の息を引き取ったときには、この任に就いていた」

これも人手不足のせいだ。「ぼくの思いちがいだ。〈ライアーズクラブ〉の人間は、みな優秀だ」

「どうかな？　わたしは、その名が示すとおりの者――つまり、ただの嘘つきでしかないのではないかと思っているんだ。リヴァプール卿は、きみに前任者同様の自由を与えていいものかどうか迷っている。言うまでもなく、首相の許可なしには、〈ライアーズクラブ〉の存続はありえない。きみは情報もれの捜査に何カ月もかかっている。そのあいだに、何人もの部下を失った。そして、ついに問題の男が、きみが寝泊まりしている家の扉を叩いた」ダルトンは目をほそくした。「その上、きみは報告を怠ったまま、その男を自宅監禁している」

サイモンはうなずいた。「それで拳銃を突きつけているわけか。ぼくが敵に寝返ったと思っているわけだ」

「わたしは誰も信じない。強いて言えば、リヴァプール卿は別だがね。ああ、他の三人のことも信じない。きみにしても、為すべき仕事をかたづけるために、今ここにいるのかもしれない」

サイモンは笑みを浮かべた。「なんだって？　偉大なるエサリッジ卿が、仲間のひとりに暗殺されることを恐れていると？　嘘だと言ってくれ」

「まちがった人間が力を持つと、とんでもないことになる。わたしは国王と王太子殿下に忠誠を誓っている。わたしがこうして働いているのは、イギリスのためであって私腹を肥やすためではない。理解できない人間も大勢いるようだがね」

「どうやら、ぼくたちは同じ側の人間らしい」サイモンは両手をひろげた。「しかし、これはどういうことだ？」

「ほとんどは先祖から受け継いだものだが、投資でふえた分も多少ある」ダルトンは肩をすくめた。「財産のことで疑われるのは慣れているんだ。めずらしいことではないからね」

「それにしても、きみはめずらしいマッチを持っている」

ダルトンは小さな木の箱をかかげて、かすかにほほえんだ。「ああ、ひじょうにめずらしい。友人がつくったものだ。彼は、黄燐《おうりん》マッチと呼んでいるようだ。頭の部分を何かに擦りつけるだけで、簡単に火がつく」

サイモンは、喉から手が出るほどそのマッチがほしかった。これがあったら、どんなに仕事が楽になるだろう！　「ぜひとも、それが必要だ。どこで手に入る？」

「まだ出まわってはいないだろうな」

「ぼくとライアーたちのために、つくらせてくれ」サイモンは、はっきりと言った。

ダルトンは手の中の小さな箱を見つめながら、片方の眉を吊りあげた。「いいだろう。これは、たしかにきみたちの役に立つ」彼が箱を投げると、サイモンは夢中で受け取ってポケットに入れた。

「感謝する」

「どうということはないさ」

この男にとっては、どうということもないにちがいない。サイモンの中を怒りが駆け抜けた。「なるほど、きみは力を持つ金持ちの愛国者で、誰が見ても結婚相手にふさわしい男ということになる」なんて不快な男なんだ！　「それで、きみはアガサ・アップルクイストと結婚するつもりなのか？」

「正しく言うなら、アガサ・カニングトンだ」

「ああ、そのとおりだ。もちろん、彼女の家族については知っているのだろう。今回の情報もれの原因となった男の妹を結婚相手に選ぶとは、驚きだ」

「わたしが調べたかぎりでは、ミス・カニングトンは今度のことに関与していない」

「もちろんだ。アガサには、行動的すぎるという欠点があるだけだ。彼女は姿を消した兄を自分の手でさがそうとしていた」

「なぜ、やめさせなかった？　どうしたら、彼女にそんな危険な真似をさせられるんだ？」

サイモンは顔をくもらせただけで何も答えなかった。アガサと結婚しようという男に、答えてやる必要はない。一週間もすれば、サイモンがそうだったように、このもったいぶった男も驚いてまごつくことになるだろう。

「それよりもサイモン、邪魔者を殺しに来たのでないなら、何をしにここに来た？」

「きみがスパイなのではないかと思って、探りにきたんだ。きみは、ずいぶんと変わった暮らし方をしている。まるで世捨て人だ。それに、よく旅にも出ている。あやしいなどというものではない」サイモンは椅子に深く坐って、腹の上で手を組み合わせた。「スパイだったのではないのか？　単独で働く工作員だったにちがいない」

ダルトンの顔が怒りのせいで赤くなった。「馬鹿なことを！」彼は吐きだすように言った。「わたしがよく旅に出るのは、船会社に関わりを持っているからだ！　それに、社交の場が苦手でね。愚かな者たちも、退屈な話も、大きらいだ――」

サイモンの顔に笑みが浮かんでいるのを見た彼は、口をつぐんで顔をしかめた。机に拳銃をおくやり方は、グラスをおくときよりも慎重だった。

「サイモン、わたしがどれほどきみをうらやんでいるか、わからないだろうな。リヴァプール卿に仕えるようになって以来、現場の仕事が恋しくてたまらない。今では、政治と王室がらみの企てに頭を悩ますばかりだ」

「ぼくには、とても堪えられそうにないな」サイモンは、しみじみと言った。「それで、メイウェルの書斎に忍びこんだのか？　現場の仕事が恋しくて？」

「なんということだ。リヴァプール卿の言うとおり、きみは優秀だ。なぜ、わたしがメイウェルの書斎にいたことを知っている？」

「となりの部屋にいたからだ」サイモンは忍び笑いをもらした。「アガサといっしょにね」

ダルトンは驚いて背筋をのばした。「彼女が、人の書斎に忍びこむような真似をするのか？」

「あんなすばらしいパートナーには出逢ったことがない。アガサは創造力にとむ嘘つきで、生まれながらの大胆さを持っている。みごとに裏をかかれたよ。しばらくは、彼女のことをプロではないかと疑っていたくらいだ」

ダルトンは感心したように唇をすぼめた。「あのかわいらしい容姿の中に、そうしたものすべてが包みかくされているわけか」彼はサイモンに探るような眼差しをむけた。「きみはミス・カニングトンにとって、どういう存在なんだ？」

ぼくは彼女にとって悪夢の中の悪夢だ。サイモンは目を逸らせて答えた。「友人だ」それから、彼はダルトンを鋭い目でにらんで警告した。「彼女が傷つくのを見たら、だまっててはいない」

ダルトンはうなずいた。「友人ね。きみは、付添人もない彼女と、何週間も同じ家で暮らしていた。その上、彼女はひじょうに男心をそそる」

サイモンは弾丸なみのすばやさで部屋を横切って机のむこうにまわると、ダルトンの首をつかんで、吐きだすように言った。「今度、彼女を侮辱するようなことを言ったら、その汚らわしい舌を抜いてやる」

ダルトンはうなずき、降参のしるしに両手をあげた。サイモンが手をはなすと、ダルトンは静かに首をさすった。

「わたしの質問に行動で答えてくれたな。あのレディに対する、きみのほんとうの気持ちが知りたかったんだ。今のひと幕でよくわかったよ」

「ぼくをあやつってくれたわけだ」サイモンはつぶやいた。

「われわれはみな、そういうことをしているのではないのかな？」

おもしろくはなかったが、それは事実だった。

20

　時計が九時を告げると、ひとりで朝食をすませたアガサの皿を召使いがさげていった。ゆうべ、アガサは遅くまで寝つけなかった。そのせいで今朝は目覚めるのが遅くなり、彼女が朝食室におりてきたときには、サイモンはすでに出かけたあとだった。それでも、相手がほしいというだけの理由で、休んでいるジェームズを起こすわけにはいかない。それで、彼女はひとりさみしく朝食をすませたのだ。

「奥さま、今日はお客さまに何をお出しいたしましょうか？」ピアソンが彼女の前に立って訊いた。

　憂鬱などというものではない。また客の相手をして一日過ごさなければならないのだ。いっしゅん仮病を使うことも考えた。

「いつもどおりでいいわ、ピアソン。みなさん、あのお菓子がお気に入りのようですもの」彼女はため息をついた。「もしかしたら、食欲をそそらないものをお出ししたほうがいいのかもしれないわね。チョコレートをかけたカタツムリなんてどうかしら？」

「それについて、わたくしの意見をお求めでございますか？」

「ああ、いいのよ、ピアソン。その声を聞けば、あなたがどう思っているかはわかるわ」

「はい、奥さま」

アガサは目を閉じた。「ピアソン、今日はお客さまをおことわりしてもらえるかしら？　ひと息つく必要がありそうだわ」

「はい、奥さま。そうできますよう、神にお伝えいたします」

アガサはすばやく顔をあげたが、ピアソンは立ち去ったあとだった。今のは冗談だったのだろうか？　でも、ピアソンが冗談を？

「信じられないわ。この世も終わりかも……」彼女はつぶやいた。

「そいつは残念だな。きみを誘ってアイスを食べに出かけようと思ったのに」サイモンが春の風をまとって、ぶらぶらと朝食室に入ってきた。

その瞬間、今日という日が、光と喜びに満ちあふれた明るい一日に思えてきた。アガサは愚かしいほど彼に会いたくてたまらなかったのだ。計画を実行に移すべきだということはわかっていたが、今は愛する男と同じ部屋にいられることに、ただ満足していた。

アガサは戸惑い気味にほほえんだ。「出かけるのは無理だわ」

「ぼくの意見を聞きたいかい？　今日はいい天気だ。太陽は輝いているし、空は真っ青だ。いいから出かけよう」

アガサの顔に本物の笑みがひろがった。「アイスを食べにいくのね？」

サイモンはテーブルに軽く腰かけた。「そうだよ。アイスを食べにいくんだ」

アガサは跳ねるように立ちあがった。「二分でしたくをするわ」彼女は部屋を出たあと、戸口から顔を突きだして言った。「わたしがどんなにラズベリーが好きか、話したことはあったかしら？」


ラズベリー味のアイスを食べたいと思ったことなど、一度もなかった。しかし今、サイモンはそれをひと舐めしたくてうずうずしていた。

とけたピンク色のアイスが、アガサの顎を伝って胸におちそうになっている。

もしおちたら慎重にかまえるのをやめ、今の地位も捨てる覚悟で、それを舐めとってやろうとサイモンは心に決めていた。そして、それはおちた。

ピンク色のシロップに汚れたアガサのゆたかな胸を見て、サイモンはテーブルの端を強くつかんだ。ズボンが張りつめ、息が荒くなっていく。

ありがたいことに、彼が動く前にアガサがハンカチで何気なく胸を拭ってくれた。そのあいだも、彼女の注意がアイスから逸れることはなかった。

築きあげた地位がハンカチのひと振りにかかっているというのは、恐ろしい話だ。このままではまずい。なんとかする必要がある。

しかし、考えるのはあとまわしだ。

今はピンク色のアイスを舐めるアガサを前に、行儀よく振る舞いつづけることに全神経を傾けなければならない。彼女の舌が山盛りのアイスの上をさまよい、ラズベリー色に染まった唇の中に消えていく。

サイモンは神に助けを求めた。このままでは死んでしまうかもしれない。とつぜんアガサが重いヴェールを押しやるのを見て、彼は他からはなれたテーブルに坐っていることに感謝した。この場所なら、ズボンの前が盛りあがっていることを誰にも知られずにすみそうだ。

「何を考えているのかしら？　なんだか変な顔をしているわ」

サイモンは、はっとして我に返った。アガサは忌々しいハンカチで優雅に唇を拭いながら、残りのアイスを平らげた。

「ほとんど手をつけていないのね」

彼女が指さした先に目をむけると、レモン味のアイスが皿の上でとけていた。アイスを注文したことも忘れていた。アイスなど大きらいだ。

ただし、ラズベリー味のアイスは例外だ。サイモンは、ラズベリー味のアイスが大好きになる可能性について考えた。

「アガサ、ちょっと席を外してもかまわないかな？」彼は答も待たずに、駆けだしそうな勢いで店を飛びだしていった。

アガサは椅子の背にもたれた。正直に認めよう。そのとおり、わたしは今、彼の目を意識してあんなふうにアイスを食べたのだ。

そんなことは、やめようかとも思った。ここへ来る馬車の中でも楽しいときを過ごしたし、ふたりでいると以前と同じようにほんとうにくつろげた。

今、計画を実行するのはまちがっているような気がした。誰のふりもせず、誰を欺くこともせずにいるこの瞬間を、存分に楽しみたかった。でも、時間にかぎりがある。すぐにでも彼の子供を授かる必要があるのだ。

とにかく、いくらかは彼をその気にさせることに成功した。サイモンはふざけることも、大声で笑うこともしなかったが、まちがいなくわたしを意識している。

サイモンは、しばらくもどってこなかった。そのあいだ、アガサはとけたレモンのアイスを見つめて過ごした。残念ながら、最近お尻のあたりがかなりふっくらしてきている。アイスの皿は、このままさげてもらったほうがよさそうだ。

アガサが不安になりかけたころ、サイモンがもどってきた。彼は涼しげな笑みを浮かべて席に着いた。

「だいじょうぶ？」

「もちろんだよ」涼しげな笑みはそのままだったが、目は笑っていなかった。「すべて順調だ」

アガサはその笑顔が気に入らなかった。彼女は、無関心をよそおう彼に挑むように、肘をついて身を乗りだした。行儀など、もうどうでもいい。計画をすすめるのだ。

アガサは片方の手をのばして、彼の上着の袖をなでた。「あなたにはブルーが似合うと、ずっと思っていたの。瞳の色が引き立つのよ」

サイモンは礼儀正しくうなずいただけだったが、喉のあたりが大きく動いたのをアガサは見逃さなかった。悪くないわ。彼女は、さらに身を乗りだして声をひそめた。

「サイモン？　わたしがいちばん好きなのは、どんなときのあなたか知ってる？」

彼女のささやきを聞き逃すまいと身を乗りだしたサイモンは、涼しげな笑みを浮かべたまま、礼儀正しく先をうながした。

アガサは彼の袖口に指をすべりこませて、手首をそっとなでた。「いちばん好きなのは……わたしと身体を合わせているときのあなたよ」彼女はささやいた。

サイモンは叩かれたかのように飛びあがった。もう無関心をよそおうのは無理だ。歯を食いしばった彼の顎は硬くなり、瞳は暗く輝いている。

「すぐにやめるんだ」彼はうなった。

「なぜ？　あの夜に起きたことを話し合いたいわ」

「アガサ――」

「とりすます必要なんかないのよ、サイモン。もう一度、ああいうことをしたいと思っているなら、そう言ってほしいわ」

「ぼくは――」

「あなたの動機は不純だった。それは事実よ。でも、今はよくわかるの。もっと大きな理由が――」

「アガサ！」

その鋭い声に客が振りむいた。彼が怒っていることはあきらかだった。サイモンはアガサの手をつかむと出口にむかい、通りへと彼女を引きずっていった。

彼は、馬車を前にすすめるよう、片方の手でハリーに合図した。

「サイモン――」

「家にもどるんだ、アガサ。夕食の席で会おう」

サイモンは、すばやく彼女を馬車の中に押しこむと、奥さまを家に送りとどけるようハリーに命じた。動きだした馬車の窓から顔を突きだしたアガサの目に、通りを歩き去っていくサイモンの姿が映った。

あんなに大胆に迫ったのに、彼は何も感じていないようだった。がっかりだ。てっきり彼は――。

サイモンが足をとめて、通りの脇におかれたゴミ箱に手をつくのが見えた。

アガサはほほえみ、馬車の座席にゆったりと坐りなおした。サイモンは何も感じていないわけではないらしい。


アガサは、決然と化粧着の紐を結んだ。家の中は暗く静まり返っている。使用人の中にはまだ起きている者もいるだろうが、呼ばないかぎり、彼らが家のこちら側にやってくることはありえない。

夕食の席にサイモンは姿をあらわさなかった。ジェームズも疲れているということで、アガサは自分の部屋で食事をすませた。

そして今、ついに計画を実行に移すときが来た。きっとうまくいくにちがいない。

未来の子供のために闘うのだ。何ものにも、邪魔をさせるつもりはなかった。良心も、気おくれも、サイモンに拒絶されるかもしれないという恐怖も、きっぱりと無視してみせる。

とにかく時間がないのだ。未亡人が夫の死後九カ月以上経って赤ん坊を産んだら、誰も夫の子供だとは思わない。子供はほしいけれど、その子が私生児と呼ばれるようなことは絶対に避けなければならないと、アガサは考えていた。

サイモンがこの計画を認めないことは、訊かなくてもわかっている。彼は、私生児としてつらい少年時代を過ごしてきた。だから、子供に同じ荷を背負わせるようなことをしたら、彼はアガサを赦さないだろう。この計画を知られたら、永遠に彼を失うことになる。

でも、すでに失っている。そうでしょう？

アガサは、しばらく扉に額をあずけたまま、その取っ手をにぎりしめていた。サイモンと暮らしたい――それが正直な気持ちだった。

一日じゅう彼を見て、彼と話し、彼とむかいあって食事をする。そんな暮らしができたら、どんなにいいだろう。アガサはあまりのつらさに、天を仰いで叫びだしたくなっていた。

彼女の寝室は、すでにかなりの被害を受けている。悲しみが極限に達して怒りに変わると、アガサはまわりにあるものに八つ当たりした。

枕が部屋のむこうに投げだされていても、花瓶が割れていても、ネリーは何も言わなかった。それでも、ナイトテーブルにおかれている花瓶が、緑色のうわぐすりを塗った安物に変わっていることに、アガサは気づいていた。

何をしても気がおさまらない。

でも、今夜はそんなことはしない。無駄に涙を流すことも、子供のように怒りをぶつけることも、しない。今夜はサイモンの腕の中で過ごすのだ。

手のふるえがおさまって呼吸がととのうと、アガサは顔をあげて扉を開いた。

サイモンの寝室の扉は叩かなかった。そうする代わりに堂々と部屋に入り、本を手にベッドに坐っているサイモンの前にすすんだ。この部屋は暖炉の前に椅子をおけないほどせまかったが、その分、他よりも暖かい。

彼の暗い瞳には、なんの表情もあらわれていなかった。サイモンはゆっくりと本を閉じると、枕から背をはなしてまっすぐに坐りなおした。

「アガサ、ここにいてはいけない」

「いいえ、わたしはここにいるわ」その吐息まじりのふるえた声が、別の誰かの声のようにひびいた。

「出ていってくれ」

声を出す自信がなかったアガサは、首を振りながら化粧着の紐に手をかけた。素肌をさらせば、彼の気持ちもゆらぐかもしれない。

サイモンはすばやくベッドから立ちあがって彼女の前に立つと、紐をほどけないように両手をつかんだ。アガサは目を閉じて、彼の香りを吸いこんだ。シナモンと、温かで魅力的な男の匂いがする。

　身体からはなたれる熱が感じられるほど、彼が近くにいる。アガサは彼に抱かれたくてたまらなくなっていた。彼が身に着けているのは、シャツとズボンだけ。開いた襟のむこうで彼の肌が脈打っている。それを目にした彼女は、そこに口づけたいという圧倒的なまでの衝動をおぼえた。

「ここにいさせて」

　ああ、いやだ。まるで、ベッドに入るのをいやがって駄々をこねている子供のようだ。アガサは誇りを捨てて顔をあげ、彼の美しい瞳を見つめた。

「お願い、追いださないで。あなたが恋しいの」アガサは感情を抑えて言った。今度は完璧だった。「あなたにふれたいの」

　彼女を見つめるサイモンの身体がふるえ、瞳の色がさらに暗くなった。アガサは力のゆるんだ彼の手から自分の手を引き抜くと、彼の顔に指を走らせた。頬骨を、そして顎を、輪郭にそってゆっくりとなでていく。

　生まれてくる息子が、彼にそっくりであることを祈らずにはいられなかった。毎日、小さなサイモンを見て暮らせたら、どんなにいいだろう。

　アガサの胸は、彼への思いで張り裂けそうになっていた。彼女はその言葉を口にせずにはいられなかった。

「愛しているわ」

それがまちがいだった。アガサは言った瞬間、気がついた。我慢できなくなったサイモンは、彼女に唇をよせはじめていた。それなのに、その言葉を聞いたとたん、嚙みつかれたかのように顔をあげてしまったのだ。

「出ていってくれ、アガサ」彼は険しい口調で言った。「きみは、ここにいるべきではない」サイモンはすばやく動いてアガサの背後の扉を開くと、彼女を廊下に押しだした。

扉は勢いよく閉められたわけではない。そっと閉められた。それでも、アガサは扉に心臓をはさまれたような気になっていた。

迂闊だった。

次のときは、扉の近くに立たないようにしよう。

サイモンは扉によりかかり、締めつけをほぐそうとするかのように胸をなでた。

アガサがあらわれる前、彼は何時間も本を見つめていた。しかし、彼の瞳に映っていたのは、活字ではなくアガサの姿だった。記憶の中の彼女は、裸で絨毯に横たわり、やさしい目をして手を差しのべていた。

それから、とつぜん目の前に彼女があらわれ、ふたたびその身を——そして愛を——彼に投げだそうとしたのだ。

神は、ひとりの男からどれだけ奪ったら気がすむのだろう？　サイモンの手は失ったものを思って、まだふるえていた。彼はベッドに押し倒す代わりに、彼女を廊下にほうりだしたのだ。

アガサにやさしく顔をなでられて、もう少しで降参するところだった。

もう一度、彼女と親密なときを過ごしてもいいのではないかという思いが、サイモンの心をよぎった。彼女は汚され、それを乗りこえた。これ以上、彼女が傷つくことはありえない。アガサはぼくが何に携わっているかわかっていて、その任務を重く見ている。それでも、今夜ここに来ることを選んだのだ。

状況を変えることはできない。しかし、そんな中で、つかのまの幸せを味わってもいいのではないだろうか？　アガサは、するべきことを自分で選べる知的な女性であって、愚かな小娘ではありえない。

おそらく――。

いや、だめだ。

自分のせいで誰かの身を危険にさらすようなことは、二度とあってはならない。アガサの身に何かあったら、もう生きてはいられない。

サイモンは顔をこすってベッドに倒れこむと、見るともなく天蓋《てんがい》を見つめた。長い夜になりそうだ。

やりなおしだ。今度は、彼の不意を突くつもりだった。

廊下の時計が午前二時を告げると、アガサはサイモンの部屋にそっと忍びこみ、扉を閉めてベッドに近づいていった。

暖炉の残り火に、彼の寝姿が照らしだされている。それを見た彼女は、鼓動が速くなっていくのを感じた。

サイモンは裸で眠っていた。絶え間ない夢に苦しめられて寝返りを打ちつづけたのか、手脚を大きく投げだしている。くつろいでいてさえ、彼の胸や腕の筋肉は硬く引き締まり、ほの暗い灯りの中で美しい影をおとしていた。

今回、化粧着の紐をほどく彼女の手はふるえていなかった。シルクが肩をすべり、足下へとおちていく。

アガサも、もう何も身にまとっていなかった。彼女は彼の肩にふれてささやいた。「サイモン――」

虎のようにすばやく身を起こした彼に、いきなり引き倒されて、彼女はあえぎ声とともに息を吐いた。気がついたときには、完全にマットレスに押さえこまれていた。彼の腕が喉を、膝が腹部を、締めつけてくる。

ふたりのあいだにあるのは、丸まった繻子《しゅす》の上掛け一枚だけ。アガサは乳房に彼の胸を、顔に彼の吐息を、感じていた。

息をすることができたなら、この状況をもっと楽しめたにちがいない。

怒りのうなり声をあげていたサイモンが、ようやく彼女の顔を見おろした。

「アガサ!」

サイモンは飛びかかったときと同じすばやさで、彼女の上からおりた。彼の力強い手で床に立たされたアガサは、大喜びで息を吸いこんだ。

「怪我はないか？　声は出るか？」

ひとつ咳をすると、喉が楽になった。「だいじょうぶよ」

サイモンは安堵のため息をつきながら、彼女を引きよせて腕に抱きしめた。

アガサは彼の硬さと熱さを感じて緊張をといた。その皮膚の中に沈みこんでみたかった。そこが彼女が身をおきたい場所だった。そこが彼女が身をおくべき場所だった。

だから、またも廊下に押しやられたことに気づいたときには、ほんとうに驚いた。

ひどいことに、今回は裸のままだった。慌てて自分の部屋にむかうアガサが考えていたことは、ただひとつ。

これは戦争だ。


この忌々しい扉の前に防塞を築くべきなのかもしれない。

苛立たしげに暖炉の前を行ったり来たりしはじめたサイモンの足に、すべらかな何かがからみついてきた。アガサの化粧着だ。それを拾いあげて、部屋の外にほうりだそうと扉を開いた彼の目に、自分の部屋へと駆けもどっていくアガサの魅惑的なうしろ姿が映った。

にぎりしめたやわらかな布地から、アガサの香りがたちのぼってくる。サイモンは、化粧着を扉の外に——あるいは暖炉の中に——ほうりだす代わりに、そっと頬にあてた。

これは、このままおいておこう。化粧着がなければ、彼女はここにやってこられないにちがいない。

サイモンは冷たいベッドにもどった。レモンと花のかすかな香りがシーツに残っている。運がよければ、彼女の夢を見てぐっすり眠れるかもしれない。

21

翌朝、夜明け前に身じたくを終えて階下におりたアガサは、客間の壁によりかかって、ほそく開いた扉の隙間から玄関広間の様子をうかがっていた。

サイモンがおりてきた気配はまだないが、彼は毎朝早くどこかに出かけていく。アガサは、その前になんとしても彼をつかまえたかった。今度こそ、うまくやってみせる――彼女は心に誓っていた。

頭が自然に壁のほうに傾き、瞼《まぶた》が今にも閉じてしまいそうにふるえている。うしろにあるソファが、「ここへ来てお休み」と彼女を呼んでいる。しかし、そんな誘惑をも打ち負かすほどの魅惑的なベーコンの香りが朝食室からただよってきた。

それがなければ、眠ってしまったにちがいない。

不意に客間の扉が開いて、アガサは飛びあがった。「わたしは、ただ――!」

ピアソンが扉の外から、問いかけるように彼女を見つめている。「すぐにお食事になさいますか、奥さま?」

彼の眉のあがり具合をたしかめてみたが、少しも吊りあがってはいなかった。扉の陰にかくれて偽物の義弟《おとうと》を見張るのは、悪いことではないらしい。

「朝ごはんはあとでいいわ、ありがとう。ミスター・アップルクイストは、もうお目覚めかしら？」

「はい、奥さま。十分ほど前に、バットンがお部屋にあがりました」

「ミスター・アップルクイストがバットンをお呼びに？」

「いいえ、朝の時間にミスター・アップルクイストがバットンをお呼びになることはございません。ですから、バットンは頃合いを見計らってお部屋にあがるようにしているようです」

ピアソンの眉が動かないところを見ると、これも悪いことではないようだ。

「あら、ごめんなさい。仕事をつづけてちょうだい、ピアソン」

「はい、奥さま」ピアソンはそう言うと、扉を閉めて――ただし、さっきまでと同じだけ隙間をあけて――立ち去った。

アガサは玄関広間の見張りにもどった。耳慣れたサイモンの足音が聞こえてきたのは、それから間もなくのことだった。彼はアガサから見える位置に立って、ピアソンから帽子と外套を受け取った。

彼の瞳の色を引き立てるブルーの外套だ。アガサはしばらく彼の紳士らしい姿に見とれていた。

「ミセス・アップルクイストは、もうお目覚めかな？」

「まだ朝食のテーブルには着いておられませんが」

ピアソンのすばらしさを、認めないわけにはいかない。嘘をつくことなく、きっぱりとそう答えてみせたのだ。

アガサは玄関広間に出ていった。「サイモン、お話があるの」

サイモンは驚いて振り返った。「アガサ！　こんなに早く、何をしているんだ？　ぼくは、てっきり――」言葉を切った彼の頬が、ほんの少し赤くなっている。

「ゆうべのちょっとした冒険のせいで、朝寝坊をしているとでも思ったのかしら？」アガサは、彼にとろけるような笑みをむけた。

彼女をよく知るようになっていたサイモンは、あとずさった。「しかし、今は――」

「サイモン・レイン、なんて臆病なの。どうしようもない腰抜けね。でも、このまま歩き去ることはできなくてよ。それに、わたしを裸にして、この家の外にほうりだすこともできないわ」

サイモンは、あとずさりをやめた。「なるほど、きみの言うとおりだ。ぼくたちは話し合う必要がある」

サイモンは、客間にもどるよう彼女をうながした。アガサは先に立って歩きながらも、彼が逃げださないよう、視界の隅で見張っていた。

部屋に入ると、彼女は振りむいた。そして、近づいてくる彼に話しかけようと口を開き――。

気がついたときには彼の腕に抱かれ、唇を奪われていた。初めの驚きは、すぐに悦びに変わった。抗うことなどできるはずがない。背中に感じる彼の手は力強く、口元に感じる彼の唇は荒々しかった。アガサは、口づけという名の彼の攻撃に喜んで屈した。

サイモンが唇をはなしたときには、怒りは消え、膝がふるえていた。目をしばたたいて憧れの眼差しをむけたアガサの額に、彼はすばやく口づけた。

そして、彼女に背をむけ、あっと言う間に家から出ていった。

なんという人なの！

アガサはやっとの思いで感覚を呼びもどすと、いそいで部屋から飛びだした。ピアソンが外套と手袋を持って玄関広間で待っていた。

「いずれにいたしましても、お食事は必要かと存じます、奥さま」

彼は落ち着いた様子で、ナプキンに包んだものをアガサに手わたした。香りから察するに、ベーコンエッグのロールサンドだ。

アガサはうれしかった。「ピアソン、あなたがわたしのおじいさまくらいの歳でなかったら、絶対にあなたと結婚していたわ」彼女は背のびをして、彼のしわくちゃな頬にキスをした。

「はい、奥さま。みなさま、そのようにおっしゃいます」

「やだわ、ピアソン！　冗談を言っているの？」

「いいえ、奥さま。執事は冗談を禁じられております。執事の掟です」彼は開いた扉を押さえながら言った。「ミスター・アップルクイストは、左に半ブロックばかりすすんだあたりを歩いておいでかと」

「ありがとう、ピアソン」

執事という新たな味方を得たことで元気づいたアガサは、ロールサンドをかじりながら踊るように玄関前の階段を駆けおりた。

最初は、ただ狡《ずる》がしこいサイモンに追いついて、話をつけるつもりだった。目覚めかけた高級住宅街で、それ以上のことをするわけにはいかない。

しかし、歩幅の大きな彼に追いつくのはむずかしかった。どうやらアガサは、街の安楽な暮らしになじみすぎていたらしい。この分では、彼が目的にたどりつくまで、とにかく跡を追いつづけるしかなさそうだ。

しばらくすると、サイモンは角を曲がって静かな通りに入り、小さな家の玄関につづく階段をのぼりはじめた。アガサは彼を呼びとめようと足を速めた。

しかし、サイモンはすぐに家の中へと消えてしまった。アガサはためらった。彼を呼びだしたかったけれど、スパイの仕事をしているなら、それはまずい。自分のせいで彼の正体が暴かれるようなことになったらたいへんだ。

ここで待って様子を見たほうがいい。しかし、そう決めたからといって、知りたい気持ちがおさまるわけではなかった。アガサは一階の窓に目をむけてみたが、どの窓のカーテンも閉まっていた。

忌々しくはあったけれど、こんなふうに通りに面した家に住んでいたら、アガサものぞかれないように、カーテンを引いておくにちがいない。

視界の隅に動くものが映って、アガサは上を見あげた。看護人らしい有能そうな女性の手で、二階の窓のカーテンが開かれたのだ。アガサは、すばやく建物の陰にかくれた。

部屋の中は見えなかったし、窓が閉まっているせいで何も聞こえてはこない。

彼女はじれったくてたまらなかった。でも、遅かれ早かれ彼は出てくるはずだ。

アガサは、さり気なく見えることを祈りながら家の角ちかくに立った。玄関の扉が開いたのは、そのときだった。彼女は身をかくして、そっと様子をうかがった。ちょっと待って。彼に声をかけるべき？

もちろん、声をかけるべきだ。でも、このまま気づかれずに、サイモンの秘密に迫れたら素敵じゃない？ それとも……？

サイモンは玄関ポーチに立って看護人と話していた。

「お望みは、よくわかっております。できるだけのことをさせていただきます」

「ぼくの望みは、彼が元にもどってくれることだ」

「お気の毒に。お言いつけどおり、絶えず患者さんに呼びかけているんですよ。本も読んでお聞かせしています」

「わかっている、ミセス・ネーリィ。あなたは、ほんとうによくやってくれている。気長に待つしかなさそうだ」

「はい。あしたもお見えになりますか？」

「できればそうしたいと思っている」

サイモンは踵を返すと、通りに視線を走らせた。アガサはすばやく頭を引っこめたが、見られていないという自信はなかった。

息をとめてしばらく待ったあと、彼女はふたたび塀の陰から顔をのぞかせた。サイモンは、いつもどおりの優雅な足取りで少し先を歩いていた。

アガサは安堵のため息をつきながら、距離をおいて彼のあとを歩きはじめた。ほんとうに、うしろ姿までハンサムだ。それどころか、アガサは彼のうしろ姿が大好きだった。その上、今日は散歩日和だ。アガサは、この外出を楽しんでいた。

しかし、一時間もすると、楽しい気持ちはうすれてきた。ちょっとした競技に参加してる気分だった。メイフェアの通りという通りを歩き、さらにその先へとすすんでいく。

自分がどこにいるのか、アガサにはもうわからなかった。足は痛むし、お腹もすいてきた。ピアソンのおいしいロールサンドを食べたのが、遠い昔のような気がする。

今、サイモンは商店が建ちならぶ通りを歩いていた。カーテンや洋服を売る店がほとんどだったが、ところどころに魅力的なレストランもある。簡単ではなかったが、アガサはその誘惑をきっぱりと無視した。

時間が経つほどに、通りを行く人の数がふえてきた。サイモンのブルーの外套と、ブルーのリボンがついた黒い帽子を追いつづけることが、どんどんむずかしくなっていく。

そして、ついにアガサは完全に彼を見失ってしまった。いったいどこへ行ったのだろう？

アガサは彼に見つかる危険を承知で、階段をのぼって人混みに目を走らせた。

サイモンの姿はどこにも見えない。ほんとうに彼を見失ってしまった。

それだけではない。アガサは完全に迷子になっていた。


サイモンは男の手に金をにぎらせて握手をすると、新しいビーバー帽をかぶり、小さな声で笑いながら〈ライアーズクラブ〉へとむかった。帽子は、さっき手に入れた茶色のフェルト製の外套によく合っている。

跡をつけてきた人間は、今も人混みに目を凝らして、ブルーの外套をさがしているにちがいない。サイモンには、敵をまいたという確信があった。しかし、思ったよりも時間がかかった。疲れさせようとしても、混乱させようとしても、敵はしつこくついてきた。

服を着替えるというのは古いやり方だが、かなり有効だ。人の目は色になじんで、しだいにその色だけを追うようになる。だから、服を着替えてしまえばいいのだ。

アガサの家を出たときから、つけられているような気がしていた。年月をかけて磨いてきた勘だ。誰がつけているかは、わかっているつもりだった。

くそっ、しかしダルトン・モンモランシーもあやしいじゃないか。

サイモンは口笛を吹きながら颯爽《さっそう》とクラブの前にすすみ、あくびをしているスタッブズの肩を叩いた。エセルバートの役を演じるのは、いい気晴らしになる。

「おはようございます、ミスター・レ……ああ、ミスター・アップルクイスト」

「おはよう、スタッブズ。今朝は、ずいぶんと早いじゃないか。ジャッカムは来ているかな？」

「はい。ジャッカムさんに、ここであなたをお待ちするように言われたんです。扉の脇に立っているのが、玄関番の役目だと言われました」

「すばらしい。おまえがいなかったら、われわれは困るだろうな」

「はい、ありがとうございます」

サイモンはクラブに足を踏みいれた。今日は、新たな目的がある。運のいいライアーに任務を授けるのだ。エサリッジ卿として知られている〈ロイヤル4〉のメンバー——ダルトン・モンモランシーについて調べるときが来た。彼については、まだ謎が残っている。サイモンは、謎を残しておくのがきらいなのだ。


アガサは、サイモンが消えた戸口に近づいていった。しかし、青と銀色のお仕着せを着こんだ十七歳くらいの玄関番は、彼女のために扉を開こうとはしなかった。

看板は控え目なものさえ出ていない。しるしと言えば、両開き扉に彫りこまれている様式化された鳥の絵柄のみ。その竪琴《たてごと》形に大きくひろがった尾の形には、見おぼえがあった。

「まあ！　コトドリね」アガサは声に出して言った。

玄関番の若者も扉に目をむけた。「コトドリ？　ああ、てっきりキジか何かの一種だと思ってました」彼はアガサのほうにむきなおった。「道に迷ったんですか？」

「サイモン・レインとお話がしたいの」アガサは恐るおそる言った。

「ミスター・ジャッカムではなく？」

「ええ、サイモン・レインにお目にかかりたいの」

玄関番はアガサに疑いの目をむけた。「ミスター・レインになんのご用ですか？」

そのとき一陣の風が吹きつけて、彼女の外套の前が大きく開いた。玄関番の視線が、彼女の身体にまっすぐそそがれた。

「なんてこった！」彼は笑みを浮かべ、愛想よく言った。「仕事をさがしているんだね。初めからそう言ってくれればよかったんだ」彼は身を乗りだして訊いた。「蛇使いのショーよりもすごいのかな？」

興味津々といった感じだった。質問の答は、おそらくふたつしかない。アガサは外套の前をきつくあわせると、真顔でうなずいた。「ええ、ずっとすごくてよ」

「まさか」玄関番は息もできないほど驚いているようだった。彼は食い入るようにアガサを見つめていた。その頭の中でゆっくりと歯車が嚙み合う音が、アガサにも聞こえたような気がした。「今すぐ、ミスター・レインと話がしたいんだね？」

「ええ、そうなの」

玄関番は優雅にも見えるやり方で扉を開くと、中に入るよう彼女にうなずいた。そして、恭しく外套を受け取り、金メッキをほどこした掛け釘にそれを掛けると咳払いをした。

「ここで待っていてくれれば、オーナーを呼んでくるよ」

オーナー？　つまり、あの泥棒もはたらく元煙突掃除人のスパイには、もうひとつ別の顔があったということ？

アガサはサイモンを呼びにいく玄関番についていこうとした。しかし、若者が姿を消した扉の中をのぞいた彼女は、うなり声をあげることになった。見たこともないほどの大男が、大きな手に恐ろしげな包丁をにぎって、大きなまな板の前に立っていたのだ。その目の輝きは、包丁よりもずっと恐ろしかった。

アガサは慌ててあとずさり、自分がいる部屋の中を見まわした。小さな低いテーブルに、大きな丸テーブル。そこには様々な形のテーブルがあって、そのまわりに椅子がおかれている。食卓？　そうではない、カード用のテーブルだ。

ここは賭博場なのだろうか？　広い部屋を家具でいくつかの区画に仕切ってある。大きなふかふかの椅子がならんでいるむこうの部屋は、くつろぐための場所にちがいない。細長い部屋のこちら側にカードテーブルと玉突き台があって、むこうの端が一段高くなっている。

ベルベットの幕が張られたその壇は、まちがいなく舞台だ。だぶん、あそこで蛇つかいがショーを演じるのだ。でも、蛇をつかって何をするのだろう？

「失礼します、ミスター・ジャッカム、ミスター・レイン。オーナーと話したいといって、女の人が訪ねてきています」スタッブズは秘密の情報を伝えるかのように、部屋の中に大きく頭を突きだして言った。「とびきりの美人です。それに、夢みたいな身体つきをしてます」

スタッブズの言葉に反応しかけたジャッカムを、サイモンが手をあげて制した。

「ジャッカム、それについては話し合いずみだ。このクラブに娼婦はいらない」

スタッブズは首を振った。「すみません、言うのを忘れてました。その女は、何か演じるみたいです。蛇つかいのショーよりもずっとすごいことができるそうです。それに、なんだか貴婦人みたいなしゃべり方をするんです」

ジャッカムにすがるような眼差しをむけられて、サイモンは思わず声をあげて笑った。

「よし、わかった。その女に何ができるのか尋ねてみることだ。しかし、やとうなら、このクラブの決まりを女に理解させてくれ」

「ああ、そうするとも」ジャッカムは椅子から立ちあがった。彼がそんなにすばやく動くのを見るのは数カ月ぶりだった。金儲けの種を前にしたら、脚の痛みも吹き飛んでしまうらしい。

サイモンは、ジャッカムがもどってくる可能性を考えて、もうしばらく待つことにした。のばした脚を足首のあたりで組み合わせてくつろいでいた彼は、気がつくとあくびをしていた。

最近はアガサが部屋に忍びこんでこない夜でさえ、よく眠れなくなっていた。

しかし、それはいやな夢のせいではない。いやな夢を見るのは、いつものことだ。そんな夢の中で、サイモンは死んだ部下たちを――救ってやれなかった男たちを、死なせてしまった男たちを――ひとりひとり見つめている。

その中にはレン・ポーターもいた。目は開いているが、そこには何も映っていない。悪夢の中の彼は、彫像のように無言でサイモンを責めつづける。

しかし、夢の中で罪の意識に苛まれることには慣れていた。何年も、そんな夢に苦しめられてきたのだ。

サイモンが眠れないのは、絶えず夢に訪れるアガサの官能的な姿のせいだった。夢の展開はいつも同じで単純そのもの。アガサがやってきて、彼がその身体を奪うというものだ。

サイモンは夜ごと、男が知りうるあらゆる技を使って彼女を奪った。気持ちが高まって、彼独自のやり方で彼女を求めることもあった。

自分をここまで駆りたてるアガサに怒りをぶつけるかのように、乱暴に荒々しく奪うこともあれば、あとで思い出して切なくなるほど物憂げにやさしく愛することもある。

しかし、いつも夢は覚めてしまう。思いをとげる直前に。サイモンはアガサの中で動いている。彼女が悦びの声をあげ、彼はもう少しで、もう少しで……。

いつもそこで目覚めてしまうのだ。あとに残るのは、痛みと満たされない思いだけ。そのあとは何時間も――ときには夜が明けるまで――眠れないまま過ごすことになる。

しかし、これ以上こんなことを考えていたら、じきに歩けなくなってしまう。

サイモンはかぶりを振ると、あくびをしながら立ちあがった。そして、廊下の足音に耳をすませたあと、炉棚におかれたバラの彫刻に手をのせ、それを押した。

暖炉と本棚のあいだの壁が、ほそく開いた。サイモンはすばやくその中に足を踏みいれながら思った――このままアガサの料理番がこしらえる料理を食べつづけていたら、屋根裏の執務室につづくこのせまい通路をとおれなくなりそうだ。

フィーブルズは怒っていた。あのレディのあとをつけて二時間ちかく歩かされたあげく、〈ライアーズクラブ〉にたどりついたのだ。ここへなら、三十分とかからずに来られたはずだ。

彼は足を引きずりながら、壁によりかかっているスタッブズに近づいていった。

「女ってやつは、どうしようもないな。そう思わないか？」フィーブルズは、うんざりとした面持ちでかぶりを振った。

「ぼくには、よくわかりません」スタッブズは礼儀正しく答えた。

「ミスター・レインは、彼女がここに来たことを知っているのか？」

「もちろんです。ぼくが知らせました」

「それならいいんだ」

フィーブルズは両手をポケットに突っこむと踵を返した。

「『あのレディから目をはなすんじゃないぞ』ミスター・レインは、おれにそう言ったんだ」フィーブルズはサイモンを真似てつぶやいた。「『あのレディを護る必要がある』はっ！ あのレディは事情につうじているらしい。けっこうなことじゃないか」

邪魔をするなと、魔術師に言われるにちがいない。彼が逃げて、女が追いかける。あのふたりは、たぶん追いかけっこを楽しんでいるのだ。

フィーブルズは文句を言いながら歩きはじめた。キャリッジスクエアの家の見張りにもどらなければならない。


厨房につづく扉が開くまでに、心の準備はできていた。アガサは、つけてきたことでサイモンに怒られても、言い返すつもりだった。

しかし、あらわれたのは派手に足を引きずって歩く白髪まじりの男だった。その男が、陳列台の上の魚を見るような目でアガサを見つめている。彼女は慌てて口を閉じ、不安げに男を見つめ返した。

わたしを怯えさせようと思って、サイモンがこの人をよこしたのだろうか？

「どれ、よく見せてもらおうか」男はそう言って指をくるりとまわした。

アガサは事情がわかるまでは何も言わないことにして、素直に一回転してみせた。彼女がふたたび男とむきあったとき、男の表情には満足げな色が浮かんでいた。

「すべて自前かね？　詰め物を入れたりはしていないだろうね？」

詰め物？　なんて失礼な！　「そんなものは入れておりません！」

「怒ることはない。商品については、きちんと知っておく必要があるんだ」

この人はわたしの容姿が気に入ったようだけれど、興奮しているようには見えないわ。危険はなさそうだと判断したアガサは、緊張をといた。それに、もし襲いかかってきても、足の悪いこの人が相手なら逃げられる。

　アガサがほほえみかけると、男は目をしばたたき、両手をこすりあわせた。

「なるほど、スタッブズの言葉どおりの別嬪《べっぴん》だ。しかし、言っておかなければならない。このクラブでは、身体を売ることは御法度だ。そういうつもりで来たなら、帰ってくれ」

　身体を売る？　身体を売る？　アガサは仰天して口もきけなかった。男はそれを見てうなずいた。

「それならいい。お互い、わかりあえたわけだ。それで、何ができる？」

　どうしよう？　「ああ、ええと……どういうおつもりでおっしゃっているのかしら？」

「なんということだ。まるで貴婦人だな。どこでそんなしゃべり方をおぼえたんだ？」

「もちろん、ずっとこんなしゃべり方をしてまいりました。ええ、王さま《キングズイングリッシュ》のようにも話せますわ」

　彼の眉間にしわがよった。「そういう芝居を？　つまり、頭のいかれたジョージ三世の物真似をするということか？　そんな芸で客を呼べるとは思えないね」

　いっしゅんにしてアガサは理解した。この人は、わたしのことを仕事を求めてやってきた芸人だと思っているのだ。彼女は誤解をとこうと口を開き……そして、閉じた。

　ここで働くというのはどうだろう？　ここで何が行われているのか、ここでサイモンが何をしているのか、アガサは知りたかった。

　彼女の中に好奇心がわきあがってきた。サイモンの秘密の生活については、ずっと知りたいと思っていた。今、それを知る機会が訪れたのだ。

芸……。歌手や音楽家のふりをするのは無理だ。ピアノの稽古は、母が亡くなったときにやめてしまった。父は娘のピアノの稽古のことなど考えてもいないようだったし、アガサも何も言わなかった。

大勢の紳士を前に、クラブで披露できるような話も知らない。紳士たちがここにやってくるのは、酒を飲み、カードに興じ、蛇つかいのショーを――。

「カード！　カードなら自信がありますわ」

男は顔をしかめて、考え深げに彼女を見つめた。「ディーラーか？　なるほど、なるほど……」

ディーラーだなんて、考えてもみなかった。こういうクラブではカードを配るのに、わざわざ人をやとうのだろうか？　紳士たちが交替で配ればすむことなのに。でも、きっと公正さをたもつには……。

「ああ、イカサマをすることを求めておいでなのね！」

男の目が大きくなるのを見て、アガサは彼を怒らせてしまったのだと思った。しかし、そのあと男の冷たい瞳にまぎれもない喜びの色がにじんできた。アガサは男の弱いところをついたのだ。

「できるのか？　イカサマができるのか？　気の毒な連中から、巻きあげられるのか？」

イカサマができるか？　アガサに得意なものがあるとしたら、それはカードでイカサマをすることだ。男ばかりの家庭で子供時代を過ごすには、何か優位に立てるものを身に着ける必要があったのだ。

「お手並みを拝見しよう」

男はアガサをテーブルに着かせてカードをわたした。

「ブラックジャックがいい」男は言った。

アガサはカードを切りはじめた。少し大袈裟にすることに決めた彼女は、カードがかすんで見えるほどの速さで手を動かした。片方の手から、もう片方の手へと、弧を描いてカードが飛んでいく。それはもちろんすばらしい技だったが、これはカードの裏側を見る機会でもあるのだ。

「どういうやり方がお好みですか？」

「初めは勝たせて、それから巻きあげる」

それはアガサのお気に入りのやり方だった。彼女は男に称賛の笑みをむけた。まず、アガサは三のカードを男に配った。そして心の目でカードを追いながら、もう一枚。そのあいだも、彼女は絶えず話しつづけていた。

「カードは、子供用につくられたものだという話をご存じですか？」それが事実かどうかは知らないが、話の目的は知識を与えることではない。相手の気を逸らせればいいのだ。「でも、実際に使わせてみたら、子供たちにはカードを全部おぼえることができなかったんです」

アガサが媚びるように身をかがめると、男は誘惑に勝てずに胴着の中を盗み見た。まったく、男のすることは単純だ。

アガサは男がそんなことに気を取られている隙に、下のほうにある中で最悪のカードを彼の前にすべらせた。男はぼんやりとそれを受け取って、見もせずにもう一枚カードを要求した。

「二十一になりまして？」

男はカードを見おろした。「なんということだ！」

アガサは男がテーブルにひろげたカードをのぞきこんだ。

うーん。どうして二が混ざっているのだろう？　練習の必要がありそうだ。それでも、そこにならんだカードは二十一にはほど遠かった。男はほほえんだ。今でさえ、カードから視線をはなさずにいるのがむずかしそうだった。

「大勢の前で同じことができるか？　ひと晩じゅう、つづけられるか？　誰かを少しばかり勝たせて、そのあと他の連中にも勝たせてやる。そして、最後に一気に巻きあげるんだ」

「あからさまなやり方は控えたほうがいいと思いますわ。みなさんが少し酔ったころを見計らって、ためしてみるというのはいかがかしら？」

「ああ、なんてかしこい娘だ。ところで、派手な服は持っているのかな？　上等で、淑女らしいものがいい。しかし、わかるだろう？　襟ぐりは深くなければいけない。連中の目をカードから逸らすことができるからね」

「いやだわ、頬が赤くなってしまいます」彼女はからかうように言った。「まさか、今カードから目を逸らしていたなんておっしゃいませんわよね？」

男は赤面した。「うまいぞ！　連中は、けっして自分があんたの胸をのぞいていることを認めない。そうだろう？　ああ、あんたは宝物だ」彼は手を差しだした。「ジャッカムだ。ようこそ〈ライアーズクラブ〉へ、ミス――」

アガサは、頭の中が真っ白になった。名前、名前、誰かの名前――。

「ネリー・バースと申します！」彼女は、キャリッジスクエアのメイドに心の中で謝った。でも、彼女に迷惑がかかることはないはずだ。

「ミス・バース、ここで働いてもらうことにするよ。もう一度、念を押しておくが、ここのオーナーは決まりにうるさくてね。さっきも言ったとおり、ここでは身体を売ることは御法度だ」それから彼は、さらに顔を赤くしてつづけた。「いや、あんたがそういうことをしていると思っているわけではない。それに、自分の時間には何をしようとかまわない。しかし、クラブにいるあいだは淑女らしく振る舞ってくれ」

「ええ、お約束いたします」アガサは、きっぱりと言った。

「いい子だ。今夜から始めてくれてかまわないが、最初は気楽にやってくれ。客を喜ばせてくれればいい。そして、ときどきイカサマをする」彼はうしろを振り返り、身を乗りだしてつづけた。「もうひとつだけ言っておく」

部屋には他に誰もいなかったにもかかわらず、アガサも身を乗りだした。

「裏の部屋にいる若い者たちを相手にしちゃならない。カードのイカサマも、お色気作戦も、あの連中には無用だ。おぼえておいてくれ。カモは表にいて、魔術師の手下は裏にいる。そうあることを、われわれは望んでいるんだ」

真顔でうなずきながらも、アガサの頭の中では歯車がまわっていた。裏の部屋にいる若い者？　魔術師というのは何者なの？　サイモンのこと？

嘘でしょう、賭博場がスパイ一味の隠れ家になっているわけ？　この〈ライアーズクラブ〉が？　すごすぎるわ。

アガサはこのときになって初めて、自分がサイモンの秘密に踏みこんでしまったことに気がついた。彼はそれを喜ばないにちがいない。彼女は外套を着ると、ミスター・ジャッカムに礼儀正しく手を振り、クラブをあとにした。

さあ、どうやって家にもどればいいのだろう？　あたりを見まわしたアガサの目に、仕事にもどった若い玄関番の姿が映った。

「ミスター・スタッブズ、口笛を吹いて馬車を呼んでもらえるかしら？」

若者は大喜びで通りに出ていった。彼の口笛の音がひびきわたると同時に、小さな馬車がとまった。アガサが御者に住所を告げると、スタッブズが恭しく彼女を馬車に乗せた。「またすぐに来てほしいな」

アガサはほほえんだ。「ええ、今夜来るわ」

「みんなに言っておくよ。こんなことを訊くのは失礼かもしれないけど、今夜、何を着るのかな？」

アガサはそれを聞いて、深刻な問題を抱えていることに気がついた。女のディーラーは賭博場でどんな格好をするものなのだろう？　「そうね……何か身体にぴったりしたものがいいのかしら？」

「すごいや！」舞いあがっていたスタッブズには、そう言うのがやっとのようだった。

馬車が走りだすと、アガサは小さな声で笑った。またひとり、崇拝者がふえたようだ。その理由はまったくちがうが、スタッブズもバットン同様、彼女に心を奪われている。

バットン！　もちろんだわ！　バットンなら、賭博場でディーラーを務めるための服をそろえてくれるにちがいない。

22

「どういうことでしょうか、奥さま？　賭博場で働くレディのディーラー？　なぜ、奥さまがそのような格好をなさる必要があるのですか？」

　アガサはため息をついた。もちろん、バットンはわざとぐずぐずしているわけではない。それはわかっていたが、アガサはそろそろ我慢の限界にきていた。

「それは……お芝居のためよ。お呼ばれしたお宅の客間で、お芝居ごっこをするの」

　バットンの瞳が輝いた。どうやら彼を動かすツボを見つけたようだ。

「芝居でございますか！　ああ、奥さま、それならおまかせください。劇場におります友人のところへ、わたくしを使いに出してくださいまし。わたくしも、初めは劇場街《ドルリーレーン》で着付師として働いていたのです」彼は慎み深くつづけた。「もちろん、こんなことを使用人がご主人のお耳に入れるなど、ふつうでは考えられません。しかし、わたくしは奥さまを信頼しておりますから」

「ありがとう、わかっているわ」アガサはほほえんだ。わたしが率いる小隊は、どんどんおもしろいものになっていく。泥棒もする元煙突掃除人のスパイに、冗談好きの執事に、衣装マニアの側仕え。

世界征服も夢ではなさそうだ。

「おまかせするわ、バットン。すぐにとりかかってちょうだい」


サイモンは机の前でのびをし、頭をまわして首の凝りをほぐした。棚の上の時計は九時をさしている。そんな時間になっていたとは、驚きだ。

今ごろアガサは、絨毯に穴があくほど行ったり来たりを繰り返しているにちがいない。そう思うと、妙にうれしかった。誰かが自分を待っているというのは、いいものだ。彼女は、今朝サイモンにまかれたことで腹を立てているにちがいないが、楽しく想像をめぐらせている彼の頭に、そんなことは浮かびもしなかった。

しかし、サイモンは心に決めた。こんな想いは、できるだけ早く叩きつぶすべきだ。キャリッジスクエアの家には、まだ帰らないほうがいい。

夜のこの時間、ジャッカムはたいてい賭博室にいて、カモが金を使うのを眺めている。危険がなくはないが、サイモンは秘密の通路を使ってジャッカムの執務室にもどることにした。

窓の外に出て、ほそい張り出しを伝い、また窓からジャッカムの執務室に忍びこむ気にはなれなかった。雨の夜は、そんな行動にむいていない。

サイモンは音もたてずに暗い通路をすすむと、執務室につづく秘密の扉の前で耳をすませた。壁のむこう側からは、何も聞こえてこない。

彼は、ほんの少し扉を開いた。そして、こおりついた。ジャッカムの執務室に灯りがついている。けちなジャッカムが、灯りを消し忘れるはずがない。

それに、これはランプの灯りではない。この灯りは、もっとほの暗くてゆらめいている。

おそらくロウソクだ。

ジャッカムはロウソクを使わない。無駄だし危険だというのが、その理由だ。だったら、誰がジャッカムの執務室にいるのだろう？

ロウソクの灯りが消えた。

サイモンはすばやく通路から出ると、身を低くして飛びかかる準備をした。

呼吸の音でも、服が動く音でもいい。何か聞こえれば侵入者のいる位置がわかる。しばらく耳をすませたあとで、サイモンは立ちあがった。くそっ、逃げられてしまった！

彼は足音を忍ばせて、すばやく扉の前にすすんだ。蠟《ろう》の匂いも芯が燃える匂いも、このあたりがいちばん強く感じられる。おそらく、部屋を出る寸前にロウソクを吹き消したのだ。

しかし、ただよっている匂いは、それだけではなかった。ほのかにレモンの香りがまざった花の香り。この香りなら、よく知っている。

アガサの香りだ。

サイモンは姿を見られる危険もかえりみずに、暗い部屋から飛びだした。そして、香りをたどって短い廊下をすすんだ彼は、ライアーたちの仕事場にたどりついた。

アガサの姿はなかったが、煙草の煙の中に彼女の香りが残っている。それに、ライアーたちの困惑した笑みを見れば、彼女がそこにいたことはあきらかだ。

事件の裏に女あり。まったくそのとおりだ。

彼女は、どうやってここに入りこんだのだろう？　どんな汚い手を使って、どんな嘘をついて、どんなふうに人をあやつって、ぼくの世界に入りこんできたのだろう？

さらに香りを追って厨房を駆け抜けるサイモンの目に、カートのにやけた顔が映った。彼を料理番と呼ぶ者はいない。しかし、シェフと呼ぶ者もいない。彼はイギリス一のナイフつかいだ。

彼女は、そんなカートまで魅了したということか？

なんということだ。正気の沙汰とは思えない。

サイモンは賭博室に足を踏みいれる前に立ちどまった。今度の芝居を始める前でさえ、顔を見られることを恐れて、賭博室には顔を出さないようにしていた。それが今、危険は二倍にふくらんでいる。足繁くクラブに通う会員の中に、モーティマーとエセルバートを知っている人間がいるかもしれない。

そう、今はエセルバートだ。サイモンは上着を引っぱってしわをのばした。昼間の格好のままだったが、問題はないだろう。彼は帽子の角度を調整すると、扉を抜けて賭博室へと入っていった。

サイモンに気づく者はひとりもいなかった。ブラックジャックのテーブルに、全員が集まっている。といっても、そんなに大勢が一度に勝負できるわけではない。勝負以外の何かが、紳士たちを惹きつけているのだ。

サイモンは玄関にむかって足早にすすみ、スタッブズに帽子をわたした。

「ミスター・レ――」

「アップルクイストだ、スタッブズ。アップルクイストと呼んでくれ。彼女はどこにいる？」

「ああ、ミス・バースですか？」

「バース？」

「新しいディーラーのネリー・バースですよ。ミスター・ジャッカムから聞いていませんか？　あんな容姿のディーラーなら、娼婦にだって負けやしません」

ネリー・バースというのは、アガサに仕えているメイドの名前だ。無鉄砲きわまりない彼女も、偽名を使うだけのかしこさは備えているらしい。

しかし、自分がとんでもない危険を冒していることには気づいていない。ここにいる紳士の中には、この数週間のあいだに、彼女が食事をともにした者もダンスを踊った者もいる。彼女をおぼえている紳士もいるにちがいない。

サイモンは、テーブルのほうにむかった。人が多すぎて、すぐ前まで近づくことはできなかったが、背が高いおかげで人の頭ごしに様子を見ることができた。

サイモンは腹部を殴られたような衝撃をおぼえた。

優雅ではあるがあまりに大胆な衣装に身を包んだ女が、三十人ほどの紳士の相手をしている。その女は、どこから見てもいかがわしい職業で成功を収めている女にしか見えなかった。羽根飾りのついたシルクのドレスを着た、輝くばかりに美しい厚化粧の女。まさに男の夢と情熱の化身だ。

金を払って楽しむための女だ。

サイモンは彼女が目をあげるのを待った。アガサは勝っている男のほうに身を乗りだすと、何気なさをよそおってカードの端で自分の喉をなでてみせた。

男はゆたかな乳房の上に倒れこみそうなほどの熱心さで、その光景を見つめている。男の頭を殴ってやりたかったが、サイモンにはわかっていた。アガサはこの隙を利用して、下のほうにあったカードを男に配ったのだ。

イカサマだ。サイモンは驚かなかった。

アガサが彼に気づいた。彼女の顔に、かすかに驚きの色があらわれた。こんな厚化粧をしているのだから断言はできないが、少し青ざめたような気さえする。もちろん、彼女は怯えるべきだ。なにしろサイモンは、かつてないほど怒っているのだ。

しかし、アガサは大胆にも彼にウインクをして勝負にもどった。

「うちの新しい宝物です」ジャッカムが、すぐそばで言った。「よろしかったら、ひと勝負いかがですか？」

ジャッカムは慎重だった。これまで表でサイモンを見かけたことがなかった彼は、不思議がっているのだ。

「エセルバート・アップルクイストだ、きみ」サイモンは、アガサから目をはなさずに言った。「なんとも……魅力的だ。どこで、あんなディーラーを？」

「今日の午後、クラブにあらわれましてね。ええと……オーナーが姿を見せた直後でした。女が職を求めて訪ねてきているると、玄関番が知らせにきたんです」

なんということだ。ずっとつけてきたのだ。サイモンは彼女を甘く見ていたことを、また も思い知らされた。

「それで、あのレディはあんたの執務室で何をしていたんだ？」サイモンは声をおとして訊いた。

「ああ、新しいカードを取りにいかせたんだ。カードに折り傷がついてしまってね」

サイモンには、簡単にだまされたジャッカムを責めることなどできなかった。自分自身、何度も彼女の魅力に惑わされてきたのだ。

ジャッカムは、愚かしい笑みを浮かべてアガサを見つめている。彼女の頭をなでてやろうか、金を払って彼女と夜を過ごそうか、決めかねているような表情だ。ジャッカムに、スタッブズに、カート……全滅だ。

サイモンは、髪をつかんで彼女をクラブから引きずりだしたかった。しかし、玄関にたどりつく前に、彼が部下の手で吊し首にされてしまうだろう。

まあいい、護衛隊は永遠にアガサのまわりにいるわけではない。遅かれ早かれ、ふたりきりになれる。

そのときが来たら、こんな冒険をしたことを彼女に後悔させてやる。

アガサには、ときが流れるのが速すぎるようにも遅すぎるようにも感じられた。サイモンのハンサムな顔には恐ろしい表情が浮かんでいたが、からかわれているのだと思うことにして緊張をほぐした。

からかわれているのだと思いたかった。でも、ひどく怒っているにちがいない。アガサは彼の跡をつけたのだ。

そして、嘘をついてクラブに入りこんだ。

そして、娼婦のような格好をしている。どんなに仕立てがよくても、どんなに上等な布が使われていても、このドレスは淑女の衣装ではありえない。

アガサは、今ごろになって遠い昔のジェームズの反応を思い出した。子供だった彼女は、兄の跡をつけて、巨木の中の秘密基地を見つけてしまったのだ。くすくす笑う妹を見て、ジェームズは怒りくるった。そのあと、何週間も彼の怒りはおさまらなかった。

秘密の場所が魅力的なのは、そこが誰にも知られていないからだ。誰かに知られてしまったら、その瞬間に楽しさは消えてしまう。

たった一時間、レジーに入りこまれたことで、アガサの秘密のお城がだいなしになってしまったのと同じだ。

でも、サイモンは子供ではないし、ここは秘密のお城ではない。毎日、大勢の人間がここにやってくる。だから、秘密基地や秘密のお城といっしょにすることはできない。

そうでしょう？

ついに最後の客――アガサには、カードに興じる紳士たちをカモと呼ぶことはできなかった――が帰っていき、ジャッカムが大喜びで金勘定を始めた。イカサマで儲けた金は、正当に手に入れたものより貴重に思えるらしい。

アガサは、ひどく疲れていた。ひと晩じゅう笑みを貼りつかせていたせいで顔が痛いほどこわばっていたし、皮膚に食いこむほどきつく締めているコルセットのせいで苦しくてたまらなかった。早く家に帰りたかったけれど、ジャッカムからオーナーが話したがっていると言われていた。

いいわ、わたしも彼に話がある。

スタッブズが、あくびをしながら賭博室の床にモップをかけている。掃除の天才とは言いがたい彼は、なんとかその仕事を終えると、かたづけをしているカートの手伝いをしに厨房へと姿を消した。

アガサは舞台の前にすすんだ。蛇つかいのショーのことは、さっきスタッブズが説明してくれた。裸同然の格好をした女が腕に大蛇をからませて踊る姿を思い描いてみた。でも、とても信じられなかった。

アガサが一本指で唇を軽く叩きながら、ショーのことを考えていると、サイモンが近づいてきた。彼女は彼のほうを振りむき、また舞台にむきなおった。

「大きな蛇だったのかしら?」彼女は考え深げに尋ねた。

「ああ、大きかった」サイモンは何気ない口調で答えた。「少なくとも、長さは三メートルくらいあったな。女には持ちあげられないのではないかと思ったくらいだ」その顔につかのま浮かんだ笑みを見て、アガサは彼を殴ってやりたくなった。「あれは、いいショーだった」

「次の機会には、ぜひ見せていただくわ」アガサは自分のとげとげしい口調に気づいて、気を静めた。

「今夜、きみが演じたショーもすばらしかった。誰かに気づかれるかもしれないとは思わなかったのか?」

「わたしのことをよく知っているあなただって、すぐには気づかなかったわ」その言葉は、彼女の意図とはちがったひびきを含んで彼の耳にとどいた。アガサは、顎をあげて彼とむきあった。「また、あなたの秘密を見つけたわ」

「きみは、ぼくの跡をつけてここにやってきたわけだ。尾行の才能もあるんだな」

「あら、サイモン、外套を着替えるなどという手が、ほんとうに通用すると思っているの?そんな手には、六歳のころだってだまされなかったでしょうね。わたしは服ではなく、人を見るの」

「きみは早くから型にはまらない教育を受けていたわけだ」

「お互いさまよ。煙突掃除人に、泥棒に、スパイ。その上、賭博場まで経営しているのね」

「いや、ぼくはオーナーだ。経営はジャッカムにまかせてある。それに、ここは賭博場ではない。紳士が集うクラブだ」

「そうだったわね。〈嘘《ライアーズ》つきクラブ〉というのね。つまり、男なら誰でも会員になる資格があるということだわ」

「そういう意味で言うなら、女の中にも会員になる資格を持つ者が大勢いると思うがね」

これ以上つづけるのは危険だ。話題を変えたほうがいい。「あなたのような立場の人が、こういうクラブを持つのはむずかしいんじゃないかしら？　だって、法にふれることもあるでしょう？」

サイモンは肩をすくめた。「カードを楽しんで、酒を飲む。法にふれることは何もない」

彼はアガサに悪戯っぽい笑みをむけた。「蛇つかいのショーもね」

「だったら――」アガサはまじまじと彼を見つめて言った。「遅かれ早かれ、女はみんな蛇を身体に巻きつけて踊るようになるでしょうね」

彼は胸を叩いて言った。「やられた！　痛いところを突かれたな」

サイモンは彼女に身をよせた。瞳が怒りの色に輝いている。ああ、やはりわたしは彼の秘密基地をだいなしにしてしまったのだ。

「あなたの秘密基地に入りこんだりしてごめんなさい、サイモン。でも、あなたが子供のように秘密を楽しんでいるなんて、夢にも思わなかったの」

「そんな理由でぼくが怒っていると思っているのか？　秘密の楽しみをだいなしにされたから怒っていると？」

「もちろんだわ。あなたにしては少し子供じみていると思うけれど、わたしの思うに――」

その言葉でサイモンは自制を失った。彼は両肩をつかんで彼女を引きよせた。「信じがたい女だ！　きみはぼくの指示にしたがわずに、安全な家を抜けだしてロンドンの街をひとりで歩きまわり、娼婦のような格好をして三十人もの男の前に姿をさらしていた。いつ正体を見やぶられても不思議ではなかったんだ。自分の身が、どれだけ危険にさらされていたかわかっているのか？　ぼくが、自分の秘密の楽しみをだいなしにされたことに腹を立てているって？」サイモンは信じられなかった。いつもは冷静な彼を、アガサが怒鳴らせているのだ。

「あら……そういうことなの」彼女はつぶやいた。

サイモンはなんとか気持ちを抑えて言った。「ああ、そういうことだ。いったいどういうつもりなんだ？」

アガサはゆっくりと片方の眉を吊りあげ、両手を腰にあてた。「わたしにそういう口のき方はしないで、サイモン・レイン。わたしは自立した女なの。お忘れかしら？」

「きみは自分で自分を危険におとしいれる、大馬鹿女だ！」

「あなたにはわたしに命令する権利はないわ。夫ではないのよ！　兄弟でも、父親でも、恋人でもない！　ええ、恋人でないことは、ゆうべはっきりと思い知らせてくれたわ！」

アガサの言うとおりだ。ぼくは何者でもない。まわりの人間を危険に巻きこむチープサイド街の鼠だ。彼女にとって、なんでもない人間だ。

しかし、アガサの口からそれを聞くのはつらかった。

サイモンは一歩前に足を踏みだし、またも肩をつかんで彼女を引きよせた。そして、口づけで彼女をだまらせた。

アガサは甘く、熱く、彼の求めるすべてをそなえていた。彼女は情熱的に彼に身を押しつけた。でも、もっともっと近づきたかった。

サイモンは彼女をうしろむきに歩かせて、玉突き台の前に移動した。そして、腰に両手をすべらせると、その身体を抱きあげて台の縁に坐らせた。

目の前に彼女の乳房が見えている。今夜、クラブじゅうの男が、この胸に顔をうずめたくて涎《よだれ》をたらしていたのだ。

手を動かさずにはいられなかった。アガサの首が、肩が、あらわになっている胸の谷間が、そのやわらかさとともに彼を駆りたてる。頑固さをすべらかな皮膚で包んだ夢のような女……。どんなに貪っても、貪りつくすことはできそうもない。

高ぶった彼女に髪を引っぱられて、サイモンの中に甘い痛みが走った。彼女の熱さと、やわらかさと、息も絶えだえのあえぎ声。それ以外、サイモンには何も感じられなくなっていた。

そう、ジャッカムがやってくるまでは。

「何をしている！　身体を売ることは御法度だと言ったはずだ」彼は怒鳴った。

サイモンは慌ててアガサからはなれた。

「ああ……失礼。あんたが相手だとは思わなかった」面食らったジャッカムは、ふたりに背をむけて立ち去っていった。

サイモンの腕に抱かれて有頂天になっていたアガサは、くすくすと笑いだした。ミスター・ジャッカムは、ピアソンにも負けないほどの苦い表情を浮かべていた。

アガサは手をあげてサイモンの顔をなでた。「何をしていたところだったかしら？」

しかし、邪魔が入ったあとでは、もう無理だ。サイモンは粉々になった自制をかき集めて、彼女からはなれた。「悪かった。こんなことをした自分が赦せない」

アガサは苛立たしげにため息をついた。「サイモン、なぜ謝るの？　口づけをやめてしまったことに文句を言いたいくらいだわ」

サイモンの瞳に浮かんだ冷たい決意の色が、彼女を驚かせた。ふたりのあいだにあるのは境界線ではなく愛だということを、彼に証明してみせる必要がありそうだ。

しかし、彼は聞く耳を持たないだろう。サイモンは彼女を床に立たせると、無言のまま子守女のようなやり方でドレスの襟元をなおした。そして、玄関にすすんだ彼はアガサの外套をつかむと、スタッブズに馬車を呼ぶよう命じた。

夜もふけた今、街は静まり返っていて、ふたりはあっと言う間にキャリッジスクエアに帰り着いた。サイモンは馬車をおりるアガサに手を貸し、雨の中、言葉をかわすこともなく玄関まで彼女をみちびいた。

ふたりの外套を受け取ったピアソンは何も言わなかったが、アガサはその鋭い眼差しの中にやさしさを見たような気がした。

「化粧をおとして、眠ることだ」

「話し合う必要があるわ」

「話などしないほうがいい。起こるはずのないことは忘れるべきだ。ああ、あんなことはもうけっして起こらない」

その言葉がアガサの胸に突き刺さった。「けっ、して、けっしてなんて言わないで、サイモン。お願い」彼女はささやいた。

「アガサ、ぼくたちに未来はないんだ」

彼女はうなずいた。「わかっているわ。今、あなたといたいだけ。ジェイミーが帰ってきた夜に始めたことを、わたしたちは終わらせていない。あのとき、あなたはわたしに情熱というものの意味を教えてくれたのよ、サイモン」

彼は間髪を入れずに、きっぱりと首を振った。「ぼくはきみに痛みを与えただけだ」

「それについて不思議に思ったことは認めるわ。だから、セーラに訊いてみたの。次からは痛みは感じないと言われたわ」

「ぼくたちに次はない」

「それは公平ではないわ。わたしは生涯、あのときのことを思って、すっきりしないまま生きることになるのよ」

ほんとうにそうなのだろうか？　ぼくはアガサから得るだけ得て、何も与えていないのだろうか？　ふたりで分け合うべき悦びを独り占めしているのだろうか？

くそっ！　アガサのこととなると、わけがわからなくなってくる。「自分のしていることはわかっているつもりだ」

アガサは首を傾け、目をほそくして彼をにらんだ。「いいえ、あなたは何もわかっていない。あなたは臆病者だわ、サイモン・レイン。でも、わたしはちがう。それに、わたしにとって、これは終わったことではないの」

「いずれにしても、今夜はもう終わりにしよう」サイモンは階段を指さした。「二階へ行くんだ。今すぐに。今夜は、ぼくが最初の見張り番だ。部屋に忍びこんでも無駄だ」

アガサは無言のまましばらく彼を見つめたあと、階段をのぼりはじめた。サイモンは胸をなでおろし、客間へとむかった。

彼は暖炉の火を熾すと椅子に腰をおろし、むっつりと炎を見つめた。ほんとうはアガサの身が危険にさらされる可能性など無視して、二階の部屋へと、ベッドへと、彼女を追っていきたいのに、それができずにいる。たしかにぼくは、どうしようもない臆病者だ。

深夜、アガサの部屋は寒く、その空気は湿気を含んでいた。窓が開けはなたれていたせいだ。彼女は、時計塔の鐘の音が目覚めさせてくれることを祈って眠りに就いた。そして今、彼女は望みどおり鐘の音で目を覚ました。

アガサはふるえながら化粧着を身にまとった。ネリーがサイモンの部屋で見つけて、ここにもどしたにちがいない。瓜《うり》ふたつの双子の主人のことや、夜にとつぜんあらわれた女主人の謎めいた兄のことを、使用人たちはどう思っているのだろう？　たぶん、とんでもないことだと思っているにちがいない。彼らがそれを口に出さずにいてくれることを、アガサはひたすら祈っていた。

　こんな時間では、サイモンの部屋にむかうアガサの姿が使用人の目にとまることはありえない。灯りのない暗闇の中、彼女は決然と足をすすめた。

　サイモンは彼女のことを衝動のままに動く人間だと思っているかもしれないが、それはまちがいだ。今度のことでも、アガサは計画を練り、事前に廊下の障害物をどけておいた。サイモンの部屋と自分の部屋の扉の蝶番に油を差し、部屋のすぐ外の戸棚に余分の化粧着をかくすことも忘れなかった。裸で部屋に駆けもどるのは、二度とごめんだ。

　見張りをして遅くまで起きていたサイモンは、ぐっすり眠っているにちがいない。アガサには、どんなことが起きても動じない自信があった。これ以上の機会があるとは思えない。

　サイモンの部屋も廊下と同じくらい暗かったが、バットンがディーラーの衣装を用意している時間を利用して、戸口からベッドまで何歩でたどりつくか測っておいた。

　アガサは心の中で歩数をかぞえながら、足をすすめた。彼女の足首が、ベッドの縁の飾り布にふれた。ゆっくりと化粧着を脱ぎ捨て、上掛けを持ちあげる。

　上掛けの下にそっと身をすべらせた彼女の下で、マットレスがかすかに音をたてた。すぐそばからサイモンの寝息が聞こえてくる。アガサは足が冷えすぎていないことを祈りながら、怖ずおずと彼に身をよせた。彼を起こしてしまったら、計画はだいなしだ。

サイモンは目を覚まさなかった。冷えきったアガサの肌に、彼の熱さが伝わってくる。彼女はしばらく動かずに、ただそのぬくもりを味わっていた。炎の熱でロウソクの蠟がとけていくように、身体が温まってやわらかくなってきた。

アガサは動きだした。

彼の男らしい手首から肘の内側にむかって、ゆっくりと指を這わせてみる。そのすべらかな肌の感触は、自分のものとはまったくちがっていた。

こんなふうに彼にふれるのは新鮮だった。たぶん暗闇に包まれているせいで、感覚が鋭くなっているのだ。それに、見られていないということもある。初めて肌を合わせたときは、サイモンの熱い眼差しが彼女の動きを追っていた。

サイモンが眠りつづけていることで大胆になったアガサは、彼の肩と胸の筋肉をなではじめた。

なんて硬いのだろう。わたしの身体とはまったくちがっている。

アガサは身体の中に温かさがひろがっていくのを感じながら、そっと彼に身をよせた。彼の肩に頭をのせ、胸毛におおわれたたくましい胸に掌をおいてみる。

彼女の心臓は、彼を求めて早鐘を打っていた。眠っている彼を愛撫するというのは、してはならないことをしているようで、たまらなく刺激的だった。たしか、そんな言葉があったはずだ。

エロティック。

これまで、そのほんとうの意味を知らなかった。たぶん、そんな体験をしたことがなかったせいだ。暗闇の中で彼を愛撫するのは、まちがいなくエロティックだった。

サイモンの姿を見ることができたらと、彼女は思った。しかし、流れをとめたくなかった彼女は、ロウソクを灯そうとはしなかった。だから、初めてふたりが出逢った日の記憶を、心の中によみがえらせた。

あの日、サイモンは入浴するために裸になっていた。その姿は、この上ないほどすばらしく、あのときでさえ彼女はため息をもらさずにはいられなかった。

今は、サイモンがどういう心の持ち主かも知っている。彼が強くて無欲なことも、過去の痛みを拭えないまま、どうしようもないほどの孤独に堪えて生きていることも知っている。サイモン・レインは、目もくらむばかりの外見を持つにふさわしい男なのだ。

アガサはさらに身をよせると、彼の脇腹に乳房を押しあて、彼の硬い脚に腿をのせた。

サイモンが動いた。しかし、ゆうべのような勢いはなかった。物憂げに、彼女の腿にとらえられた脚を動かしただけだ。彼女の内腿が、最も興味深い部分へとずりあがっていく。

彼の硬くなったものを膝に感じて、アガサは目を見開き、唇を嚙んだ。しかし、ここで怖じ気づくわけにはいかない。

アガサは彼の腹部に手をすべらせ、体毛の微妙な感触を味わいながら、さらに下にむかって指を這わせていった。

ああ、どうしよう？　そこは、まさに謎の領域だ。アガサはためらった。にぎりしめていいのだろうか？　サイモンと肌を合わせたことはあっても、男の性器については何も知らない。このあと、どうしたらいいのだろう？

23

サイモンは夢の中で心地よくただよいながら、得も言われぬ悦びをおぼえていた。アガサの夢はずいぶん見たが、ここまですばらしいのは初めてだった。彼女の香りさえしてくるし、腰のあたりに彼女の秘部のやわらかさを感じてもいた。

サイモンはアガサのほうをむいて、その身体を抱きしめた。彼の胸にふれてとけていく素敵な乳房に、宝石のように硬く尖《とが》った先端。

身を乗りだすようにして唇をよせるアガサの長い巻き毛が、彼の頬におちていく。彼女の唇は、お茶と蜂蜜とアガサの味がした。

仰向けになったサイモンの腰に、彼女のやわらかな太腿がからみつく。彼はやさしく温かなアガサの神殿を見いだしたくて、たまらなくなっていた。今すぐに彼女を貫く必要がある。

彼女の腰においた手をすべらせて、官能的な丘をつかみ——

サイモンは、ほんとうに彼女の官能的な丘をつかんでいた！

彼がこおりつくのを感じて、アガサはがっかりした。お尻を包みこんでいた手が、こわばっている。

「アガサ、ここで何をしているんだ？」

彼の声は、欲望と混乱のせいでしわがれていた。公平でありたいと思うなら、身をはなして彼を説得するべきだ。

しかし、彼女の中で目覚めた何かが、先へすすめと大声で叫んでいた。それに、説得をしても無駄だということは、もうわかっている。

彼女は、わずかに腰を傾けて、彼のものを自分自身の縁へとみちびいた。

「アガサ――」

アガサは彼の抗議を、熱く大胆な口づけでさえぎった。もう抗議の声はあがらない。サイモンの腰の動きが、抗う意志をなくしたことを告げていた。

彼女は痛みを覚悟で、一気に身を沈ませた。

しかし、彼女の中でふくらんでいったものは、痛みではなく悦びだった。アガサは、あまりの驚きに大きくあえいだ。ああ、もう一度……。

アガサは本能のまま膝立ちになると、ふたたび彼のものを迎えいれた。またも彼女の中に甘やかな衝撃が走った。サイモンもうなり声をあげている。

アガサは彼の手にみちびかれるまま、その動きを何度も繰り返した。

激しい欲望に駆りたてられて、彼女の身体は手がつけられないほどになっていた。衝撃の大波にもまれながら、サイモンが夢中でそれを貪っていく。アガサの意識は、ただ一点に集まっていた。ふたりの身体がはなれる寸前まですばやく身を引きあげ、そのあと彼のものを一センチずつ味わいながら、ゆっくりと身を沈めていく。そうして彼女は甘い痛みに身を引き裂かれながら、すっかり彼に満たされるのだ。

駆りたてられるまま動きを速めていくアガサの下で、不意にサイモンが声をあげ、身を反らせて彼女を深く貫いた。

大きくなって脈打っている彼のものがエロティックにふるえている。それを感じて、アガサは言葉にならない歓喜の声をもらした。悦びがはじけ、破片がきらめきながら降ってくる。

自制を取りもどしたサイモンは、アガサの双丘をつかんでいた手の力をゆるめた。そんなふうに乱暴に彼女をつかんでいたことにも気づいていなかった。痣にならなければいいがと、彼は思った。

サイモンの上に倒れこんだアガサは、彼にしがみついてあえいでいた。その髪が彼の首にかかっている。

「心配ない」そうは言ったものの、サイモン自身もやっと息をしているような状態だった。アガサはオルガスムの激しい波に呑まれて、まだ身をふるわせていた。「すぐにおさまる」

彼はささやいた。

「これは……どういうことなの？」

サイモンは驚いている彼女を見て吹きだしそうになったが、そんな無邪気さを笑いたくはなかった。

夜が明けようとしている今、銀色の朝日が部屋に射しこみはじめていた。サイモンは、いつも早起きだ。アガサは、そこまで考えて計画を実行したのだ。

「愛をかわすと、そんなふうになるんだ」彼は言った。

アガサは頭をあげ、目をしばたたいて彼を見た。額には、汗にぬれた髪が貼りついている。

「誰でもこんなふうになるの？」

「いや……誰でもというわけではない」サイモン自身も、そんなふうにはならない。今も、衝撃の激しさにぼうっとなっているだけだ。

もちろん、彼にしてはぼうっとしすぎていた。

ぼうっとしすぎている？　真実の声が疑問を投げかけた。

いずれにしても彼女のせいだ。ぼくは不意を襲われたのだ。

認めろよ。おまえは誰かに身も心も捧げたことなどないじゃないか。

「ああ、なんとでも言ってくれ」彼はつぶやいた。

アガサは片方の手と脚をサイモンの身体にからませたまま、彼の横にすべりおりた。彼女の汗ばんだ肌が、彼の身体に押しつけられている。サイモンは、愛の香りとまざりあった彼女の香りに、うっとりとなっていた。

なんて心地よいのだろう。

「何か言った？」アガサは呼吸がととのってもなお、力なく彼にしがみついていた。

慎みを忘れている彼女は、無邪気さゆえにたまらなく魅力的だった。サイモンが裸でいるのだから、わたしもこのままでいい……彼女はそう思っているにちがいない。上品ぶって身をかくそうとは考えてもいないようだった。

アガサは天才的な嘘つきだが、彼が知っている誰よりも正直だ。彼女は半端なことはけっしてしない。何をするにも全力でのぞむ。

「ぼくはきみに未来を与えてやれない」サイモンは、だしぬけに言った。

「わかっているわ」彼女はささやいた。

サイモンは肩に彼女の唇が押しあてられるのを感じた。自分を安心させようとしているアガサのけなげさを思って、サイモンは喉が詰まりそうになった。

「きみは変わっているな、アガサ」

「それは悪いこと？　それとも、個性的だという意味かしら？」

「個性的などという言葉ではおさまらない」サイモンは自分が彼女の髪をなでていることに気づいて、手をとめようとした。しかし、とめないことにした。彼女の魅力に抗うにも、自分の思いと闘うにも、疲れすぎていた。

サイモンはゆっくりと彼女を仰向けにして、その上におおいかぶさった。そして、じっと彼を見あげるアガサを見おろしながら、美しい顔に指を這わせた。

「できるだけ長くきみといたい」サイモンは言った。「しかし、そのときが来たら別れなければならない」

アガサは目をうるませてうなずいた。

「今も、あとになっても、涙は流さない。できるかい、姫君？　そのときが来たら、ぼくを行かせてくれるかい？」

「相手が相手ですもの。わたしには、とても太刀打ちできないわ」そうささやいた彼女の声には、あきらめの色がにじんでいた。

「相手？　誰のことを言っているんだ？」

「イギリスよ」

「ああ、アガサ。ぼくは、この国よりもきみを愛している。しかし、きみは強い。ぼくがいなくてもやっていける。しかし、イギリスにはぼくが必要だ」

アガサは驚きの表情を浮かべて、目を大きく見開いた。

「アガサ？　どうした？」

「わたしを愛している？」

これまでサイモンは、一度も愛の言葉を口にしなかった。愛を告げるには臆病すぎた。彼は恐れていたのだ。愛していると言ったが最後、彼女と別れられなくなってしまうかもしれない。

サイモンは何か言おうと口を開いたが、アガサに唇をなでられて言葉を呑んだ。

「何も言わないで。そのほうがいいわ」

アガサは、やわらかな掌で彼の顔を包みこんだ。

「でも、わたしは自分の気持ちをかくさない。わたしはあなたを愛しているの」

アガサは彼より勇敢なのだ。サイモンは目を逸らせた。「愛には大きな危険がともなうんだ、アガサ」

「あなたは危険ではないわ」

「なぜわかる?」

「危険だったら、あなたはここにはもどらなかった」

「しかし、またきみをおきざりにするためにもどってきたようなものだ」

アガサは首を振った。「引きはなされるのと、おきざりにされるのは同じではないわ」

サイモンは彼女の両方の目元に口づけた。かすかに涙の味がする。「きみの家にもどってこられてよかったと思っている。しかし、こんなふうにきみを汚すべきではなかった」

アガサは鼻をならした。「サイモン、わたしがあなたを奪ったのよ」

彼は笑みを浮かべた。「わかっている。まったく、情けないよ」

「あなたは情けない男などではないわ」アガサは、眉にかかった彼の髪をかきあげた。「最高のものを与えられるべき人間よ」

サイモンは何も言わなかった。しばらくして彼女のかたわらに仰向けになった彼は、天蓋を見つめた。

「ぼくは私生児の元煙突掃除人だ」

「知っているわ」

最悪なのは、彼女がそれをなんとも思っていないことだった。サイモンは彼女にすべてを話した。誰にも話したことのないことまで、何もかも話した。それでも彼女は、彼を蔑んだりはしなかった。

「母が亡くなってからは、ほんとうに孤独だった。ボスのことは愛していたのかもしれない。しかし、彼がぼくを愛していなかったことはたしかだ。彼にとって、ぼくは道具でしかなかった。イギリスの敵に照準を定めた、ただの武器だ。ぼくの身に何があろうと、彼には関係なかったんだ」

アガサは、自分もボスと同じように彼をあつかっていたことに気づいて、気まずさをおぼえた。最初のころ、彼女もサイモンを道具のように思っていた。

たいせつなジェイミーをさがすのに、煙突掃除人を使って何がいけないの？——そんな気持ちがどこかにあったにちがいない。自分は公平な人間だと思っていた。しかし今、アガサは自分の中のいやらしさを見せつけられて、呆然としていた。

「あなたはボスを愛していたのよ。そして、今は部下たちを愛している」

「おそらくね。しかし、そのせいで失ったものは大きい」

「失ったもの？」

サイモンは暗い瞳で彼女を見つめた。「きみだ。きみとの暮らしだ。ぼくと結婚したら、きみが危険にさらされる。きみを護ってくれるものは何もないんだ」

「王太子殿下はライアーの家族を護ってくださらないの？」

サイモンは彼女の髪を指にからませながら首を振った。「ライアーは消耗品だ。糸を切られて、嵐のただなかに飛んでいく」

アガサは腹ばいになって彼とむきあった。「わたしもライアーになれたらいいのに」

彼の口元に笑みが浮かんだ。「きみはレディだ」

「わたしは女よ」

「ああ、それはまちがいない。しかし、ぼくはきみに与えるものを何も持っていない。きみは紳士と結婚するべきだ」

アガサは鼻をならした。「それで、わたしはどうなるの？　レディ・ウィンチェルのようになるのかしら？　着飾って皮肉を言うのかしら？　夫を裏切って他の男と楽しんだりするのかしら？　夜ごとパーティを開いて、どうでもいいような退屈な人たちの相手をして過ごすのかしら？」

「悪くないんじゃないのかい？」引きよせられて、アガサは力なく彼に身を重ねた。サイモンは、その感触を愛していた。「たしかきみは、ロンドンが好きだと言っていた」

「わたしは、あなたがいるロンドンが好きなの。誰かの書斎にあなたと忍びこむときのスリルが好きなの。〈ライアーズクラブ〉も大好きよ。どこかの紳士の飾り物になるなんて、ぞっとするわ」

言いたくはなかったが、言わないわけにはいかない。「エサリッジ卿なら――ダルトン・モンモランシーなら、きみをそんなふうにはあつかわない」

アガサは顔をあげて彼を見つめた。そして、ふたたび彼の肩に顔をうずめると、そこに唇をあてて……嚙んだ。

サイモンは仕返しに彼女の脇腹をくすぐった。笑いだしたアガサが、ベッドから頭をおとして、彼の手を払いのけようと腕を振りまわしている。

サイモンが引きよせて抱きしめると、アガサは彼の胸で笑いの涙を拭った。

「サイモン、そういうことには干渉してほしくないわ。結婚したくなったら、自分で相手を選びます」

「しかし、結婚はする。そうだろう？」

アガサは苛立たしげに猫のようなうなり声をあげた。「サイモン、やめて。わたしの未来に危険はないわ。心配は無用よ」

「ひとりでいてはいけない。きみは愛されて生きるべきだ」

アガサは何も応えなかった。そして、しばらく経ったころ、小さな声でささやいた。「そう言ってくれるのが、別の誰かだったらよかったのに」

そのあと、サイモンはだまって彼女を抱きしめていた。ふたりして、街が目覚める音に耳を傾けているかのようだった。使用人たちが階下で動きまわる音が聞こえてきた。もう自分の部屋にもどらなければいけないことが、アガサにはわかっていた。

それでも、彼女はそこにいつづけた。ふたりのこれまでのことを思い、別の世界に住んでいたふたりがどのようにしてキャリッジスクエアで出逢ったかを思っていた。

今のふたりをどう表現したらいいのだろう？　将来を望めない恋人同士？

「もう行ったほうがいい」ついにサイモンが口を開いた。

「ほんとうね」

「最後に口づけをしてくれ」

この夜、ふたりが始めたことの脆さに気づいて、ふたりはそっと唇を合わせた。彼女を行かせたくなかった。世間など締めだして、何日もベッドで過ごし、彼女を貪りつくしたかった。ふたりの前に立ちはだかっているものの大きさを思って、サイモンはこれまでにないほど打ちのめされていた。

ようやくベッドをはなれると、サイモンはアガサの首から肩に両手をすべらせながら、崇めるように彼女を見つめた。彼に愛されているときの自分が、どれほど美しく気高く見えるか、彼女にはわかっていた。

そうしてアガサはすべるように身をはなし、笑みを浮かべて部屋から出ていった。サイモンの心がうずいた。ついに、ひとりになってしまった。

とうぜんのことだ。

その日、朝食のテーブルには張りつめた空気が流れていた。アガサがテーブルの端に坐っていることはわかっていたが、サイモンは彼女を見ることができなかった。見たら、彼女を誰もいない場所に連れていきたがっていることが、わかってしまうにちがいない。

遅れて部屋に入ってきたジェームズが、呑気な顔をしてサイモンの前に坐った。「おはよう」それがサイモンの神経にさわった。

「やっと起きてきたのか？　なんてものぐさなんだ。こんな男に跡を継がせようと思っていたなんて、信じられないな」

ジェームズは卵を口に入れる寸前のところで、フォークを持つ手をとめた。「ぼくが何をしたというんだ？」

サイモンは椅子の背にもたれて腕組みをした。「きのう、アガサが家から抜けだしたことに気づかずにいた」

ジェームズは肩をすくめた。「アギーは、ぼくが起きる前に家を出たんだ。日がのぼる前にね」

アガサは、すまなそうに言った。「心配をかけてごめんなさい、ジェイミー――」

「心配などしていなかった。おまえはサイモンといっしょだと、ピアソンから聞いていたからね」

「しかし、彼女はぼくといっしょではなかった。ぼくの跡をつけていたんだ」

アガサは苛立ちの声をあげた。「わたしはここにいるのよ」

サイモンは彼女のほうを見ようともしなかった。

ジェームズは笑みを浮かべた。「アギーはかしこい。そう思わないか？」

「ほんとうにかしこかったら、自分の身を危険にさらすような真似はしない」

「わたしがここにいないような話し方はやめて。ほんとうに苛々するわ」アガサはフォークをおいた。

にはいさ、サイモン。いずれにしても、フィーブルズがアギーのそばについている」

「神経を尖らせることはないさ、サイモン。いずれにしても、フィーブルズがアギーのそばについている」

　アガサは身を乗りだした。「なんですって？　フィーブルズというのは、誰なの？」

　サイモンは彼女の質問を無視した。「フィーブルズは使い走りであって、護衛ではない」

「いざとなったら、ナイフが使える」

「ごろつき相手の喧嘩《けんか》なら有効だ。しかし、訓練を積んだ人間を前にしたら、ひとたまりもない」

　アガサは混乱し、ふたりの男を交互に見つめた。「待って。誰かがわ、た、し、の跡をつけているということなの？」

　ジェームズは真顔になって、サイモンをにらみつけた。「訓練を積んだ人間を前にしたら、誰だってひとたまりもない。ああ、きみでさえ太刀打ちできない」

「ジェームズ、ぼくが言っているのは、きみが彼女を家から――」

　空気を引き裂くような口笛の音を聞いて、サイモンとジェームズは振りむいた。アガサは二本の指を口からはなして、にっこりとほほえんだ。

「ごきげんよう。アガサ・カニングトンよ。ここはわたしの家なの。わたしの存在を無視するなら、出ていってちょうだい。ええ、もちろんセーラがこしらえる食事は楽しめなくなるわね」彼女の笑顔に、残酷な色がわずかにくわわった。「おわかりかしら？」

「もちろんだよ、アガサ」

「すまなかった、アギー」

「わかってもらえてうれしいわ。それじゃ、なぜフィーブルズがわたしの跡をつけているのか、説明してちょうだい」

ジェームズは肩をすくめた。「フィーブルズはライアーのひとりだ。彼にこの家を見張らせている。おまえも知っていると思っていた」

「知っているはずがないでしょう。手品のように、何もないところから情報を取りだすなんてできないわ」

アガサはサイモンのほうをむいた。彼女の眼差しは魅力的だったが、苛立たしくもあった。

「サイモン、他にわたしが知っておくべきことは？」

「フィーブルズが昼の見張りで、夜になったらカートが交替する」

「カート？　クラブの素敵な料理人の？」

ジェームズは吐きだすように言った。「きみはアギーをクラブの中に入れたのか？」

サイモンは頭を傾けて、しばしジェームズを見つめていた。「親愛なる同志くん、きみの妹はぼくをつけてきて、ぼくの知らないあいだにクラブに入りこんだんだ。それだけではない。ジャッカムを言いくるめてクラブで働き、彼の執務室の鍵まで手に入れた」

ジェームズは畏《おそ》れいって妹を見つめた。「ほんとうなのか？」

アガサは後悔の色も見せずに、すまして答えた。「ええ、ほんとうよ」

ジェームズの顔に尊敬の色がよぎった。「なんということだ」彼はアガサのほうに身を乗りだしてささやいた。「それで、サイモンはどうした？」

「わたしに口づけをしたわ」

サイモンは目を閉じ、手の中に顔を伏せた。最悪だ。「アガサ、なぜ必要なときに嘘をつかない？」

ジェームズは鼻をならした。「アギーは、ぼくにはけっして嘘をつかないんだ。そうだろう、アギー？」

「ええ、よほどの理由がないかぎりね」アガサは、なぐさめるように兄の手をやさしく叩いた。

ジェームズの自信に満ちた表情がゆらぐのを見て、サイモンは彼を助けてやることにした。「ジェームズ、今日はきみが敵につかまった夜のことを、もう一度話してもらうことにしよう」

その言葉で、たちまち食欲が失せたようだった。ジェームズは、ゆっくりとフォークをおいた。「もう充分話したと思うがね」

「今日は、別のやり方をためしてみよう」

アガサはうなずいた。「いい考えね。ぜひ、わたしも聞かせていただくわ」

ジェームズは顔を赤くして彼女のほうをむいた。「アギー！　あの夜の話には、ひじょうに個人的な要素が含まれている。おまえが聞くような話ではない」

「あら、六時間も愛人と過ごしたという事実のことを言っているの？　ねえ、ジェイミー、いったい六時間も何をしていたの？　そんなに時間がかからないものだって、最近わたしも知ったのよ。そうよね、サイモン？」

サイモンは卵を喉に詰まらせた。今度は彼が赤面する番だった。彼は驚いて見つめているジェームズから目を逸らせた。

「ああ、アガサ……ジェームズの言うとおりだと思うね。きみが話を聞く必要はない。この話は、どちらかというと――」

「わたしなど、なんの役にも立たないと思っているのね？」アガサはナプキンをたたんで皿の脇においた。「よくわかったわ。だったら、ダルトンのお誘いを受けて、馬車で遠乗りに出かけることにします」

くそっ、ダルトンのやつめ！

アガサは夢見るようにつづけた。「彼といると楽しいわ。それに彼の馬車は、外から中が見えないようになっているのよ。だから、一日じゅう黒いヴェールをかぶっている必要もないわ――」

「アガサ、やはりきみの意見を聞く必要がありそうだ」サイモンは何気なさをよそおってそう言いながらも、じっと皿を見つめていた。それでも、アガサがジェームズの脇腹をつつくのを見たような気がした。

「ああ……そのとおりだ！」ジェームズは同意した。「絶対だよ。アギーの意見を聞く必要がある」

24

午後いっぱい、ピアソンは訪れた客にお引き取りを願いながら、客間にお茶と菓子を運びつづけた。三人はサイモンがテーブルにひろげた地図をかこんで、問題の夜のジェームズの行動をひとつずつたどっていった。

ジェームズがしそうなことがよくわかっているアガサは、彼に的確な質問をあびせた。そしてその結果、ジェームズは愛人を訪ねる前に菓子屋によってボンボンを買ったことを思い出したのだ。アガサは自分が役に立てることを証明できて得意になっていた。

「ここは、その方のお宅なの、ジェイミー？」アガサは地図上のほそい路地をさして訊いた。

「いや、彼女の友人の家だ。彼女は結婚しているんだ。だから、人目につかないように気をつける必要があるんだよ」

アガサは動揺して目をそむけた。夫のあるレディとの情事など、あまりに俗っぽすぎる。崇拝していた兄のそんな一面は、見たくないような気もした。

サイモンは立ちあがってのびをした。「ボンボンのことはいい。ぼくが知りたいのは、なぜ〈ヴォイス・オブ・ソサエティ〉にグリフィンの行動が報じられたのかということだ」

「驚いたね。ぼくの動きが新聞にのっていたって？　しかし、そんな記事を信じる人間はいないだろう？」

アガサは両手を腰にあてた。「ジェイミー、ああいう新聞を軽く見てはいけないわ。まだわからないの？」

ジェームズは助けを求めてサイモンのほうをむいたが、笑みが返ってきただけだった。

「悪いが、ぼくも同感だ」

ジェームズは肩をすくめた。「ヴィニーはああいうものを好んでいたが、ぼくは読んだこともない」

アガサは背筋をのばした。一日じゅう、兄の愛人の名前が聞きたくてうずうずしていたのだ。「ヴィニーというのはどなた？」

「ぼくの知り合いだ」

「愛人のことね」

「厳密に言うと愛人ではない。彼女を囲っているわけではないからね。彼女は暇をもてあましている、ただの既婚女性だ」

ヴィニー？　いやだわ、嘘でしょう！　不意に事実に気づいて、アガサの中にふるえが走った。「ヴィニーというのは、ラヴィニアのことなの？」

「なんだって？」

「レディ・ウィンチェルがお兄さまのお相手なの？」

「ああ、そうだよ。ぼくを相手に清純ぶるのはやめてくれ、アギー」ジェームズは身がまえるように言った。

「でも、知らないの？　あの人はフランスのスパイかもしれないのよ！」

ジェームズとサイモンは目をしばたたいて彼女を見つめた。アガサは両手をひろげて必死で訴えた。「辻褄《つじつま》が合うわ。ラヴィニア・ウィンチェルは、あの夜、お兄さまがどこにいるかを知っていた。それに、初めからわたしのことを疑っていたの。あの人にわたしの話をしなかった？」

「子供のころの話はしたが、おまえの名前や居所は誰にも話していない。彼女がおまえの存在を知っていたとは思えない。結論をいそぎすぎているよ」

「でも、あの人はサイモンを誘惑しようとしたわ！」

ジェームズは訳知り顔で、鷹揚にかぶりを振った。「なるほど。しかし、嫉妬のせいで判断を誤ってはいけないぞ。これは深刻な問題なんだ。正直に言うよ、アギー、おまえの話は信じられないね」

アガサは怒りもあらわに言い返した。「正直に言うわ、ジェイミー、お兄さまの好みが信じられないわ」

ジェームズは眉をひそめて言った。「いいかい、ラヴィニアはスパイではない。彼女は政治よりも流行や噂話に興味を示す類《たぐい》の、考えの浅いわがままな女だ」

アガサはサイモンに訴えた。「あなたはわかってくれるわよね？」

サイモンは疑わしげに彼女を見た。「偶然のように思えるがね、アガサ。しかし、それで気がすむなら、誰かに彼女の経歴を調べさせるよ」

アガサは、頭をなでてなだめられているような気がして、大声で叫びたくなった。「ジェイミーがわたしのことを子供あつかいするのはしかたのないことよ。でも、サイモン、あなたはわたしの直感を信じてくれていると思っていたわ」

「ぼくは直感を信じるよ。それが、たしかな情報をもとにひらめいたものならね」

「わたしたちはラヴィニアを見てきたわ。それ以上たしかな情報があるかしら？」

「どんなふうにでも考えられるよ。おそらく偶然だ。ぼくたちに近づいてきたのは、ただの興味からかもしれないし、惹かれるものがあったのかも……」

サイモンは言葉をにごしたが、アガサは彼が兄と目配せしたのを見逃さなかった。忌々しい男のエゴだ。「ええ、もちろんだわ」彼女は嫌味たっぷりに言った。「あなたはとっても魅力的ですものね。あなたを前にして、夢中にならない女はいないわ」

「気をつけろよ、サイモン。ひどい目にあうぞ」ジェームズはそうつぶやきながら、そっとあとずさった。

アガサは兄には目もとめなかった。サイモンを見つめながら、じりじりと距離をつめていく。

「説明してほしいわ。ラヴィニアは女だからフランスのスパイではありえないと、あなたは言った。あの人があなたに興味を持ったのは、あなたの魅力にまいってしまったせいだと思っているのよね。でも、わたしのことは疑っていたじゃないの？　そうよ、スパイかもしれないと疑っていただけではないわ。いかがわしい女だと思いこんでいたのよ！　ねえ、どういうこと？　なぜラヴィニアのことは信じて、わたしのことは疑ったの？」

サイモンは、にじりよってくる彼女を見つめた。「アガサ……姫君……いったいどうしたというんだ？」

「姫君なんて呼ばないで、サイモン・レイン！　初めて書斎でふたりきりになったときに、わたしがラヴィニアのようにあなたの服を脱がせなかったから？　それとも、わたしが優雅でも上品でもないからなの？」

「答えるな、サイモン。何を言っても無駄だ！」ジェームズは警告した。

アガサは振りむき、敵意に満ちた目で兄を見た。「出ていって」

ジェームズは妹に敬礼すると、サイモンのほうをむいて言った。「きみに会えてよかったよ」

サイモンは不思議そうな顔をして、部屋を出ていくジェームズを見つめていた。「どういう意味かな？」

「知らないわ。でも、じきにジェイミーといっしょに出ていけばよかったと思うことになるでしょうね」

サイモンは彼女に輝くばかりの笑みをむけた。「ぼくを脅そうとしているのかい、アガサ？」

「いいえ、もちろんちがうわ」アガサは彼の胸に両手をあてた。

そして、力をこめて押した。

サイモンはソファに倒れこんだ。驚いて悪態をつきながら立ちあがろうとした彼を、アガサが押しもどす。ついに彼女は、彼が立ちあがれないように膝に跨った。

アガサは、はっきりと言った。「答えてちょうだい、サイモン。ラヴィニアのことは疑わないのに、なぜわたしのことは疑ったの？」

アガサは、彼の肩を両手で抑えつけた。サイモンには、質問に答える用意があった。もう一度訊こうと、アガサは口を開いた。

彼女がそれを感じたのは、そのときだった。

アガサの下で彼のものが硬くなっている。硬く大きくなったものが、彼女の敏感な部分に押しつけられている。

アガサの中を衝撃の波が駆け抜け、その刺激を感じて彼女自身がうずきだした。彼女はこおりつきながらも、身をくねらせたくなっていた。乳房に彼の唇を感じたかった。胸の頂を、硬くなるまで彼の舌にいたぶられたかった。

でも、ここは夜の闇の中ではない。カーテンを引いた彼のベッドではない。手がふるえ、彼を求めて身体の中心がうずいている。彼女は、荒れくるう波をどうしたらいいのかわからなかった。

アガサは、欲望の影をおびた彼の青い瞳をじっと見つめた。彼がほしかった。今すぐに。

今夜ではなく、今……。熱い視線をかわしながら無関心をよそおって一日を過ごすのはつらすぎる。

今、このソファの上で愛されたかった。鍵もかかっていなければカーテンも引いていないこの部屋で、日射しをあびながら、今……すぐに。

アガサの様子が変わったことに気づいて、サイモンのものが、さらに硬くなった。ふたりのたいせつな部分を包むように、彼の膝の上にスカートがひろがっている。そして、彼の顎のすぐ前に彼女の乳房があった。サイモンは、たまらなく彼女を欲していた。ここで、昼日中に、すぐそこに使用人たちがいるこの部屋で、彼女を抱いて自分をときはなってしまいたい。

その考えは、たまらなく刺激的だった。そんなことを思った自分に呆れるべきなのはわかっていたが、うずきだしたものが彼から考える力を奪っていた。

アガサが彼をそっと刺激し、思いをこめてやさしく口づける。そのやわらかな唇の動きには、ためらいの色が感じられた。口づけを返したい気持ちを抑えて、彼女に思うまま唇を探らせながらも、サイモンはその場でいってしまいそうになっていた。

アガサは、どんどん大胆になっていく。そして、ついに彼女の舌が入ってきた。それを教えたのは彼だ。サイモンの中を勝利の喜びが駆け抜けた。彼女がこんなふうに口づけをかわした男は、彼が初めてにちがいない。しかし、アガサがさらに身を押しつけてくると、そんな思いはどこかに消えてしまった。甘く大胆に彼を求める情熱的なアガサを前に、サイモンは息もできなくなっていた。もっと彼女がほしかった。

薄いペティコートの下にすべりこんだ彼の両手が、彼女の太腿を探りあてた。下穿《したば》きは着けていない。これは、いい習慣だ。彼にふれられて、アガサがあえぎ声をあげている。

サイモンは温かな掌をすべらせてお尻をつかむと、欲望に輝く彼女の瞳をじっと見つめた。魅惑的な割れ目に指をあて、彼女のうるおった部分を探りあてるまで前にむかってすべらせていく。

「まだ話したいかい？」サイモンは、さらに深く指をすべらせながらささやいた。

身もだえしたアガサの甘やかな身体を、彼がしっかりとつかまえる。

「わたしは……ほんとうに知りたいの……」彼の指を感じて、彼女はのけぞった。

アガサの身体はとけそうなほど熱くなっていた。こうなったら、もう彼の思うままだ。サイモンは、二本の指で彼女を深く荒々しく貫いた。身を反らせたところを見れば、彼女が悦びをおぼえているのはあきらかだった。

サイモンは、象牙《ぞうげ》色の肌に誘われるまま、もう片方の手をスカートの下から引き抜いた。まばゆい日射しの中で、彼女の乳首がピンク色に変わっていくのを見たかった。

まず胸の先端があらわになるまで彼女のドレスの短い袖《キャップスリーブ》を引きおろし、もう一度指で彼女を貫きながら、それを腰まで押しさげる。

アガサの身体が甘く魅惑的に彼を求めている。それを感じたサイモンは、少なからぬ痛みをおぼえた。自分には、ここまで彼女に信頼される資格も、ここまで彼女に与えられる資格もない。

サイモンは片方の腕で彼女の腰を抱き、差しだされたものを夢中で貪った。やわらかな肌に口づけてそれをついばみながら、もう片方の手で彼女に悦びを与えつづける。

アガサは自分が裸同然の格好で客間でいることを、ぼんやりと意識していた。サイモンに抱かれて口づけられながら、かきいだくようにして彼の頭を引きよせている。彼女は、自分がここまで淫らになれることを知って、心のどこかで驚いていた。

「どうしてほしい？」そうささやいたサイモンの吐息が、彼女の胸に熱くこぼれた。「言ってごらん」

「わたしの中に入ってほしいの」彼女はあえいだ。サイモンが指をさらに深くすべらせると、彼女は身をふるわせた。でも、まだ物足りない。「あなたがほしいの」

「まだだ」彼はつぶやいた。「まず、きみが乱れるのを見たい。舞いあがるのを見たい」

サイモンが指の動きを速めると、アガサは小さな泣き声をあげた。彼女の中を快感の波が駆け抜けていく。

アガサは熱くあえぎながら腰をうねらせた。もう堪えられない。サイモンにも、それは伝わった。彼は不意に指先を前のほうにすべらせ、それまでとはちがう場所を愛撫しはじめた。

アガサは、ゆうべのことを思い出した。ゆうべ、彼はそこに口づけたのだ。彼の唇がそこにふれ、歯が立てられ、舌が動いていく。そんな記憶が新たな衝撃と重なって、彼女を悦びの縁へと押しやった。

アガサは声をあげ、慌てて手で口をおおいながら、為す術もなく悦びに身をふるわせつづけた。

「ああ、アガサ……ああ、もう我慢できない」アガサはサイモンの手がふたりのあいだを探るように動きだしたのを感じて、彼がズボンの前を開けられるよう、わずかに身をはなした。敏感な部分をなでられて衝撃の波にさらわれそうになっていたアガサは、彼の首に顔をうずめて、理性と力を取りもどそうとした。

でも、無駄だった。勝利のうめき声とともに彼に貫かれて、彼女の中にふたたび悦びの波が押しよせてきた。

熱くうるおった彼女を、彼のものが力強く満たしていく。しかし、それはすぐに彼女の中から引き抜かれてしまった。今、その先端は、かろうじて彼女からはなれずにとどまっている。

「ああ、お願い……」アガサは彼の上でふるえながら言った。「サイモン……あなたがほしいの……お願い……」

彼にしっかりとお尻をつかまれ、身を突きあげられて、アガサの唇から泣き声がもれた。彼女は繰り返し貫かれながら、彼の手の中でふるえつづけた。

ぼくの女。ぼくの女。

アガサは、たとえようもないほど美しかった。明るい部屋の中で、それはなんともすばらしい眺めだった。サイモンの絶頂のときも、すぐそこに迫っている。彼は硬く尖ったピンク色の乳首を口に含み、それを強く吸った。その衝撃にアガサの身体が引きつったように大きく動き、また新たにふるえだした。

彼を包むアガサの肉壁もふるえている。もう我慢できない。サイモンは彼女の乳房に顔をうずめ、大きなうなり声をあげながら、自分自身をときはなった。

アガサが、ぐったりと彼の手の中に沈みこんできた。サイモンは彼女を腕に抱いたまま、クッションによりかかった。アガサの中心は、彼のものを包んでまだふるえている。

サイモンは、ここまで激しい女のオルガスムを見たことがなかった。自分を抑えることも、自分を意識することも、すっかり忘れている。サイモンがはたした役割もなくはないが、これがアガサなのだ。

ようやくアガサの呼吸がととのってきた。サイモンは彼女の顎に指をあて、自分のほうに顔をむけさせた。

「だいじょうぶかい？」

アガサはうなずきながら、最後に一度、大きく息を吸った。「たぶん、もうすぐ死んでしまうわ。でも、まだだいじょうぶ」

「なぜ死んでしまうんだい？」

「だって、するたびに素敵になっていくんですもの。これ以上素敵になったら、絶対に死んでしまうわ」

「そんなに素敵かい？」

「ええ、素敵よ。あなたにも、わかっているはずだわ」アガサは身をくねらせて、彼のかたわらに横たわった。それでも、脚は彼の上からおろさなかった。「まだ、質問の答を聞いていないわ。それに、もうひとつ新しい質問ができたの」

「そう言われても驚かないのは、どうしてかな？」サイモンは彼女の顔にかかった髪をかきあげた。彼女の姿は、こんなことをしたあとなのに驚くほど乱れていない。それどころか、いつもより美しいくらいだ。

満たされた彼女の肌は輝き、愛らしい唇はいつもよりふっくらとして色濃くなっている。彼女の瞳がここまできらめいて見えたことはなかったし、その眼差しがここまでやさしげに見えたこともなかった。

「ただの美しさではない」彼はつぶやいた。「信じられないくらいきれいだ」

アガサは鼻にしわをよせて首を振った。「たしかに、そんなに悪くはないかもしれない。でも、ラヴィニアのようではないわ」

アガサは否定してほしくてそんなことを言ったわけではない。サイモンにも、それはわかっていた。彼女は心からそう思っているのだ。しかし、もしそうなら、それはサイモンのせいだ。自分の女に美しさを自覚させられない男は、役目をはたしていないことになる。それを成し遂げるために、残りの生涯を費やせたらどんなにいいだろうと、彼は思った。

サイモンは彼女の顔を両手で包み、自分のほうに眼差しをむけさせた。「ぼくがなぜきみを疑ったか、まだ知りたいかい？」

アガサは大きく目を見開いてうなずいた。

「それは……きみといると、なんの違和感もおぼえないからだ。そんなことはありえないと思った。ここまで気を許せる女性には、会ったことがなかったからね。だから、きみがわざとそんな空気をつくっているのだと思ったんだ」

アガサは目をしばたたいた。「でも、わたしはごくふつうの女だわ――」

サイモンは思わず彼女に口づけた。彼が顔をあげたとき、アガサは自分が何を言おうとしていたのかすっかり忘れていた。彼はほほえんだ。

「きみほど変わった女はいないよ、姫君。きみにそれをわからせてあげなくてはいけないな」サイモンは、ふたたび彼女を抱きよせた。「それで、もうひとつの質問というのは？」

「あら、忘れていたわ。ジェイミーは、さっきのつづきをしにもどってくるかしら？……というのが、もうひとつの質問だったの」

サイモンは、ふたりがどこで何をしているのかに気づいて慌てふためいた。「ああ、なんということだ。すまない、アガサ」彼は身を起こして、彼女の胴着を引きあげはじめた。

アガサはそれを手伝いながらも、笑みを浮かべて彼を見つめていた。「なぜ謝るの？　誘惑したのはわたしだわ」

「そのとおりだ。しかし、ぼくも大いに楽しんだ。もっと慎重になるべきだった」サイモンは、そう言いながら自分の服の乱れをなおした。

「これからたいへんだわ。だって、あなたを見るたびに、身体の奥であなたを感じたいと思ってしまうにちがいないもの」

あまりに素直な彼女の言葉を聞いて、サイモンは息がとまりそうになった。長い睫に縁取られた彼女の茶色い瞳には、温かな色が浮かんでいる。彼はその瞳を見つめながら、彼女をずっと手ばなさずにいられたらと思った。

アガサがいっしゅん顔をしかめてもがき、ソファから立ちあがった。「それにしても、こんなに……すごいことだとは思わなかったわ」

サイモンは声をあげて笑った。「残念ながら、これはこの上なくあたりまえのことなんだ――」

控え目に扉を叩く音がした。アガサが何気ない口調で応えるのを聞いて、サイモンは感心せずにいられなかった。戸口にあらわれたのはピアソンだった。

「奥さま、紳士がおふたり、奥さまを訪ねてお見えです」

「なんだって？　エサリッジ卿ではないだろうな」サイモンはつぶやいた。

「いいえ。フィスティンガム卿と――」

ピアソンを押しのけて、ふたりの男が戸口に姿をあらわした。年長の男は、背が低くて禿《は》げていて、かなり胴まわりがありそうだった。

しかし、もうひとりの背の高い男は、文句なしの美男子だ。女たちが涎をたらしそうな身体つきをしたその金髪の男が、図々しくも客間に入ってきた。アガサにむかって、勝ち誇ったように新聞を振りかざしている。

「ふん！」彼は言った。「きみだということはすぐにわかったよ、アガサ。フィスティンガムではロンドンの新聞など手に入らないとでも思っていたのかな？」

彼はサイドテーブルに新聞を投げつけると、顎を突きだしてアガサの前に立った。「きみがジェームズといっしょになって、ぼくに悪戯をしかけてくれたことは、よくおぼえている。きみたちは、それをすべてモーティマー・アップルクイストのせいにしていた。ああ、そんな人間は存在しない」

「レジー？」アガサは小さな声で言った。

それを聞いたサイモンは、男を見つめた。これが、あのレジーなのか？

アガサはサイモンのほうをむき、無意識のうちに手をのばして助けを求めていた。彼女の瞳に浮かんだ恐怖の色をひと目見ただけで、サイモンの怒りは頂点に達した。

サイモンは目にもとまらぬ速さで動いた。アガサの横に立っていたと思った次の瞬間、うなり声をあげてレジーを壁に押さえこみ、首を絞めていた。

「なんの真似だ？　やめろ！」フィスティンガム卿はサイモンの頭にステッキを振りかざした。

アガサはすばやく彼の前にすすみ、気がついたときには夢中でステッキをつかんでいた。

「ご無礼をお赦しください。でも、彼を叩かせるわけにはいきません」

それからアガサは、見るみる青ざめていくレジーのほうをむいた。「レジナルド、サイモン・レインを紹介させていただくわ。残念ながら、彼はあなたのことが好きではないようだけれど」

「どういうことだ？　とにかく息子をはなしてもらおう。さもないと役人を呼ぶぞ！」フィスティンガム卿はそう言うと、アガサのほうをむいた。「この男に何を話した？」

「ほんとうのことをお話ししただけですわ」アガサは答えた。彼女はサイモンの肩をそっと叩いた。「ねえ、あなた。レジーをはなしてあげて。跡取りが殺されてしまうんじゃないかと、フィスティンガム卿が気をもんでおいでだわ」

「いやだ」サイモンはうなるように言うと、レジーの首を絞める手にさらに力をこめた。「こいつが死ぬまではなさない」

「いったいなんの騒ぎだ？」

振りむいたアガサの目に、戸口に立って様子を見守っている使用人たちの姿が映った。主人のために戦う気でいるらしい。料理番のセーラは大きな麺棒を、ピアソンは火かき棒を、振りかざしている。

そして、そこに立っているジェームズの手には拳銃がにぎられていた。

フィスティンガム卿は息を呑んだ。「ジェームズ！」

レジーでさえ、もがきながら戸口のほうをむいた。ジェームズの姿を見て、レジーの目が驚きに大きく見開かれた。戦う気力を失った彼は、サイモンに首をつかまれたまま全身の力を抜いた。

「フィスティンガム？　それにレジー？　ふたりとも、ここで何をしているんだ？」ジェームズはふたりを交互に見つめた。そして、レジーを殺しかけているサイモンに目をとめた。

「サイモン、たしかにレジーは殺されてとうぜんの人間だ。しかし、少し待ってくれないか？　どういうことか興味があるんでね。説明が聞きたいな」

サイモンが渋々レジーの首から手をはなすと、アガサもうしろにさがり、五人は客間の真ん中でぎこちなくむきあった。

フィスティンガム卿は、目にしているものが信じられないようだった。彼は不思議そうにジェームズを見つめ、かぶりを振った。「おしまいだ」彼はつぶやいた。「何もかもおしまいだ」

ジェームズはアガサを見た。「フィスティンガムは、いったい何を言っているんだ？」

「たぶん、お兄さまが生きているのを知ってがっかりしておいでなのよ。わたしをレジーと結婚させることができなくなるもの」

「レジーと結婚？　冗談ではない！　アギーにあんなことをしておいて、恥知らずにもほどがある！」ジェームズは敵意もあらわにレジーをにらみつけた。

アガサの口が開いた。「知っていたの？」

「あたりまえだ。モットも、召使いも、みんな知っている。知らずにいたのは父上だけだ。ああ、父上は知りたくなかったんだろうね。あのあと、どこへ行くにも誰かがおまえのそばについていただろう？　あの日のあと、レジーはけっしておまえに近づかなかっただろう？　なぜだと思う？　ぼくが叩きのめしてやったからだ」

アガサは兄の顔に浮かんだ激しい怒りの色を見て驚いていた。ジェイミーは、ずっとわたしを護ってくれていたのだ。

アガサはレジーにむかって言った。「それで、あなたはわたしと結婚できると、ジェイミーがいなくなって邪魔者が消えたと、思ったのね？」

レジーはサイモンからジェームズに視線を移した。「アガサが何を言ったか知らないが……彼女はぼくを追いまわしていたんだ！　女たちはいつだって、ぼくを追いまわして……」

サイモンが動いた。しかし、レジーの顔に一撃を食らわせたのはジェームズだった。全員の目が床に倒れたレジーにむけられた。ジェームズも拳をさすりながら、彼を見つめている。

フィスティンガム卿でさえ、息子を助ける気にはなれないようだった。「なんと間抜けな息子だ」彼はつぶやいた。「あのときにものにしていれば、この娘は尻尾《しっぽ》を振っておまえについてきたはずなんだ。その美しい顔があれば、事に気づく前に結婚させることもできたはずだ」

アガサは笑いたいのを必死で抑えて言った。「勘ちがいをしておいでですわ。わたくしは、ずっとご子息をきらっていました。〝尻尾を振ってついていく〟はずがありません」

レジーはかぶりを振った。「このあばずれには、すでに恥をかかされている。そして、またこれだ。こんなデブ女なんかと結婚するものか。こいつにどれだけ借用書をにぎられているとごめんだ」彼はジェームズを顎で示しながら、そう言った。

アガサは目をしばたたいた。「ジェイミー、借用書があるの？」

ジェームズはうなずいた。「何枚もある。フィスティンガムの領地をそっくり取りあげられるほどね」

フィスティンガム卿は、あえぎながら言った。「この馬鹿息子が賭けに興じたせいで、全財産を失ったのだ。息子は、おまえと結婚する必要があった。それで、すべて解決するはずだった。アップルビーと、そこからあがる収入がわたしのものになるだけではない。おまえが借用書を見つけて取り立てにくることもなくなるはずだった」

ジェームズは怒りもあらわにフィスティンガム卿に怒鳴り立てていたが、アガサは聞いていなかった。サイモンのことが心配でたまらなかった。憎しみに燃える目でレジーをにらみつけている彼は、獲物に飛びかかる前の野獣のようだった。その表情を見れば、彼を正気につなぎとめている綱が、今にも切れそうになっていることはあきらかだ。

「ジェイミー」アガサは言った。「サイモンの気持ちは、まだおさまっていないようよ」

ジェームズはサイモンに視線をむけた。「ああ、なんということだ。サイモン？　落ち着くんだ、サイモン！」

サイモンは応えなかった。態度をやわらげようとも、獲物から目を逸らそうともしない。レジーは、ひどく怯えはじめていた。

「こいつは何をするつもりなんだ？　どうかしているんじゃないのか？」

「彼のことはご心配なく。それより、わたしはあなたのことが心配だわ」アガサはそう答えると、ジェームズのほうを見て言った。「ねえ、サイモンは……人を殺したことはないわよね？」

ジェームズは肩をすくめた。「さあどうかな。そういう話は聞いていないがね」彼は慎重にサイモンに近づいたが、ふれようとはしなかった。「サイモン、レジーを殺してはいけないよ。たしかにこいつは殺されてとうぜんの男だ。しかし、この家は借家だ。ここを血だらけにしてしまったら、アギーは絨毯を替えなくてはならなくなる」

理を説いても無駄だ。アガサはサイモンに近づいて、腕にやさしく手をおいた。彼女にふれられてサイモンはびくっとしたが、レジーから目をはなそうとはしなかった。

アガサはふたりの男のあいだに立つと、サイモンの腕から肩にゆっくりと手をすべらせて、そっと彼に身をよせた。

「ねえわかる？　わたしは、まだこの身体の中にあなたを感じているの」彼女はささやいた。指で彼の肩をなで、首のうしろに手をすべらせて髪をかき乱す。「もうレジーのことなんか気にならないわ。もう、少しも怖くない。あなたのことしか考えられないの。だから、こんな人はほうっておいて、サイモン」

サイモンは大きく身をふるわせ、レジーから視線を逸らせて目を閉じた。ふたたび目を開いたとき、彼は正気にもどっていた。

レジーはべそをかきながら、床に坐りこんだ。「もう帰りたいよ」

フィスティンガム卿も、ようやく息をついたようだった。戸口にむかって歩きだした彼は、息子の横で足をとめ、すばやく下半身を蹴飛ばした。「立て。帰れるうちに帰るんだ！　この男が、いつまた正気を失っても不思議ではない」

「ああ、フィスティンガム？」歩きだしたふたりをジェームズが呼びとめた。「借用書の件を忘れないでくださいよ。あなたが妹を苦しめてくれたことを、ぼくはひじょうに不快に思っている。借用書は、すべてアギーにわたすことにします。今日以降、アギーがあなたの債権者になる」

「ありがとう、ジェイミー。すばらしい考えだわ」アガサはサイモンにむきなおった。「聞いたでしょう？　わたしの望みどおりになったわ」

サイモンは深く息を吸うと、彼女に引きつった笑みをむけた。「こいつらをカートに料理してもらわなくていいんだね？」

アガサはうなずいた。「ええ、そんな必要はないわ。おもしろそうだとは思うけれど、この人たちのことは考えたくもないの」

それからアガサは、にっこりとほほえんだ。「でも、フィスティンガムに住んでいる女性全員に、レジーが少しでも変なことをしたらわたしに知らせるように言いましょう」

サイモンは残っていた怒りが吹き飛ぶほどの大声で笑い、彼女をしっかりと抱きしめた。

「ああ……エセルバート？」ジェームズは、じっと様子を見守っている召使いを顎で示した。

サイモンはアガサを抱く手をほどいて、ピアソンのほうをむいた。「すべてを忘れてはもらえないだろうね？」

ピアソンは静かにまばたきをした。「なんのことでございますか?」

ハリーが言った。「ミスター・アップルクイストが鼠をにらむ猫みたいになったこととか、奥さまがミスター・アップルクイストをサイモンと呼んだこととか、レジーとかいう野郎が――」

アガサにはピアソンの動きは見えなかった。しかし、ハリーはとつぜん真っ赤になってあえいだ。「なんのことでしょうか?」

「ありがとう、ハリー」アガサは、キャリッジスクエアの家族にほほえみかけた。「みんな、ほんとうにありがとう。これ以上のお友達は望めないわ」

ピアソンはその言葉を聞いて頬を染め、深々とお辞儀をした。「光栄に存じます、奥さま」

そして、使用人たちは立ち去っていった。

レジーを恐れる気持ちが跡形もなく消えていることに気づいて、アガサは笑みを浮かべた。しかし、ジェームズの顔には苦々しげな表情が浮かんでいた。

「ジェイミー、どうしたの? レジーをみごとに撃退できたのよ。彼がわたしを苦しめることは二度とないわ」

「ああ、レジーには二度とおまえを苦しめることはできない」ジェームズはサイモンをにらみつけた。「しかし、きみはどうなんだ? アギーを苦しめないと約束できるのか?」

アガサは髪をかき乱した。彼女は、ジェームズにもそれとわかるほど混乱していた。ようやく計画が軌道に乗りはじめた今、兄に口出しをされたくはない。

しかし、サイモンは落ち着いていた。「そんな約束はできないよ、ジェームズ」

ジェームズは怒りもあらわに彼をにらみつけた。「なんというやつだ、サイモン！　アギーは、ぼくの妹なんだぞ！」

アガサはサイモンのそばによった。「ジェイミー、お願いだからわかって。お兄さまのことは大好きよ。でも、わたしは、もう小さなアギーではないの。自分が何をしたいか、きちんとわかっているわ」

「しかし、アギー。このことが知れたら、おまえの人生はめちゃくちゃになってしまう。どこへ行っても受け入れてはもらえない。そんな目にあわないようにおまえを護るのが、ぼくの役目なんだ！」

「わかっているわ」アガサは静かにジェームズの前にすすみ、やさしく拳銃を取りあげた。ジェームズは怒りに満ちた眼差しで、彼女を見つめた。「お兄さまにも、いつかこんな気持ちになる日が来るはずよ」

ジェームズは目の前のふたりを交互に見て、かぶりを振った。「そこまでの苦しみをもたらすものなら、ぼくは愛などいらない」

その言葉はサイモンに衝撃を与えた。彼は、どんな苦しみを味わおうとも愛がほしかった。なんの感動もない長い一生を送るよりも、アガサに愛に満ちた眼差しで見つめられるいっしゅんを生きたかった。つらい別れが待っていてもかまわない。

玄関広間の時計が三時を告げるのを聞いて、アガサははっとした。

「まあ！　もう少しで忘れるところだったわ。四時に病院で奉仕委員の会議があるの。着替えをしなくてはいけないわ」

サイモンは彼女をとめようと手をのばした。「しかし、きみは喪に服していることになっているのではないのかい？　出席しなくても誰も怒らないよ」

アガサは眉をひそめた。「でも、ほんとうは喪に服してなんかいないのよ。そんなことを言い訳にして、するべきことをしないのはいやだわ。その気持ちは、わかるでしょう？」

サイモンは、かすかに笑みを浮かべて手をはなした。たしかに、その気持ちはよくわかった。彼はジェームズのほうをむいた。「病院まで彼女を送っていく。病院の中にいるあいだは安全だ。あそこは、見わたすかぎり兵士だらけだからな。そのあとクラブで用事をすませてくるが、頼み事があったら言ってくれ」

ジェームズは目をほそくして彼をにらんだ。「ああ、あるとも……頼むから死んでくれ」

サイモンは首を振った。「悪いな、ジェームズ。たとえきみの頼みでも、それは聞けない。ぼくたちは——アガサとぼくは——互いを必要としているんだ。たとえ、今だけのことであってもね」

「きみが妹を辱《はずかし》めているあいだ、だまって引っこんでいろと言うのか？」

「そんなことは言わない。だまって引っこんでいられるわけがないからな。それは理解できる。いつかきみに赦してもらえる日が来ることを祈るのみだ」そう言うと、サイモンは部屋をあとにした。親友を失ったような気分だった。

そのとおり、彼は親友を失ったのだ。

25

病院ではみな忙しく働いていたが、それでも多くの看護人や奉仕委員が足をとめてアガサになぐさめの言葉をかけてきた。嘘をついていることが、たまらなくつらかった。着る必要のない喪服を着て病院にいる彼女は、天使の中に紛れこんだ嘘つきカラスのような気分になっていた。アガサは暗い気分で、更衣室にむかって歩きつづけた。

そこにたどりつけば、ひとりになれるはずだった。しかし、ようやく逃げこんだ更衣室には、ミセス・トラップとその娘たちがいた。

「まあ、会議のためにいらしたの、ミセス・アップルクイスト？　おいでになれるとは思っていませんでしたわ」

「怪我人は喪が明けるまで待ってくれませんもの」

「そのとおり、そのとおりですわ。でも、お客さまがお泊まりでしょう？　だから、お忙しいのではないかと思っていましたのよ」ミセス・トラップは、好奇の色に瞳を輝かせて言った。

お客さまがお泊まり？　この人は、サイモンが家にいることを知っているの？　「なんのことでしょう？」

「先日、お宅にお邪魔したときに、茶色い髪の紳士が階段の踊り場に立っているのを目にしましたの。とてもハンサムな方。それに立派な身なりをしていらしたわ。ご親戚かしら？」

ジェームズは見られていたのだ。しかも、ロンドンでいちばんのおしゃべり女に！　その事実に気づいて、アガサは恐怖をおぼえた。「ああ、従兄の……メリル……ピクル……ドアのことをおっしゃっているのね」

「ピクルドア？　ブライトンのピクルドア家の？　まあ、聞きましたか？」彼女は娘のひとりにうなずいた。「あの方がどんなふうだったか、今、キティがレディ・ウィンチェルにお話ししていたところですのよ。学者のような風貌《ふうぼう》で痩せていらしたけれど、かなりの美男子でしたと、申し上げましたの」

外套を脱ぎかけていたアガサの手がとまった。「レディ・ウ、ウィンチェルに？　そ、それは、いつのことですか？」

「あら、ついさっきですよ。お会いになったものとばかり思っておりましたわ。レディ・ウィンチェルと入れちがいに、あなたがここに入ってみえたのよ。なんだか、急に慌てて出ていらしたみたいだわ」

「あら、お母さま、入れちがいということはありませんわ。レディ・ウィンチェルが出ていかれて、少なくとも十分は経っているんじゃないかしら」キティが言った。

アガサは外套を着なおして戸口にむかった。サイモンに追いつくことができれば――。

でも、彼を乗せた馬車は、とっくに見えなくなっていた。アガサは、しばらく歩道に立ちつくしていた。馬車をつかまえて、ジェイミーに警告しに家にもどったほうがいいのだろうか？　でも、サイモンに病院の外に出てはいけないと言われている。

不意に、名案が浮かんだ。使い走りの子供に頼めば、馬車より早く知らせられる。クラブと家の両方に使いを出そう。アガサは、その考えに満足して、病院の玄関のほうにむきなおり——。

目の前に、恐ろしげな男がふたり立っていた。

「声を出すなよ」大きいほうの男が、フランス訛りの英語で言った。「か弱い女を傷つけたくはないんでね」

それなりの格好をしているせいで、男たちが両側からアガサの腕を取っても、誰も不思議には思わないようだった。アガサは助けを求めてあたりを見まわした。ぼろをまとった小柄な男が、じっと彼女を見つめている。アガサは、なぜかその男に見おぼえがあるような気がした。

フ、フ、フィーブルズ？　アガサは声を出さずに、口だけを動かして訊いた。男はすばやくうなずき、通りの先を顎で示した。見ると、そこになんの変哲もない馬車がとまっていた。

開いた扉から、ミントグリーンのスカートがのぞいている。ラヴィニア・ウィンチェル？

そう思った次の瞬間、レディ・ウィンチェルが身を乗りだして、彼女に笑みをむけた。

「まあ、アガサ！　お目にかかれてうれしいわ」

アガサは、もがきはじめた。この馬車に乗ったら最後、サイモンにもジェイミーにも二度と会えなくなる。

彼女は危険を承知でフィーブルズを見た。間隔をあけてついてくる彼が、力なく彼女を見つめ返した。彼には、この男たちをとめることはできない。たとえ、相手がひとりでも無理だ。

それでも、サイモンに知らせることはできる。しかし、近づいてきたところを見ると、フィーブルズは自分の手でアガサを救いだすことを考えているようだった。そんなことをしたら、おしまいだ。

「ねえ、旦那！　もっと大きな馬車があるんだけど、どうかな？　仲間が立派な馬車を持ってるんだ。四人乗っても、悠々と――」

フィーブルズの売りこみは、そこまでで終わった。男のひとりが彼の首をつかんだのだ。男は片手でフィーブルズを馬車に押しつけ、もう片方の手でアガサを扉の中に押しこんだ。

「その男をかたづけてしまいなさい」ラヴィニアが手下に命じた。

「なぜ？　この人は何もしていないわ」アガサはあえぎながらそう言った。しかし、身を乗りだしたアガサは、ラヴィニアに耳鳴りがするほど激しく頰を打たれて座席に倒れこんでしまった。

アガサは自分の心臓に銃口がむけられていることに気づいた。彼女が為す術もなく見つめる中、ラヴィニアの手下がフィーブルズをつかんだ手を軽くひと振りした。それだけで、フィーブルズは三メートル先までふっ飛んでいった。

走りだした馬車の窓からアガサが最後に見たとき、気の毒なフィーブルズは死んだようにうつ伏せに倒れていた。これで、サイモンに知らせがとどくこともなくなった。


サイモンは、やっとジャッカムから逃げだすことに成功した。病院でアガサが待っている。サイモンは、早く彼女を家に連れて帰りたくてたまらなかった。ようやくわかりあえた今、できるだけ多くのときをふたりで抱き合って過ごしたい。

サイモンは病院にもどるようハリーに命じると、馬車の座席に深々と腰かけた。もう彼女と過ごす歓楽の夕べのことしか考えられないし、アガサが何を仕掛けてくるかと思うと、掌に汗がにじんでくる。

彼女はドレスを脱がずに、ぼくの部屋にやってくるだろうか？　もしそうなら、この手で一枚ずつゆっくりと脱がせてやることができる。それとも、また素肌にシルクの化粧着をまとってやってくるだろうか？　いや、あの魅惑的な魔女は、まったく別のやり方で迫ってくるかもしれない。

そろそろ、ぼくが主導権をにぎってもいいかもしれない――そんなことを思って、サイモンはひとり笑みを浮かべた。しかし、もう少し彼女の好きにさせておこう。アガサが今のやり方を楽しんでいることはあきらかだ。そして、もちろん彼もそれを楽しんでいた。

ついに馬車が病院の前にとまった。玄関ホールでアガサが待っているにちがいない。サイモンは、はやる思いで病院の中に駆けこんだ。

しかしそこにいたのは、看護人や雑役係の手を逃れようともがいている血だらけになったフィーブルズだった。どうやら彼は、処置室に連れていかれるのを拒んでいるらしい。

「ほうっておいてくれ！　おれはだいじょうぶだ。頼むから、手をはなしてくれ！」

アガサの姿はどこにも見えなかった。サイモンは恐怖のあまり吐き気をおぼえた。彼は二歩でその場に近づくと、ふたりの雑役係を押しのけ、フィーブルズの襟をつかんで引っぱりあげた。

「ああ、ミスター・レイン。よかった。意識がもどった瞬間から、なんとか旦那に知らせようとしてたんだ」

「何があった？　アガサはどこだ？」

「馬車で連れていかれちまった。すぐそこの通りから。あっと言う間の出来事で、とめることはできなかった。うんとでかい男たちだったんだ」フィーブルズは頭の傷を示した。「小さいほうの男が片手をちょいと動かしただけで、このざまだ」

「どんなやつらだった？　馬車の特徴は？　説明できるか？」

「ふつうの馬車だった。男たちはふたりともフランス人。旦那のレディに話しかけるのを聞いたから、まちがいない」

フランス人。しかし、それだけではなんの役にも立たない。「他には？」

「馬車の中に女がいた。上流の女だ。旦那のレディの家に出入りしていたのを見たことがある。旦那も知ってる女だと思う」

なんということだ。ラヴィニアにちがいない。アガサの言うとおりだった。初めから彼女の話に耳を傾けてさえいれば！

サイモンは、そんな思いを振り払った。とにかく、今はいそぐ必要がある。「フィーブルズ、キャリッジスクエアの家に行って全員を待機させておけ。ジェームズから料理番まで、全員だ。ぼくはクラブにもどって、街にいる人間を集めるよう手配してからそっちにむかう。とにかく、できるだけ人を集める必要がある」

馬車は、日が暮れかけたロンドンの通りを走っていた。ラヴィニアは拳銃をにぎったまま何も言わず、ただ満足げな冷たい笑みを浮かべている。

アガサもまた、だまりこんでいた。哀願の言葉も、脅しの文句も、とうにつきてしまった。残忍な悪党からできるだけはなれていたかった彼女は、扉に身を押しつけるようにして坐り、逃げだす手はないものかと考えつづけていた。

そんなアガサの瞳に、見おぼえのある風景が映った。コヴェントガーデンだ。サイモンと市場を散歩した日のことを思って、熱いものがこみあげてきた。

窓にさらに顔をよせた彼女の目が、涙でいっぱいになった。窓から首を出したら、あの場所が見えるにちがいない――。

不意に頭のうしろに衝撃が走った。そして、気がついたときには、馬車の汚れた床に倒れていた。

「そこにいてもらうわ。あなたの姿が人目にふれては困るのよ」ラヴィニアは、アガサの鼻先で拳銃を振ってみせた。この拳銃で頭を殴られたのだ。

「この女を縛って、床にころがしておきなさい」ラヴィニアは手下の男に命じると、鼻をならしてつけくわえた。「この女には、そこがお似合いだわ」

馬車がとまるころには暗くなりかけていたが、あたりの様子が見えるだけの明るさは残っていた。薄明かりの中にひろがる光景を目にして、アガサは恐怖におののいた。

そこは波止場だった。こんな遅い時間にもかかわらず、大勢の男たちがいる。しかし、助けを求める気になれるような男たちではなかった。たとえ機会があっても、助けなど求めないほうがいい。

入れ墨をした髭面の男たちは、まだよかった。しかし、ほとんどの男たちは驚くほど大きくて見るからに悪そうだった。彼らに比べたら、ラヴィニアの手下など立派な市民に見える。アガサは自分の外套に包まれて、大きいほうの男の肩にかつがれてしまった。フードをかぶせられていては、地面しか見えない。どんな道をどうたどっているのか、彼女には見当もつかなかった。

それに、こんな体勢では息をするのもむずかしい。ただひとつわかっているのは、男が桟橋を歩いているということだった。古くなった木材はたわみ、気をつけないと大きな足が隙間にはまってしまいそうだった。

間もなく、アガサは小舟《ディンギー》の中におろされた。まるで荷物のようなあつかいだ。フードで顔をおおわれていた彼女には、ラヴィニアが手下に怒鳴っている声を聞いている以外にできることはなかった。

横たわっているアガサのすぐそばに、油っぽい水がたまっている。彼女は鼻と口にその水が入らないようにすることに、注意を傾けていた。それでもディンギーが何か大きなものに船体をこすりつけるようにしてとまったときには、考えたくないほどの汚水を飲んでいた。

アガサは乱暴に引っぱりあげられて、ふたたび誰かの肩にかつがれた。男が一歩すすむごとに、アガサの頭が踏み板にぶつかった。急な階段をおりているにちがいない。

「吐きそうだわ」アガサは小さな声でつぶやいた。

男は英語がわかるらしく、慌てて彼女を硬い地面におろした。

「ありがとう」アガサは礼を言った。皮肉ではない。何時間も苦痛に堪えてきた彼女に、皮肉を言う余裕などなかった。

アガサの耳に、ラヴィニアが文句を言う声が聞こえてきた。「ああ、呆れたものだわ」不意に、顔をおおっていたフードが取り去られた。そこは板張りの小さな部屋で、彼女は壁にもたれて坐っていた。

ゆれ方から察するに、船の上にまちがいない。おそらく、ジェイミーが監禁されていたのもこの船だ。自由に動ける船は理想の監禁場所になるということに、アガサは気がついた。

ラヴィニアが歪んだ笑みを浮かべて目の前に立っていた。そんな顔をしているときの彼女は、少しも魅力的ではない。それを彼女に言ってやるべきかどうか、アガサは考えていた。

「さあ、なんとか言ったらどうなの？　命乞いは、もうしないことに決めたのかしら？」

「命乞いの言葉も尽きました」アガサは答えた。

「ずいぶんと落ち着いていること。彼が助けにくると思っているのかしら？」

否定する理由は見つからなかった。「ええ、彼はきっとやってきます」

「ふん！　ジェームズ・カニングトンは、女を愛したことなんてないのよ！」

ジェームズ？　ラヴィニアもサイモンと同じ勘ちがいをしているの？　わたしのことをジェイミーの愛人だと思っているわけ？　ラヴィニアの声に含まれた苦々しいひびきが、アガサを驚かせた。「そういうことなのですか？　ジェームズに愛されないから、怒っておいでなの？」

「あの人は、いっしゅんでもわたしを愛してくれなかった。あなたも、もう少し利口だったら、愛されていないということがわかったでしょうね。あの煙突掃除人とどんなに遊んでも、ジェームズが嫉妬することはないわ。そんなことを気にかけるほど、あなたを愛してはいないのよ」

「煙突掃除人？」アガサは小さな声で訊いた。

ラヴィニアは得意げにほほえんだ。「もちろん、知っているのよ。あなたがジェームズのお金を使ってあの家を借りたときから、あなたを見張らせていたんですから。家に入っていった煙突掃除人が、そのまま出てこなかったという報告を聞いたわ。そして、あら不思議

――それまで影も形も見えなかった旦那さまがあらわれた。煙突掃除人を、よくあそこまで教育したものだわね。あの人には、とても……楽しませていただいたわ」

ラヴィニアの声にここまでの憎しみがこもっていなかったら、アガサは笑いだしていたにちがいない。「でも、わたしを見張らせていたのはなぜ？　あなたとわたしのあいだには、なんのつながりもないはずです」

「ジェームズから、子供時代のおもしろい話を聞かされていたの。罰を逃れるお気に入りの方法もね。モーティマー・アップルクイスト……その名前は、ずっとおぼえていたわ。だから、ミセス・モーティマー・アップルクイストがジェームズの預金を使いはじめたのを知って、彼にもうひとり愛人がいたことがわかったのよ」

　自分以外にもジェイミーの口座を監視していた人間がいたと、サイモンは言っていた。そのとおりだったのだ。「ジェームズの口座のことを、どうやって知ったのですか？　彼が話したのですか？」

「すすんで話してくれたわけではないわ。薬を使って聞きだしたのよ。少しばかり……払わなければならない借金があって。そう、いそぐ必要があったのよ」

　レディ・ウィンチェルはギャンブル好きで有名だ。しかも、けっして強くはないという話だった。

「お金を盗むために、ジェームズに薬を盛ったということですか？」

　ラヴィニアは訳知り顔でほほえんだ。「媚薬だと言えば、男はなんでも飲むものよ」

「ああ、ジェイミー。なんて愚かなことを」アガサはひとりごちた。

ラヴィニアの眼差しが険しくなった。「でも、その銀行には、ほとんどお金を預けていなかった。それで、もう一度、薬を飲ませたの。彼の秘密を知ったのは、そのときだった。ジェームズを脅そうかとも思ったけれど、そんなことをしても意味がないでしょう？　それで、〈ヴォイス・オブ・ソサエティ〉に情報を売ることを思いついたわけ」

行ったり来たりを始めたラヴィニアのまわりで、ミントグリーンのスカートがふわりとゆれた。「そんなわたしの行動を、同国の友が追っていたのね。じきに、フランスのために働かないかと誘われたわ」

ここへ来て愛国心を振りかざすつもり？　アガサは聞き逃す気になれなかった。「つまり……お金のために働かないかと誘われたわけですね」

「そのとおり。あの人たちは気前よく払ってくれたわ。その上、ジェームズ以外のスパイの名前と役割を聞きだしたら、もっと出すと約束してくれたの。でも、ジェームズはしゃべらなかった。薬を飲ませても」

ラヴィニアは両手をひろげて船を示した。「それで、彼をどこかに監禁することに決めたというわけ。薬づけにしてしゃべらせるためにね。お金はすでに受け取っていた。だから、どうしても名前を聞きだす必要があったのよ！」

「ひどいわ！」

「初めは、ジェームズと逃げようと思っていた。でも、あの忌々しい仕事にしがみついている彼が、承知するはずがないでしょう」

「そのとおりだわ」

「でも、なぜなの？　わたしは、こんなにきれいなのよ。それに男を悦ばせる技も持っている。わたしは、すべての男の夢。母が、そう躾《しつ》けてくれたの。わたしが望めば、男たちはなんだって差しだした。ええ、ジェームズ以外の男たちはみんな」

「振られた腹いせにこんなことを？」アガサは、こみあげてくる笑いを必死で抑えていた。レディ・ウィンチェルは、世間ずれした滑稽《こっけい》なだけの女だったのだ。「それとも、あなたがほしいのはお金だけなのかしら？」

ラヴィニアの顔が怒りに歪んだ。「社交界で、それなりの体裁をたもちつづけるのがどれほどたいへんなことかわかっていないのかしら？　ああ、そうだったわ。あなたは山羊《やぎ》のことを考えていればよかったのよね！」

「山羊ではなく羊です」アガサは彼女のまちがいを正した。

「ええ、あなたにはそんな暮らしがお似合いだわ」ラヴィニアは鼻をならした。「ここに坐って狼と話をしているなんて、あなたは愚かな羊そっくりだわ」

「サイ――ジェームズが助けにくるまで、他にすることがないんですもの。ええ、わたしは彼に愛されているわ」

ラヴィニアをささえているのは自信だけだった。その最後の砦を攻撃された彼女は、アガサの前にすすみ、力まかせに頬を打った。

「馬鹿な女！　言われたことを、すっかり信じているなんて。男は女を利用するだけ。だから、その前に利用してやるしかないのよ」またも行ったり来たりを始めたラヴィニアの表情は、怒りに歪んでいた。「わたしが、どうやってあなたの愛するイギリスにやってきたと思うの？　袋の中にかくれて、ちょうどこのくらいの魚臭い船に乗りこんできたのよ。巻かれたロープの中に袋ごと押しこまれてね。五歳の子供だったけれど、母はわたしがイギリス人の船乗りに何かされるのではないかと恐れていた。そのくらい、愛らしかったのよ。でも、母は正しかった。息苦しくて袋に穴をあけたわたしは、母が無理やり旅のつけを払わされているところを見たの」

アガサはかぶりを振って小さな声で言った。「赦せないことだわ。でも、そんな男に何人か会ったからといって、イギリス人全員を責めるのはどうかと思います」

「何人かですって？　ロンドンに着いたあと、母をものにしようとしなかった男はいなかったわ。でも、母は利口だった。男たちを張り合わせて、船主の女から商人の妾《めかけ》になり、一年経ったときには紳士の愛人になっていた。そして、結婚した。男からほしいものを得るやり方は母に教わったの。それで、わたしは貴族を射止めた」

アガサはあたりを見まわした。「この船にジェームズを監禁したんですか？　あなたがお母さまと海をわたったのとそっくりな船に？」

「ちょっとした気まぐれとでも言うのかしら。でも、思ってもみなかった利点があることに気づいたわ。船は簡単に移動できる。それに、誰にも関心を持たれない」

アガサはラヴィニアの平然とした態度が恐ろしかった。「あなたのせいで何人もの命が奪われたのですよ！」

ラヴィニアは驚いているようだった。「ほんとうに？」彼女の顔を影がよぎった。「驚いたわ……」しかし、彼女はすぐにまた平然と言った。「でも、どうせ卑劣なイギリス人でしょう。死んでとうぜんよ。その中にジェームズが含まれていないのが残念なくらいだわ。嵐の中を逃げだしたと聞いたから、死んだものと思っていたのに……」

「もう少しで死ぬところでした」ジェームズが弱った身体で高波の中を泳いで逃げたことを思うと、アガサはぞっとした。「潮の流れが味方してくれなかったら……」

「ふん。残念だったわ。きっと彼はわたしに尋問されたことをおぼえているわね」

アガサは、ラヴィニアのまちがいを正そうとはしなかった。「でも、なぜわたしをここに？　わたしは誰の名前も知りません」お願いだから、わたしに薬を飲ませないで。アガサは知らないはずのことまで知っているのだ。サイモンが秘密を打ち明けたがらなかったわけが、今ようやくわかった。

「あなたが知っているなんて、思うわけがないでしょう。まったく笑わせてくれるわ。こういうことに関わるには、少しばかり知性がいるのよ。あなたは、ジェームズの気を逸らすためのただの道具。ジェームズには、何時間かあなたをさがすことに集中してもらいたいの。今日の午後、彼があなたの家にかくれていることを――つまり、生きていることを――知った瞬間、まずいことになったと思ったわ。あんな目にあわせたわたしを、彼がほうっておくはずがないもの。きっと追ってくる。でも、そんな面倒に関わっている暇はないのよ。新しくまかされた任務を成し遂げなければいけないの。大きな仕事だわ。でも、それが成功したら、堂々とパリに帰れるのよ」

ラヴィニアは政治よりも流行や噂話に興味を示す類の、考えの浅いわがままな女だと、ジェームズは言っていた。でもアガサは、本人にそれを話さないことに決めた。もう今ごろは、サイモンもジェームズも彼女が誘拐されたことに気づいているにちがいない。そして、ラヴィニアについてはアガサの考えが正しかったと認めているはずだ。

なんとか生きのびて「だから言ったでしょう」と勝ち誇ってみせることができたら、勝利の喜びはもっと大きくなるにちがいない。

「わたしには理解できません、レディ・ウィンチェル。お母さまは生きるために闘っていらした。でも、あなたはお金と快楽が好きなだけ」

ラヴィニアは振りむき、蔑むようにアガサを見つめた。「それはまちがいよ、田舎者さん。わたしが好きなのは、快楽に興味を持っているお金持ちの男」彼女は鼻をならした。「ふん！　あなたにそんなことを言っても無駄だったわ。なにしろ、あなたは男を信じているんですもの。まるで愚かな子供だわ」

「人を信じるのは愚かなことではないし、恥ずかしいことでもありません。恥ずべきは、人を信じている誰かの純粋な心につけこむ人間です」

アガサは、苛立ちをつのらせているラヴィニアをじっと見つめた。相手が苛立てば苛立つほど、アガサは冷静になっていくようだった。

ラヴィニアは嘘でかためたられた世界に住んでいる。彼女は苦しみと後悔だらけの人生を送っているのだ。おそらく、ほんとうの喜びなど感じたことがないのだろう。何も信じない者に、喜びの瞬間が訪れるはずがない。

でも、わたしはどうだろう？　わたしも嘘をついている。そんな自分を赦していいのだろうか？　命が危うくなった今、嘘をついた理由さえわからない。なぜ、いつも真実から顔をそむけて生きてきたのだろう？

おそらく、強くなければ正直になれないのだ。

ラヴィニアは蛇のような衣擦れの音をさせて踵を返した。「もどらなければならないわ。この女に猿ぐつわを嚙ませなさい」彼女は手下にそう命じると、もう一度アガサに冷たい笑みをむけた。「ジェームズはあなたをさがすのに忙しくて、わたしをとめることなどできなくなる……彼の幸運を祈るばかりだわ。残念ながら、ジェームズには大きな網が必要になるでしょうね」

ラヴィニアは声も高らかに笑い、近くにいた大きな男を傘で突いて言った。「さあ、行きますよ！　わたしたちには、もっとだいじな用事があるんですからね。あの年寄りをかたづけたら、このいやらしい国から逃げだせるのよ」

26

ジェームズはトイレの穴に身を乗りだして、鼻をくんくんさせた。涙が出るほどの悪臭だ。すばらしい。裏庭にあるこの小さな木造のトイレは、臭いも換気も最悪だ。さすがのウィンチェルも、ここまでは使用人に気を配らせていないようだった。

ジェームズは、このやり方で〝人の気を逸らす〟のが大好きだった。一個の部隊が野営する地には、百のトイレが存在する。残念ながら、この方法で決定的な損傷を与えることはできないが、敵の気を逸らす効果は充分にある。

アガサのことを思うと心配で息が詰まりそうだったが、サイモンの計画どおりに動くべきだということはわかっていた。

「ラヴィニアは焦っているはずだ。慌てて逃げれば必ず過ちを犯す」サイモンはジェームズに言った。「アガサをさがしだすためには、ラヴィニアが完全に姿を消してしまう前にウィンチェル邸を調べる必要がある。しかし、アガサを救いだすだけではだめだ。陰謀を暴くのが、われわれの仕事だ。それを忘れるな、ジェームズ。何よりもまず、きみはライアーなんだ」

「ラヴィニアとその一味をつかまえてしまえば、それでいいんじゃないのか？」

「ラヴィニアには、やりかけの仕事が残っているのではないかと思うんだ。きみに逃げられたあともロンドンで動いているというのは不自然だ。そこには、おそらく理由がある。その理由が知りたい。身の危険を感じないかぎり、連中がアガサに危害をくわえることはないだろう」

忠誠心を取るか家族を取るか、ジェームズはつらい選択を迫られていた。何をおいても妹を救いだしたかったが、たしかにサイモンの言うとおりだ。

だからジェームズは、このちょっとした破壊工作を引き受けることにした。そうして、みんながその結果に気をとられているあいだに、サイモンがラヴィニアの部屋を捜索し、アガサを救いだすための情報を見つけだすのだ。

暗闇の中、ジェームズは手探りで小さな鞄から塩の入った錫《すず》製の箱を取りだし、蓋を開けて穴の横にそっとおいた。頑丈な箱の両端には、長さ一メートルほどの鎖《くさり》がついている。ジェームズは、その鎖の先を肩に引っかけた。

手袋をはめた手で小さな壺を引きよせて蓋をとると、敷きこまれた灰の上で石炭が真っ赤に燃えていた。トングを使って、すばやく石炭を塩の箱に移す。そのとたん、刺激臭がジェームズの鼻を襲った。

「一」彼はつぶやいた。壺を横に投げだして、塩の箱をすばやくトイレの底にむかっておろしていく。

「二」たちまち穴の中から悪臭がわきあがってきた。

ジェームズは、箱がしっかりとトイレの底におさまると鎖を手ばなした。

「三！」トイレから飛びだし、裏門のうしろに避難する。

サイモンは屋敷の角に身を潜めて様子を見守っていた。ドスンという鈍い音がして地面がゆれると同時に、ウィンチェル邸のトイレの屋根が吹っ飛び、汚物と炎が噴きあがった。

ものすごい光景だった。いっしゅん宙でとまった汚物が、あたりを煙らせながら勢いよくおちていく。次の瞬間、裏庭は緑がかった茶色一色におおわれていた。思わずあげたジェームズの喜びの声を聞いて、サイモンは満面に笑みを浮かべた。

しかし、それもつかのま、サイモンは強烈な臭いに襲われて大いそぎでフードで顔をおおった。しめった古い羊毛の匂いのほうが、飛び散った汚物の臭いよりずっといい。

あちこちの扉が開いて使用人たちが飛びだしてきたが、みな呆然と立ちつくす以外にできることはなかった。真っ先に駆けつけた者たちが、べとべとの地面に足をすべらせてよろめいている。汚物の海に倒れこむ者さえいたが、救いを求めてのばした彼らの手を取ろうとする人間は誰もいなかった。

やがて使用人の一団が主人のいるほうに動きだした。ウィンチェル卿は、さっきまで清潔だった庭を呆然と見つめていた。三角形にととのえた頬髭が、驚きのあまりふるえている。

ラヴィニアの姿はどこにも見えなかった。予想どおりだ。まだアガサの監禁場所にいるにちがいない。そう信じる必要がある。そう信じなければ、この仕事に集中できなくなる。

さあ、そろそろ取りかかる時間だ。サイモンは裏庭の光景に背をむけて、足早に屋敷のまわりをすすんだ。ジェームズが破壊工作の準備をしているあいだに、鍵がかかっていない窓を見つけておいたのだ。彼はためらいもなく、その窓の敷居を跳びこえた。

今夜は慎重に動く必要はない。それよりもいそぐことが肝心だ。それでも、使用人がラヴィニアの部屋をのぞきにくる可能性はある。

今回、ウィンチェル卿の書斎は見むきもせずにとおりすぎた。目標は二階。レディの寝室だ。

女の考えることは男にはわからない。ラヴィニアがだいじなものをどこにかくしているのか、サイモンには見当もつかなかった。しかし、書き物机のようなあたりまえの場所にかくすとは思えない。

サイモンは影のように階段をのぼりながら、ラヴィニア・ウィンチェルを疑ったアガサの勘のよさに感心していた。今、アガサと話したかった。どこをさがせばいいのか、彼女に尋ねたかった。

サイモンの中に怒りがわきあがってきた。彼女のそばをはなれずにいたら、こんなことにはならなかったのだ。もし、あのとき――。

サイモンは、自己嫌悪の念を振り払った。彼女を無事に救いだすことができなければ、今していることもすべて無駄になる。彼女に万一のことがあったら、自分を責めつづけて生涯を生きることになるのだ。

サイモンは、ラヴィニアの寝室とおぼしき部屋に足を踏みいれた。ただよっているジャコウの香りが、彼の勘がまちがっていなかったことを証明してくれた。彼はアガサのさわやかな香りがたまらなく恋しかった。

サイモンはダルトン・モンモランシーからの贈り物に感謝しながら、すばやくロウソクに火をつけると、部屋の中を調べはじめた。思ったとおり、華奢な書き物机には、何も書かれていない紙とインクと鵞《が》ペンのペン先以外、入っていなかった。本は一冊も見あたらない。どうやらラヴィニアは読書家ではないらしい。まったく驚きだ。

サイモンは、つづき部屋にあるすべての抽斗や棚を手早く調べた。大きな衣装簞笥も、贅沢な設えの浴室も、くまなく探った。中身はもちろん、裏側も底も探った。しかし、何も出てこない。

サイモンはマットレスの下側に手をすべらせ、次にベッドの上にあがって天蓋を探り、ついにはベッドの下にもぐりこんで羽根板のあいだをひとつひとつ探ってみた。それでも何も見つからなかった。

恐怖が彼のプロとしての冷静さをむしばみはじめていた。何かが見つかると信じて、ここにやってきたのだ。アガサの居場所がわかる何かが、ここにあるはずだった。サイモンは、ひろがっていく喪失感を必死の思いで封じこめた。このままでは理性的に考えられなくなってしまう。

サイモンは目を閉じて意識を集中させ、アガサのように考えようとした。ラヴィニアの性格を分析して、勘をはたらかせるのだ。

ラヴィニアは偏執性ではないかと思うほど疑い深い。それに、かしこくはないが狡い。美しいだけが取り柄の彼女は、陰謀にはまったくむいていない。

それよりも賭けや買い物に夢中になって、大きな借金を抱える類の女だ。俗っぽくて、情熱的で、好色。衝動的で、残酷で、下品な冗談を好み……。

彼は目を開いて、冷たい笑みを浮かべた。そこだ。

サイモンは確固たる足取りで洗面所にもどると、ラヴィニアの玉座のような便器の蓋を開け、陶製の容器を引きあげた。

容器の下の空間に、油布でおおった包みが入っていた。

「見つけたぞ」サイモンはつぶやいた。

空間にはいくらか水がたまっていたものの、包みの中はぬれていなかった。サイモンは、すばやくその中身に目をとおしていった。愛人たちからの手紙に、賭けでつくった莫大な借金を最近まとめて返済したことを記した書類に、〝小型船〈メアリー・クラール〉一艘〟を購入した際の手書きの領収書。

ジェームズが監禁されていた船だ。アガサも今、その船に閉じこめられているにちがいない。領収書には〝ジョン・スウェイ〟と署名されていた。

この人物をさがしだす必要がある。船主というものは、たとえ手ばなしても自分の船の行方を追いつづけるものだという。

サイモンは領収書を胸ポケットに押しこむと、踵を返して戸口にむかおうとした。しかし、その前に手紙の束に目をとめた。つまらないものの中に重大な情報がかくされているというのは、よくあることだ。

手紙の内容は様々だった。悲しみに暮れる若者からの苦痛を訴える手紙もあれば、品のあるしゃれたエロティックな手紙もある。愛人に関して、ラヴィニアの好みはずいぶん幅広いようだった。

そのあと、サイモンは束の下のほうに風変わりな手紙があるのを見つけた。退屈な詩で始まっているその手紙は、次のページから急に実務的になっていた。

支払いや連絡方法について丁寧に記されている中に、まったく意味をなさない文章がまざっている。英語で書かれているものなら、サイモンに理解できないはずがない。彼はかぶりを振った。暗号は専門外だが、ここに書かれた数字は日付と時間を示したものにちがいない。

サイモンは他にも情報がかくされている可能性を考えて、手紙の束をそっくり上着のポケットに押しこんだ。浴室をあとにした彼は、もう一度、紫檀《したん》の書き物机に目をむけた。ラヴィニアのような性格の女性は、力強い字を書くにちがいない。

サイモンは書き物机の抽斗から紙束を取りだして、一枚いちまいロウソクの灯りにかざしてみた。

三枚目に、それはあった。筆圧のせいでできた文字の跡が、くっきりと残っている。ほんの数行ではあるが、もしかしたら……。

サイモンは暖炉の前に膝をついて煤を手に取ると、かつてアガサの手紙にしたのと同じことをためしてみた。どうか、これがつまらない社交的な手紙ではありませんように。

裏返しになっていてさえ、その丸みをおびた文字ははっきりと読みとれた。〝――愛しいあなた、わたしくしはあなたの弾丸となって、王太子《プリニー》の頭を撃ち抜きましょう。永久にあなたのL〟

事の重大さに、サイモンは雷に打たれたようになってしまった。摂政王太子が暗殺されれば、イギリス政府は大混乱におちいることになる。そんな状態が何カ月も、いや何年も、つづくのだ。

しかし、そんな企てをしても無駄だ。ジョージ王太子は世界じゅうの誰よりも堅く護られている。公共の場に姿をあらわすときでさえ、軍隊でも使わないかぎり射程内には近づけないし、暗殺を試みた人間が無事でいられないことは言うまでもない。暗号にもせずにこんなことを書いているところをみると、やはりラヴィニアは素人だ。しかし、身を捨てるつもりでいるとしたら……？

他の武器を使う可能性はあるだろうか？　弾丸と書いているが、それは比喩《ひゆ》かもしれない。いずれにしても、王太子殿下と側近に知らせる必要がある。

しかし、彼の仕事はそこまでだ。ありがたいことに、王族を護るのはサイモンの仕事ではない。怒りくるう王太子をなだめる役など、絶対にごめんだ。ラヴィニアをつかまえるのも、近衛兵にまかせておけばいい。

今、サイモンの心はアガサを見つけだすことだけにむいていた。敵が何をしようとしているのか気にはなったが、正直なところ、どうしてもそれを知りたいとは思わなかった。アガサのことのほうが、ずっと気がかりだ。こんなことは初めてだった。

サイモンはロウソクを吹き消すと、ラヴィニアの寝室をあとにした。これだけ調べまわったにもかかわらず、彼がそこにいた形跡はひと筋の煙だけ。それも、たちまちのうちに消えた。

ラヴィニア一味が自分と船を見捨てていったらしいことに、アガサはようやく気がついた。ラヴィニアも男たちも二度ともどってこないにちがいない。アガサの中で恐怖がうごめきはじめた。

サイモンとジェイミーは、きっとわたしをさがしている。でも、この小船の中にわたしがいることがわかるだろうか？　波止場にも沖にも錨《いかり》をおろしている船は何百とある。いったいどうしたら、ふたりにわたしを見つけることができるだろう？

猿ぐつわを噛まされているせいで、大声で叫んでも帆柱の軋みくらいにしか聞こえない。床を踏みならしてもみたが、そんな音はどこにもとどかない。

とにかく逃げだす必要がある。ジェイミーはバケツの縁で縛めを切ったと言っていたが、彼らは失敗から学んだようで、アガサの手首は背中でしっかりと縛られていた。

甲板に出られれば、誰かに見つけてもらえるかもしれない。

しかし、そう考えたとたん、波止場にいた恐ろしげな男たちの姿を思い出した。質《たち》の悪い人間に見つかってしまったら、どうなるかわからない。

それでも、このままここにいたら、飢えと渇きで死んでしまう。

アガサは壁際までころがって膝立ちになり、必死の思いで立ちあがった。しかし、三センチずつすすむのがやっとだった。その動きさえ、脚にまとわりつくペティコートが邪魔をする。

アガサは縛られた手でスカートのうしろをつまみあげると、ペティコートの紐を引っぱった。それでペティコートは床におちてくれた。

しかし、それを蹴り飛ばすことはできない。彼女は、なんとか飛び跳ねてペティコートの中から抜けだした。

「人が見たら、ずいぶん滑稽でしょうね」アガサは心の中でつぶやいた。それでも、彼女は必死の思いで戸口にたどりついた。

鍵がかかっていたら、それでおしまいだ。アガサはうしろむきになって扉の取っ手を引いてみた。簡素な扉には鍵穴もついていない。

息を詰めて必死で取っ手を引きつづけたが、扉はびくとも動かなかった。ああ、お願い、お願いだから開いて。

……不意に扉が開き、バランスをくずしたアガサは顔から床に倒れこんでしまった。

反射的に横をむいたおかげで鼻は打たずにすんだが、それでも痛いことに変わりはない。

いっしゅん息もできなかった。「ああ」彼女はつぶやいた。頬を擦りむいたようだが、そんなことにかまってはいられない。

アガサは、ふたたびころがるようにして壁際に近づくと、立ちあがってわずかずつ歩きはじめた。船のゆれに足をとられて、何度ころんだかわからない。それでも、ついには通路に出ることに成功した。甲板にむかって急な階段がのびている。

階段というより梯子だ。しかも、こわれた梯子だ。焦りと苛立ちのせいで、アガサの膝はくずれそうになっていた。

彼女はうしろむきになって、そっと梯子の踏み板に腰かけた。怖かったし疲れていたし、床に打ちつけたせいで顔も身体もずきずきと痛んでいた。梯子をのぼる気になど、とてもなれない。

しかし、他に道はないのだ。

梯子をのぼるのは思ったよりも簡単だった。うしろむきのまま手を使って身体を引きあげ、子供のようにお尻をすべらせていく。

ゆっくりとのぼりつづけることに集中していた彼女は、さわやかな風が擦りむいた頬をなでるのを感じるまで、梯子のてっぺんにたどりついたことに気づかなかった。魚とゴミと不潔な船乗りの臭いがする。

それでもうれしかった。船とは名ばかりの、この残骸《ざんがい》の上で死んでしまうのかもしれないが、ここにいれば少なくとも暗闇では死なずにすむ。

甲板は臭い網や汚れた布やもつれたロープでいっぱいで、そこここにほうりだされたゴミの山に海鳥がむらがっていた。ラヴィニアの手下は、かたづけが苦手らしい。

そんな中を足を引きずって歩くのは不可能だ。アガサは苛立ちを抑えて、その場から動かないことに決めた。ここにいれば、助けが来たらわかるし、危険を感じたら梯子をすべりおりて身をかくすことができる。

助けと危険の見分けがつくよう、祈るしかなさそうだ。


ジェームズは、〈ライアーズクラブ〉の賭博室の隅にサイモンを引っぱっていった。「波止場の捜索には何時間も――いや、ことによると何日も――かかる。暗号を読みちがえていなければ、手紙に書かれている日付は、王太子殿下のチェルシー病院訪問の日と合致する。つまり、あしただ。連中は、われわれの目をそこから逸らすためにアギーを誘拐したにちがいない。賭けてもいい」

「われわれの目がどこをむいていようと同じことだ」サイモンは苛立たしげに首を振りながら言った。「殿下は完璧に護られている」

ジェームズは、ほっとしたようにうなずいた。「だったら、われわれはアギーをさがすのに、ここにいる全員を使えるわけだ」

「しかし、時間にかぎりがある。連中が殿下を襲う前に、なんとしてもアガサを見つけださなければならない。試みが終われば、彼女を生かしておく必要がなくなるからな。連中は、逃げる前に邪魔な荷物を処分するにちがいない」

　そう口にしたとたん、サイモンは後悔した。いやな絵が心に浮かびあがってきたのだ。彼は賭博室に集まっている面々に顔をむけた。料理番に、泥棒に、スパイに、アガサの家の使用人。ピアソンとフィーブルズが肩をならべ、バットンとジャッカムが小さな声で話している。

　炉棚の時計が十時を告げた。そのチャイムの音が消えたとき、部屋のざわめきも消えていた。

「諸君、そしてご婦人方、今夜は長い夜になりそうだ。ジェームズの妹のアガサが——ああ、このクラブではネリー・バースの名で知られているが——敵に連れ去られてしまった」

　その言葉に全員がうなずき、怒りの声をあげた。サイモンは、アガサの人を惹きつける力を今また思い知らされた気がした。

「ジェームズは、ここから西に位置する小さな村の入江に停泊していた古い漁船から逃げだしてきた。ウィンチェル家の使用人が、この二カ月のあいだに何度かそこにものをとどけたことを認めている。そのあたりの波止場を捜索する。敵に船を移動させる時間がなかったことを祈るばかりだ」

　ジェームズはサイモンのとなりに立った。「船の名前は〈メアリー・クラール〉。敵の手にわたる前の船主は、ジョン・スウェイという名の男だ。カート、スタッブズとふたりで波止場付近の酒場を虱《しらみ》つぶしにあたってくれ。スウェイを見つけだして、船の現在の停泊地を知らないかどうかたしかめてくるんだ」

カートは険しい顔でうなずいた。もちろん、彼はいつも険しい顔をしている。カートとスタッブズはその場に立って合図を待っていた。

サイモンはうなずいた。「よし、行け。なんでもいいから情報を持ってもどってこい」

〈ライアーズクラブ〉きっての強者と若者は、そうしてクラブをあとにした。サイモンは、わきあがってくる不安を必死で抑えていた。不安がっている暇はない。

「誰かふたり、波止場の事務所に行ってもらいたい。どの船も、目的地と停泊地を報告する決まりになっている。嘘の報告がなされている可能性もあるが、何かわかるかもしれない」

フィーブルズが立ちあがった。「ミスター・レイン、そういう仕事なら、おれにまかせてくれ」

「すばらしい。相手の気を逸らす必要があるかもしれないから、誰かを連れていってくれ」

サイモンは小さな部隊に目を走らせた。バットンが期待顔で背筋をのばしている。サイモンはうなずいた。「よし、バットン。きみに行ってもらおう。きみの劇場での経験が役に立つはずだ」

「はい、ミスター・レイン」

フィーブルズは新しい相棒に不審の目をむけたが、サイモンの選択にけちをつけるつもりはなかった。「いいさ、こいつと行くよ。〈メアリー・クラール〉だったね？」

「もしくは、それに似た名前だ。綴りがまちがっている可能性もあるからな」

ふたりは部屋を出ていった。サイモンは、他の者たちに波止場の捜索場所を割りあてた。間もなく彼らが組みになって出ていき、部屋にはサイモンとジェームズとセーラだけが残った。

「われわれも行くんだろう、サイモン？」

「ああ。証拠は充分そろった。ラヴィニアと話す必要がある。ジェームズ、彼女がわれわれの動きをかぎつけて逃げだす前に、つかまえてやろう。セーラ、ここにとどく情報をすべて書きとめてもらえるかな？」

「わたしは、二百人分の晩餐会の料理を時間どおりに熱々《あつあつ》のまま、お客さまにお出しできる料理人です。秘書の役だって、きっとはたせますよ」彼女は手を振った。「さあ、行ってください。そして、奥さまを連れて帰ってください」

ジェームズと通りにむかって走りながら、サイモンは恐怖をおぼえていた。時間が経つのが速すぎる。


船は沈みはじめていた。今は、それがはっきりとわかる。

一時間前は、気のせいかもしれないという望みを抱いていた。潮の流れが変わったせいで、波が荒くなっているだけにちがいない。しかし今、水音は船の中から聞こえてくる。

もう、否定はできない。うねる船の動きさえ緩慢で重たげになっている。そして、沈み方はどんどん速くなっていくように思えた。

この粗末な船が夜明けを迎えることはないだろう。縛めをとく手段が見つからなければ、アガサも朝日を見ることはできない。幸い、甲板はゴミの山だ。この中に、使えるものがきっとある。

アガサは梯子の踏み板から、そっと足をはなした。すべって暗闇の中に頭からおちてしまったらと思うと、たまらなく怖かった。それでも必死で恐怖を抑えて、散らかった甲板にころがりでた。

半月では充分な明かりは望めないが、いずれにしても手元は見えないのだ。こうなったらうしろむきにゴミの山に倒れこみ、縛られた手でそこにあるものを片っ端から探っていくしかない。そうやって縄を切るのに使えそうなものを見つけだすのだ。

そのあとアガサは、人生最悪のときを過ごすことになった。ただでさえ不潔ながらくたに、正体不明のねばねばがこびりついている。それでも彼女はゴミの山を探りつづけた。ナイフの代わりになってくれる何かが必要だ。裂けたバケツの縁を使ったジェイミーは、縄を切るのに何時間もかかっている。

自分にはそんな時間は残されていないかもしれないと、アガサは心の奥で思っていた。

27

サイモンとジェームズは、クラブの前で馬車をつかまえることができた。しかし、ふたりの運はそこでつきてしまった。雨のせいで、みんなが屋根つきの大きな馬車に乗りたがり、どの通りも交差点のあたりで完全に流れがとまっていたのだ。

ようやくウィンチェル邸にたどりついたサイモンは、走ったほうが早かったのではないかとさえ思っていた。

「気をつけろよ、ジェームズ」玄関前の階段をのぼりながら、サイモンは言った。「それに、気持ちを抑えることを忘れるな。門前払いを食わされるわけにはいかないんだ。まずウィンチェル卿に取り次いでもらおう」

応対に出た執事は、ふたりを主人の書斎へと案内した。サイモンとアガサが危険なときを過ごした、あの書斎だ。ウィンチェル卿は暖炉の前に坐っていた。包帯を巻いた片方の足を足載せ台にのせ、額にぬれた布をあてている。かたわらにおいたブランデーのデキャンターが空になっているところを見ると、かなり飲んでいるようだ。

ウィンチェル卿は目をしばたたいて、ぼんやりとふたりを見つめた。「アップルクイストか？　死んだものとばかり思っていたがね」彼は興味もなさそうに言った。「ブランデーをすすめたいのだが、どうやら飲み干してしまったらしい」

　ウィンチェル卿が額の布をどけると、大きなこぶがあらわれた。彼は絨毯の上におかれたベルをならして執事を呼んだ。

「プルーイット、ブランデーを持ってきてくれ！　お客さまが――」

　サイモンはさえぎった。「ウィンチェル卿、われわれは世間話をしにやってきたわけではありません。ぜひとも、奥方と話が――」

「妻などいない」ウィンチェル卿はつぶやいた。

「なんですって？」

「妻などいないと言ったのだ！　金も馬も妻も、みんな消えた」

「レディ・ウィンチェルはどちらに？」

「レディ・ウィンチェルはいない。レディ・ウィンチェルは……いない」

「どういうことです？」

「ヴィニーに捨てられた！」ウィンチェル卿は吠《ほ》えるようにそう言うと、椅子の上で身を起こした。「あの蛇女は、わたしを捨ててフランス人の伯爵と逃げたんだ。ああ、フランス男《フロッグ》とね」彼はとつぜん笑いだした。「フロッグ……蛙《かえる》か。蛇と蛙。蛙は蛇に呑まれることになっている。いいだろう、蛙男はじきに後悔することになる。ちがうかな？」

「ああ、まちがいなく後悔する」ジェームズは感慨をこめて言った。

ウィンチェル卿は辛辣になっているようだった。「ヴィニーになんの用だ？　この上、彼女に愛人は必要ないと思うがね。下劣なフランス男を手に入れて、満足しているにちがいない」

「もうもどってはこないと？　何か持っていらしたのですか？」

ウィンチェル卿は鼻をならした。「選りすぐりの馬車馬を数頭に、わたしが贈ったものと衣装すべて。母の形見の宝石と、金庫に入っていた紙幣も残さず持っていってくれた」彼は自分の足と頭を指さした。「とめようとして、このとおりだ。拳銃で殴られなかったら、とめられたはずなんだ。あのふしだら女は、わたしの銃器室から拳銃まで持ちだしていた」

ウィンチェル卿は悲しげにグラスの中に目をおとした。「鍵を持っていることさえ知らなかった」

打ちのめされているウィンチェル卿に「奥方は、ふしだらなだけでなく国賊でもあります」などと言う勇気は、サイモンにはなかった。彼はジェームズに言った。「ここにいても得られるものはなさそうだ。ウィンチェル卿は何もご存じない」

ジェームズは、ゆっくりとかぶりを振った。「あとで取り調べを受けることになるだろう。しかし、堪えられるかな？」

ふたりは屋敷をあとに、〈ライアーズクラブ〉にむかって馬車を走らせた。ジェームズは、ウィンチェル卿に同情しているように見えた。おそらく、ラヴィニアにひどい目にあわされた自分と重ね合わせているのだ。「ジェームズ……」

ジェームズは片手をあげた。「注意するべきだったよ、サイモン。自分は安全だと思いこんでいた。いい気になっていたんだ。まんまとしてやられたよ」

サイモンはうなずいた。「取り調べは厳しいぞ。今の地位は失うことになるかもしれない。しかし、これだけは頭に入れておいてくれ……ぼくはグリフィンを信じている」

ジェームズの唇の端がわずかに歪んだ。「何よりだ。ほんとうにうれしいよ」

それから彼は、そうした思いを振り払って言った。「これでラヴィニアを追う手がかりはなくなった。クラブにもどって報告を待とう」


スタッブズは薄汚い酒場に駆けこむなり、立っている力も失せたかのようにテーブルに倒れこんだ。

ぬれた髪を額に貼りつかせたまま、荒い息をついている。酒場の店主は、そんな彼を見るなり驚きに眉を吊りあげた。

「誰に追われている？　神か悪魔か？」

スタッブズは汚れた袖口で顔を拭った。「悪魔だよ。正真正銘の悪魔だ」彼はつかのま手の中に顔をうずめた。「あんたにも見せたかった。地獄そのものだったんだ」

興味を引かれた客が集まってきた。

「どうしたっていうんだ？　いったい何があった？」

スタッブズは激しくかぶりを振った。「ここから南に少しばかり行ったところにある酒場で、ビールを飲んでたんだ。ああ、ちょうどこんな店だよ。そこに、とつぜん見たこともないような大男が入ってきたんだ。巨人って言ってもいいよ。あんな目で見られたら、それだけで死んじまう。ああ、あんなナイフなんか必要ないね」

「ナイフ？」店主が不安げに言った。

「そうだよ、肉切り包丁みたいなやつだ。大男が、それをかかげて――」スタッブズが腕を高くあげてみせると、まわりの者たちはそろって頭を引っこめた。「ヒュッ、ヒュッ、ヒューと斧《おの》みたいに振りまわしたんだ。それで、ふたり死んだ。血が梁《はり》まで噴きあげて、みんな血だらけだ。それでも、誰も大男にふれることさえできなかったんだ」

スタッブズは身をふるわせてつづけた。

「みんな裏口から逃げだそうとしたけど、先を争って走るものだから、結局は戸口の前でころんじまって山積みだ。おいらは、そのいちばん下にいたんだ。それでも目はちゃんと見えていた」彼が声をおとすと、客はさらに身をよせた。

「まるで家畜かなんかをさばくみたいだったよ。そいつは、男の髪をつかんで引っぱりあげると、ナイフのひと振りで喉から腹まで切り裂いちまったんだ。床は、わけのわからないぬるぬるしたものと血でおおわれていた。そんな中で、そいつは人を殺しつづけたんだ。おいらの顔にも熱い血が降りかかってきた。それで、何も見えなくなっちまった！　そのあと、大きな手につかまれるのを感じて――」

店がゆらぐほどの勢いで表の扉が開いた。むごたらしい話を聞かされて怯えきっていた男たちは飛びあがり、いっせいに戸口に顔をむけた。扉の前に、見るからに恐ろしい大男が立っている。

それは、深く身をかがめなければ戸口を抜けられないほどの大男だった。耕作用の馬ほども肩幅があって、からまった髪が目にかかっている。どう見ても危険だ。

その上、男は大きなナイフをにぎっていた。もはや、その刃は輝いてはいない。刃先から床にゆっくりと血がしたたっている。

みな息を詰めていた。叫び声をあげる者は誰もいない。そのとき、怪物のような大男が、とつぜん大きな拳を振りあげた。

「おおっ！」男が吠えた。

そこにいた者はみな、すごい勢いで裏口から逃げていった。しかし、スタッブズと店主だけは逃げなかった。店主は動けなかったのだ。スタッブズが、床に組みふせた店主の上に坐ってビールを飲んでいた。

スタッブズは満足げにゲップをした。「みごとだったよ、カートさん」

「だまれ、小僧。しかし、あれで連中はふるえあがったようだ。やっぱり皆殺しにする必要はなかったな」

「皆殺しにしてもよかったかもしれないね」スタッブズはぎこちない笑い声をあげたが、カートは笑わなかった。

「おりろ、小僧。ミスター・ジョン・スウェイと話がしたいんだ」

「無理だよ。ミスター・ジョン・スウェイは女の子みたいに気を失ってる。意気地なしもいいとこだ」

スタッブズは立ちあがったが、店主は起きあがらなかった。スタッブズはブーツの先で彼をつついた。「くそっ、死んでるみたいだ」

カートはかがみこんで店主を見ると、うなるように言った。「死んでいないといいがね。ああ、死にかけているようなら、とどめを刺す必要があるな」

これは効いた。ジョン・スウェイは動き、ふるえる脚で立ちあがった。ふたりを見つめる彼の目は大きく見開かれている。

「殺さないでくれ！　おれは何もしちゃいない。誓うよ！」

「どうかな。そこが厄介なとこなんだ」スタッブズはかぶりを振った。「あんた、自分の船を売っただろう？　だけど賭けてもいい、あんたはその船から目をはなしちゃいない。あの船の上で何が起きているか、見てるはずなんだ」

スウェイは首を振った。「知らないよ！　フランス人に売っちまってから、船は何カ月も見ていない」

「どんなフランス人だ？」

「うんと痩せていて、かぼそい声で話すんだ。ああ、歩き方も女みたいだった」

カートはスタッブズに視線をむけた。「ふしだら女のウィンチェルが男のふりをしていたんじゃないのか？」

「たぶんそうだね。あんたは男のふりをした女に船を売った。そして、そのあとは一度も船を見ていないし、船にまつわる噂も聞いていない。スタッブズは、スウェイの胸を強く押した。「嘘をついてることはわかってるんだ。船長っていうものは陸にあがっても、海を忘れられないっていうからね。賭けてもいい、あんたは船が今どこに錨をおろしているか知っている」

スウェイは首を振ったが、カートがうなりながら腕の曲げのばしを始めたのを見て動きをとめた。彼の目は血のしたたるナイフに釘づけになっている。どうやら、わずかに残っていた抵抗の意志も消えたようだった。彼は倒れずに残っていた椅子に坐りこんだ。

「あんたたちの言うとおりだ。おれは船を見守っていた。粗末な船だが、おれにとっては最高の船だった。女房がおれに船を売らせて、自分の弟からこのろくでもない酒場を買ったんだ。陸で暮らすおれには、もう何も残っちゃいない。女房がいるだけだ」

スタッブズは天を仰いだ。「気の毒にな。胸が張り裂けそうだよ。さあ、さっさと話してくれ。さもないと、あんたの胸が裂けちまうことになるぞ!」

「この一週間――いや、もっとかもしれないが――あの船を見ていない。初めのうちは月に一度、荷を積みに来てたんだ。波止場にいるのは、ひと晩だけ。あの船に乗ってる男がこの店に来たこともあるが、フランス人で英語がしゃべれないようだった。ディンギーで港を走りまわっているジョン・ドッブという男が連れてきたんだ。船の連中を陸に運ぶのがジョンの仕事でね。

そいつが〈マリー・クレール〉の乗組員だってことは、ジョンから聞いたんだ。船底に男を監禁しているって自慢してたそうだよ。気の毒に、その男は殴られて死にかけてるって話だった。だけどそのあと、あの船を見かけたことはないし、噂も聞いていない」

「〈マリー・クレール〉？　それが、船の名前なのか？」そう言って視線をむけたスタッブズに、カートはうなずいてみせた。

「ああ、もちろんだ。知らなかったのかい？」スウェイは疑わしげにふたりを見つめた。

「そもそも、あんたたちは何者なんだ？　誰に言われてここにやってきたんだ？」

スタッブズは質問を無視して訊いた。「連中は、いつもどこに船をつないでいる？」

「どういうわけか知らないが、東インド会社の波止場だ。ずいぶん金を払ってるんだろうね。気前がいいようには見えなかったがね。ほら、あんたたちが女だっていう、あのフランス人のことだよ」

「他に何か知ってることは？」

「今日、気になるものを見たな。しかし、あんたたちに関係あるかどうか……」

カートがうなるのを聞いて、スウェイはいそいで先をつづけた。

「ジョンといっしょにこの店にやってきた、〈マリー・クレール〉の乗組員を埠頭《ふとう》で見かけたんだ。仲間たちと大きな荷物をかついで歩いてた。船をおりて、どこかに行っちまう感じだったな」

目をむけたスタッブズに、カートが顎で戸口を示した。スタッブズはうなずき、スウェイにむかって言った。「とりあえずはこれまでだ。しかし、またもどってくるかもしれない。命を助けてやったことを忘れるなよ」

「待ってくれ！　連中は、ただあの船をおきざりにしていったわけじゃない。あの船は、前から多少水が入る傾向があったんだ。浸水がすすめば、船は沈む」

カートはうなった。「魔術師に知らせる必要がある」スタッブズはうなずいた。ふたりはスウェイには目もとめずに、大いそぎで酒場をあとにした。

夜の中に足を踏みだしたとたん、スタッブズは大きな連れに笑みをむけた。「店に入ってきたときのカートさんときたら、歩く悪夢って感じだったよ！　それにしても、いったいどうやってナイフに偽物の血をつけたんだ？」

カートはスタッブズのほうを見ようともせずに答えた。「なんで血が偽物だなんて思うんだ？」

スタッブズは思わず足をとめて、カートを先に行かせた。そして、ふたりのあいだに安全な距離ができると、あらためて歩きだした。「くそっ、カートさんが敵じゃなくてよかったよ」彼はつぶやいた。「ほんとうにそう思うね」

フィーブルズは、バットンを見るなり毒づいた。「いったいあんたはどっちの味方なんだ？」

そんなことを言ったのは、バットンが威張ったフランス人将官の典型とも言うべき、つややかなシルクの衣装を身にまとっているせいだった。バットンは大喜びで、羽根飾りのついた帽子を振って見せた。

「人の気を逸らすには、それなりの衣装が必要です。それに、これはわたくしのお気に入りの役でしてね。ああ、あの華やかなりし舞台の夕べ……」

「わかったよ。好きにすればいい。事務所の前は人でいっぱいだが、こんな時間じゃ中には誰もいないはずだ。みんなの目をあんたに引きつけておいてくれ。そのあいだに、おれが記録を取ってくる」

バットンは堂々たる身振りをつけて言った。「打ってこい、マクダフ！（シェイクスピア『マクベス』の台詞）」その瞬間、彼はあえいで口をおおった。「ああ、なんということだ！ スコットランドの芝居の台詞じゃないか！ まずいことになるにちがいない」

「さっさと馬車をおりて波止場にいる連中の目を引いてくれないと、それこそまずいことになるぞ！」フィーブルズは、バットンを馬車の外に蹴り飛ばした。

バットンはシルクのズボンについたブーツの跡を払ってみたが、無駄だった。「ふん！ 俗物は困るな！」

フィーブルズが見守る中、バットンは大威張りで通りを歩きだした。その一歩ごとに、注目を集めている。もちろんそれは、バットンが見えない〝ジョセフィーヌ〟とイギリスの不衛生な習慣について話しているせいでもあった。

「神よ、あの男が殺されちまわないように、どうぞ護ってやってくださいまし」フィーブルズはそうつぶやきながら、陰の中を歩いて事務所の脇にたどりついた。ここに来るのは初めてだったが、事務所はどこも同じだ。文書係の考えることに変わりはない。個性のなさに感謝するばかりだ。

裏口の鍵を開けるのは簡単だった。表から入る泥棒などいるはずもないのに、みんな正面玄関の鍵にばかり金をかけ、裏口には子供でも簡単に開けられるような鍵しかつけていない。

ひとたび事務所の中に入ると、フィーブルズは新しいマッチでロウソクに火をつけた。貴重なマッチは実験に三本使って、五本残っていた。

魔術師は、ライアーたちに最高のものを与えてくれる。どこかに忍びこむのに使うロウソクも、煙も出なければ蠟もしたたりおちない上等の品だ。

長いこと魔術師の下で働いてきたフィーブルズは、蜜蠟の熱くて甘い香りの中でしか集中して仕事ができなくなっていた。

外の通りから、怒りの声が聞こえてきた。いそいだほうがいい。さもないと、バットンが漁師たちに皮を剥《は》がれてしまう。

フィーブルズは、〝M〟と記された大きな抽斗を開いて思わず怯んだ。そこには、取りだそうとしたらやぶれてしまいそうなほど、ぎっしりと書類が詰まっていた。

外のざわめきは怒鳴り声に変わっている。フィーブルズの耳に「ナポレオンを縛り首にしてやれ！」という声が聞こえてきた。

フィーブルズは罵りの言葉を吐くと、戸棚から抽斗を引き抜いた。そして、それを肩にかつぐと事務所をあとに、路地を走って馬車へといそいだ。

御者は通りに立って、騒ぎが起きているほうを興味深げに見つめていた。妙な荷物をかついで駆けてきたフィーブルズには、目もとめていない。

「いったいなんの騒ぎですかね？」

「さあね」フィーブルズは擦りきれた座席の上に抽斗をおくと、ふたたび馬車の外に飛びだした。「ちょっと見てくるよ」

人混みの縁にたどりついた彼は、爪先立ちになって人をかきわけ、その中心にむかってすすんでいった。腐った野菜を投げつけられてどろどろになったバットンが、勇敢にも帽子の羽根を武器にそこに立っていた。帽子はどこかに消えている。

「首をはねてやる！」バットンは独特の抑揚をつけてそう言うと、尊大に鼻をならしてみせた。「おまえたちをギロチンにかけてやる！」

「なんてこった」フィーブルズはそうつぶやくと、前に躍りでてバットンの襟首をつかんだ。

「つかまえてやったぞ！　こいつを懲らしめる道具を用意しろ。ひどい目にあわせてやる！」

大きな賛成の声があがり、半分ほどの男たちがお楽しみの道具をさがしに散っていった。残った者たちは、バットンを罵りながら腐った野菜を投げつづけている。

しかし、彼らはフィーブルズが少しずつ動いていることには気づいていなかった。気づかれないように、男たちを煽《あお》りつづけていたのだ。

「へたくそ！　こいつがドブに吹っ飛ぶほどの勢いで投げてみろ！　なんだ、まるで女の子みたいな投げ方じゃないか！」

馬車まで、あと数メートル。フィーブルズは通りの先を指さして叫んだ。「見ろよ、連中があんなものを持ってきたぞ！」

バットンはフィーブルズの指さしたほうに目をむけて、恐怖の叫び声をあげた。男たちも、みな振りむいている。

今だ！　ふたりして全速力で走って馬車に飛び乗ると、床にうずくまったバットンを横目に、フィーブルズが御者にむかって怒鳴った。

「馬車を出してくれ、早く！　連中はまともじゃない！　今夜、病院から逃げだしてきたらしい！　さあ、いそいでくれ！」

驚いた御者が馬に鞭《むち》をあて、馬車は猛スピードで走りだした。

車輪の音に、蹄の音。波止場の男たちが、どんどん遠ざかっていく。

フィーブルズは片手で手すりをつかみ、もう片方の手で中身が飛びださないように抽斗を押さえていた。バットンは床で身を丸めてあえいでいる。

フィーブルズは苛立ちながらも少し心配になって、ブーツの先でそっとバットンをつついてみた。

「だいじょうぶかい？　バットン、気を失ってはいないよな？」

フィーブルズの耳に笑い声が聞こえてきた。バットンは車輪や蹄の音にも負けないほどの声で笑っていたのだ！

「ああ、すばらしい！」バットンは涙を拭いながら、うれしそうに笑っていた。「ああ、こんなに楽しい思いをしたのは初めてだ。熱狂的な観客ほどありがたいものはない」

バットンは抽斗のせいでせまくなった座席に身をすべりこませると、衣装についた野菜の皮をはがしはじめた。そして、抽斗の中をのぞいて顔を輝かせた。「そっくり持ってきたのですね、ミスター・フィーブルズ？」

「ああ、〈メアリー・クラール〉か、それに近い名前の船だって話だ。だから〝M〟の抽斗を持ってきた」

「すばらしい！　あなたは有能だ。きっとこの中にミス・アガサを救いだすのに役立つ何かが入っていますよ」

「そうであることを祈るよ」フィーブルズはつぶやいた。「おれは、あのレディが気に入ってるんだ」

28

船が、ゆっくりと傾いた。今回は元にもどる気配もない。斜めになった甲板に横向きに倒れたアガサは、はっとして目を覚ました。瓶の破片で縄を切りながら、うとうとしていたらしい。

アガサの中を恐怖が駆け抜けた。ゆっくりと甲板をすべっていく彼女をとめるものは何もない。彼女は何かをつかもうと、必死でもがいた。つかめるものならなんでもいい！

マストが彼女の背中をとらえた。腕に息が詰まるほどの痛みをおぼえたが、暗い水の中にはおちずにすんだ。

アガサは、そっと身体を動かした。腹ばいになれれば、縄を切る作業をつづけられる。恐怖の中で瓶の破片を手ばなさずにいたことに、アガサは驚いていた。もし、それを失っていたら、あきらめて冷たい川に飛びこんでいたかもしれない。縄を切ることができなければ、助かる見込みはないのだ。

頼りないささえからおちることはなかったが、お腹でマストからぶらさがっているような状態になってしまった。身体は、ほとんどふたつ折りになっている。

考えてはだめ。縄を切るのよ。

縄は太いし、手元は見えない。もう何時間も切りつづけているのに、わずかにまわりがほぐれてきただけだった。

アガサは痛む手首を、反対方向に引きはなしてみた。ほんとうに縄は切れるのだろうか？

ほんとうに助かるのだろうか？

だめよ。希望を持ったり絶望したりしている暇があったら、縄を切るのよ。


サイモンは、料理番のセーラが丁寧に記したメモを手に、クラブの中を行ったり来たりしていた。

まず、船の名が〈メアリー・クラール〉ではなく、〈マリー・クレール〉だということがわかった。船が最後に目撃された場所は、東インド会社の波止場。フィーブルズが持ち帰った記録を見ても、それはまちがいなさそうだ。

だから他の捜索を打ち切って、全員を東インド会社の波止場へ行かせたのだ。

小さな古い漁船は東インド会社の波止場に似合わない。〈マリー・クレール〉を見つけるのは、そんなにむずかしくないだろう。しかし、波止場が無数の船であふれていたら話は別だ。

他のニュースは明るいものではなかった。〈マリー・クレール〉は乗組員に見捨てられただけではなく、浸水しているかもしれないというのだ。

サイモンはアガサを思って恐怖にこおりつきそうになっていた。沈んでいく船の底に閉じこめられていたら……。

サイモンの手の中で、メモはくしゃくしゃになっていた。やめろ。遺体を腕に抱くまでは、希望を捨ててはいけない。アガサは生きている。手遅れになる前に、彼女を見つけだすんだ。

ジェームズが部屋に入ってきて、ぬれた外套を椅子の上に投げた。「まだ見つからない。スタッブズを連絡係においてきた」彼はサイモンの手ににぎられたメモに目をむけた。「何かわかったのか？」

サイモンは首を振った。「一時間前に話したときから進展はない」

「ドップとかいう男は、まだ見つからないのか？　船がどこに浮かんでいるか、そいつなら知っているはずだ」

「何週間も前の話だ。今どこに浮かんでいるかは、知らないかもしれない。それでも、この男をさがす必要はある」

「もうすぐ夜明けだ。アギーが誘拐されてから半日以上経っている。どこにいても不思議ではない」ジェームズは両手で髪をなでた。「もっと人手が必要だ」

「アガサの使用人に、うちの使用人、それに〈ライアーズクラブ〉の人間もひとり残らず波止場の捜索にあたっている」

「とにかく船が多すぎるんだよ、サイモン」

「〈マリー・クレール〉という名の、汚らしい小さな漁船が？」

「見たら驚くぞ」ジェームズは苦々しげに言った。「ぼくが逃げだしてきたとき、あの船は入江の奥に泊まっていた。もしかしたら、そっちをさがしたほうがいいのかもしれない」

「船は移動する。動かなければ船の役ははたさないからな」

「わかっている」ジェームズは怒鳴った。「ぼくはただ――」

「落ち着けよ。アガサは必ず見つかる」

ジェームズは大きく息を吸って尋ねた。「それで、次はどうする？」

「東インド会社の波止場に行く。そして、入江に錨をおろしている船についての情報を集める」

ジェームズは、すばやく顔をあげた。「しかし、きみは今、船は移動すると――」

「来るのか、来ないのか？」

ジェームズは外套をつかむと、サイモンと競うようにクラブをあとにした。


霧が晴れた東インド会社の波止場を、大勢の男たちが歩いていた。しかしサイモンは、渦巻く霧の中を男たちが一団となってすすんでいる絵を想い描いていた。

そんな光景を見たら、波止場にいる者たちは怖じ気をふるって協力する気になるにちがいない。協力さえしてくれれば、その人間をその気にさせたものがなんであっても――本人の親切心であっても、カートのナイフであっても――かまわない。

捜査は行き詰まっていた。じきに夜が明けてしまう。明るくなれば見透しはよくなるが、悪人同士が堅く結びついているこのあたりで、手がかりもないまま船をさがすのはむずかしい。この区画だけでも無数に船が泊まっているというのに、役に立ってくれる船員はひとりもいないのだ。

「き、貴族の旦那さん？　知り合いのレディをさがしてるんだよね？」薄暗がりから小さな声が聞こえてきた。

サイモンは片手をあげて仲間にとまるよう合図をすると、振りむいて陰の中に目を走らせた。「誰だ？」

前にすすみでた人影を見て、いっしゅん幽霊かと思った。ジェームズのランタンの灯りに照らされていてさえ、その子供は夜の闇のように黒く見えていた。煤だらけの顔の中で、怯えた青い瞳が輝いている。

なつかしい痛みがサイモンを襲った。「市場にいた煙突掃除の子供だな？」

「そうです、貴族の旦那さん」子供の声がふるえていることに気づいたサイモンは、自分たちが少年の目にどう映っているかに気がついた。カートひとりだけでも、たいていの子供は逃げだすにちがいない。

サイモンはかぶりを振って少年の前にしゃがみこむと、やさしい声で言った。「ぼくは貴族ではない。きみと同じ、市場育ちのロンドンっ子だ」

少年は目をしばたたいて、サイモンを見つめた。「あなたが？　コヴェントガーデン育ち？」

「そのとおりだ。自分の仲間を怖がることはない、そうだろう？」

少年は、ゆっくりとうなずいた。

捜索隊のひとりが苛立たしげな声をあげたが、サイモンは少年から目をはなすことなく、手を振って男をだまらせた。「レディのことで何か知っているのか？」

「あの人を乗せた馬車が市場を走り抜けていくのを見たんだ。あの人は窓から外を眺めてた。すごく悲しそうだった。ぼくは跡をつけたんだ。どうしてそんなことをしたのかはわからない。ただ、できるものなら、あの人を助けてあげたかった」

少年は説明を求めるかのように、サイモンを見た。サイモンはうなずいた。「ああ、よくわかるよ」

「それで、見たんだよ」少年は怒りに顔を歪めてつづけた。「誰かが、あの人を殴ったんだ。それで、あの人は倒れて見えなくなった！」

それを聞いたライアーたちがうなり声をあげた。怒りをつのらせて恐怖を忘れた少年は、大きくうなずいた。「ほんとうだよ。ぼくは、何かまずいことが起きてるにちがいないって思ったんだ」

「それで馬車を追いつづけたのか？」少年はうなずいた。「コヴェントガーデンからここまで？」

少年は、またもうなずいた。こんな小さな子供が、ここまで馬車を追ってくるとは驚きだった。おそらく、これまで市場周辺をはなれたことなどなかったにちがいない。

サイモンは感心して尋ねた。「きみの名前は？」

「ロビー」

「なんてすばらしい男なんだ、ロビー」

「男……？　ぼくはまだ、たったの十歳だよ」

十歳にしては、少年は小さすぎた。日射しと土壌に恵まれない植物がうまく育たないように、チープサイド街の貧しい環境では子供はほとんど育たない。

「ちょっと待ってくれ。このチビが、コヴェントガーデンからここまで歩いてきたって？」

カートが男たちを押しのけて、少年の前にしゃがみこんだ。

少年は恐怖に目を見開いて、助けを求めるようにサイモンに視線をむけた。「だいじょうぶだ。怖そうに見えるが、この男は三大陸じゅうでいちばんおいしいトライフルをつくるんだ」

「トライフル？」楽しい記憶が、ロビーの顔から恐怖の色を消し去った。「いっぺん、食べたことがあるよ」

「いっぺんだけか？」カートは言った。「おまえみたいな勇敢な男は、日曜ごとにトライフルを食べる権利があると思うね」

やつれた小さな顔に、畏れと混乱の色があらわれた。毎週トライフルを食べるなど、想像もつかないにちがいない。それでも、カートを見つめる少年の瞳には尊敬にも似た色が浮かんでいた。サイモンは、少年への質問をカートにまかせることに決めた。

「おまえは、馬車を追ってここまで来たわけだ」カートはうながした。

「そうだよ。一回か二回、荷馬車のうしろに乗ったけどね。だって、馬車はすごく速いんだ。それでここに着いたら、男の人が大きな包みをかついで馬車からおりてきた。たぶん、包みの中身はあの人だと思う」少年は、すばやくまばたきをした。「でも、ぜんぜん動かないんだ。ほんのちょっとこともね」

サイモンはわきあがってくる恐怖を抑えて、祈るような気持ちで尋ねた。「それで、連中がレディをどこに連れていったか知っているのかい？」

ロビーがかぶりを振るのを見て、サイモンの心は沈んだ。しかし、そのあと少年は言った。「でも、馬車の人たちを船に乗っけたのが誰かはわかってるんだ。ドップっていう人だよ。今、あそこにいる」少年は波止場からのびている通りの先を指さした。「あの酒場でビールを飲んでるんだ」

少年がそう言いおわるやいなや、サイモンとジェームズは全速力で酒場にむかって駆けだした。「カート、ロビーをスタッブズのところに連れていけ！」サイモンは肩ごしに命じた。それを最後に、サイモンの注意のすべては、ジョン・ドップにむけられることになった。何がなんでも、彼に協力させる必要があるのだ。

船が波にまかせてうねるたびに、アガサはマストからおちそうになっていた。おちれば、テムズの川底に沈むことになる。

アガサは、黒い水を見ないようにしていた。縄はもう少しで切れそうだったが、こんなに手が痺《しび》れていては、たしかなことはわからない。手首や掌がひどく傷ついていないことを、ただひたすら祈っていた。

しかし、もう一度、船が大きくうねると、手首のことなど忘れてしまった。身体がマストの上をすべりだしたのだ。看板が大きく傾いても、もう船はなんの抵抗も示さない。身体をふたつに折ってマストにしがみついてみたが、無駄だった。気がついたときには、足を下にして甲板の上をすべりおちていた。

彼女は夢中で脚を動かした。足掛かりがほしかった。動きをとめてくれるものなら、なんでもいい。

足首に硬いものがふれたが、身体の向きが変わっただけ。横向きになったせいで、勢いはさらに増している。

不意にその動きがとまり、身体がねじれて腕が抜けそうなほどの衝撃が走った。大きな索留《クリート》めに左腕が引っかかったのだ。

しかし、クリートは彼女の動きを永遠にとめてはくれなかった。大きな力がかかって、手首の縄が切れたらしい。アガサは痺れた両手を大きく振りまわしながら、真っ逆さまに冷たいテムズの水の中へと呑まれていった。

あまりの冷たさに、思わず息を吐いてしまった。肺の中には、もうわずかしか空気が残っていない。アガサはそれをだいじに使って、水面に浮かびあがろうと必死で腕を動かしつづけた。

泳ぎは得意だったが、服を着たまま足首を縛って泳いだことはない。ようやく水の上に顔を出せたときには力はつき、息も絶えだえになっていた。アガサはおぼつかない手つきで猿ぐつわを引きおろすと、夢中で息を吸いこんだ。

最後の瞬間にクリートに引っかかったおかげで助かった。あのまま足から水におちていたら、まくれあがったスカートに頭をおおわれていたにちがいないし、言うまでもなく手首の縄は切れていなかっただろう。

それでも、水を含んだ服は信じられないほど重くなっていた。それに、足首を縛られているせいで、両脚をそろえたまま水を蹴らなければならない。

うねる水が、繰り返しアガサの頭を沈めてとおりすぎていく。それでも、口と鼻に入った水を吐きだす以外にできることはなかった。

冷たさに感覚を奪われたアガサの中には、恐怖だけが残っていた。もうおしまいだ。二度とサイモンに会えないのだ。

またもアガサの頭が水に沈んだ。浮かびあがるには、あまりに水面がとおすぎた。渦巻く髪をとおして朝の銀色の日射しが輝いて見えているが、身体が重すぎる。すべての意志をかきあつめても、水面まで泳ぎ着くことはできそうもなかった。

風のとまった夜明けに、ディンギーの帆は役に立たない。〈マリー・クレール〉にむかうディンギーには、ジョン・ドッブも含めてサイモンが選んだ五人の男が、オールを持って乗りこんでいた。もちろん、ドッブをその気にさせたのはジェームズの拳銃とカートの目つきだった。

ディンギーはかなりの速度ですすんでいたが、サイモンは恐怖を抑えることができなかった。ドッブの言葉どおりなら、〈マリー・クレール〉のマストが見えてもいいころだ。

ドッブが嘘をついているとは思えない。首を絞めて引きだした情報は、たいてい信用できる。ドッブは今もオールから手をはなして、むっつりと痣になった首をさすっていた。

サイモンは、同情などしていなかった。それで速度が増すというなら、ためらうことなくドッブをディンギーから突きおとすにちがいない。

「どこだ?」ジェームズはふらつきながらも立ちあがり、日射しをあびて輝いている水面を見わたした。「何も見えないじゃないか……いや、あれはなんだ? ああ、なんということだ!」

夢中で船をこいでいたサイモンは、恐怖をおぼえて目をあげた。小さな船が、船尾を上にして水の中にまっすぐ立っている。

「アガサ!」ジェームズのしわがれ声が、海鳥の鳴き声の中に消えていった。それをのぞけば、あたりは不気味なほど静まり返っていた。

「ああ」ジョン・ドッブは息を呑んだ。「いつ沈んでも不思議じゃないとスウェイのやつが言ってたが、あれは冗談じゃなかったんだ」

サイモンはアガサの名前を呼ぶこともせずに、立ちあがって外套とブーツを脱ぎはじめた。そして、ディンギーが沈んでいく船まで数メートルのところまで近づくと、川に飛びこんだ。ジェームズも、すぐあとにつづいた。力強く水を蹴って泳ぐふたりは、じきに漁船にたどりついた。ステイラインをつかんで昇降口へとすすみ、船底へとおりていく。

小さな入口から射しこむ真珠色の朝日が船底までとどくことはなかったが、何カ所か板がはがれて、その隙間から光がもれていた。

床から浮きあがった残骸に、小さな道具類に、木製の大樽。様々なものが、そこらじゅうにただよっている。ふたりは、そうしたものを掻きわけながらすすんでいった。

サイモンは斜めになった天井と水面のあいだのわずかな隙間を見あげると、酸素を求めてそこにむかって泳いだ。

しかし、隙間は小さく、頭を傾けて口と鼻を水上に出すのがやっとだった。サイモンはすばやく息をつぐと、その場所をジェームズにゆずった。

もうひとつの独房のような船室に泳ぎついたサイモンは、船が大きくゆれるのを感じた。船はじきに完全に沈んでしまうだろう。ぐずぐずしている暇はない。助かりたければ、今すぐに船をはなれる必要がある。

サイモンは引き返し、ジェームズを梯子のほうに押しやった。首を振ったジェームズの顔には、薄暗がりでもわかるほど、怒りの色がはっきりと浮かんでいた。しかし、サイモンにさらに強く押されたジェームズは、昇降口にむかって渋々泳ぎだした。

ジェームズが船の外に出るのを見とどけると、サイモンは暗闇の中に引き返した。肺は痛み、身体は感覚を失っていたが、アガサを連れずに船をはなれるわけにはいかない。暗い川底に彼女をおきざりにするなど、サイモンには堪えられなかった。

おそらくアガサは生きてはいない。もはやできることは何もないのだとしても、自分のせいで死なせてしまった彼女を、家に連れて帰ってやりたかった。彼はもう一度、息をつぐと、つらい捜索を再開した。

水面から顔を出したジェームズの目の前に、ディンギーが浮かんでいた。カートの手で船上に引っぱりあげられた彼は、他の男たちが自分のうしろのほうに視線をむけていることに気づいた。

「おーい！」遠くから聞こえてきた声を聞いて、ジェームズはあえぎながら振りむいた。錨をおろしている大きなスクーナー船から、沈みゆく漁船にむかって小さな船が近づいていく。返事をして捜索の手助けを求めるべきだということはわかっていたが、まだ目がまわっていたし、悲しみのせいで胸が押しつぶされそうになっていた。

「おーい！　女が船からおちたんだ！」立ちあがったドップがそう叫ぶのを聞いて、ジェームズは彼に感謝した。

小船が、ぐんぐん近づいてくる。ジェームズの目にも、船首に立っている男の姿がはっきりと見えてきた。その男が口のまわりを両手でかこむようにして叫んだ。

「もうひとりか？」

「なんだって？」ジェームズは、しわがれ声でつぶやいた。もうひとり？

アギー！

ジェームズは帆柱をつかんで立ちあがった。「アギー！」

水をわたって鋭い叫び声が返ってきたが、すぐにカモメの鳴き声だと気づいた。しかし、そのあと、二度と聞くことはないと思っていた声が聞こえてきた。

「ジェイミー？」

ジェームズは喜びに胸を躍らせ、その瞬間をサイモンと分かち合おうと振りむいた。

しかし、サイモンの姿はどこにも見えない。

ジェームズはカートのたくましい腕をつかんで叫んだ。「サイモンが、まだ船の中にいる！」

小さな船の隅々までさがしたのに、アガサは見つからない。手脚の感覚はなくなっていたし、息をつぐ新鮮な空気も残ってはいなかった。

サイモンは水の上にかろうじて鼻を出した状態で、身動きもせずに、その場にただよっていた。

心の痛みに比べたら、身体の痛みなどどうということはない。アガサを失ってしまった。

アガサを死なせてしまったのだ。そう思うと、〈マリー・クレール〉といっしょに沈んでしまいたかった。

「サイモン！」

アガサの声が聞こえてきた。

「サイモン・レイン、なんて臆病なの。どうしようもない腰抜けね。でも、このまま歩き去ることはできなくてよ――」

「ちがうよ、姫君」彼は心の中でささやいた。「歩き去るんじゃない、泳ぎ去るんだ」

「――あなたはこの国にとってたいせつな人なんですもの。あなたから愛する国を奪うことはできないわ」

「きみなしでは、ぼくは生きられない」サイモンはすがるような気持ちでそう言うと、大きく息を吸った。

そして、水にもぐると向きを変えて泳ぎだした。梯子のあたりで日射しが輝いている。サイモンの目に、それは天国への階段のように映った。彼は重い腕で水を掻きつづけた。梯子までたどりつけるかどうかもわからない。

とつぜん日射しが消えたのは、そのときだった。気がつくと、サイモンは大きな渦に巻きこまれて、船の奥へと流されていた。船が動いている。

〈マリー・クレール〉は、完全に沈もうとしていた。

サイモンは、ほとんどあきらめかけていた。肺は酸素を求めて叫んでいるが、もう考えることもできない。

サイモン！

サイモンは本能のまま、彼女の声がするほうに泳ぎだした。アガサが呼んでいる。行かなければ！　彼は鉛《なまり》のような腕で水を掻き、うたうような声にみちびかれるまま泳ぎつづけた。ついに彼は暗闇から抜けだした。水中に射しこんだ光が踊るように輝いている。サイモンは上を目指して泳ぐ気になっていた。あの光があるところで、アガサが待っているにちがいない。

サイモンの心はおだやかにすみわたっていた。新たな力を得た彼は、肺の痛みも身体の重さも無視して、上にむかって泳ぎだした。暗闇が彼を引きもどそうとしたが、やさしい声が彼を呼びつづけている。

サイモン！　サイモン！

ようやく水の上に顔を出した彼は、もう一度その声を聞いた。

「サイモン！」張りつめたその声はしわがれていたが、彼の耳にはこの上なく美しくひびいた。「ここよ！　彼を船に引きあげて！　サイモン！」

ぬれてかすんだ目に、ごつごつした手がのびてきたのが見えたが、凍えた身体は何も感じなかった。気がつくと、彼は船に引きあげられていた。そして、天使がやってきた。髪からも鼻からも水をしたたらせた傷だらけの天使は、彼の頭を膝にのせて泣きだした。

「やあ、姫君」サイモンは、かすれた声で言った。「ぼくたちは死んだのかな？」

「いいえ、死んでなどいない」そうささやいた彼女の声もかすれていた。「死ぬには、わたしは堕落しすぎているし、あなたはいい人すぎるわ」

「きみは堕落などしていない」疲れきったサイモンの目は、そうつぶやきながらも閉じかけていた。「少し変わっているだけだ。しかし、そんなきみが好きなんだ」

29

アガサは片手で盆を持って、スクーナー船の中を歩いていた。もう片方の腕には、クリートに引っかかったときの痛みが残っている。

頭も痛かった。親愛なる救助者たちには、水の中でなびいている彼女の髪しか見えなかったらしい。彼らはその髪をつかんで、アガサを船上に引きあげたのだ。

それでも、船乗りから借りた服に着替えたおかげで暖かかった。身体はぬれていないし、何よりも生きている。そして親切な船長は、彼女がすぐに家にもどれるように、スクーナー船を波止場にむかって走らせていた。

アガサは小さくハミングしながら船長室の扉を開けたが、外にいる救助隊の面々にほほえみかけるのも忘れなかった。しかし、彼らはむっつりとうなずきかえしただけだった。

大きくて恐ろしげな男たちは、彼女に大きくて恐ろしげな男たちと兄がついていることを知って、がっかりしていたのだ。

アガサはストーブの横に盆をおきながら、助かったことを喜んでいた。何よりうれしいのは、サイモンも生きているということだ。

船乗りのズボンをはいた彼女は、敷物の上に坐っているサイモンのかたわらに腰をおろすと、湯気のたっているスープのカップを彼にわたした。そして、彼に肩を抱かれると、何も言わずにその胸に頬をよせた。サイモンも漁師の服を着ていたが、丈《たけ》が膝までしかとどいていない。

ふたりはしばらく静けさを楽しんでいた。からかいあうことも、ふざけあうこともしなかった。アガサは、ただ彼の呼吸の音だけを聞いていた。

ほどなく扉が開いてジェームズが部屋に入ってきた。彼は敷物の上ですっかりくつろいでいるふたりを見て、いっしゅん足をとめ、それから肩をすくめた。

「もうどうでもいい。楽しめるときに楽しんでおくことだ。ただ、アガサがロンドンじゅうの噂の的にならないように手を打ってくれよ」

「あら、それが祝福の言葉?」アガサはサイモンに抱かれたまま訊いた。

「祝福の言葉でも、許可でもいい……なんとでも取ってくれ。どっちみち、ぼくの許しなど求めてはいないんだろう」

その言葉に笑みを浮かべたアガサは、痛みをおぼえて顔に手をあてた。唇の傷が開いたのだ。

ジェームズはかがみこんで目を見開いた。「気づかなかった。殴られたんだな!」

アガサはまばたきをした。「なんですって? いいえ、殴られてなどいないわ。ほとんど自分でつくった傷よ」

ジェームズは声をあげて笑い、安堵のため息をついた。「聞きたい話ではないな」

アガサは、はっとして身を起こした。そして、サイモンに顔をむけて言った。「忘れていたわ！　ラヴィニアは暗殺を企んでいるのよ！」

サイモンは落ち着き払ってうなずいた。「ああ、知っている。今日の王太子殿下は、いつも以上に堅く護られている」

アガサは眉をひそめた。「王太子殿下？　ラヴィニアは、相手は年寄りだと言っていたわ」

ジェームズは首を振った。「手紙には〝わたくしはあなたの弾丸となって、王太子《プリンス》の頭を撃ち抜きましょう〟と書かれていたんだ」

アガサは顔をしかめてお茶を見つめた。「そうなの？　王太子殿下の頭を撃ち抜くと？　ラヴィニアは、摂政の宮には頭などないと思っているようだったけれど……」

驚きの沈黙がおりたことに気づいて、彼女は目をあげた。サイモンとジェームズが立ちあがり、同時に言った。

「王太子の頭……頭脳。リヴァプール卿だ！」


貴族院の会議は正午まで始まらないが、波止場に着いたジェームズとサイモンとアガサが馬車に乗りこんだのは、十一時の鐘がなったあとだった。

ライアーたちを集める時間も、アガサを家に送りとどける時間も、前もって使いを出す時間もない。サイモンは大金を支払うことを約束して、三十分以内に議事堂の正面玄関に馬車を着けろと、御者に命じた。

馬車はものすごい速度で走りつづけた。それでもサイモンは片手でアガサをしっかり押さえながら、もっといそげと御者を駆りたてた。アガサはしっかりと目を閉じていた。怖がって叫び声をあげたら、御者の注意が逸れてしまう。

三人を乗せた貸し馬車が議事堂の前にたどりついたちょうどそのとき、通りの先に見慣れた馬車がとまった。そして、船乗りの格好をして髪を乱した三人が馬車をおりると同時に、リヴァプール卿の馬車からぴかぴかの靴を履いたダルトン・モンモランシーがあらわれた。ダルトンの手を借りて馬車からおりたったリヴァプール卿は、たくましい男が横にいるせいで、いつも以上に腰が曲がって弱々しく見えている。

サイモンはあたりにすばやく目を走らせたが、貸し馬車とリヴァプール卿の馬車が視界をさえぎっていた。彼はクラブに行ってジャッカムから代金を受け取るよう、貸し馬車の御者に命じた。「さあ、行ってくれ！」

リヴァプール卿の馬車も走りだしたが、貸し馬車ほどいそいではいなかった。サイモンは前にすすみでて、あたりを見まわした。不審なものは何もない。

不意に、サイモンの目が黒く輝くものをとらえた。その場に足をとめて目を凝らしてみる。

「あそこだ。通りのむこうにとまっている馬車の中だ！　拳銃だ！」

ジェームズはサイモンの前を抜けて、リヴァプール卿にむかって走った。「拳銃はまかせた。閣下はぼくが護る」

サイモンはすばやく振りむいて、アガサが安全な場所にいることをたしかめると、馬車にむかって駆けだした。男は拳銃をかかげてねらいを定めている。手袋をした指が、ゆっくりと引き金にかかり——。

だめだ、間に合わない。もう遅すぎる。銃弾がはなたれた。サイモンが暗殺者の腕をつかんだのは、その一秒後。彼は暗殺者の腕を引っぱり、確実に骨を折った。

その瞬間、サイモンは暗殺者の正体に気づいた。ラヴィニアだ。

ラヴィニアの悲鳴に、別の悲鳴が重なった。アガサが叫んでいる。胸が張り裂けそうになりながらも、サイモンには振り返ってみることしかできなかった。

通りのむこうに人だかりができているが、何が起きているのかはわからない。ジェームズがそこにいるはずだ。アガサの面倒は彼がみてくれる。サイモンには、ここでしなければならない仕事があるのだ。

ラヴィニアの馬車の御者台に坐っていた男は、ただの御者ではなかった。その大男が、とつぜんサイモンに襲いかかってきた。一度は男の手ににぎられている大きなナイフをかわしたものの、次の攻撃はかわせなかった。

サイモンは腹部に燃えるような痛みをおぼえていたが、傷が深くないことを知って無視することにした。訓練された敵を相手に、素手では戦えない。

彼はすばやくラヴィニアの拳銃を拾って大男の胸に突きつけると、こおりついた男に言った。「卑怯だということはわかっている。しかし、ひどく疲れているのでね」

サイモンは男の股間に蹴りを入れて拳銃で頭を殴った。そして、男が倒れると同時に、通りに飛びだした。

彼は駆けつけてきた警備の男たちの手に暗殺者をゆだね、脇腹を押さえながら騒ぎが起きている場所にむかって夢中で走った。

人だかりの中心に血まみれになったアガサがひざまずいているのを見て、サイモンは心臓がとまりそうになった。しかし、その血はジェームズのものだった。彼女の腕に抱かれている彼は、ぴくりとも動いていない。

「なんということだ」サイモンはつぶやいた。

かたわらにリヴァプール卿が立っていた。ふるえながら、麻のハンカチで眉を拭っている。「とつぜんジェームズがわたしの前に飛びだしてきた。あの娘が叫びだすまで、何が起きたのか気づきもしなかった」そのあとリヴァプール卿は、初めてサイモンに気づいたかのように言った。「こんなところで何をしている？　さっさと姿を消しなさい！」

サイモンは、しばらく悩んでいた。ぼくはここにいる必要がある。アガサには、ぼくが必要だ。

リヴァプール卿はステッキを振って言った。「行きなさい！　今、きみの正体を明るみに出すわけにはいかない！　世間の注目を集めることは、きみには許されない」

サイモンは渋々引きさがった。つらかった。心がまっぷたつに引き裂かれる音が、世界じゅうに聞こえているのではないかと思うほど苦しかった。

しかし、サイモンはその場をはなれなかった。はなれられなかった。彼は野次馬のいちばんうしろに立って、アガサとジェームズを見つめていた。ほどなく、建物の中から鞄を抱えた医者らしき男が駆けだしてきた。

「肩を撃たれている」ジェームズの傷を診た医者は言った。「出血はひどいが、命に別状はないだろう」

サイモンは安堵して目を閉じた。ジェームズは医者に付き添われて、そっと運ばれていった。警備の男たちが、ラヴィニアと御者をリヴァプール卿の前に引っ立てた。

「レディ・ウィンチェル、あなたは重大な反逆の罪を犯した」リヴァプール卿は大きな声で言った。「イギリスの首相暗殺を試みたからには、縛り首は免れない」

ラヴィニアは折れた腕をつかみながら、哀れっぽい声で訴えた。「閣下、わたくしがねらった相手はあなたではありませんわ。ジェームズ・カニングトンです。わたくしは、愛人を罰しようとしただけです。たしかに見下げ果てた女でしょう。でも、それだけのこと！　わたくしたちの関係を証明してくれる人間はいます。けれど、わたくしが閣下を暗殺しようとした証拠はないはずです」

「わたくしは知っています」アガサは前にすすみでた。

「アガサ！」ラヴィニアの顔が引きつった。「こんな嘘つき女の言うことに耳を傾けてはいけませんわ、閣下！　この女は、わたくしの恋敵です。わたくしからカニングトンを奪うためなら、どんなことでもすると言っていました」

アガサがまっすぐ顔をあげてラヴィニアとむかいあっているのを見て、サイモンは誇らしかった。「これ以上、愚かな真似はなさらないでください、レディ・ウィンチェル。ジェームズは、わたくしの愛人ではありません。兄です」

アガサはリヴァプール卿のほうをむいた。「きのうレディ・ウィンチェルは、病院の前にいたわたくしを誘拐したのです。そうすることで、彼の――」

アガサは不安げにあたりを見まわした。サイモンには、彼女が自分をさがしてるのがわかっていたが、そばに行ってやることはできなかった。

アガサはつづけた。「兄の目を、暗殺計画から逸らそうとしたのです」

「あなたも、あなたの兄上も、称賛されるにふさわしい」リヴァプール卿は言った。「政府の要人を護るために危険を冒すなど、一般市民にはなかなかできないことです」

リヴァプール卿はアガサに、ライアーの役割を暴露してはならないとほのめかしているのだ。サイモンはアガサが小さくうなずくのを見た。

「レディ・ウィンチェルは、この暗殺のことをわたくしに話しました。計画を実行する前に、わたくしは命をおとすはずだったのです」アガサは首をかしげて、まじまじとラヴィニアを見つめた。「なんて迂闊なことをなさったのでしょう」

ラヴィニアはうなった。「この女は、ジェームズ・カニングトンの愛人ではないかもしれません。でも、結婚もしていないのに男を家に引っ張りこんでいたのですから、同じことです。そんな娼婦まがいの女の言うことが、信じられるでしょうか？」

リヴァプール卿は眉をひそめた。「いったい何を言っているのだ？」

「この女は結婚などしていません。やとった男を家に住まわせて、夫のふりをさせていたのです。わたくしのことも、みんな嘘ですわ」

野次馬から――主に男たちから――非難の声があがった。ダルトン・モンモランシーは前にすすみでた。「国賊の言葉を信じるのはいかがかと存じますが」

「けっこうです」ラヴィニアは、うなるように言った。「そこまでおっしゃるなら、結婚証明書をお調べください。結婚式を執り行った牧師さまはどなたかしら？」

アガサは答えなかった。野次馬たちは眉をひそめている。彼らの影響力は絶大だ。

ラヴィニアは、悪意に満ちた聞き苦しい笑い声をあげた。「証明書などあるはずがありませんわ。そうでしょう、アガサ？　この女が嘘つきだということは、これでおわかりですわね？　でも、最悪なのは、この女の愛人が汚らしい煙突掃除人だということです！」

ダルトンが何か言おうとしたが、リヴァプール卿のほうが早かった。「ほんとうですかな？」

サイモンは息をとめて祈った。嘘をつくんだ、アガサ。嘘をついてくれ！

アガサは、まわりから冷たい視線をむけられて、いたたまれない気持ちになっていた。いったい、わたしが何をしたというの？　人を愛しただけだわ。野次馬を見まわした彼女の瞳に、サイモンの姿が映った。

遠くに立っている彼は、近づいてこようともしない。アガサは今、自ら醜聞をさらしてしまった。そしてサイモンは——陰の存在でありつづけなければならないサイモンは——二度と彼女に近づけないのだ。

目をあわせたときに彼の顔に浮かんだ苦悩の色を見て、アガサの心は痛んだ。こんなふうに彼を苦しめたくはなかった。これ以上、彼を苦しめる前に、終わりにしたほうがいい。

それに、もう嘘はつきたくない。愛する人のことで嘘をつくなど、もう堪えられない。それを口にすれば、ふたりは永遠に引き裂かれてしまう。でも、言うべきだ。真実を話すべきだ。

「わたくしは煙突掃除人を心から愛しております」野次馬の中から、驚きと好奇の声があがった。声をあげて笑う者もいたし、残酷な冗談をとばす者もいた。アガサはそうした雑音を無視して、さらに大きな声で言った。「そして、レディ・ウィンチェルは殺人も辞さない売国奴です」

そのあと、あたりはサイモンでさえ驚くほどの大騒ぎになった。野次馬たちがラヴィニアを罵倒しながら、ふたりの女に詰めよっていったのだ。もうサイモンには、アガサの姿を見ることもできなかった。

見物人は、いっしゅんにして暴徒になりうる。恐怖をおぼえたサイモンは、野次馬を掻きわけてすすみだした。しかし、他を見おろすように立ってるダルトンが見えただけだった。ダルトンがアガサを救いだそうとしているのだ。

誰かがサイモンの腕をつかんだ。それでも彼は、その腕を振り払ってアガサのもとにいそごうとした。乱暴に彼を引きもどしたのはリヴァプール卿だった。「サイモン、すぐにやめなさい！」

「彼女が怪我をする！」

「エサリッジにまかせておきなさい。今、彼が建物の中に連れていこうとしている。さあ、ここから消えるんだ！」

サイモンは歯をむきだして、リヴァプール卿に食ってかかった。「あなたは、だまって見ていた！　彼女が嘲《あざけ》りの的にされるのを、あなたはそこに立って見ていたんだ」

「そうではない」リヴァプール卿は平然と否定した。「わたしは、彼女が嘲りの的にされるようにしむけたのだ」

サイモンの中を怒りが駆け抜けた。素手でリヴァプール卿を殺してやりたかった。「わざと彼女を笑いものにしたというのか？　なぜだ？」

「そうする必要があった。きみは深入りしすぎたようだ。きみには弱味を持つことは許されない。わかっているはずだ」リヴァプール卿が冷たい笑みを浮かべるのを見て、サイモンは彼の強さを思い知った。リヴァプール卿の精神は不動だ。

国を護るためなら、すべてを――誰をも――平気で切り捨てる。サイモン自身も、そうあろうと常に心がけてきたつもりだった。

アガサに出逢うまでは……。

「あなたの命を救ったのは彼女だ。ぼくは、彼女をあなたの生《い》け贄《にえ》にするつもりはない」

「しなければいけない。きみはイギリスのものだ、サイモン。彼女のものではない。きみの代わりはいないが、彼女の代わりはいる」

リヴァプール卿は冷たい眼差しで彼を見据えると、踵を返して人混みの中に消えていった。

アガサはジェームズの部屋の扉を閉めると、覚悟を決めて階段をおりはじめた。鉛の外套を着せられているかのように、身体が重かった。ジェームズが助かったことを喜んではいたが、他にはほとんど何も感じない。

すっかり夜になっていた。長かった一日も、じきに終わる。この数日、ほとんど眠っていないアガサは、自分の身体があとどのくらいもつか自信が持てずにいた。

アガサに強い不快感を抱いた医者は、その場でジェームズの治療代を支払うよう彼女に迫った。そんな医者を説得して家まで連れてきてくれたのは、ダルトン・モンモランシーだった。

野次馬の中から彼女を救いだして、ジェームズを家に運ぶ手配をしてくれたのも、ダルトンだ。彼がいなかったら、アガサは途方に暮れていたにちがいない。

倒れてしまう前に、身体を休める必要がある。

客間に足を踏みいれると、ダルトンがひとりで彼女を待っていた。医者は帰ったようだった。

暖炉の火を見つめていたダルトンが振りむいた。アガサは、彼の絵に描いたような完璧さに、あらためて胸を打たれた。ダルトン・モンモランシーは立派な人間であるだけでなく、すばらしい友達でもある。

「ミス・カニングトン、医者の相手はしておきましたよ」

「ありがとうございます」

ダルトンは前にすすんで彼女の手を取った。「さあ、坐って。今にも倒れそうだ」

「いいえ。何時間も前に倒れてしまったにちがいありませんわ。今は眠っているの。きっと、これは夢なんだわ」

ダルトンはほほえんだ。

「あなたは滅多に笑わない。サイモンも同じでした」彼女は物思わしげに笑みを浮かべた。

「彼が笑ってくれると、なんだか勝負に勝ったような気分になったものです」

ダルトンは彼女をソファに坐らせると、かたわらの椅子に腰かけた。考え深げな表情をしている。「これからどうなさるつもりですか？」

「しばらくは、家でじっとしています。兄の面倒をみなければならないし、社交の場に出る気にはとてもなれませんもの」軽く笑いとばしたかった。しかし、自分が何をしてしまったのか、アガサにはよくわかっていた。

サイモンとの関係を断ち切ったことは後悔していない。彼を縛ってはいけないのだ。それでも、自分と生まれてくる子供の将来を思うと、うろたえずにはいられなかった。人里はなれた地でひっそり子供を産むというのも、ひとつの手だ。でも……。

アップルビーにもどれば、アガサ自身はうまくやっていけるにちがいない。村人はアガサを知っているし、愛してくれている。同情されて暮らすのは厄介だろうが、それでもなんとかやっていける。しかし、子供はけっして受け入れてもらえない。

私生児が受け入れられるのは、父親が王族のひとりである場合だけだ。煙突掃除人の子供は、つらい人生を歩むことになる。アガサは自分の意志で、無邪気な子供にそれを押しつけたのだ。身勝手にもほどがある。

「兄上が回復したら？」

「ランカシャーにもどることになるでしょう。残念ながら、ロンドンの暮らしは魅力を失ってしまいました」

アガサは話題を変えることにして、明るい笑みを浮かべようとした。「傷が癒えたら、兄は勲章をいただけるそうです」

「ああ、聞いています。きっと、みんなから祝福される。あの勇敢な振る舞いで、フランスに寝返ったのではないかという疑いも晴れるにちがいない」

アガサは目をしばたたいた。「兄がスパイだということをご存じなの？」

ダルトンは、かすかにほほえんだ。「知っています。わたしも似たようなものです」

もうたくさんだ。アガサは声をあげて笑いだした。その小さな笑い声には、苦々しげな色がにじんでいた。「もちろんだわ。ええ、わたくしが素敵だと思う男性は、みんなスパイなの」

ダルトンは驚きの表情を浮かべた。「わたしのことを素敵だと?」

アガサは鼻をならした。「ええ、とても素敵ですわ。まるで神さまのよう。ゆえに、あなたはスパイなの。これは、繰り返し証明されている、基本的な数式です。アガサの法則とでも名づけようかしら?」

ダルトンの思慮深い眼差しがやわらいだ。「考える時間は充分にあったのではありませんか?」

「同情はなさらないで」アガサは、はっきりと言った。「それとも、あなたの足下にわたくしをひれ伏させたいのかしら?」

ダルトンは両手をあげた。「とんでもない。同情などしていません。求婚しているだけです」彼は、そっと彼女の手をにぎった。その声には情熱のかけらも感じられない。「結婚してください。今すぐに」

アガサは、しばらく彼を見つめていた。「本気なのですか?」

「本気です。似合いのふたりだと思います。わたしには、わたしの評判に〝安定〟の二文字をくわえてくれる妻が必要だし、あなたにはあなたの悪い評判を打ち消す力を持った夫が必要だ」

「醜聞にまみれた女を妻にしたら、あなたの評判に傷がつきます」

ダルトンははねつけた。「醜聞ではない。ただの噂です。わたしと結婚すれば、誰も何も言わなくなる」

今すぐ彼と結婚すれば、子供は社会に受け入れられるかもしれない――ぼんやりとしたアガサの心に、そんな思いが忍びこんできた。髪の色も目の色も、ダルトンとサイモンはそんなにちがわない。わたしさえだまっていれば、なんとかなる。ダルトンにさえ打ち明けずにいよう。


また嘘をつくのだ。いいえ、そんなことはできない。

「ダルトン、お返事をする前に、ひとつうかがってもいいかしら？」

「何かな？」

「他の誰かの子供を自分の子として育てることはできますか？」

アガサは彼の目に驚きの色があらわれたのを見逃さなかった。

「身籠もっていると？」

「ええ、たぶん」

「しかし……サイモンはそういう男では……」

アガサは疲れた顔に笑みを浮かべた。「わたくしが仕掛けたことです。サイモンには逃げようがなかった。だから、このことで彼を非難なさらないで」

ダルトンは、ゆっくりとかぶりを振った。「わかりました。しかし、そうなると話はちがってくる」

アガサはがっかりせずにはいられなかった。彼といそいで結婚すれば、問題は解決するはずだったのだ。「とうぜんですわ」

ダルトンは目をほそくして言った。「いや、そういうことではありません。ただ、ふたりがそこまで深く関わっているとは思ってもいなかった。この件については、サイモンと話し合って解決するのがいちばんいい」

アガサはすばやく首を振った。「そんなことはできません」

「そうかもしれない」彼はうなずきながら言った。「しかし、とりあえず求婚の返事を聞かせてほしい」

アガサは、もう目を開いていられなくなっていた。彼女は不意に立ちあがった。「いいわ。すべてご承知の上で、あなたが受け入れてくださるなら、わたくしの返事はイエスです」

彼女は半ば目を閉じたまま、ベッドへとつづく廊下と階段があるほうをむいた。「もう眠らなければ……失礼させていただきます……おやすみなさい」

階段は山のように感じられたし、廊下は果てしなく長く思えた。それでも、アガサはなんとか自分の部屋にたどりついた。暖炉の火は燃えていたが、ロウソクはついていなかった。ネリーは、もう休んでいるにちがいない。

アガサはドレスを脱ごうと、背中に手をまわした。しかし、腕を痛めている今、ネリーの助けを借りずにボタンをはずすのは、ほとんど不可能だ。

アガサは苛立ちにうめきながら、もう一度ためしてみた。それで、はずれたボタンはふたつだけ。不意に温かな手が彼女の指を包みこみ、そっと脇にずらした。

「ぼくにまかせて」

「サ、サイモン？」振りむこうとしたが、とめられてしまった。

「シーッ！」サイモンはやさしく彼女をだまらせた。「きみのことが気がかりで、会いにきた。ドレスを脱ぐのを手伝わせておくれ、姫君」

サイモンはアガサの服を脱がせて、丁寧に椅子に積み重ねていった。そして、シュミーズ一枚になったアガサをベッドに坐らせると、髪のピンを抜きはじめた。

「テムズの水で汚れた髪を洗ってやりたいが、何よりも眠る必要がありそうだ」

アガサはサイモンの温かな手に肩をもまれて小さなうめき声をあげ、彼が持ちあげた上掛けの下に身をすべらせた。

「横になって、お休み。さあ、眠るんだ」

アガサは彼の手をつかもうとした。「ここにいて」

サイモンは彼女の髪をかきあげると、まず額に、それから傷ついた唇に、そっと口づけた。

「どこへも行くつもりはない」

もう目を開いてはいられなかったが、彼が服を脱いでいるのは音でわかった。大きな身体がかたわらにすべりこんでくる。アガサはその温かさを感じて、ぐったりと彼に身をよせた。

彼の腕がアガサを包みこみ、しっかりと抱きしめる。

これでやっと、すべてを忘れて眠ることができそうだ。

30

サイモンは眠る気などなかった。ただ、ひと晩じゅうアガサを見つめているつもりだった。しかし、横になって彼女を抱きしめたとたん、堪えがたい疲労感が襲ってきた。

数時間後に目を覚ましたサイモンは、自分がどこにいるのか、なぜそこにいるのか、いっしゅんわからなかった。それでも、魅惑的な温かい女の身体を抱いていることには、すぐに気づいた。そして身体は、それがどういうことなのか頭で理解する前に、すばやく反応を示した。

サイモンの中に、川での出来事や未然に防いだ暗殺騒動のことがよみがえってきた。彼のせいで、アガサの評判は地におちてしまった。

朝になるころには、街じゅうに噂がひろがっているにちがいない。アガサを受け入れる者は、おそらくもういないだろう。彼女はこの先ずっと〝煙突掃除人の女〟と呼ばれて生きることになるのだ。

「国の外に、きみを送りだすことにしよう」そうささやいたサイモンの吐息が、彼女のうなじをくすぐった。

「いいえ」アガサは応えた。

眠っているものとばかり思っていた。しかし、自分の声が彼女にとどいたことを知って、サイモンはうれしかった。「なぜだ？　西インド諸島に行けば、すべて解決する。きみを知っている人間は誰もいない。むこうで出なおしたらどうなんだ？」

アガサは彼のほうをむいたが、暖炉の火が燃えつきようとしている今、その顔はほとんど見えなかった。サイモンは顔をなでる彼女の手を感じた。

「わたしは逃げないわ、サイモン。レジーから逃げて、どうなったかしら？　そうよ、レジーは追いかけてきたの。つらい過去をなんとかしたかったら、それを克服するしかないのよ。わたしは学んだの」

「元の世界には、二度ともどれないかもしれないよ。ぼくにはわかるんだ。ずっと、そういう世界の外側で生きてきたからね。けっして楽には暮らせない」

アガサは、しばらく何も応えなかった。彼女が動き、彼の唇の端にそっと口づけた。「自分の世界を築くわ」彼女はささやいた。「二度と会えなくても、そこにはいつもあなたがいるの」

サイモンは彼女の首に顔をうずめた。始まったとたんに終わってしまった。それでも、ふたりで過ごした数週間のあいだに、彼はあまりに深く彼女を愛してしまった。以前の自分にもどることなど、とてもできそうにない。

アガサは彼の髪をやさしく指にからませて、そっと彼に身体を押しつけた。「でも、今夜はふたりでいられるわ」

「そうだね」サイモンはそう応えると、彼女の唇に口づけた。ほんの数時間しか残っていない。もう一秒も無駄にしたくなかった。

アガサにわからせたいことは山ほどある。それに、彼女の中に眠っているものを目覚めさせてもやりたい。かけてやりたい言葉なら一生分ある。

「きみは強い」自分の上に跨らせた彼女に身をまかせながら、サイモンは言った。

「きみは立派だ」口で何度も彼女を絶頂にみちびいて、かぎりない悦びを――自分の身体の素晴らしさを――教えながら、彼はささやいた。

「きみは勇気がある」枕にむかってあえいでいる彼女をうしろから貫きながら、彼は請け合った。

「きみはきれいだ」サイモンは最後に自分をときはなちながら彼女の口元でそう叫ぶと、彼女のかたわらに倒れこんだ。朝日が部屋を照らしはじめている。

アガサはそっと彼に口づけると、彼の言葉を繰り返した。

「愛しているわ」アガサのささやきに、サイモンは応えなかった。

アガサがひとり目覚めたとき、部屋は日射しに満たされていた。身体じゅうが痛かった。手首と肩の痛みが特にひどい。力が出ないし、喉も渇いている。しかし、何よりも悲しくてたまらなかった。

涙があふれそうで目がひりひりするし、何かで胸を締めつけられているような感じがする。アガサは、ぼんやりとした頭で考えようとした。なぜこんなに悲しいのだろう？

そして、思い出した。サイモンを失ったのだ。大きくふくらんでいく悲しみの波に襲われて、アガサは身を丸めた。

大声で泣きたかった。叫びたかった。苦しみの石壁に、片っ端からものを投げつけたかった。それでも、熱い涙で枕をぬらして、じっと横たわっているしかないのだ。癇癪《かんしゃく》を起こしたところで、苦痛が軽くなるわけではない。怒りをぶつけたところで、心にあいた穴はうまらない。でも、その怒りは救いでもあった。怒りが消えてしまったら、心が張り裂けそうなほどの悲しみだけが残ってしまう。

ありがたいことに、午前中は誰も部屋にやってこなかった。今、ここには誰かが入る余地などない。この部屋は苦しみでいっぱいだ。

しかし、それだけではまだ足りないとでもいうように、次の衝撃がアガサを襲った。ようやくトイレに立った彼女は、自分が身籠もっていなかったことを知ったのだ。

月のものが始まっていた。子供を持つ可能性さえ失ったアガサは、がっくりと膝をついた。アガサは自分をきつく抱くようにしてその場にうずくまり、目の前の暗闇が晴れるのを待った。お腹がすいていた。レジーがやってくる前に食事をとってから、何も口にしていない。

あれは二日前？　食欲はなくても、何か食べなくてはいけない。アガサは紐を引いてベルをならすと、ベッドにもどろうとした。

しかし、数秒後にネリーがあらわれたときも、アガサはベッドの支柱につかまって立ったまま、空っぽの大きなベッドを見つめていた。ネリーは午前中ずっと、うずうずしながら部屋を訪れるのを控えていたにちがいない。彼女が主人の様子を気づかっているのは、ひと目でわかる。

「お茶をお持ちしました」ネリーは小さなテーブルに盆をおき、その前に椅子を運んだ。それでもアガサはベッドのかたわらをはなれなかった。

「ベッドで召し上がりますか？」

ベッドがアガサを呼んでいた。さあ、ここで一生過ごしなさい。身を丸めて、すべてを忘れ、彼と過ごしたゆうべのことだけを思って過ごせばいいの。このベッドの中で、思い出とともに生きればいいの。

アガサは身をふるわせた。「そんな生き方をするなんて、哀れだわ」彼女はそうつぶやくと、挑むようにネリーを見た。「わたしのことを哀れだと思う？」

「いいえ」ネリーは不安げに主人を見つめた。そう答えてよかったのかどうか、自信がなかったのだ。

「よかった」アガサはベッドに背をむけると、ふらつきながらテーブルに着いた。「ネリー、朝食をすませたらお風呂に入るわ。そして、黄色いドレスを着る。黒い服を着る理由は、もうないんですものね」

「はい、すぐにご用意いたします」

「セーラに、何か軽いものをこしらえるように言ってちょうだい。まだ、あまり調子がよくないの」

「とうぜんです」思わずネリーは言った。「もう少しで、お命をおとされるところだったんですからね」

食事をとって入浴して服を着替えると、見た目はずいぶんましになった。胸はガラスの破片が詰まっているような感じで張り裂けそうだったし、すぐに涙があふれそうになるけれど、力と意志は取りもどせたようだ。

アガサは眠っているジェームズの様子を見にいった。顔色は悪いが、熱はだいぶさがっている。兄の部屋をあとにした彼女は、まっすぐに階下へとむかった。下に行ってもすることはないが、少なくともかくれているような気分にはならずにすむ。

ついこの前まで招待状であふれていた玄関のテーブルの上には、空っぽの盆と庭の花を生けた花瓶だけがおかれていた。驚くことは何もない。

もう、アガサを相手にする人間はいないのだ。この一週間で様々な経験をした彼女は、愚かな者たちが何を言おうと気にする必要はないと思うようになっていた。ただ、クララ・シンプソンのことは気になった。別の状況で出逢っていたら、親しく付き合えたにちがいない。彼女にどう思われているかを考えると胸が痛んだ。しかし、それもほんの少しだけだった。

アガサは客間で過ごすつもりでいたが、足を踏みいれる寸前のところでやめることにした。この部屋にはサイモンとの思い出がぎっしり詰まっている。朝食室も同じだ。気がつくとアガサは、厨房のテーブルでセーラとくつろいでお茶を飲んでいた。

「今はおつらいでしょう。でも、まだお若いんですからね。男は、女の人生にあらわれては去っていくものです。父親、兄弟、夫、そして恋人さえもね」

アガサは好奇心を抑えることができなかった。「あなたにも恋人はいたの、セーラ？」

「恋人はいたかですって？　何をおっしゃるかと思えば……。わたしがペストリーにしか興味がないとでもお思いですか？」たくましいセーラは、色気たっぷりに睫をぱたぱたさせてみせた。

アガサは、かすかに笑みを浮かべた。「でも、ほんとうに愛せる人は、たったひとりだわ」

「たったひとり？」

アガサは、カップの縁を指でなでながらうなずいた。「わたしは彼のことをほんとうに愛していたの」

「もちろんですとも。初めて愛した男のことは、ええ……たとえどんな別れ方をしても、忘れるものではありませんよ」

「やっぱり前途多難ね」

「でも、だからといって、他の誰かを愛せないわけではありませんよ。最初の人ほど愛せないかもしれないし、同じくらい愛せるかもしれない。いずれにしても、よくおぼえておいてくださいよ。ええ、いつかは誰かを愛するようになります……いつかきっとね」

アガサは痛む目に指を押しあてた。「でも、今日ではないわ。あしたでもない」

「ええ、今日でもあしたでもないでしょうね」

「今がいちばんつらいときなのよね。わかっているわ。わたしにも未来はある」

ふたりはしばらくだまってお茶を見つめていた。それぞれの思い出にひたっていたのだ。ピアソンが戸口にあらわれた。少し前からアガサをさがしていたようだった。ピアソンの眉のあがり具合は、たしかめないほうがよさそうだ。

「奥さま、ミスター・カニングトンに招待状がとどきました」

アガサは目をしばたたいた。「まあ、ジェイミーには歓迎してくださるお宅があるのね」

「はい、奥さま。招待状は王室からでございます」

アガサはほほえんだ。自分がこんな状況にあっても、兄の勇気が公に認められることがうれしくてならなかった。「ジェイミーは勲章をいただくのよ。そうよ、勲章をいただくに相応《ふさわ》しいことをしたんですもの」

「はい、奥さま。招待の旨《むね》を記した書状をとどけにみえた王室のお使いが、お返事を待っておいでです」

「もちろんだわ」アガサは招待状を受け取った。「それにしてもピアソン、どうしたらそんなふうに仰々しい話し方ができるの？」

「長年の鍛錬《たんれん》のたまものです、奥さま」

「なるほどね。ほんとうにすばらしいわ」

ピアソンはお辞儀をした。「ありがとう存じます、奥さま」

子牛皮《ベラム》の巻紙には絹のリボンが結ばれ、その封蠟には華麗な印璽《いんじ》が押されていた。アガサはできるだけ封蠟が砕けないように、そっと封を開いた。王室からの招待状など、滅多にとどくものではない。

それは宮殿で行われる朝の謁見式《えっけんしき》への招待状で、勇敢な行いをした者に摂政王太子が公式に感謝の意を表すると書かれていた。

しかし、その日は四日後だった。

「四日後？　嘘でしょう！」

ピアソンでさえ不安を口にした。「四日のうちにジェームズさまのお加減がよくなるとは思えませんが……」

「おことわりするしかなさそうね」

ピアソンは咳払いをした。「それはおすすめできかねます。謁見式の予定は、何カ月も先まで定まっているものです。つまり、ジェームズさまのために、どなたか有力な紳士の謁見があとまわしにされたということです。それをおことわりになれば、摂政の宮のご機嫌をそこねることになりましょう」

アガサは唇を噛んだ。「代わりの者が勲章をいただきにあがってはいけないのかしら？」

「ご本人が亡くなったのであれば、それも許されましょうが……」

「まあ。それじゃ、ご招待を喜んでお受けしますとお返事するしかないわね」

ピアソンは、ふたたび咳払いをした。「〝謹《つつし》んでお受けいたします〟としたほうがよろしいかと」

「たしかに、そのほうがよさそうだわ」

アガサは社交界での自分の評判を思って、ジェームズの晴れの舞台の邪魔にならないようにしようと心に決めた。

「ありがとう、ピアソン。文箱を持ってきてもらえるかしら？　そして、わたしが返事を書くあいだ、そばにいてほしいの。あなたの助言が必要だわ。わたしがひとりで書いたら、とんでもないまちがいを犯しそうですもの」

「もちろんです、奥さま」そう言って踵を返したピアソンを見つめながら、アガサは首をかしげた。もちろんおそばに控えております、という意味？　それとも、もちろんとんでもないまちがいを犯すにちがいございません、ということ？　アガサには、どちらなのかわからなかった。


サイモンはスタッブズの言葉にうなずいたが、何も聞いてはいなかった。彼はジャッカムの執務室で、じっと暖炉の火を見つめていた。その炎は、彼にあの運命の夜を思い出させた。暖炉の前で初めて彼を求めてきたアガサの肌は、炎に照らされて金色に輝いていた。

「グリフィンさんは、仕事にもどれるんですか？」

サイモンは、はっとして現実に引きもどされた。「なんだって？　ああ、おそらく。しかし、もうしばらく静養が必要だ」

「そうですよね。それで、グリフィンさんが寝こんでいるあいだ、見習いとしてぼくを使ってもらえないかと思ったんです」

スタッブズは期待をこめてでサイモンを見つめた。

「スタッブズ、おまえがこっちの仕事をしたがっているとは思ってもみなかった」

「してみたいんです。ウィンチェル邸の野外トイレをみごとに吹っ飛ばしたのを見てから、特にそう思うようになりました」

サイモンは、それについて考えた。訓練には時間がかかる。技術を持った人間が不足しているのは、そのせいだ。見習いをつづけて一人前になりたがる者は、なかなかいない。働いてくれるのは怪我人が出て人手が足りなくなったときだけで、欠けていた人間が復帰したら辞めてしまう。

「いい考えだ。おまえは機械に強い。彼に話しておくよ、スタッブズ」

「はい、ありがとうございます！　それじゃ、玄関番にもどります」スタッブズは、ぎこちなくお辞儀をして部屋から出ていった。

サイモンは目を閉じて両手で顔をこすった。何もかも、どうでもいいような気になっていた。失った熱意を取りもどすことは、もうできないのではないだろうか？

誰かが咳払いをした。「スタッブズ、彼に話しておくと言ったはずだ」サイモンは目を開いた。「約束はできないが――」

そこにいたのは有頂天になったスタッブズではなく、晴れやかとは言えない顔をしたダルトン・モンモランシーだった。サイモンの机の前にそびえるように立っているダルトンは、めかしこんだ死の天使《アズラエル》のように見えた。サイモンは苛立ちをおぼえた。人に見おろされるのが大きらいなのだ。

サイモンは苦々しい笑みを浮かべた。「さわやかな朝だというのに、エサリッジ卿らしからぬ様子をしているな」

「彼女と結婚したい」

サイモンは反射的に顔をそむけ、硬い口調で言った。「わざわざ報告にきてくれたのか？　感謝するよ」

ダルトンは肩をすくめた。「しかし、結婚できない。きみが彼女と結婚しない理由を聞くまでは、結婚できないんだ」

椅子の背に身をあずけたサイモンの口から、陰気な笑い声がもれた。「手綱《たづな》を締められた」

ダルトンはうなずいた。「リヴァプールにか？」

「ああ。たとえそうしたいと思っても、もうアガサに近づくことはできない。誰もが彼女に好奇の目をむけるにちがいないからね。リヴァプール卿は、ぼくや〈ライアーズクラブ〉に注目が集まることを望んでいない」

まだ日も高くなっていないというのに、サイモンはブランデーが飲みたい気分になっていた。「それだけではない。ぼくが勝手な真似をしたら、リヴァプール卿はジェームズ・カニングトンの復帰に必要な支援を、すべて打ちきってしまうだろう」

ダルトンは悪態をつきながら、机の前のソファに腰をおろした。「抜け目のない男だ。これだけきみを抑えておきながら、まだ抑え足りないというのか？」

「完全に抑えられてしまったよ。アガサは、兄の立場を危うくするようなことはけっしてしない」

「求婚はしたのか？」

「していない」

ダルトンは身を乗りだすと、膝に肘をついた。「きみが興味を持ちそうなニュースがあるんだ。あの襲撃事件のあとすぐに、カニングトンの英雄的行為について王太子殿下に報告しておいた」

サイモンは片方の眉を吊りあげた。「リヴァプール卿の意に逆らって？」

ダルトンは唇を歪めて皮肉っぽく笑った。「報告を行った時点では、公式な反対の声は聞こえなかったとだけ言っておこう」

「かしこいな」

「自棄《やけ》だよ。首相の地位にあるリヴァプールは、〈ロイヤル4〉が監視しているすべての活動への支配力を強めてきた」

「リヴァプール卿に忠義をつくして仕えているものとばかり思っていたよ」

「わたしが忠義をつくして仕えているのは、この国だ。リヴァプールに仕えているわけではない」

「かしこい距離のおき方だ。のめりこみすぎて失敗した男が大勢いる。リヴァプール卿は、そこのところを誤解しているんだ」

「まったくだ。しかし、もっとすばらしいことに、王太子殿下は謁見式にカニングトンを招いている。リヴァプールを救った彼に勲章を授けるつもりらしい」

不意にはなたれた希望の矢が、サイモンに立ちあがる力を与えた。「なんだって？」

ダルトンはうなずいた。「もちろん、しばらくは微妙な仕事から遠ざかっている必要がある。しかし、破壊工作をするには差し支えないだろう」

サイモンはすばやく考えた。「リヴァプール卿はジェームズを今の地位からはずせなくなる！　つまり、その脅しは使えなくなるわけだ」

ダルトンは笑みを浮かべた。「そういうことだ」

サイモンの心に、様々な計画が駆けめぐった。結婚。家庭。アガサと朝を迎える生活。そんな日々が、一生つづいたら――。

しかし、ひとつ乗りこえられない障害が残っていた。サイモンと結婚すれば、アガサは危険にさらされることになる。サイモンが仕事を辞めないかぎり、それはどうしようもないことだった。

きみの代わりはい、い、い、いない――リヴァプール卿は、そう言った。

しかし、ほんとうにそうなのだろうか？　たしかに誰にでもできる仕事ではない。金や権力をほしがる人間には務まらないし、地位や階級のちがいを気にかける者にもむかない。洞察力とかしこさは絶対に必要だ。それに、何よりも国を愛し、そのためなら他のすべてをあきらめられる人間でなければいけない。

つまり、目の前にいるような人間だ。

簡単なことだ。〈ライアーズクラブ〉の長でいつづけてダルトンがアガサと結婚するのを見ているか、ダルトンに仕事をゆずって生涯を失業者として過ごすか、ふたつにひとつだ。後者を選べば、毎晩アガサを腕に抱いて眠れる。

迷う余地はない。

彼はもう一度、椅子の背にもたれると、冷めた笑みを浮かべてダルトンを見つめた。交渉を始めるときがきたようだ。「現場の仕事が恋しくてたまらないと言っていなかったかな？」

31

「行かないなど、とんでもない。そんなことは許さないぞ」ジェームズは鋭い眼差しでアガサをにらんだ。しかし、顎を天井にむけてバットンに襟元のひだ飾りを結ばせている彼の顔は真っ青だった。そんなふうでは、いくら脅されても怖くはない。

アガサは誇らしげにほほえんだ。「大礼服がよく似合っているわ。とても立派よ。でも、あまり感動しすぎないようにしなくてはね。それには冬用のぶかぶかのズボン下を履いていた姿を思い出すのがいちばんだわ」

ジェームズは天井をむいたまま顔を歪めた。「お転婆め」

「本の虫」アガサは昔からのやり方で言い返した。

冗談は抜きにして、ジェームズはほんとうに立派に見えた。金糸で刺繡《ししゅう》をほどこした薄青色のサテンのフロックコートに、補色のクリーム色をあしらったベストと半ズボン。バットンの肩には、ジェームズの傷ついた腕を吊るためのクリーム色のサテンの三角巾がかかっている。

アガサは感じ入って、かぶりを振った。「バットン、またあなたのお給金をあげなくてはいけないわね。こんな短いあいだに、これだけのものをそろえられるなんて信じられないわ」

「アギー、服のことはもういい。とにかく、いっしょに来るんだ」ようやくバットンの手から自由になったジェームズは、傷を負っていないほうの手でレースの袖口をととのえると、彼女に顔をむけた。

だまっているアガサの顔から、見るみる笑みが消えていく。しばらくして彼女は言った。「お兄さまに恥をかかせたくないわ」

ジェームズは瞳に怒りをにじませながら、部屋を横切って彼女の前に立った。「恥？　馬鹿なことを言うんじゃない！」

「でも、お兄さまの晴れの舞台なのよ。お兄さまに主役を演じていただきたいわ。わたしが姿を見せたら、〝煙突掃除人の女〟の話でもちきりになってしまうでしょう」

「どこで聞いた？」ジェームズは激怒していた。「噂になど耳を貸さなくていい！」

「外でわたしがなんて言われているか、使用人たちに探ってきてもらったの。知っていれば、心の準備ができるわ。だから、わたしは行かないほうがいいと思うの。王太子殿下のご機嫌をそこねたくはないもの」

ジェームズは鼻をならした。「王太子殿下は多少のことでは驚かれない。殿下自身、好き勝手をしてきたんだ」

バットンは声を抑えて笑った。「ほんとうでございますよ、ミス・アガサ。耳にいたしました話によりますと――」

ジェームズは手をあげた。「レディの耳に入れるような話ではないだろう、バットン」

バットンは礼儀正しくうなずいた。「そのとおりでございます、旦那さま。まったく、そのとおりでございます」それから彼はアガサのほうをむいて、声を出さずに唇だけを動かして言った。のちほどお話しいたしましょう。

ジェームズはつづけた。「しかし、もっと重要なのは王太子殿下がサイモンをよくご存じだということだ。殿下はサイモンをお気に入りだ。だから、〝煙突掃除人〟の件でおまえが非難されることはないと思うね」

「まあ」アガサは驚きに目をしばたたいた。「サイモンは王太子殿下のお友達なの？」彼女の胸は誇らしさでいっぱいになっていた。「なんて素敵なのかしら」

「だから、いっしょに来るんだ。これは命令だ」

アガサは腰に両手をあてた。「命令？」

「いいから、来るんだ」

「他に言い方は？」

ジェームズは笑みを浮かべた。「頼むから来てください」

「それならいいわ。行ってあげましょう。でも、お兄さまのように完璧には装えないわ。謁見式にふさわしいドレスなんて持っていないもの」

それに応えたのはバットンだった。「いいえ、ドレスはございますよ、ミス・アガサ！」

バットンはジェームズの衣装箪笥から、美しいサテンのドレスを取りだした。色はジェームズのフロックコートよりも少し濃いブルーで、金糸でびっしりと刺繍がしてあった。ジェームズは妹を驚かせて楽しんでいるのだ。彼はアガサに笑みをむけた。「いそいでくれ、アギー。女のしたくは、信じられないくらい時間がかかるからな」

ようやく息ができるようになると、アガサは喜びの悲鳴をあげた。そして、美しいドレスをつかむと、ネリーの名前を呼びながら自室にむかって走りだした。


宮殿の謁見の間は、信じられないほど芸術的で、うっとりするほど美しく、この上なく贅沢だった。アガサとジェームズは、長いベルベットの敷物の上を歩いて、謁見式に集まった者たちがいるほうへとすすんだ。

アガサに気づいた者たちが、いっせいにささやきだしたが、彼女はまっすぐ顔をあげていた。美しいドレスのおかげか、横を歩くジェームズがすばやく手をにぎってくれたおかげか、何も気にならない。アガサは、ただ誇らしかった。兄が、そして自分自身が——そう、彼女もリヴァプール卿を救うのにひと役買っているのだ——愛する国のみごとな謁見室が、誇らしくてたまらなかった。

他の出席者にまじって前列ちかくに立ったアガサは、摂政王太子の取り巻きや謁見式の出席者と目をあわせることなく、美しい部屋を思うまま眺めた。一週間眺めていても、飽きないにちがいない。

それだけでも充分に見応えがあるきらびやかな天井に、輝きをはなつ金と水晶の巨大なシャンデリアが吊されている。

出席者がざわめくのを聞いて、アガサは部屋の奥にある垂れ布で飾られた高座に目をむけた。摂政王太子が玉座にあがろうとしている。アガサの胸は高鳴った。王太子殿下の姿をその目で見るのを楽しみにしていたのだ。

どれどれ……うーん。アガサは少しがっかりした。ひと目見たかぎりでは、胴まわり以外に印象的なところは見あたらない。王太子は、かなり恰幅がよかった。はっきり言えば、太っている。

そして、もちろん立派な衣装に身を包んでいた。金をあしらったベストだけでも、アップルビーの一年分の収入くらいの価値があるにちがいない。王太子が玉座に大きな腰をおろすと、アガサはあらためてその姿を見つめた。放蕩のかぎりをつくしているせいで、肉づきのいい青白い顔をしていたが、知性をたたえた目がすべてをあらわしている。

アガサはいっしゅんにして、王太子が好きになった。

「なぜラヴィニアは、王太子殿下のことを無能だと言ったのかしら？」アガサは兄にささやいた。

「わからないね」ジェームズは答えた。「殿下はひじょうにかしこい方だ。もちろん退廃的ではあるがね」

アガサはそれから一時間ほど、懇願を受けたり褒美を与えたりする摂政王太子を観察しつづけた。うんざりとした様子で横柄に応えることもあれば、嬉々として興味を示すこともある。痛烈で愉快――王太子殿下は、魅力的な人物のようだった。

アガサには、王太子がサイモンを気に入っているわけがわかるような気がした。おそらくサイモンも王太子のことが好きにちがいない。

みごとな衣装を着こんだ男――たぶん式部官だ――が、ジェームズの名前を呼んだ。ジェームズはゆっくりと部屋の奥にすすみ、摂政王太子の前に立った。

あまりの誇らしさに、アガサの目から涙があふれた。兄の首に君主の手でメダルがかけられるのだ。それが終わったとき、彼女は耳にした言葉をひとこともおぼえていなかった。それでも、参列者のほうにむきなおって盛大な拍手にお辞儀で応えたときのジェームズのうれしそうな顔は、一生忘れないにちがいない。

ジェームズがかたわらにもどってきたときも、アガサは泣いていた。

「殿下のお言葉を聞いたかい？」ジェームズは彼女に尋ねた。

アガサは首を振りながら小さな声で笑った。「いいえ。泣くのに忙しくて聞いていなかったわ」

ジェームズは胸にかかったメダルをなでた。「今後も国のために働きつづけよと仰せになったんだ。一生働きつづけよとね！　元の仕事にもどれるぞ！」

アガサは兄の身を案じる気持ちを抑えて、満面の笑みを浮かべた。「もちろんだわ。お兄さまがいなければ、クラブはどうなるの？」

前にすすみでた式部官の声を聞いて、アガサは心臓がとまりそうになった。式部官は、こう告げたのだ。「サイモン・レイン、殿下の御前へ!」

サイモンはベルベットの絨毯が敷かれた長い通路をすすんで、玉座の前に立った。そして、深々と頭をさげた彼は、王太子に名前を呼ばれて、ようやく顔をあげた。

王太子が気だるそうに手を振っている。前にすすめと言っているのだ。サイモンは高座にちかよった。

王太子は、しばらく冷ややかな眼差しでサイモンを見つめたあと、笑みを浮かべた。「どうした、サイモン?」ふつうの口調で問いかけたその声は、前列の参列者にもとどかなかった。

気まぐれな王太子が過去の友情を忘れずにいてくれたことを知って、サイモンは安堵した。

「殿下、任を解いていただけるよう、お願いにあがりました」

王太子の目がほそくなった。「本気か? なぜだ?」

「結婚したいのです、殿下」

しばしの沈黙のあと、王太子は吠えるように訊いた。「相手は誰だ?」

「ミス・アガサ・カニングトンです」

「カニングトン? 今、勲章を授けた男もカニングトンといったな? 妹か?」

「はい、殿下」

王太子は両方の眉を吊りあげて、楽しげに声をあげて笑った。「おまえが有名な煙突掃除人か？」

「はい、殿下」

王太子の高笑いがおさまるまで、サイモンは待たなければならなかった。ようやく涙を拭ったときも、王太子は小さな声で笑いつづけていた。「ああ、すばらしい。愉快な話に飢えていたのだ。楽しませてくれた礼に、望みをかなえてやろう」不意に、王太子の眼差しが支配者の鋭いそれに変わった。「その女をこれへ」

サイモンが異議をとなえる前に、式部官が前にすすみでた。「ミス・アガサ・カニングトン、御前へ」

参列者がざわめいた。サイモンの耳に〝煙突掃除人の女〟という言葉が、一度ならず聞こえてきた。この数日、どこへ行ってもその言葉が耳に入ってきた。それを聞くたびに、サイモンの怒りは激しくなっていくようだった。

しかし、アガサはそんな嘲笑に動じてはいない。彼女は優雅な足取りでざわめきの中をすすみ、サイモンの横に立つと、膝を折って王太子にお辞儀をした。

玉座からじっと見つめられても、アガサは落ち着きを失わなかった。

「王太子殿下」彼女は言った。

王太子は、しばらくじっと彼女を見つめていた。どうやら王太子はアガサが気に入ったらしい。サイモンは、王室きっての放蕩者の前に彼女を連れだしてしまったことを後悔しはじめていた。

王太子はサイモンに視線をもどした。「わけがありそうだ。聞かせてもらおう」

サイモンは、銀行口座の動きを察知したところから始めて、議事堂の前での出来事にいたるまでの事実を、ひとつひとつ包みかくすことなく語っていった。アガサが国のために何をしたか、王太子にきちんと知ってほしかった。王太子に認められれば、アガサを傷つける者はいなくなる。それがかなうなら懇願を退《しりぞ》けられてもかまわないと、サイモンは思っていた。

王太子は、魅せられたようにじっと耳を傾けていた。かたわらで聞いていたアガサが落ち着いた表情をくずすことはなかったが、彼女を誘惑したのは自分だとサイモンが言い切ったときには、思わず小さな不満の声をあげていた。サイモンは、その声を無視した。好色な王太子にアガサの魅力を見抜かれたくはない。

サイモンが話しおえたあと、三人はしばらくだまっていた。それから王太子がアガサのほうをむいた。

「それで？　何か言いなさい！　おまえは由緒正しい家の娘だ。それなりの紳士と結婚して安楽な暮らしをするよう生まれてきた。それを投げ打って、この煙突掃除人と結婚したいのか？」

「わたくしは安楽など求めておりません。刺激に満ちた暮らしを願っております、殿下」

「この男との結婚を望んでいるのだな？」

アガサはえくぼをつくって首をかしげてみせた。「はい、殿下。彼が求婚さえしてくれれば」

驚いた王太子はサイモンに目をむけた。「求婚していないのか？　なんと無粋な男だ！」

「今の地位にあるうちは、結婚は考えられません。彼女を危険にさらすことになってしまいます」

「なるほど。おまえの言うことはよくわかる」アガサのほうにむきなおった王太子の眼差しには、好意の色が浮かんでいた。「この貧しい生まれの煙突掃除人でいいのだな？　無粋きわまりないこの男で？」

「はい、殿下。わたくしの好みは少し変わっているようです」

「もっとましな男を望むこともできるのだぞ」

アガサは笑みを浮かべて、長い睫をしばたたかせた。「はい、存じております。しかしながら、王太子殿下のお心は別の方にむいておいでです。ですから、わたくしは二番目にすばらしい男性で満足する他にないのです」

その言葉が気に入ったにちがいない。王太子は顔も動かさずに、横目でサイモンを見た。

「小癪なことを言う。ほんとうに、この男でいいのだな？」

「はい、殿下」

王太子は小さな声で笑いながら玉座に深く坐りなおした。「ひじょうに愉快だ。淑女と煙突掃除人。この懇願は拒めない。サイモン・レイン、おまえの任を解く。わたしがさらってしまわないうちに、この娘と結婚することだ」

王太子は侍従に何事か合図してうなずいた。侍従は驚きに目を見開きながらも、玉座のかたわらから宝石に飾られた剣を取りあげ、王太子に差しだした。

「このままでロンドンじゅうを愉快がらせてほしい気もするが、国に忠義をつくしたふたりの子供につらい思いをさせたくはない。したがって——」王太子はサイモンに前へ出るよう合図した。「ひざまずけ！ ためらっているときではない」

サイモンが王太子の前にひざまずくのを見て、アガサの心臓は誇らしさのあまりとまりそうになった。

「大英帝国摂政王太子の権限において、汝《なんじ》にナイトの称号を授ける。サー・サイモン・レイン」

サイモンは咄嗟《とっさ》に顔をあげた。王太子は、もう少しで彼の耳を切りおとすところだった。

「ご無礼ながら、殿下、わたくしの本名はサイモン・モンタギュー・レインズと申します」

王太子は目をしばたたいた。「おまえはフランス人なのか？」

「母はフランス人でした」

「かまわぬ、それでよい」王太子は咳払いをすると、抑揚をつけて言いなおした。「サー・サイモン・モンタギュー・レインズ」

アガサはにぎりしめた手に涙がおちるまで、自分が泣いていることにも気づかなかった。

「さあ、このおかしな女がこれ以上の面倒を起こさぬうちに、主教を訪ねて結婚してしまえ」王太子はふたりに皮肉な笑みをむけた。「これでおまえたちを締めだす人間はいなくなるはずだ。愚か者たちは、ロマンティックな話が大好きだ」

アガサは夢中で王太子にお辞儀をすると、サイモンの腕を取った。どんなふうに謁見の間を出たかまったくおぼえていないが、気がつくとアガサはサイモンとジェームズとならんで廊下に立っていた。

「ああ、サイモン！」アガサは彼に抱きつき、まわりの衛兵たちが戸惑うほど、熱烈に口づけた。そして、そのあと拳で彼の肩を叩いた。「これまで本名を教えてくれなかったなんて、信じられないわ！」

サイモンはやさしくほほえんで、彼女の両手をにぎった。「たいした名前ではないが、よかったらいっしょにこの名前を名乗ってほしい」

「うーん、ミセス・レインズ。悪くないひびきだわ。いいわ、名乗ってあげましょう」

「ああ、ぜひそうしてほしい！」

アガサは天を仰いだ。「ちっともロマンティックではないわ」

サイモンはゆっくりと彼女の手袋をはずすと、ポケットから金の指輪を取りだした。サファイアをあしらった婚約指輪だ。彼は、それをアガサの薬指にはめると、その手を口元にかかげた。じっと瞳を見つめながら、指の一本一本に唇をあてていく。アガサは、そのあいだじゅう息をとめていた。

「心から愛している。結婚してください」サイモンはかすれた声でささやいた。「最期のときまで、きみを愛しつづけると誓う」

アガサは、しばらく身動きもできなかった。肋骨が折れそうなほど、胸がふくらんでいる。「サー・サイモン・モンタギュー・レインズ、いつの日か、その笑みがあなたの顔から消えないようにしてみせるわ」

サイモンは眉をひそめた。「何を言っているんだ？」

「なんでもない。ええ、なんでもないわ」アガサは兄のほうをむいた。「ジェイミー、わたし結婚するわ。式では、わたしを花婿に引きわたす役を務めてくれるわね？」

ジェームズは薄笑いを浮かべながら、見つめ合うふたりを平然と眺めていた。「喜んで務めさせてもらうよ、アギー」

サイモンは異議をとなえた。「ちょっと待ってくれ。ジェームズには花婿の付添人を務めてもらう必要があるんだ」

アガサは首を傾けて唇をとがらせた。「まあ、困ったわ。カードを引いて決めるというのはどうかしら？」

サイモンは彼女の腕を自分のそれにからめると、困惑顔の衛兵の前をとおりすぎた。そのうしろからジェームズがついてくる。「いいだろう。しかし、ぼくのカードを使わせてもらう。配るのもぼくだ」

アガサは、泥棒もはたらくスパイでナイトでもある元煙突掃除人の婚約者に、にっこりほほえんだ。

「もちろんいいわ」

32

ささやかではあったが、すばらしい結婚式だった。

何世紀ものときを経たものだけが持つ優雅さをたたえた石づくりのチャペルに、開けはなたれた両開きの扉を抜けてただよってくる果樹園のリンゴの香り。参列者たちはその香りをかぎ、ふたりの愛を目の当たりにして、うっとりとなっていた。

花嫁側にならんだキャリッジスクエアとアップルビーの使用人たちは、そっとうれし涙を流していたが、花婿側にならんだ驚くべき面々——泥棒や刺客たち——は、人目もはばからずに大泣きしていた。

花婿の付添人は、この日いくつかの役をまかされた親友のハンサムな紳士。

そして、花嫁は兄の手で新郎に引きわたされた。

もちろんだ。

エピローグ

サー・サイモン・レインズは改装をすませた家の暖炉のそばで、食後のブランデーを楽しみながら新聞を読んでいた。冷えびえとした秋に暖炉の火は心地よかったし、ニュースは喜ばしいものばかりだったし、ブランデーはすばらしくおいしかった。サイモンは、これ以上ないほどくつろいでいた。

そして、これ以上ないほど退屈していた。

もちろん、結婚したことを後悔しているわけではない。アガサとの結婚生活は幸せに満ちていて、毎日、目覚めるのが待ち遠しいくらいだ。だから、こんな気分になるのは愛する妻のせいではありえない。

することがないというのが問題なのだ。サイモンは、これまでずっと働きつづけてきた。廃品回収人に服を売ろうとしてことわられたのが最初で、それ以来、自分の糧は自分でかせいできた。それなのに今、彼は働かずに暮らしている。

〈ライアーズクラブ〉からは、完全に手を引いたわけではない。しかし、ダルトンが部下との絆《きずな》を深めることを望んでいるサイモンは、できるだけクラブに足を運ばないようにしていた。口を出すのは、意見を求められたときだけだ。

今、クラブの連中は、誰が孤児の煙突掃除人を育てるかでもめている。ロビーが〈ライアーズクラブ〉に引き取られても外の世界の者たちは気づきもしなかったが、ライアーたちはロビーをめぐる戦いに夢中になっているようだった。サイモンの見たところ、最も優勢なのはカート。その次にジェームズがつけている。

サイモンは贅沢な椅子に坐ったままのびをすると、上等のブランデーをすすりながら自分のおかれている状況に思いをめぐらせた。

「ただいま、あなた」アガサが部屋に飛びこんできた。そのあとを追ってきたメイドが、帽子や外套を受け取ろうと待ちかまえている。石炭の煙の匂いを含んだ秋のさわやかな外気が、アガサとともに部屋に流れこんできた。サイモンは、もう退屈など感じていなかった。

「また買い物かい、姫君?」

「まさか。病院の会議に出ていたのよ」彼女は大袈裟に肩をすくめてみせた。「ようやくあなたの隠遁《いんとん》部屋の改装が終わったんですもの。買い物になど二度と出かけたくないわ」

「それはよかった。きみがぼくの絨毯を新しいものに取り替えるつもりでいるんじゃないかと心配していたんだ」サイモンは、ふたりの寝室を漠然《ばくぜん》と示した。そこには、キャリッジスクエアの家から持ってきたあざやかな色調の絨毯が敷かれている。それは新しい内装にまったく合っていないが、サイモンは少しも気にしていなかった。

アガサは鼻をならした。「妙なことを言うのね。これはわたしの絨毯よ。正々堂々と勝負して勝ち取ったんですもの」

「ちがうね。きみはイカサマをしたんだ」

アガサは脱いだものをメイドにわたした。「ありがとう、ネリー。ピアソンにお茶が飲みたいと伝えてちょうだい。外はとても寒かったの。それに、少しお腹もすいたわ。セーラに何か軽いものをこしらえてもらってね」

ネリーは元気にお辞儀をすると、部屋から出ていった。アガサはサイモンのほうにむきなおり、腰に両手をあてた。

「イカサマなんてしていません。あなたが負けたのは、わたしのせいではないわ」

「ぼくが負けたのは、きみが裸だったせいだ」

「それでも負けは負けよ」アガサは手を温めようと、暖炉に近づいた。しかし、サイモンの長い腕につかまって、膝の上に抱きあげられてしまった。

「ぼくが温めてあげるよ」

アガサは彼にぴったりと身をよせた。「温かいわ。ねえ、あなたに考えてほしいことがあるの。よく聞いてね」

「聞きたくないな」サイモンは彼女の首に鼻を押しあてた。

「サイモン、お願いよ。気を散らさないで」

「だったら、服を脱いでくれ」

「サイモン、あなたに早く話したくて大いそぎで帰ってきたのよ。いいことを思いついたの。

あなたの才能とわたしのお金があれば、きっと実現するわ」

少しのゆるみもない襟に気をくじかれたサイモンは、ため息まじりに身を起こしながら、あとでシュミーズを火にくべてやろうと心に誓った。「この前は、ビーバーの繁殖を始めようと言っていたな。それよりもましな計画であってほしいね」

「ビーバーの繁殖を始めればかせげるわ。またビーバー帽が流行《はや》りそうですもの」

「たとえそのとおりだとしても、ビーバーは繁殖させられるのを喜ばないと思うね」

「いいの、そのことは忘れてかまわないわ。それより、わたしたちは学校を開くべきだと思うの！」

「魚のための学校かい？」

「からかわないで。わたしは本気なの。貧しい子供たちのために、〝リリアン・レインズ〟学校を開くのよ」

「うーん。母の名をかかげてもらってうれしいよ、姫君。しかし、その校名は、なんというか……そうだな……魅力的ではないな。ロンドンに住む人間は、ぼくたちにだいじな子供をあずけたいとは思わないはずだ」

アガサはサイモンの膝から飛びおりて、彼とむきあった。その顔には喜びの表情が浮かんでいた。「それよ！　完璧だわ」

「待ってくれ、姫君。何を言っているのか、さっぱりわからない」

「誰かさんのだいじな子供を教える必要はないわ。話し方や、テーブルマナーを身に着けたがっている子供を教えるのよ。ダンスに行儀作法――」

「ああ、それならきみはいい先生になるにちがいない。しかし――」

「スリに、金庫やぶりに、地図のつくり方――」

身を乗りだしたサイモンの下で、椅子が軋んだ。「それに破壊工作だ！」

「そうよ！〈ライアーズクラブ〉のための訓練プログラム！　どう、お気に召して？」

サイモンは大声で笑いながらアガサを抱きしめ、楽しげにくるくるとまわった。「完璧だ。新入生大歓迎。ライアーが不足することは二度となくなる！　その上、ライアーはみな、必要な技術をそなえた男ばかりになるんだ」

「女もね」

サイモンの動きがとまった。彼はアガサを探るように見つめた。「それが目的だったのか？」

「見込みのある女の子もいるわ。それに、みんな女には注意を払わない。メイドや家庭教師の前で、平気でだいじな話をするものよ」

サイモンは彼女に笑みをむけた。「自分がやりたいんじゃないのかい？」

「いいえ」アガサはすまし顔で答えた。

「そうなのかい。それは驚きだな。きみはこの計画に深く関わりたいんだとばかり思っていたよ」

「あら、ちがうわ。教えるのに忙しすぎて、深い部分には関われないと思うの。それに、身籠もっている女に、そういう仕事はむかないわ」

サイモンの口が大きく開いた。それが閉じられる気配はまったくない。アガサは彼の顎に指をあてて、口を閉じさせた。「赤ちゃんができたの。あなたの子供よ。小さくて、ときどきうるさくて、しょっちゅうおしめを替えなくてはならない赤ちゃんができたのよ」

子供……。鼓動の音にさえ、新たなひびきがくわわった。ぼくの子供……。

ぼくの家族……。

彼の顔にゆっくりと笑みがひろがった。その笑みは、しばらく消えなかった。

訳者あとがき

セレステ・ブラッドリー作、*The Pretender* の全訳をおとどけします。

物語の舞台は、一八一三年――ナポレオン戦争ただ中のロンドン。ミセス・アガサ・アップルクイストは苛立ちながら、自宅の玄関広間で行ったり来たりを繰り返しています。今すぐに、夫の役を演じてくれる紳士を見つけなければ、たいへんなことになってしまうのです。そう、アガサは結婚などしていません。彼女の本名はミス・アガサ・カニングトン。ランカシャーにあるアップルビーという村の領主の娘です。子供のころに母を亡くし、父親も数年前に他界。頼れるはずの兄は行方不明に……。彼女がロンドンに出てきたのは、その兄をさがすためでした。

しかし、ひとりで旅をする未婚の令嬢には、とうぜんながら非難の目がむけられます。ましてや街に家を構えるなど、できるはずもありません。そこで、アガサが思いついたのは、夫の存在をでっちあげることでした。初めのうちはうまくいっていた〝ミセスのふり〟でしたが、社交界で大きな力を持つレディたちがミスター・アップルクイストに会いにくるというのです。嘘がばれたらロンドンには住めなくなり、兄をさがすこともできなくなってしまいます。レディたちが訪ねてくるまで、あと一時間——。

煤《すす》だらけになった煙突掃除人のサイモン・レインがアップルクイスト邸にやってきたのは、そんなときでした。よく見ればとびきりの美男子で、アガサがみんなに語っていたミスター・アップルクイスト像にぴったりです。アガサは有無を言わせぬまま、サイモンをお風呂に入れて兄の服を着せ、ひとこともしゃべるなと釘をさして客を迎えます。

その場は嘘を重ねてなんとか乗り切ったアガサでしたが、また新たな問題が……。彼女はサイモンとの〝夫婦のふり〟をつづけざるをえなくなってしまいます。大胆にも彼を家に住まわせて、なんとか紳士にしたてようと躍起になるアガサ。

しかし、サイモン・レインもまた〝煙突掃除人のふり〟をしていたのです。なんと彼は、王室に仕えるスパイ集団——〈ライアーズクラブ〉の長。彼はある理由から、ミセス・アガサ・アップルクイストの身辺を探っていたのでした。

嘘つきで勝ち気でなんとも型破りな令嬢——アガサと、冷静さには自信があったはずの精鋭スパイ——サイモン。ふたりは互いに真実をかくしたまま、コンビを組んでロンドンの街で、社交界で、スリル満点の冒険を繰りひろげます。

〈ライアーズクラブ〉をめぐるこの物語は、もちろんフィクションです。しかし、サイモンたちスパイの大先輩として物語に登場するダニエル・デフォーは、『ロビンソン・クルーソー』などの著者として有名な実在の人物。ひろくは知られていませんが、彼がスパイであったことはまぎれもない事実です。デフォーは政府のためのスパイ組織網を築いて、自らもスコットランドに潜入していたといいます。サイモンが活躍するのは、その百年ほどあと。狂気におちいったジョージ三世に代わって、摂政王太子（のちのジョージ四世）がイギリスを治めていたころのことです。そうした事実を背景に持つ本作は、その信憑性ゆえに独特の魅力をかもしだしています。

そして、登場人物たちの個性的なこと。明るく見えて、その実、過去の出来事から逃れられずに苦しみながら生きているアガサと、自分の素性を語らずに陰の存在でありつづけようとするサイモン。アップルクイスト家の使用人やスパイたちも――真顔で冗談を言う老齢の執事に、衣装マニアの側仕えに、強面だけど実は心やさしいナイフ使いの料理番など――それぞれ味わい深くて素敵です。

そんな彼らを次々と虜《とりこ》にしてしまうアガサですが、憎めない嘘をつきとおす彼女は、著者であるセレステ・ブラッドリーにちょっと似ているのかもしれません。「書評にいやなことを書かれたら、どんな気分になりますか？」というファンの質問に、セレステは「目を皿のようにしてその書評を読んで、ひとつでも肯定的な文章があったら、そこだけＨＰにのせて絶賛されてるようなふりをするの」と答えています。そして、ウィンチェル邸のトイレの破壊工作についても「あれでほんとうに爆発が起こるかどうかはわからないわ」と。

そんなお茶目なセレステですが、本を書くことを心から楽しんでいる様子。書くことは彼女にとって、スキーをしているような、ジェットコースターに乗っているような、猛スピードで車を走らせているような感じだとか。ただし、「わたしは、絶対に、絶対に、絶対に、猛スピードで車を走らせたりはしないから、想像だけど」と、またまたかわいいコメントつき。

歴史は大好きだけど、歯磨きペーストと水洗トイレとＤＶＤのメールオーダー・サービスとピザの宅配とネットショッピングがなくては生きられないから、自分が描く物語の時代には住みたくないと言い切るセレステ。アガサが今の時代に生きていたら、同じことを口にするのではないでしょうか。

アメリカのロマンス作家協会が主催するＲＩＴＡ賞にノミネートされるほどの実力派で、著書十六作をかぞえる人気ロマンス作家のセレステ・ブラッドリー。著書の中には、本作を第一作とする〈ライアーズクラブ〉シリーズの他に、〈ロイヤル４〉のシリーズもあります。

笑いと、切なさと、どきどきはらはらの連続。そして、もちろん素敵な熱々シーンも……。セレステ・ブラッドリー作、『私を見つけるのはあなただけ』。お楽しみいただければと思います。

二〇一〇年五月　法村里絵

私を見つけるのはあなただけ

2010年6月17日　初版第一刷発行

著……………………………セレステ・ブラッドリー
訳………………………………………法村里絵《のりむらりえ》
カバーデザイン ………………………小関加奈子《こせきかなこ》
編集協力 ………………………アトリエ・ロマンス

発行人…………………………………高橋一平
発行所 …………………………株式会社竹書房
〒102-0072 東京都千代田区飯田橋2-7-3
電話：03-3264-1576(代表)
03-3234-6208(編集)
http://www.takeshobo.co.jp
振替：00170-2-179210
印刷所 ………………………凸版印刷株式会社

定価はカバーに表示してあります。
乱丁・落丁の場合には当社にてお取り替え致します。

ISBN978-4-8124-4220-3 C0197
Printed in Japan